O CRÂNIO SOB A PELE

A marca fsc é a garantia de que a madeira utilizada na fabricação do papel deste livro provém de florestas de origem controlada e que foram gerenciadas de maneira ambientalmente correta, socialmente justa e economicamente viável.

P.D. JAMES
O CRÂNIO SOB A PELE

TRADUÇÃO
Celso Nogueira

Companhia Das Letras

Copyright © 1982 by P. D. James

Proibida a venda em Portugal
Publicado anteriormente no Brasil com o título A máscara da caveira *pela editora Record.*

As traduções de Medida por medida, A tempestade; Otelo, o mouro de Veneza; Antônio e Cleópatra; Rei Lear; Macbeth *e* Hamlet *são de Barbara Heliodora — a última em parceria com Anna Amélia de Queiroz Carneiro de Mendonça — e foram extraídas da edição da Nova Aguilar, Rio de Janeiro, 2006, vols. 1 e 2. Nas citações bíblicas usou-se como referência a tradução de* A Bíblia de Jerusalém, *editora Paulus, 2000.*

Grafia atualizada segundo o Acordo Ortográfico da Língua Portuguesa de 1990, que entrou em vigor no Brasil em 2009.

Título original:
The skull beneath the skin

Capa:
Elisa v. Randow

Foto de capa:
Cris Bierrenbach

Preparação:
Cacilda Guerra

Revisão:
Isabel Jorge Cury
Luciane Helena Gomide

Dados Internacionais de Catalogação na Publicação (CIP)
(Câmara Brasileira do Livro, SP, Brasil)

James, P. D.
 O crânio sob a pele / P. D. James ; tradução Celso Nogueira. —
São Paulo : Companhia das Letras, 2010.

 Título original: The skull beneath the skin.
 ISBN 978-85-359-1615-7

 1. Ficção policial e de mistério (Literatura inglesa) I. Título.

10-01406   CDD-823.0872

Índice para catálogo sistemático:

1. Ficção policial e de mistério : Literatura inglesa 823.0872

2010

Todos os direitos desta edição reservados à
EDITORA SCHWARCZ LTDA.
Rua Bandeira Paulista, 702, cj. 32
04532-002 — São Paulo — SP
Telefone (11) 3707-3500
Fax (11) 3707-3501
www.companhiadasletras.com.br

Até as cartas náuticas e os mapas mais detalhados falharão em situar a ilha Courcy ou seu castelo vitoriano ao largo da costa de Dorset, uma vez que ambos existem apenas na imaginação da autora e de seus leitores. Da mesma forma, os eventos antigos e recentes da sangrenta história de Courcy e os personagens que deles participaram não têm a menor relação com pessoas ou eventos reais.

P. D. J.

Webster, de tão possuído pela morte,
Percebia o crânio sob a pele,
E criaturas sem torso sob a terra
Curvadas para trás com um sorriso nos
lábios.

Narcisos em bulbos serviam de globos,
A investir pelas órbitas oculares!
Ele sabia: ideias envolvem membros mortos
Comprimindo seus luxos e desejos.
T. S. Eliot, "Sussurros de imortalidade"

SUMÁRIO

LIVRO UM
Chamado a uma ilha da costa
11

LIVRO DOIS
Ensaio geral
81

LIVRO TRÊS
O sangue flui para cima
157

LIVRO QUATRO
Os profissionais
211

LIVRO CINCO
Terror ao luar
291

LIVRO SEIS
Caso encerrado
353

LIVRO UM

CHAMADO A UMA ILHA DA COSTA

1

Não restava dúvida alguma a respeito: a nova placa com seu nome estava torta. Cordelia não sentia necessidade de se inclinar, adotando o expediente de Bevis para driblar o trânsito matinal pesado da Kingly Street, avaliando opções no labirinto de táxis e vans de entrega, para reconhecer um fato matematicamente irrefutável: a bela peça oblonga de bronze, cara e cuidadosamente projetada, estava um centímetro mais baixa num dos lados. Assim inclinada, parecia, apesar da simplicidade do texto, tão pretensiosa quanto ridícula, ela pensou, um anúncio compatível com a esperança irracional e o empreendimento desnorteado.

AGÊNCIA DE DETETIVES PRYDE

(TERCEIRO ANDAR)

PROP.: CORDELIA GRAY

Se fosse supersticiosa, poderia ter acreditado que o espírito atormentado de Bernie estava protestando contra a nova placa e a eliminação de seu nome. E, realmente, na época, a supressão final de Bernie por ela fora um ato simbólico. Nem pensara em mudar o nome da agência; enquanto existisse, seria sempre Pryde. Mas se tornara cada vez mais irritante ouvir os questionamentos dos clientes, desconcertados tanto por sua idade quanto por seu sexo: "Mas eu pensei que ia falar com o senhor Pryde". Era melhor que soubessem desde o começo que ela era a única proprietária, e mulher.

13

Bevis aproximou-se, seu rosto formoso e expressivo uma paródia da desolação, e disse, olhando para a porta:

"Medi com todo o cuidado a partir do chão, sinceramente, senhorita Gray."

"Sei disso. O piso deve estar desnivelado. A culpa é minha. Deveríamos ter usado um nível de bolha."

Mas ela vinha tentando limitar os gastos corriqueiros a dez libras por semana, guardadas na lata de tabaco que herdara de Bernie, toda riscada e com uma cena da batalha de Jutland, e da qual o dinheiro parecia voar para longe por meio de processos misteriosos desvinculados das despesas. Aceitara depressa demais a garantia de Bevis de que era um mestre na chave de fenda, esquecendo-se de que, para ele, qualquer serviço era preferível ao que deveria estar fazendo. Ele disse:

"Se eu fechar o olho esquerdo e inclinar a cabeça assim, parece que está no lugar."

"Bevis, não podemos contar com vários clientes caolhos com torcicolo."

Observando o rosto do rapaz, cujo extremo desespero não seria incompatível com o anúncio de um ataque nuclear, Cordelia sentiu o obscuro desejo de reconfortá-lo por sua incompetência. Um dos aspectos desconcertantes de atuar como empregadora, papel para o qual ela se julgava cada vez mais incapaz, era a sensibilidade exagerada às emoções dos funcionários, acompanhada de um vago sentimento de culpa. Isso se tornava ainda mais irracional porque, a bem da verdade, nem Bevis nem a srta. Maudsley eram seus empregados diretos. Os dois vinham da agência de empregos para jornadas semanais da srta. Feeley quando a quantidade de casos da agência exigia a presença deles. Raramente seus serviços eram disputados; ambos estavam invariável e curiosamente disponíveis quando os chamava. Ambos lhe davam horas honestas de trabalho dedicado e lealdade a toda prova; teriam mostrado também um desempenho eficiente como secretários, se isso estivesse ao alcance dela. Ambos aumentavam sua ansiedade, pois sabia que a falência da agência seria quase tão traumática para eles quanto para ela.

A meiga srta. Maudsley sofreria muito. Tinha sessenta e dois anos, era irmã de um pároco, mantinha-se a duras penas com sua aposentadoria, num quarto alugado em South Kensington. Sua formação, idade, incompetência e virgindade a tinham tornado a última das datilógrafas nas incontáveis agências pelas quais passara desde a morte do irmão. Bevis, com seu charme fácil, ligeiramente venal, estava mais bem equipado para sobreviver na selva londrina. Considerava-se um bailarino que trabalhava temporariamente como datilógrafo para relaxar, nos intervalos entre espetáculos, um eufemismo impróprio no caso daquele rapaz tão agitado, em perpétuo movimento na poltrona ou fazendo piruetas na ponta dos pés com os dedos abertos, olhos arregalados e pose de quem vai decolar. Seu certificado de um curso obscuro de secretariado que terminara havia anos afirmava que ele era capaz de datilografar trinta palavras por minuto, e Cordelia não podia deixar de pensar que nem ali tinham garantido sua capacidade de desempenhar tarefas simples de serviços gerais.

Ele e a srta. Maudsley se revelaram inesperadamente compatíveis, e na recepção a conversa animada revezava-se com os surtos de vagarosa datilografia, algo que Cordelia não esperava de duas personalidades tão divergentes, habitantes, a seu ver, de mundos muito distintos. Bevis despejava suas atribulações pessoais e profissionais, generosamente enfeitadas com mexericos imprecisos e ocasionalmente indecentes sobre o meio teatral. A srta. Maudsley aplicava ao mundo desconcertante sua própria receita de vida, que misturava inocência, teologia da Igreja anglicana, moralidade paroquial e bom senso. A rotina na sala de espera tornava-se muito aconchegante em certos momentos, mas a srta. Maudsley tinha uma visão antiquada a respeito da necessária distinção entre empregador e empregado, de modo que a sala onde Cordelia trabalhava era sacrossanta.

Bevis gritou, de repente: "Meu Deus, é Tomkins!".

Um gatinho preto e branco surgiu à porta, sondou o ambiente com uma patinha atrevida estendida, esticou o rabo, tremeu de apreensão imóvel e correu para baixo de uma perua do correio, sumindo de vista. Bevis, uivando, saiu em sua perseguição. Tomkins era um dos fracassos da agência, tendo sido repudiado por uma solteirona de mesmo nome que contratara Cordelia para achar seu gatinho preto perdido, que tinha uma mancha branca no olho, duas patinhas brancas e rabo listrado. Tomkins preenchia plenamente os requisitos, mas sua suposta dona percebera de imediato que não passava de um impostor. Tendo salvado o gato da morte iminente por inanição numa obra atrás da estação Victoria, eles não podiam abandoná-lo, e agora o gato vivia na sala de espera com uma bandeja para fazer suas necessidades, uma cesta acolchoada e acesso ao telhado por uma janela parcialmente aberta para suas excursões noturnas. Custava caro, nem tanto pelo preço cada vez mais alto da ração — era uma pena que a srta. Maudsley tivesse estimulado um gosto além de suas posses, providenciando a lata mais cara do mercado para a primeira refeição de Tomkins, no geral um gato estúpido, mas que nessas horas dava a impressão de saber ler o rótulo — mas pelo tempo que Bevis dedicava a brincar com ele, jogando uma bolinha de pingue-pongue ou puxando um pé de coelho pelo chão com um barbante, enquanto gritava: "Olhe, senhorita Gray! Ele não é um diabinho esperto?".

O diabinho esperto, depois de provocar confusão no trânsito da Kingly Street, esgueirou-se pela entrada dos fundos de uma farmácia, com Bevis em seu encalço, ruidoso. Cordelia deduziu que nem o rapaz nem o gato reapareceriam por um bom tempo. Bevis recolhia novos amigos obsessivamente, como outras pessoas faziam coleções, e Tomkins lhe dava muitas oportunidades. Oprimida pela conclusão de que a manhã de Bevis tendia a ser praticamente improdutiva, Cordelia se deu conta de uma tendência letárgica de se poupar de qualquer esforço adicional.

Apoiou-se no batente da porta, fechou os olhos e ergueu o rosto para apreciar o calor surpreendente do sol do final de setembro. Usando a força de vontade para se distanciar do clamor e da agitação da rua, do cheiro de gasolina e do matraquear dos pés apressados, ela contemplou a tentação, sabendo que não o faria, de se afastar de tudo aquilo, deixando a placa torta como lápide para seu esforço em dar continuidade ao sonho impossível do falecido Bernie.

Ela supunha que deveria sentir alívio, pois a agência começava a adquirir certa reputação específica, mesmo que fosse por encontrar mascotes perdidas. Sem dúvida existia um mercado para esse serviço, do qual aparentemente ela detinha o monopólio. E os clientes, desesperados, em prantos, revoltados com o que consideravam insensibilidade por parte da polícia local, jamais discutiam o tamanho da conta, pagando com mais disposição, suspeitava Cordelia, do que pagariam pelo retorno de um parente. Mesmo quando os esforços da agência não eram bem-sucedidos e Cordelia pedia desculpas ao apresentar a conta, os clientes pagavam sem reclamar. Talvez os donos fossem motivados pela necessidade humana natural de sentir que naquele momento de perda haviam tentado alguma coisa, por mais improvável que fosse, para reverter a situação. De todo modo, o sucesso era mais frequente. A srta. Maudsley, em especial, dispunha de uma rara persistência nas investigações porta a porta, aliada a uma empatia quase sobrenatural com a mente felina, que levara à recuperação de pelo menos meia dúzia de gatos, molhados, desnutridos e miando debilmente, para seus donos extasiados, além de expor vez ou outra a perfídia de animais que levavam vida dupla e se transferiam mais ou menos permanentemente para o segundo lar. Ela conseguia superar a timidez na perseguição aos ladrões de gatos nas manhãs de sábado, quando vasculhava decidida a exuberância turbulenta e os terrores ocultos dos mercados e feiras livres de Londres como se contasse com a proteção divina, algo em que sem dúvida nenhuma acreditava. Mas Cordelia se perguntava, de tempos em tempos, o que Bernie, pobre, ambicioso e patético, teria pensado da degradação de seu sonho. Quase em transe na calma induzida pelo calor do sol, Cordelia recordou com assustadora clareza sua voz confiante, sempre alta: "Temos uma mina de ouro aqui, colega, vamos arregaçar as mangas". Felizmente ele não tinha como saber que as pepitas eram tão pequenas, e o veio..., tão fino.

Uma voz masculina autoritária invadiu seu devaneio.

"Aquela placa da entrada está torta."

"Eu sei."

Cordelia abriu os olhos. A voz era enganadora: o homem, mais velho do que ela esperava, devia ter passado dos sessenta anos. Apesar do calor, usava paletó de tweed, feito sob medida mas gasto, com remendos de couro nos cotovelos. Não era alto, cerca de um metro e setenta, mas mantinha o aprumo com altivez tranquila, confiante, quase elegante, o que para ela ocultava prudência, como se ele aguardasse uma ordem ou um comando. Bem que podia ter sido militar. Mantinha a cabeça erguida, firme, e usava o cabelo grisalho um tanto ralo escovado para trás da testa alta e morena. O rosto era longo e ossudo, o nariz dominante se projetava das faces rosadas pelas pequenas veias rompidas, que emolduravam a boca larga benfeita. Os olhos argutos a examinavam (sem malícia), sob a proteção das sobrancelhas fartas. A esquerda estava mais elevada do que a direita, e ela notou que ele tinha o hábito de erguer as sobrancelhas e mover os cantos da boca larga; isso dava a seu rosto uma inquietude que contrastava com a imobilidade do corpo e tornava um pouco embaraçoso fitá-lo nos olhos. Ele disse: "Melhor fazer o serviço direito".

Ela o observou em silêncio enquanto ele punha no chão a valise que carregava, tirava uma caneta e a carteira do bolso, pegava um cartão e escrevia no verso com letra reta, quase infantil.

Cordelia pegou o cartão e viu um único nome, Morgan, seguido de um número de telefone. Depois o virou e leu: SIR GEORGE RALSTON, BT., D. S. O., M. C.*

Ela tinha razão, ele fora militar.

"Custa muito caro o serviço do senhor Morgan?", perguntou ela.

"Mais barato do que fazer besteira. Diga-lhe que foi indicação minha. Ele cobrará o que vale o serviço, nem mais nem menos."

Cordelia se sentiu aliviada. A placa torta, tratada com seriedade pelo olho crítico daquele cavaleiro errante inesperado e excêntrico, de súbito pareceu irresistivelmente engraçada, não mais uma calamidade, mas uma bobagem. Até a Kingly Street se transformou junto com seu humor, tornando-se um bazar reluzente, luminoso, ensolarado, a pulsar de otimismo e vida. Ela quase riu alto. Controlando a boca trêmula, disse, com ar compenetrado:

"Muita gentileza sua. O senhor é especialista em placas de identificação ou apenas um benfeitor público?"

"Alguns acham que sou uma ameaça pública. Na verdade, sou um cliente, se você for Cordelia Gray. As pessoas não lhe dizem que..."

Irracionalmente, Cordelia ficou desapontada. Por que deveria achar que ele seria diferente dos outros clientes masculinos? Ela mesma terminou a frase:

"Que é trabalho impróprio para uma mulher? Dizem, mas não é."

Ele retrucou calmamente:

"Eu só ia perguntar se as pessoas não lhe dizem que seu escritório é difícil de encontrar. Esta rua é uma bagunça. Metade dos prédios tem número errado. Muitas mudanças, suponho. Mas a nova placa vai ajudar, quando estiver instalada direito. Melhor arrumar logo. Deixa uma impressão ruim."

Nesse momento Bevis se aproximou, ofegante, as ma-

(*) Bt.: baronete, título de nobreza intermediário entre barão e cavaleiro; D. S. O. (Distinguished Service Order) e M. C. (Military Cross): condecorações concedidas a oficiais das Forças Armadas britânicas. (N. T.)

deixas encaracoladas úmidas de suor, a chave de fenda a denunciá-lo, meio para fora do bolso da camisa. Pressionando o ronronante Tomkins contra a face afogueada, ele apresentou sua charmosa delinquência ao recém-chegado. Recebeu de volta um curto "Bela droga, seu serviço" e um olhar que instantaneamente o rejeitava como inapto para o serviço militar. Sir George dirigiu-se a Cordelia:

"Vamos subir?"

Cordelia evitou os olhos de Bevis, que ela imaginou estarem virados para o alto, e eles subiram a escada estreita coberta de linóleo, Cordelia à frente, passaram pelo lavabo que atendia a todos os inquilinos do prédio (ela torceu para que sir George não precisasse usá-lo) e entraram na recepção de seu escritório, no terceiro andar. Os olhos ansiosos da srta. Maudsley ergueram-se da máquina de escrever. Bevis acomodou Tomkins na cesta (onde ele imediatamente começou a se lavar da contaminação da Kingly Street) e lançou para a srta. Maudsley um olhar arregalado, admonitório, enquanto formava silenciosamente com a boca a palavra "cliente". A srta. Maudsley enrubesceu, quase levantou da cadeira, sentou de novo e se concentrou em apagar um erro com a mão trêmula. Cordelia levou o visitante a sua sala.

Quando sentaram ela perguntou:

"Quer um café?"

"Café de verdade ou imitação?"

"Creio que o chamaria de imitação. Mas imitação de primeira qualidade."

"Chá, então, se tiver. Indiano, de preferência. Com leite. Sem açúcar. Sem biscoitos."

Sua maneira de falar não tinha intenção de ofender. Ele estava acostumado a expor os fatos e depois pedir o que queria.

Cordelia pôs a cabeça pelo vão da porta e disse à srta. Maudsley: "Chá, por favor". O chá, quando chegasse, seria servido nas delicadas xícaras Rockingham que a srta. Maudsley herdara da mãe e emprestara à agência para uso apenas de clientes especiais. Ela não tinha a menor dúvida de que sir George se qualificava para as xícaras Rockingham.

Sentaram-se à mesa de Bernie, frente a frente. Os olhos dele, claros e perspicazes, inspecionavam o rosto dela como se ele fosse um examinador e ela a candidata, o que de certo modo não deixava de ser. Seu olhar direto, firme, brilhante, contrastava com o sorriso na boca e era desconcertante. Ele perguntou:

"Por que a agência se chama Pryde?"

"Por ter sido fundada por um ex-policial da Metropolitana, Bernie Pryde. Eu trabalhei com ele por um tempo, como assistente, e depois ele me convidou para ser sócia. Deixou a agência para mim quando morreu."

"Como ele morreu?"

A pergunta, incisiva como uma acusação, pareceu esquisita, mas ela respondeu calmamente.

"Cortou os pulsos."

Ela não precisava fechar os olhos para ver de novo a cena inesquecível, berrante e bem definida como uma foto da divulgação de um filme. Bernie inclinado sobre a mesa, na cadeira que ela ocupava agora, a mão direita entreaberta ao lado da navalha, a esquerda encolhida, com o pulso cortado, apoiada com a palma para cima feito uma exótica anêmona sobre uma poça de água marinha, com os tentáculos enrugados e recolhidos pela morte. Mas nenhuma poça poderia exibir um tom rosado tão forte. Ela sentiu outra vez o cheiro doce e pegajoso do sangue fresco derramado.

"Matou-se, então?"

O tom de voz dele suavizou-se. Poderia ser um parceiro de golfe a elogiar uma boa tacada de Bernie, enquanto seu rápido exame visual da sala sugeria que a ação fora inteiramente razoável, dadas as circunstâncias.

Cordelia não tinha necessidade de ver a sala através dos olhos dele. O que enxergava com os seus já era bastante deprimente. Ela e a srta. Maudsley haviam redecorado o escritório juntas, pintando as paredes de amarelo-claro para dar a impressão de maior luminosidade e limpando o carpete com um produto consagrado; secara irregularmente, por isso o aspecto final era de doença de pele. Com as cortinas recém-lavadas, a sala ao menos parecia limpa e organizada; organizada até demais, já que a falta de desordem indicava pouco volume de serviço. Todas as superfícies estavam ocupadas por vasos. A srta. Maudsley tinha jeito para cuidar de plantas, as mudas que tirara de sua casa e tratara com carinho haviam crescido numa série de vasos improvisados que ela obtinha nas incursões pelos mercados de rua, viçosas apesar da pouca luz. O verdor esplendoroso resultante parecia uma tentativa astuciosa de esconder algum defeito sinistro na estrutura ou na decoração. Cordelia ainda usava a velha escrivaninha de carvalho de Bernie e imaginava que poderia desenhar o contorno circular da bacia em que ele sangrara até morrer, que ainda poderia identificar uma ou outra mancha de sangue misturado com água. Mas havia muitos círculos, muitas manchas. O chapéu de aba erguida e fita encardida ainda estava pendurado no gancho do mancebo para capotes. Nenhuma instituição de caridade o aceitaria para ser vendido em bazar, e ela não conseguiria jogá-lo fora. Em duas ocasiões levara o chapéu até a lixeira no quintal, mas lhe faltara coragem para se desfazer dele, pois considerava aquela rejeição simbólica final de Bernie ainda mais pessoal e dramática do que a exclusão de seu nome da placa de identificação da firma. Se a agência finalmente falisse — e ela nem queria pensar no novo valor do aluguel quando chegasse a hora de renovar o contrato, dali a três anos —, ela imaginava que mesmo assim deixaria o chapéu pendurado ali, em sua patética decrepitude, para que mãos desconhecidas o atirassem com repulsa melindrosa no cesto de lixo.

O chá chegou. Sir George esperou até que a srta. Maudsley saísse. Depois de medir o leite cuidadosamente na xícara, gota a gota, disse:

"O serviço que estou oferecendo é uma mistura de funções. Você será parte guarda-costas, parte secretária particular, parte investigadora e parte... digamos, babá. Um pouco de cada coisa. Não é para qualquer um. Não sei como vai terminar."

"Eu trabalho como detetive particular."

"Claro. Mas a gente não deve ser muito purista atualmente. Serviço é serviço. E você pode se envolver com investigação, quem sabe até com violência, embora isso não seja provável. Desagradável, mas não perigoso. Se eu achasse que minha esposa realmente corre risco de vida, não contrataria uma amadora."

Cordelia disse: "Talvez seja melhor explicar exatamente o que deseja de mim".

Ele franziu a testa, como se relutasse em começar. Quando falou, porém, não hesitou; foi lúcido e conciso.

"Minha mulher é a atriz Clarissa Lisle. Deve ter ouvido falar dela. Muita gente parece conhecê-la, embora ultimamente não tenha trabalhado muito. Sou o terceiro marido, casamos em junho de 1978. Em julho de 1980 ela foi contratada para fazer o papel de lady Macbeth no teatro Duke of Clarence. Na terceira noite da temporada, prevista para durar seis meses, ela recebeu o que considerou uma ameaça de morte. Essas ameaças continuaram a chegar, intermitentes, desde então."

Ele tomou um gole de chá. Cordelia o encarava com a ansiedade de uma criança louca para saber se seu presente era aceitável. A pausa lhe pareceu longa demais. Ela perguntou:

"Disse que ela considerou o primeiro contato ameaçador. Está querendo dizer que o sentido era ambíguo? Qual era a forma exata das ameaças?"

"Bilhetes datilografados. Em diversas máquinas, a julgar pela aparência. Todas as mensagens têm acima um pequeno desenho de um caixão ou de um crânio. Todas são citações de peças em que minha mulher atuou. Todas as citações falam de morte ou de morrer: o medo da morte, o julgamento dos mortos, a inevitabilidade da morte."

A reiteração da palavra numinosa foi opressiva. Seria imaginação dela ou ele a revirava nos lábios com mórbida satisfação?

"Mas não continham uma ameaça específica?", perguntou.

"Ela acha que a obsessão pela morte só pode significar uma ameaça. Ela é sensível. As atrizes devem ser assim, suponho. Necessitam de reconhecimento. Os recados não são amigáveis. Tenho os bilhetes aqui. Os que guardei. Os primeiros foram para o lixo. Você vai precisar das provas."

Ele destravou a pasta e pegou um envelope pardo grosso contendo uma pilha de pedaços pequenos de papel, que espalhou sobre a mesa. Ela reconheceu imediatamente o tipo de papel; era comum, próprio para escrever, de qualidade média, branco, vendido acompanhado de envelopes, em três tamanhos, nas papelarias do país inteiro. O remetente escolhera o tamanho menor, para economizar. Cada folha exibia uma citação datilografada, encimada por um desenho pequeno com cerca de dois centímetros e meio de altura, que podia ser um esquife com as iniciais R. I. P.* na tampa ou uma caveira com dois ossos cruzados. Nenhum deles exigia grande habilidade; eram emblemas, mais do que representações exatas. Por outro lado, tinham sido desenhados com alguma segurança de traço e um senso de proporção que indicava facilidade no uso da caneta, no caso uma esferográfica preta. Sob os dedos ossudos de sir George, as folhas de papel branco com seus emblemas pretos contrastantes foram misturadas e reorganizadas como cartas de um jogo sinistro — caça-citações, pife-pafe de assassino.

Muitas das citações eram conhecidas, frases que vinham à mente de qualquer pessoa familiarizada com Shakespeare e outros autores elisabetanos que apreciasse as

---

(*) Em latim, abreviatura de *requiescat in pace* [descanse em paz]. (N. T.)

referências à morte e ao terror de morrer no teatro inglês. A leitura dos trechos agora, truncados e infantilmente ilustrados, fez com que Cordelia sentisse sua força nostálgica e intensa. Shakespeare era o autor da maioria, e as escolhas óbvias estavam todas ali. A mais longa — como poderia o remetente resistir a ela? — era o lamento angustiado de Cláudio, em *Medida por medida*:

> *Porém morrer, sem saber pr'onde vamos,*
> *Jazer no frio e lá apodrecer,*
> *Sensações que se movem, calorosas,*
> *Tornadas massa bruta; enquanto o espírito*
> *Vai-se banhar em fogo, ou residir*
> *Na emocionante região dos gelos;*
> *Ser prisioneiro de ventos que cegam,*
> *Jogado aqui e lá, com violência,*
> *Por este mundo; ou, pior ainda,*
> *Nos que o pensamento, sem certezas,*
> *Concebe uivando, — é por demais terrível.*
> *A mais odiosa vida neste mundo —*
> *Cuja dor, idade, cárcere ou penúria*
> *Lançados à natureza — é um paraíso*
> *Diante de nosso temor à morte.*

Difícil interpretar a passagem tão genérica como ameaça pessoal; mas em sua maioria as outras citações poderiam ser vistas como mais diretamente intimidantes, apontando para uma vingança por danos reais ou imaginados.

> *Quem morre paga todas as contas.*

> *Musgo horrendo, por que inda é tão bela?*
> *Cheira tão bem que os sentidos me doem.*
> *Quem dera aos céus não tivesse nascido!*

Notava-se certo cuidado na escolha das ilustrações. O crânio adornava o trecho de *Hamlet*:

Vai agora aos aposentos de minha dama e diz-lhe que, por mais grossas camadas de pintura ela ponha sobre a face, terá de chegar a isto.

Assim como o trecho que Cordelia acreditava ser de John Webster, embora não conseguisse identificar a peça:

Estando seu espírito até agora imerso na segurança, ignora como viver ou como morrer; mas eu tenho algo que o despertará, fazendo com que saiba para onde ruma.

Contudo, mesmo levando em conta a sensibilidade de uma atriz, seria uma demonstração bem robusta de presunção egoísta arrancar essas passagens de seu contexto para aplicá-las a si; isso, ou um medo de morrer tão grande que chegasse a ser mórbido. Ela pegou o bloco de anotações na gaveta da escrivaninha e perguntou:

"Como chegaram?"

"A maioria pelo correio, no mesmo tipo de envelope que a folha interna, com o endereço datilografado. Alguns foram entregues por um portador, no teatro ou em nosso apartamento de Londres. Enfiaram um por baixo da porta durante a apresentação de *Macbeth*. Destruímos a primeira meia dúzia — o melhor a fazer com todos, na minha opinião. Restaram vinte e três em nosso poder. Eu os numerei a lápis no verso, pela ordem de chegada, de acordo com as lembranças de minha mulher, acrescentando as informações disponíveis sobre cada um deles e o modo como foram entregues."

"Obrigada. Isso deve ajudar. Sua mulher atuou em muitas peças de Shakespeare?"

"Ela fez parte da Malvern Repertory Company por três anos, quando terminou o curso de teatro, e atuou em várias peças. Tem sido menos frequente nos últimos anos."

"E a primeira mensagem — que ela jogou fora — veio quando ela estava representando lady Macbeth, certo? O que aconteceu?"

"O primeiro bilhete a perturbou, mas ela não comentou nada com ninguém. Pensou que fosse um ato de maldade isolado. Disse não se lembrar do texto, apenas que havia o desenho do caixão. Depois vieram o segundo, o terceiro, o quarto. Durante a terceira semana da temporada, minha mulher se atrapalhou várias vezes com o texto e precisou ser socorrida pelo ponto. No sábado ela saiu do palco no meio do segundo ato, e sua substituta precisou entrar. É tudo questão de confiança. Se você acha que vai dar um branco — essa é a expressão quando alguém esquece o texto, no jargão teatral, creio —, então claro que vai dar um branco. Ela conseguiu voltar a fazer o papel depois de uma semana, mas enfrentou o resto da temporada de seis semanas a duras penas. Em seguida ela conseguiu um papel em Brighton, numa remontagem de uma daquelas peças de assassinato misterioso dos anos 1930 em que a mocinha se chama Bunty, o herói, Clive, todos os homens usam calça clara e entram ou saem correndo por uma janela francesa. Ideia curiosa. Não era exatamente um papel para ela, mas não surgem muitas oportunidades para mulheres de meia-idade. Há atrizes talentosas aos montes disputando poucos papéis, pelo que dizem. O problema se repetiu. A primeira citação veio na manhã da estreia, e os demais bilhetes pingaram em intervalos regulares. A peça saiu de cartaz depois de quatro semanas, e o desempenho de minha mulher talvez tenha sido parcialmente responsável pelo fracasso. É o que ela acha. Não tenho certeza. Enredo estúpido, para mim não fazia o menor sentido. Clarissa só voltou a atuar em Nottingham, na peça *O demônio branco*, de Webster, no papel de Vitória não sei o quê."

"Vittoria Corombona."

"É isso? Eu estava passando dez dias em Nova York e não fui ver. Mas aconteceu a mesma coisa. O primeiro bilhete foi entregue no dia da estreia. Dessa vez minha mulher chamou a polícia. Não adiantou nada. Eles levaram as mensagens, pensaram no caso e as devolveram. Atenciosos, mas incompetentes. Deixaram claro que não levavam a sério as ameaças de morte. Argumentaram que as pessoas, quando querem mesmo matar, vão e matam, não ficam só na promessa. Devo confessar que tenho a mesma opinião. Mas eles descobriram uma coisa. O bilhete que ela recebeu quando eu estava em Nova York foi datilografado na minha antiga máquina Remington."

Cordelia disse:

"Ainda não explicou em que eu posso ajudar."

"Chegarei lá. Neste fim de semana minha mulher deve representar o papel principal numa produção amadora de *A duquesa de Amalfi*. Os atores usarão trajes vitorianos, e a peça será encenada na ilha Courcy, a cerca de duas milhas ao largo de Dorset. O dono da ilha, Ambrose Gorringe, restaurou um pequeno teatro vitoriano construído por seu bisavô. Pelo que sei, o primeiro Gorringe, responsável pela reconstrução de um castelo medieval em ruínas, costumava receber o príncipe de Gales e a amante dele, a atriz Lillie Langtry; seus hóspedes se distraíam com representações amadoras. Imagino que o dono atual sonhe em recuperar as glórias passadas. Saiu um artigo num jornal de domingo, há cerca de um ano, descrevendo a ilha, com destaque para a restauração do teatro e do castelo. Talvez você tenha lido."

Cordelia não se lembrava e perguntou:

"E pretende que eu vá para a ilha com lady Ralston?"

"Eu planejava ir para lá, mas não será possível. Tenho uma reunião inadiável na região de Bristol. Pretendo seguir de carro com minha mulher até Speymouth na sexta-feira de manhã bem cedo e me despedir dela no cais onde a lancha atraca. Preciso de alguém para ficar com ela. Essa apresentação é muito importante. A peça será reencenada em Chichester na primavera, e, se recuperar a confiança, talvez ela possa fazer o papel. Ela acredita que as ameaças terminarão neste final de semana, e que alguém tentará matá-la na ilha Courcy."

"Ela deve ter alguma razão para pensar assim."

28

"Nenhuma que ela saiba explicar. Nada que convença a polícia. Nada racional, eu diria. Talvez seja intuição. Ela me pediu que a contratasse."

E ele viera. Atenderia sempre a todos os pedidos da esposa? Cordelia perguntou de novo:

"Sir George, eu estou sendo contratada para fazer exatamente o quê?"

"Protegê-la de qualquer incômodo. Atender telefonemas para ela. Abrir cartas. Revistar o teatro antes da apresentação, se tiver a chance. Fazer plantão à noite, quando ela fica mais nervosa. E lançar um olhar novo sobre os bilhetes. Descobrir quem é o responsável por eles nesses três dias, se for possível."

Antes que Cordelia pudesse comentar as instruções concisas, o desconcertante par de olhos cinzentos sob as sobrancelhas desproporcionais a fitou novamente.

"Gosta de pássaros?"

Cordelia sentiu que as palavras lhe faltavam. Supunha que, com exceção daqueles que sofriam de fobia, pouca gente admitiria não gostar de pássaros. Afinal de contas, eles constituem uma das mais graciosas alegrias da vida frágil. Mas desconfiou que sir George estava perguntando indiretamente se ela era capaz de reconhecer um tartaranhão-ruivo-dos-pauis a cinquenta metros de distância. Disse, cautelosa:

"Não consigo identificar as espécies menos comuns com facilidade."

"Uma pena. A ilha é um dos santuários naturais dos pássaros mais interessantes da Grã-Bretanha, provavelmente o mais notável em mãos de particulares, quase tão encantador quanto a ilha Brownsea, em Poole Harbor. Muito semelhante a ela, aliás. Courcy abriga muitas aves raras: faisão de Swinhoe, faisão orelhudo azul, ganso-do-canadá, maçarico-de-bico-direito e ostraceiro. Uma pena que não se interesse. Alguma pergunta? — sobre o caso, claro."

Cordelia disse, prudente:

"Se eu vou passar três dias com sua esposa, não seria

melhor ela me entrevistar antes de tomar a decisão? Acho importante ela sentir que pode confiar em mim, pois não me conhece. Nunca nos encontramos."

"Sim, já se encontraram. Por isso ela sabe que pode confiar em você. Estava tomando chá com a senhora Fortescue na semana passada quando você localizou o gato da família Fortescue — o nome do bicho era Solomon, creio. Soube que o encontrou trinta minutos depois de iniciar a busca, de modo que a conta foi proporcionalmente pequena. A senhora Fortescue tem uma forte ligação com o animal. Você poderia ter cobrado o triplo. Ela não reclamaria. Isso impressionou minha mulher."

Cordelia disse:

"Nosso serviço é caro. Não tem outro jeito. Mas somos honestos."

Ela se lembrava da sala de estar em Eaton Square, um lugar feminino, se feminilidade implica maciez e luxo; um depósito aconchegante atravancado de fotografias em molduras de prata, uma mesinha baixa de chá exagerada, na frente da lareira Adam, flores demais em arranjos convencionais. A sra. Fortescue, incoerente de tão aliviada e feliz, apresentara Cordelia à visita por educação, mas não fora possível distinguir o nome dela na voz abafada pela proximidade de Solomon. Mas a impressão havia sido forte. A visitante estava sentada de lado para a lareira, imóvel, com uma perna fina cruzada sobre a outra e a mão cheia de anéis sobre o braço da poltrona. Cordelia se lembrava do penteado elaborado, do cabelo louro cuidadosamente enrolado que valorizava a testa alta, da boca pequena e rija, dos olhos imensos, fundos, com pálpebras pesadas, quase inchadas. Ela conferia ao conformismo requintado do ambiente uma graça majestosa e rígida, uma distinção que, apesar da austeridade do terno de veludo, traía uma individualidade algo zombeteira ou excêntrica. Ela observava as demonstrações afetivas da amiga com a cabeça baixa e um sorriso meio divertido. Apesar da imobilidade, não transmitia uma sensação de paz.

"Não reconheci sua esposa, mas me lembro muito bem dela", disse Cordelia.

"Aceita o serviço?"

"Aceito."

Ele falou sem rodeios:

"Bem diferente de procurar gatos fujões. A senhora Fortescue disse para minha mulher que você cobra por dia. O valor será maior neste caso, suponho."

"O preço é o mesmo, qualquer que seja o serviço. A conta total depende do tempo exigido, da necessidade de convocar auxiliares e do valor das despesas, que podem ser altas, conforme o caso. Mas, como ficarei hospedada na ilha, não haverá diárias de hotel. Quando devo ir?"

"A lancha para Courcy — chama-se *Shearwater* — atracará no píer de Speymouth para pegar os passageiros do trem que sai de Waterloo às nove e trinta e três. Sua passagem está no envelope. Minha mulher telefonou avisando o senhor Gorringe de que levará uma secretária acompanhante para ajudá-la em diversas tarefas durante o fim de semana. Você está sendo aguardada."

Então Clarissa Lisle tivera certeza de que aceitaria o trabalho. E por que não? Ela aceitara. E pelo jeito a atriz também tinha certeza de que imporia sua vontade a Ambrose Gorringe. Sua desculpa para incluir uma secretária na viagem sem dúvida era esfarrapada, e Cordelia se perguntou até que ponto convencera alguém. Passar um fim de semana num castelo isolado com a escolta de um detetive particular seria admissível no caso da família real, mas, se fosse um hóspede menos importante, tal atitude indicaria falta de confiança no anfitrião, ao passo que levar um detetive disfarçado poderia ser considerado apenas um deslize em termos de etiqueta. Não seria nada fácil proteger a sra. Lisle sem revelar que esta usara um subterfúgio para Cordelia estar lá, e a revelação causaria desconforto tanto no anfitrião quanto nos hóspedes. Ela disse:

"Preciso saber quem mais passará o fim de semana na ilha, e tudo que o senhor souber a respeito deles."

"Não sei dizer muita coisa. Haverá cerca de cem pessoas na ilha no sábado à tarde, quando o elenco e a plateia convidada chegarem. Mas o grupo que se hospedará na casa é pequeno. Minha mulher, que levará Tolly, claro — sua figurinista, a senhorita Tolgarth. O enteado de minha mulher, Simon Lessing, também irá. Estudante, dezessete anos, filho do segundo marido de Clarissa, que morreu afogado em agosto de 1977. Ele não gostava dos parentes com quem morava, por isso minha esposa resolveu cuidar dele. Não sei por que foi convidado, pois só se interessa por música. Clarissa provavelmente pensou que estava na hora de o rapaz conhecer mais gente. Ele é tímido. Temos ainda Roma Lisle, prima dela. Era diretora de escola, agora tem uma livraria no norte de Londres. Solteira, cerca de quarenta e cinco anos. Só a vi duas vezes. Creio que ela levará o companheiro, mas não o conheço e não sei quem é. Você encontrará o crítico de teatro Ivo Whittingham, velho amigo de minha mulher. Pretende fazer uma reportagem sobre o teatro e a peça para uma revista. Ambrose Gorringe estará lá, claro. Tem três empregados: o mordomo, Munter, a mulher dele e Oldfield, piloto do barco e ajudante-geral. Creio que citei todos."

"Fale sobre o senhor Gorringe."

"Gorringe conhece minha mulher desde a infância. Os dois são filhos de diplomatas. Ele herdou a ilha de um tio em 1977, quando estava passando um ano no exterior. Algo a ver com isenção de impostos. Voltou para a Grã-Bretanha em 1978 e passou os últimos três anos restaurando o castelo e reformando a ilha. Meia-idade. Solteiro. Leciona história em Cambridge, creio. Especialista no período vitoriano. Não sei nada de desabonador a seu respeito."

Cordelia disse:

"Preciso fazer uma última pergunta. Sua esposa sem dúvida teme pela própria vida, a ponto de relutar em ir para a ilha Courcy sem proteção. Ela tem motivos para temer ou suspeitar de alguém do grupo?"

Ela percebeu de imediato que a pergunta não fora bem

recebida, talvez por obrigá-lo a reconhecer algo implícito mas não dito, a preocupação de que o temor da esposa fosse histérico e irreal. Ela pedira proteção, e ele estava realizando seu desejo. Mas não julgava que fosse necessário; ele não acreditava nem no perigo nem nos meios empregados para tranquilizá-la. Agora uma parte de sua mente incomodava-se com a ideia de que o anfitrião e os convidados estariam sob vigilância secreta. Fizera o que a mulher pedira, mas não sentia o menor orgulho disso. Disse, secamente:

"Creio que pode tirar isso da cabeça. Minha mulher não tem motivos para suspeitar de ninguém do grupo que se hospedará na ilha, nenhum motivo deste mundo."

2

Nada mais foi dito de importante. Sir George consultou o relógio e levantou-se. Dois minutos depois despediu-se rapidamente no térreo, sem mencionar nem olhar para a placa incômoda. Ao subir a escada, Cordelia se perguntou se não poderia ter conduzido melhor a entrevista. Era uma pena que tivesse acabado tão abruptamente. Ela gostaria de ter feito mais perguntas, em especial se alguém entre as pessoas que encontraria na ilha Courcy sabia das mensagens ameaçadoras. Agora precisaria esperar até falar com a sra. Lisle.

Quando abriu a porta da sala, a srta. Maudsley e Bevis pararam de datilografar e ergueram olhos ávidos. Seria muita crueldade sonegar a eles uma parte das novidades. Eles haviam pressentido que sir George não era um cliente comum; a curiosidade e a excitação praticamente paralisaram os dois. Fora sintomática a ausência do barulho das máquinas de escrever na recepção, durante a conversa. Cordelia contou a eles o mínimo compatível com o que valeria a pena ouvir, enfatizando que a sra. Lisle procurava uma secretária acompanhante que a protegesse de um desagradável porém insignificante autor de cartas anônimas. Ela não revelou nada sobre a natureza das mensagens nem a convicção da atriz de que sua vida corria sério risco. Alertou-os para o fato de que o serviço, como todos os outros, mesmo os mais triviais, deveria ser tratado como confidencial. A srta. Maudsley disse:

"Claro, senhorita Gray. Bevis compreende isso perfeitamente bem."

Bevis foi passional em suas afirmações:

"Sou mais confiável do que pareço. Não falo nada sobre a agência, nunca. Sério mesmo. Mas não aguento um minuto se for torturado para fornecer informações. Não suporto a dor."

Cordelia disse:

"Ninguém vai torturá-lo, Bevis."

De comum acordo, resolveram almoçar mais cedo. Bevis foi buscar sanduíches numa lanchonete da Carnaby Street, e a srta. Maudsley fez café. Sentados na sala de recepção, eles se dedicaram a especulações otimistas a respeito das consequências daquela nova e interessante missão. E a conversa não foi inútil. Inesperadamente, a srta. Maudsley e Bevis tinham informações proveitosas sobre a ilha Courcy e seu proprietário, e a inundaram de dados exclamados. Não era a primeira vez que isso acontecia. As habilidades mais ortodoxas dos dois podiam ser contestadas, mas eles frequentemente compensavam isso com mexericos úteis.

"Adorará o castelo, senhorita Gray, se apreciar a arquitetura vitoriana. Meu irmão levou o Grupo de Mães para um passeio na ilha um mês antes de morrer. Claro, não faço parte, não poderia. Mas eu costumava ir aos passeios, e aquele foi muito interessante. Gostei principalmente dos quadros e da porcelana. Há um quarto magnífico, quase um museu das artes decorativas vitorianas. Azulejos de William de Morgan, desenhos de Ruskin, móveis de Mackmurdo. Foi um passeio bem caro, pelo que me lembro. O senhor Gorringe é o dono, só permite excursões uma vez por semana durante a temporada e restringe o número de pessoas a doze por vez, por isso ele precisa cobrar um preço alto para ter lucro. Mas ninguém se queixou, nem mesmo a senhora Baggot, que infelizmente tende a reclamar de tudo no final do dia. E a ilha em si é linda, variada, tranquila. Penhascos, bosques, campos e brejos. Uma Inglaterra em miniatura."

"Meus amores, eu estava lá no teatro no dia em que

deu um branco em Clarissa Lisle. Foi medonho. Não foi só o fato de que ela esqueceu a fala, embora eu não consiga entender como alguém consegue esquecer lady Macbeth, o personagem praticamente vai sozinho. Deu um branco total. Dava para ouvir o ponto gritar o texto para ela, do lugar em que Peter — um amigo meu — e eu estávamos. Ela soltou uma espécie de soluço e saiu correndo do palco." A voz revoltada de Bevis tirou a srta. Maudsley das agradáveis lembranças dos retratos de Orpen e tapeçarias de William Morris.

"Pobre coitada! Deve ter sido terrível para ela, Bevis."

"Terrível para o resto do elenco, também. E para nós. Uma vergonha completa. Afinal de contas, trata-se de uma atriz profissional renomada. Não se admite que ela se comporte como uma colegial histérica que entra em pânico na primeira apresentação amadora. Fiquei surpreso quando Metzler ofereceu a ela o papel de Vittoria, depois do fiasco em *Macbeth*. Ela começou bem, as críticas não foram muito ruins, mas, por assim dizer, rolou tudo escada abaixo, até o encerramento prematuro da temporada."

Bevis falava como quem tivesse acompanhado o episódio de perto. Cordelia desconfiava do tom de voz seguro que ele assumia quando conversavam sobre teatro, aquele mundo exótico de fantasia e desejo, sua terra prometida, sua terra natal. Ele prosseguiu:

"Eu adoraria conhecer o teatro vitoriano da ilha Courcy. Apesar de minúsculo — cem lugares —, dizem que é perfeito. O primeiro dono o construiu para Lillie Langtry quando ela era amante do príncipe de Gales. Ele costumava visitar a ilha, e os convidados se divertiam com montagens amadoras."

"Como sabe dessas coisas, Bevis?"

"Saiu um artigo sobre o castelo num jornal de domingo, quando o senhor Gorringe terminou a restauração. Foi meu amigo que me mostrou. Sabe que eu me interesso por teatro. A plateia é um encanto. Tem até um camarote real, enfeitado com a insígnia do príncipe de Gales. Eu queria tanto conhecê-lo. Estou morrendo de inveja."

Cordelia disse:

"Sir George falou sobre o teatro. O atual proprietário deve ser muito rico. Custou caro restaurar o teatro e o castelo, e montar uma coleção de obras de arte e objetos decorativos vitorianos."

Surpreendentemente, quem interveio foi a srta. Maudsley:

"Ora, claro que é! Ele ganhou uma fortuna com aquele best-seller, *Autópsia*. Ele é A. K. Ambrose, não sabia?"

Cordelia não sabia. Ela comprara a edição de bolso, como milhares de outros leitores, de tanto ver a capa apelativa a espreitá-la em todos os supermercados e livrarias. Tinha ficado curiosa de saber o que havia num romance de estreia que vendera um milhão de exemplares antecipadamente. Era longo e violento como mandava o figurino do momento, e ela se lembrava de que a orelha tinha razão ao prometer que seria difícil largar o livro, embora já houvesse esquecido tanto a trama quanto os personagens. A ideia era boa, o romance lidava com a autópsia de uma vítima de assassinato e contava detalhadamente a história de todos os envolvidos: médico-legista, policial, agente funerário, família da vítima, vítima e, finalmente, assassino. Poderia ser chamado de romance policial, com uma diferença: havia mais sexo, normal e anormal, do que investigação, e o livro conseguira, com algum êxito, combinar a popular saga familiar com mistério. O estilo fora bem calibrado para o mercado de massa, nem bom demais a ponto de perder o apelo popular nem tão ruim que deixasse as pessoas com vergonha de serem vistas lendo o romance em público. No final ela se sentira frustrada, e era difícil dizer se por ter sido manipulada ou por sentir que o sujeito por trás do pseudônimo A. K. Ambrose poderia ter escrito um livro melhor se quisesse. Mas as passagens sobre sexo, ardilosamente distribuídas, com nuances de ironia e auto-aversão, bem como a descrição detalhada da dissecação de um corpo feminino, sem dúvida tinham um forte apelo lascivo. Nelas pelo menos o autor parecia sincero.

37

A srta. Maudsley estava ansiosa para descartar qualquer crítica implícita em sua pergunta.

"Não me surpreende que você não saiba. Eu mesma não saberia, mas uma das senhoras do passeio de verão é casada com o dono de uma livraria, e ela nos contou. O senhor Ambrose não gosta de ser reconhecido. Aquele foi o único livro que escreveu, pelo que sei."

Cordelia começou a sentir uma intensa curiosidade a respeito do supertalentoso Ambrose Gorringe e sua ilha perto da costa. Ela refletiu sobre as esquisitices de sua nova tarefa enquanto Bevis recolhia as xícaras de café, pois era a vez dele de lavá-las. A srta. Maudsley absorvera-se num silêncio pensativo, com as mãos cruzadas no colo. De repente ela ergueu os olhos e disse:

"Espero que não corra perigo, senhorita Gray. Há algo depravado, talvez até malvado, em cartas anônimas maliciosas. Recebemos algumas certa vez, na igreja, e o caso terminou em tragédia. Elas são assustadoramente maldosas."

"Maldosas, mas não perigosas. Acho mais provável que o caso me deixe entediada do que assustada. E não consigo imaginar coisas horríveis acontecendo na ilha Courcy", replicou Cordelia.

Bevis, equilibrando precariamente as três canecas, virou-se ao chegar à porta.

"Mas coisas terríveis aconteceram lá! Não sei o quê, exatamente. O artigo não entrava em detalhes. Mas o castelo atual foi construído no local onde havia um castelo medieval usado para a defesa de parte do canal da Mancha, portanto provavelmente herdou alguns fantasmas. E o repórter disse que a ilha tinha uma história violenta, sangrenta."

"São apenas lugares-comuns jornalísticos. O passado é sangrento. Isso não quer dizer que vamos encontrar fantasmas vagando por lá." Cordelia disse isso inteiramente sem pressentimentos, feliz pela chance de executar um serviço de verdade, contente por sair de Londres ainda durante o tempo quente do outono, e já imaginava torres altas, pântanos cheios de gaivotas, bosques e morros de uma Inglaterra ensolarada em miniatura, linda e misteriosa, a aguardá-la.

3

Ambrose Gorringe ia a Londres tão raramente que começava a se perguntar se valia mesmo a pena continuar pagando a mensalidade de um clube na cidade. Em alguns lugares da capital ele ainda se sentia em casa, mas muitos outros, onde antes havia caminhado com prazer, agora lhe pareciam sujos, malcuidados e estranhos. Quando reuniões com seu corretor da bolsa de valores, agente ou editor exigiam sua presença, ele montava uma programação a que chamava de "delícias", uma espécie de reprise das férias escolares, sem deixar nenhum momento vago que pudesse levá-lo a refletir sobre a estupidez de estar ali. Uma visita à pequena loja de antiguidades de Saul Gaskin, perto de Notting Hill Gate, constava invariavelmente de sua programação. Gorringe comprava a maioria dos quadros e móveis vitorianos nos leilões londrinos, mas Gaskin conhecia bem o período e compartilhava sua paixão, de modo que ele sabia que lá, aguardando sua inspeção, sempre havia uma pequena coleção de objetos vitorianos mais representativos do espírito da época do que suas aquisições mais importantes.

No calor inesperado de setembro, o escritório atravancado e mal ventilado nos fundos da loja fedia como um covil. Gaskin, o rosto descorado e aflito, as mãos miúdas precisas e o colete de fustão encardido, corria por ali feito uma ratazana teimosa. Abrindo a gaveta, ele espalhou com reverência, para seu melhor cliente, os resultados das buscas dos últimos quatro meses. O *decanter* Bristol azul decorado com cachos de uva e folhas de parreira era atraente, mas havia apenas cinco cálices, e ele gostava dos conjuntos completos. Um dos vasos Wedgwood de um par projetado por Walter Crane estava ligeiramente desbeiçado. Gorringe se surpreendeu ao constatar que o antiquário, conhecendo sua mania de perfeição, houvesse guardado as peças para ele. Mas havia uma preciosidade, o cardápio elaboradamente enfeitado do banquete oferecido pela rainha no castelo de Windsor em 10 de outubro de 1844, para comemorar a outorga do título de cavaleiro da Ordem da Jarreteira ao rei Luís Filipe, da França. Ele pensou que seria divertido servir a mesma refeição no castelo de Courcy, por ocasião do aniversário do evento, mas lembrou que havia limitações tanto da habilidade culinária da sra. Munter quanto na aptidão de seus convidados.

Gaskin, porém, reservara o melhor para o final. Ele apresentou as peças com o costumeiro ar de quem reza uma missa secular a um devoto. Eram dois pesados broches de luto, de ouro esmaltado em negro, cada um com uma mecha de cabelo intricadamente entrelaçada, formando espirais e pétalas; uma touca de viúva preta, ainda na caixa de chapéu em que fora transportada; e um rechonchudo braço de bebê esculpido em mármore, truncado, a repousar numa almofada de veludo vermelho. Gorringe pegou a touca, alisando o cetim gofrado e as fitas da desdita ostentada. Ele se perguntou o que haveria acontecido à sua dona. Teria, devastada pela dor, acompanhado o marido na última viagem inesperada? Ou a touca, embora cara, não lhe agradara? Tanto ela quanto os broches serviriam de reforço ao dormitório do castelo de Courcy, que ele batizara de Memento Mori e usava para guardar sua coleção de necrofilia vitoriana; máscaras mortuárias de Carlyle, Ruskin e Matthew Arnold, os cartões de agradecimento pelos pêsames, de margens negras, com anjos chorando e versos sentimentais impressos, as xícaras, medalhas e canecas comemorativas, o guarda-roupa cheio de trajes de luto pesado, em preto, cinza e malva. Naquele quarto Clarissa entrara

41

apenas uma vez, sentira arrepios e agora fingia que ele não existia. Mas ele havia notado com prazer que os casais de amantes convidados, assumidos ou furtivos, gostavam de dormir lá de vez em quando, assim como as prostitutas do século xviii, ele pensava, haviam copulado com seus clientes nas tampas horizontais dos túmulos dos cemitérios do East End londrino. Gorringe observava com olhos irônicos e ligeiramente condescendentes a simbiose entre erotismo e morbidez, como fazia com todas as fraquezas humanas que por acaso não compartilhasse.

Ele disse:

"Ficarei com estes. E provavelmente com o mármore também. Onde os conseguiu?"

"Venda em particular. Não creio que seja um memento. O dono alegou ser duplicata de um membro de mármore de um dos filhos da família real, de Osborne, esculpidos para a rainha Vitória. Este provavelmente era o braço da princesa real quando criança."

"Pobre Vicky! Sofreu com a mãe dominadora, o filho ingrato e Bismarck. Não foi a mais feliz das princesas. É quase irresistível, mas não por este preço."

"A almofada é original. E, se o braço for da princesa, trata-se provavelmente de peça única. Desconheço qualquer registro de duplicatas das peças de Osborne."

Eles então iniciaram o processo costumeiro de barganha amigável, mas Gorringe percebeu que Gaskin não se entusiasmou. O antiquário era um homem supersticioso, e Gorringe notou que a peça de mármore, que o outro pelo jeito nem sequer conseguia tocar, o fascinava e ao mesmo tempo lhe repugnava. Ele queria vê-la longe de sua loja.

Mal concluíram a negociação e alguém bateu à porta da rua, que estava trancada. Quando Gaskin estava saindo do escritório para atender, Gorringe pediu para usar o telefone. Percebeu que poderia pegar o trem mais cedo, caso se apressasse um pouco. Como sempre, foi Munter quem atendeu.

"Castelo de Courcy."

"Munter, é Gorringe. Estou ligando de Londres. Acho que vou conseguir pegar o trem das duas e meia. Devo chegar ao cais às quatro e quarenta."

"Muito bem, senhor. Darei instruções a Oldfield."

"Está tudo bem, Munter?"

"Perfeitamente, senhor. O ensaio geral de terça-feira não foi perfeito, mas imagino que isso seja considerado propício para a apresentação oficial."

"E o teste da iluminação, foi satisfatório?"

"Sim, senhor. Se me permite uma opinião, a companhia conta com iluminadores amadores mais competentes do que os atores."

"E a senhora Munter? Vocês conseguiram ajudantes para sábado?"

"Não muitos. As duas moças da cidade não poderão vir, mas a senhora Chambers vai trazer a neta. Entrevistei a moça, ela parece ser bem-intencionada, mas não tem treinamento. Se a apresentação em Courcy se tornar um evento anual, talvez seja melhor reconsiderar a formação da equipe de apoio, pelo menos durante a semana do evento."

Gorringe disse, calmamente:

"Nem você nem a senhora Munter precisam considerar a peça um evento anual. Se sentem necessidade de planejá-lo com doze meses de antecedência, será mais seguro imaginar que esta será a última apresentação de lady Ralston em Courcy."

"Obrigado, senhor. Lady Ralston telefonou. Sir George precisa ir a uma reunião urgente e só deve chegar no sábado, provavelmente depois da apresentação. Lady Ralston propôs aliviar a privação marital com uma secretária acompanhante, chamada Cordelia Gray. Ela virá com o resto do grupo, na sexta-feira pela manhã. Lady Ralston, ao que parece, acha que não precisa falar com o senhor a respeito."

A desaprovação de Munter se fez notar com a mesma clareza que sua ironia cuidadosamente dosada. Ele era mestre em avaliar até onde podia chegar em perversidade, e, uma vez que sua insolência velada jamais se voltava contra o patrão, Gorringe o tratava com indulgência. Um homem, particularmente um serviçal, tinha direito ao consolo esporádico da crítica como meio de afirmação. Gorringe notara, desde o início do relacionamento, como a persona de Munter era literária, forjada a partir de personagens como o mordomo Jeeves e seu quase xará Bunter.* A encenação beirava a paródia quando seus arranjos domésticos cuidadosamente planejados sofriam algum abalo. Durante as visitas de Clarissa ao castelo, ele se tornava quase intoleravelmente bunteriano. Como apreciava as excentricidades do serviçal e o contraste entre sua aparência bizarra e os modos presunçosos, e não sentia a menor curiosidade pelo seu passado, Gorringe mal se dava ao trabalho de ponderar se existia um Munter real, e, em caso positivo, que tipo de sujeito ele era.

Ele ouviu Munter dizer:

"Achei que a senhorita Gray poderia ser bem acomodada no quarto De Morgan, se for de seu agrado."

"Parece adequado. Caso sir George apareça no sábado à noite, ele pode ficar no Memento Mori. Um militar deve estar acostumado com a morte. Sabemos algo a respeito da senhorita Gray?"

"Pelo que entendi, é jovem. Suponho que fará as refeições no salão."

"Claro."

Qualquer que fosse a intenção de Clarissa, serviria ao menos para chegar a um número par de pessoas à mesa. Mas sua proposta de levar uma secretária acompanhante, e ainda por cima mulher, era espantosa. Ele estava torcendo

---

(*) Bunter é personagem de Dorothy L. Sayers (1893-1957), valete e mordomo de lorde Peter Wimsey, detetive ficcional. Jeeves, personagem do escritor P. G. Wodehouse (1881-1975), é criado de Bertie Wooster e se tornou símbolo do mordomo perfeito (embora fosse um valete). Em ambos os casos, o mordomo é requintado, irônico, maldoso e extremamente fiel ao patrão aristocrata, que o trata com certa intimidade e se diverte com suas tiradas. (N. T.)

para que o par não tornasse o fim de semana mais complicado do que já prometia ser.

"Até logo, Munter."

"Até logo, senhor."

Quando Gaskin voltou ao escritório, encontrou-o segurando o braço de mármore, pensativo. Tremeu, involuntariamente. Gorringe devolveu o mármore a sua almofada e observou o antiquário pegar uma caixa de papelão pequena e forrá-la com papel de seda.

Perguntou:

"Não gostou da escultura?"

Gaskin podia se dar ao luxo de ser franco. O braço fora vendido, e o sr. Gorringe nunca rejeitava uma peça depois de haver acertado o preço. Ele colocou o mármore na caixa, tendo o cuidado de tocar apenas na almofada.

"Não posso dizer que lamento perdê-lo. Costumo me dar muito bem com modelos da mão humana feitos de porcelana, do tipo que os vitorianos gostavam tanto, para guardar anéis, por exemplo. Recebi um lindo na semana passada, mas o babado do punho estava lascado, o senhor não se interessaria por ele. Mas um braço de criança! Cortado desse jeito! Eu diria que é brutal, quase mórbido. Sinto uma coisa ruim a respeito desta peça. O senhor sabe como eu sou. Lembra a morte."

Gorringe deu uma espiada final nos broches antes que fossem embalados e colocados na caixa.

"Menos do que as joias e a touca de viúva, se formos racionalizar. Mas concordo, duvido que seja uma lembrança fúnebre."

Gaskin disse, firme:

"São coisas distintas. Elas não me assustam, aceito as lembranças dos mortos, os memoriais. Isso é diferente. Para dizer a verdade, impliquei com ele desde que entrou na loja. Sempre que olho em sua direção, imagino que está sangrando."

Gorringe sorriu.

"Vou mostrá-lo a meus convidados e observar a reação

deles. A montagem em Courcy no próximo fim de semana é *A duquesa de Amalfi*. Se fosse uma mão masculina em tamanho natural, poderíamos usá-la como acessório. Mas nem a duquesa, em seu desespero, poderia confundi-lo com a mão morta de Antonio."

A alusão escapou a Gaskin, que não havia lido Webster. Ele murmurou:

"Não mesmo, senhor." E abriu um sorriso dissimulado, servil.

Cinco minutos depois ele viu seu cliente e as caixas deixarem o recinto formalmente, congratulando-se com a satisfação prematura — pois, apesar de sua sensibilidade cuidadosamente estimulada, ele nunca se considerara clarividente — de ter visto e ouvido falar pela última vez no braço da princesa morta.

4

A menos de três quilômetros dali, num consultório médico da Harley Street, Ivo Whittingham baixou as pernas da maca e observou o dr. Crantley-Mathers voltar para sua mesa, arrastando os pés. O médico, como sempre, usava um terno antigo risca de giz, de caimento perfeito. "Moda clínica", como jaleco branco, jamais entraria em seu consultório, que mais parecia um escritório particular, pois exibia carpete estampado Axminster, escrivaninha eduardiana entalhada coberta de porta-retratos de moldura de prata com fotos dos netos de sir James e pacientes distintos, paredes enfeitadas com imagens esportivas e o retrato de um antepassado próspero no lugar de honra, acima da cornija da lareira esculpida em mármore. Nenhum esforço evidente para evitar infecções; contudo, pensou Whittingham, os germes não ousariam se instalar na poltrona alta estofada em que os pacientes de sir James ouviam seus conselhos. Até a maca onde realizava os exames parecia pouco clínica, coberta de couro marrom, na qual se subia por uma elegante escadinha de biblioteca do século XVIII. O recado era que, embora alguns dos pacientes de sir James pudessem desejar secretamente tirar a roupa, tal excentricidade poderia não ter nada a ver com suas condições de saúde.

Ele ergueu os olhos do bloco de receitas e disse:

"O baço o incomoda?"

"Como deve pesar uns dez quilos, fazendo com que eu pareça e me sinta como uma grávida assimétrica, sim, eu diria que ele me incomoda."

"Talvez chegue o dia em que seja melhor tirá-lo. Não há pressa, porém. Vamos deixar para decidir isso no mês que vem."

Whittingham foi para trás do biombo oriental decorado com pinturas, onde deixara as roupas dobradas sobre uma cadeira, e começou a se vestir, puxando a calça para cima, até a barriga pesada. Era como carregar a própria morte, pensou, sentindo que ela drenava os músculos como um íncubo fetal imóvel, a lembrá-lo, com seu peso morto e a deformidade que notava ao se olhar no espelho todas as vezes em que tomava banho, o que carregava consigo. Olhando por cima do biombo, disse com a voz abafada pela camisa:

"Pensei que tivesse dito que o baço inchou por ter assumido a fabricação dos glóbulos vermelhos que meu sangue deixou de produzir."

Sir James não ergueu os olhos. Disse, com despreocupação deliberada: "É mais ou menos o que ocorre, sim. Quando um órgão deixa de funcionar, outro tende a assumir suas tarefas".

"Portanto, seria falta de tato indagar qual órgão fará a gentileza de assumir as tarefas do baço, quando ele for removido?"

Sir James riu ao ouvir a frase espirituosa. "Vamos atravessar essa ponte quando chegarmos a ela, está bem?"

A originalidade das imagens nunca fora o forte dele, pensou Whittingham.

Pela primeira vez desde o início da doença, Whittingham teve vontade de perguntar diretamente ao médico quanto tempo ainda lhe restava. Não que precisasse colocar assuntos em ordem. Divorciado, distante dos filhos, morando sozinho, suas coisas, como o apartamento obsessivamente limpo, estavam em ordem havia mais de cinco anos, lamentavelmente. A necessidade de informação ia pouco além da mera curiosidade. Ele gostaria de saber se conseguiria se livrar de outro Natal, a época do ano que menos apreciava. Mas logo se deu conta de que seria uma pergunta de mau gosto. A sala fora decorada para impossibilitá-la. Sir James era favorável ao treinamento dos pacientes para que não fizessem perguntas que exigissem uma resposta constrangedora. Sua filosofia — da qual Whittingham não discordava totalmente — era que os pacientes deviam entender pouco a pouco que estavam morrendo e que, ao chegar a hora, a fraqueza física garantiria que a percepção fosse menos dolorosa que uma sentença de morte pronunciada quando o sangue ainda corria com força. Jamais acreditara que a perda da esperança fizesse bem a alguém, e além disso os médicos podiam errar. A última afirmação era uma concessão convencional à modéstia. No fundo, Sir James não acreditava que ele próprio pudesse errar, e de fato era excelente nos diagnósticos. Não era culpa dele, Whittingham pensou, que a capacidade de diagnóstico da profissão médica estivesse bem mais avançada do que a capacidade de curar. Ao enfiar o braço na manga do paletó, ele pronunciou alto palavras de Brachiano em *O demônio branco*: "*Na dor da morte, que nenhum homem fale na morte para mim:/ É uma palavra infinitamente terrível*".

Sir James obviamente compartilhava da sua visão. Era surpreendente, pensou, já que o conhecia muito bem, que ele não tivesse mandado entalhar a frase em sua porta.

"Desculpe-me, senhor Whittingham, não entendi o que disse..."

"Não foi nada, sir James. Eu só estava citando Webster."

Ao acompanhar o paciente até a porta do consultório, onde uma enfermeira excepcionalmente bonita o aguardava para levá-lo até a saída, o médico perguntou:

"Vai sair de Londres no fim de semana? Seria uma pena desperdiçar o bom tempo."

"Vou para Dorset, até a ilha Courcy, ao largo de Speymouth. Uma companhia amadora com apoio de profissionais encenará *A duquesa de Amalfi*, e farei um artigo a respeito para uma revista." E acrescentou: "Destacarei a restauração do teatro vitoriano da ilha e sua história". Ele se odiou imediatamente pela explicação. Não passava de um modo de dizer que podia estar morrendo, mas que ainda não chegara ao ponto de criticar apresentações de grupos amadores.

"Muito bom. Muito bom." Sir James vociferou sua aprovação, que soaria excessiva até para Deus no sétimo dia.

Assim que a imponente porta de entrada se fechou atrás de si, Whittingham sentiu a tentação de pegar o táxi que estava estacionando, provavelmente para deixar outro paciente. Mas ele imaginou que conseguiria caminhar um quilômetro e meio até seu apartamento em Russel Square. Havia um novo café em Marylebone High Street, o jovem casal de proprietários moía os grãos na hora, além de fazer bolos caseiros. Cadeiras debaixo dos guarda-sóis davam aos moradores locais a ilusão de que o verão inglês era adequado para comer ao ar livre. Poderia descansar uns dez minutos ali. Era extraordinário como as indulgências triviais tinham adquirido importância. Ao se resignar à apatia da doença fatal, ele passara a adquirir algumas manias da velhice, como o prazer pelas pequenas coisas, o apego à rotina, certa indiferença em relação até aos conhecidos mais antigos, uma indolência que tornava coisas como trocar de roupa e tomar banho um suplício e uma preocupação com as funções corporais. Desprezava o meio homem que se tornara, mas até a repulsa a si mesmo continha certo ressentimento lamurioso da senilidade. De todo modo, sir James tinha razão. Era difícil sentir aflição pela perda de uma vida tão diminuída. Quando a doença tivesse acabado com ele, a morte não seria mais do que a desintegração final de um corpo do qual o espírito já fugira, abatido pela dor, pela exaustão e por um mal-estar que ia mais fundo do que a fraqueza física, um traidor do coração fragilmente armado que nunca tivera coragem para lutar.

Conforme caminhava pela Wimpole Street ao sol morno do outono, ele pensava nas grandes performances que vira e repassou mentalmente nomes, como se fizesse uma chamada: o Ricardo III de Olivier, Wolfit no papel de Malvolio, o Hamlet de Gielgud, o Falstaff de Richardson, a Portia de Peggy Ashcroft. Ele se recordava deles, lembrava os teatros, os diretores, até as passagens mais citadas de suas críticas. Era interessante notar que, depois de trinta anos frequentando o teatro, para ele haviam permanecido principalmente os clássicos. Entretanto, sabia que nesse dia, mesmo se fosse uma noite de estreia na qual ele ocuparia o costumeiro lugar na terceira fila da plateia, usando traje a rigor, como sempre fizera nas primeiras apresentações, ouvindo o zunzum ansioso, incomparável a qualquer outro som do mundo, nada do que acontecesse quando a cortina fosse erguida conseguiria comovê-lo ou excitá-lo, despertando no máximo um interesse contido, distante. A glória e o deslumbramento haviam acabado. Nunca mais sentiria a comichão entre as omoplatas, a sensação quase física do sangue pulsando que, em sua juventude, fora a resposta a uma grande atuação. Era irônico que agora, passada a paixão, ele estava a ponto de criticar sua última peça, uma montagem amadora. Mas daria um jeito de arranjar a energia necessária para cumprir sua tarefa na ilha Courcy.

Diziam que a ilha era linda, e o castelo um interessante exemplo da exuberância vitoriana. Conhecê-los provavelmente valia a viagem, e isso era o mais perto que conseguia chegar do entusiasmo. Quanto à companhia, não tinha tanta certeza. Clarissa mencionara que sua prima, Roma Lisle, iria para lá com um amigo. Não conhecia Roma, mas, a julgar pelo cáustico desprezo de Clarissa por ela em conversas frequentes nos últimos anos, não estava gostando da ideia de ficarem sob o mesmo teto; a cuidadosa omissão do nome do amigo complicava mais o cenário. O rapaz ia com ela, também, pelo jeito. A decisão de Clarissa de levar o filho de Martin Lessing, o marido que morrera afogado, fora um de seus atos impulsivos mais espetaculares; ele se perguntava de quem era o maior arrependimento, se da benfeitora ou da vítima. Nas três ocasiões em que encontrara Simon Lessing, duas no teatro e a outra numa festa no apartamento de Clarissa em Bayswater, ele se espantara com o desaire do rapaz e com a impressão de uma profunda infelicidade pessoal que, em sua opinião, tinha menos a ver com a adolescência do que com Clarissa. Havia algo de canino em sua subserviência, uma necessidade desesperada de obter a aprovação dela sem ter a menor ideia do que Clarissa esperava dele. Whittingham percebera o mesmo olhar no pai; a lembrança não era tranquilizadora. Comentava-se que Simon era um pianista talentoso. Talvez Clarissa se visse esplendidamente acomodada num dos camarotes da frente do Royal Festival Hall enquanto o enteado prodígio, olhos embevecidos em sua direção, fazia a mesura triunfal. Devia ter sido desconcertante para ela dar de cara, em vez disso, com o humor instável e a falta de graça física da adolescência. Ele sentiu um vago interesse por ver como os dois se relacionavam. Contava com outras pequenas satisfações; uma delas seria observar como Clarissa Lisle lidava com suas neuroses. Se fosse a última performance dele, dava algum prazer saber que também poderia ser a última dela. Clarissa sabia que ele estava morrendo. Não lhe faltava perspicácia. Mas ele não lhe daria o gosto de observar sua desintegração física. Havia prazeres mais sutis; observar a degradação mental poderia constar entre eles, pensou. Estava descobrindo que até o ódio diminuía um pouco no final. Todavia, ainda durava mais do que o desejo, mais até do que o amor. Caminhando lentamente sob o sol e refletindo sobre o fim de semana próximo, ele sorriu ao perceber que o mais vivo nele no momento era a capacidade de jogar.

5

No porão de uma pequena loja, numa viela no lado norte de Tottenham Court Road, Roma Lisle, de joelhos, desempacotava e separava um lote de livros usados. A sala, que originalmente servira de cozinha e ainda continha uma velha pia de porcelana, armários pregados na parede e um fogão a gás desligado, tão pesado que o esforço combinado de Colin e dela fora insuficiente para erguê-lo, estava insuportavelmente quente, apesar do piso de ladrilhos. Lá fora, o calor acumulado do final do verão dava a impressão de se ter concentrado na área sob a grade de ferro, pressionado contra a janela pequena como uma manta suada, fedendo a fumaça, cortando a passagem tanto do ar quanto da luz. Acima da cabeça de Roma, uma lâmpada pendurada no teto lançava sombras em vez de iluminar; era ridículo ter de manter a luz acesa num dia ensolarado daqueles, sendo a eletricidade tão cara. Fora loucura pensar que aquele pardieiro poderia ser transformado no departamento de livros usados da loja, um lugar aconchegante, convidativo, o paraíso dos bibliófilos.

Aos poucos ela foi constatando que os livros eram fracos. Tinham saído barato, arrematara o lote no leilão de uma casa de campo. Via agora, na primeira inspeção de verdade, que não valiam quase nada. Os melhores estavam por cima. O restante era uma mistura heterogênea de sermões vitorianos, memórias de generais da reserva, biografias de políticos obscuros, tão indistintos na morte quanto na vida, romances que não despertaram o menor interesse, a não ser pela razão de alguém ter decidido publicá-los.

Seus joelhos entorpeceram no piso frio, as narinas se congestionaram com o cheiro de pó, papelão úmido e papel podre. O que havia imaginado era muito diferente; Colin ajoelhado a seu lado, a busca alegre, as exclamações de prazer a cada tesouro descoberto, o riso fácil, os planos de diversão. Ela se lembrava de seu último dia na Pottergate Comprehensive, a festa de despedida regada a sherry vagabundo, os inevitáveis salgadinhos e canapés de queijo; a inveja mal disfarçada dos colegas pelo fato de ela e Colin saírem para abrir um negócio em sociedade, dando adeus ao relógio de ponto, ao diário de classe, aos exames, à extenuante luta diária para impor sua autoridade a uma classe de quarenta alunos naquela escola de segundo grau do centro, onde o ensino sempre estivera subordinado ao empenho em manter alguma aparência de disciplina.

E tudo isso acontecera fazia apenas nove meses! Nesse período, tudo que compraram, tudo que precisaram, ficara mais caro. A loja vivia vazia, como se tivesse falido e fechado as portas. Nove meses de trabalho excessivo e resultados insuficientes, de esperanças perdidas e pânico disfarçado. Nove meses — seria possível? — da lenta morte do desejo. Ela quase gritou de desespero, socando a caixa com as mãos fortes, como se aqueles pensamentos penosos pudessem ser fisicamente afastados de sua cabeça. Roma ouviu passos na escada. Virou-se para ele, forçando um sorriso. Ele mal falara durante o almoço. Mas já fazia três horas! Às vezes o mau humor dele não durava muito. Que nada, bastou ele abrir a boca para acabar com as esperanças dela.

"Minha nossa, como este lugar fede!"

"Vamos limpar tudo."

"E quanto tempo demorará? Vamos precisar de um exército de faxineiras e decoradores. Mesmo assim, vai continuar parecendo um porão de cortiço."

Ele sentou numa caixa fechada e começou a mexer na pilha que ela havia feito, amontoando os livros de qualquer jeito depois de olhá-los com desprezo. Na luz fraca seu rosto formoso e petulante exibia rugas de aborrecimento. Por quê?, ela se perguntava. Quem fazia o serviço era ela. Estendeu a mão, e ele a segurou depois de um momento, de um jeito frouxo.

Ela pensou: Amo você! Nós nos amamos. Pelo amor de Deus, não tire isso de mim.

Ele puxou a mão num gesto quase furtivo, fingindo interesse por um dos volumes. Quando o abriu, uma folha grossa de papel desbotado escorregou para fora.

Ela perguntou:

"De que se trata?"

"Parece uma xilogravura antiga. Duvido que valha alguma coisa."

"Podemos perguntar a Ambrose Gorringe, quando chegarmos à ilha Courcy. Ele conhece antiguidades, mesmo que não sejam do período que lhe interessa."

Os dois observaram a gravura. Velha, sem sombra de dúvida; pela ortografia antiga, devia ser do século XVII, e estava em ótimas condições. Na parte de cima havia uma ilustração grosseira de um esqueleto segurando uma seta na mão direita e uma ampulheta na esquerda. Abaixo da figura, os dizeres: "O Gde. Mensageiro da Mortalidade", e um poema. Ela leu em voz alta os quatro primeiros versos:

Linda donzela, deixe de lado seu caro traje,
Chega de se vangloriar como quem está no auge,
Abandone todos os vãos prazeres da carne,
Pois virei buscá-la esta noite sem falta.

A assinatura, sem data, indicava que o nome do impressor era John Evans, de Long Lane, em Londres.

Roma disse:

"Isso me faz lembrar de Clarissa."

"De Clarissa? Por quê?"

"Sei lá. Não tem um motivo."

Ele a pressionou com irritante insistência, como se fosse importante, como se ela tivesse tido alguma intenção.

55

"Foi só uma coisa que eu disse, algo que me passou pela cabeça. Eu não quis dizer nada. Ponha o papel em cima da pia, no escorredor de louça. Vamos mostrá-lo a Ambrose Gorringe."

Ele obedeceu e voltou a remexer na caixa, incomodado, dizendo:

"Foi besteira comprar este lixo. Deveríamos ter adquirido livros novos. Londres virou a capital das livrarias. E não sei por que fui deixar você me convencer a comprar aquele monte de obras esquerdistas que estão lá em cima. Ninguém leva. Os esquerdistas já contam com um monte de pontos no bairro e só servem para espantar a boa freguesia. Aquela panfletagem vai continuar juntando poeira. Eu devia estar maluco."

Ela sabia que ele não falava apenas da literatura socialista. A injustiça despertou seu ressentimento. Abriu a boca, sabendo que estava indo pelo caminho errado. Ele precisava de afeto, apoio, compreensão. As brigas que provocava só o deixavam mais deprimido e revoltado, e ela, desolada. Mas Roma não aguentou.

"Alto lá, você não entrou neste negócio só para me agradar. Queria sair de Pottergate tanto quanto eu. Odiava dar aula, esqueceu? Eu estava de saco cheio também, confesso, mas não teria largado o emprego se você não tivesse tomado a iniciativa."

"Quer dizer que é tudo culpa minha?"

"Tudo? Que tudo? Não é culpa de ninguém. Nós dois fizemos o que queríamos."

"Então do que você está reclamando?"

"Cansei de ser tratada como se fosse um estorvo pior do que sua mulher, até parece que você insiste com a loja só por minha causa."

"Eu insisto — nós insistimos — porque não temos alternativa. Não nos aceitariam de novo em Pottergate, mesmo que implorássemos para voltar."

E onde mais poderiam bater? Ele não precisava explicar a ela o nível de desemprego entre os professores, os cortes de verbas para a educação, a busca desesperada por aulas, mesmo no caso dos profissionais mais qualificados. Sabendo que seu argumento era tolo, que só serviria para contrariá-lo ainda mais, ela disse:

"Se desistir, Stella vai adorar. Aposto que ela está só esperando para dizer: 'Eu bem que avisei', e entregar você de bandeja ao sacrifício, para o sogro querido encaixá-lo nos negócios da família, devidamente emasculado. Ela deve rezar todo dia para a gente ir à falência! Só falta ficar na porta da loja contando as pessoas que entram."

Colin reagiu mais com tristeza do que com indignação. Afinal de contas, ele e Roma já haviam brigado por tudo isso antes. "Ela sabe que ando preocupado, é óbvio. Ela também está com medo. Tem todo o direito. Não se esqueça de que metade do que investi me foi emprestado por ela."

Como se fosse preciso repetir. Como se Roma não soubesse exatamente quanto dinheiro Stella, a benevolente, tirara da generosa mesada do papai para ajudá-lo. Fora muita generosidade da parte dela. Generosidade, estupidez ou astúcia. As três coisas, provavelmente. Pois ela devia saber que Colin seria sócio da amante, não era tão cega assim. Claro que sabia! Ela não entendia o que ele via em Roma — e nisso não estava sozinha —, mas imaginava o desfecho. Resolvera se vingar dando o dinheiro para formar uma sociedade destinada a fracassar devido à inexperiência, à falta de capital e às ilusões dos dois; um fracasso que o levaria de volta, adequadamente cabisbaixo, ao lugar onde deveria estar, e de onde, pensando bem, nunca saíra. Não restaria mais nada para ele exceto a loja do papai em Kilburn, que vendia móveis baratos de compensado no crediário, para consumidores ignorantes demais para perceber que estavam sendo enganados, ou orgulhosos demais, apesar da pobreza, para percorrer lojas de móveis usados atrás de peças de boa qualidade, feitas de carvalho maciço. Deslumbravam-se ao ver bufês com bar, estantes divisórias, jogos de sala espalhafatosos que se desmonta-

57

riam ou seriam despedaçados muito antes que eles terminassem de pagar o carnê. Era o que Colin queria fazer de sua vida? Abandonara o magistério para isso? Stella teria deduzido tudo sozinha ou haveria um dedo do velho na história? O dinheiro que ela emprestara não fora cuidadosamente calculado para permitir a abertura do negócio mas insuficiente para fazer com que desse certo? Stella era muito esperta. Sua cabecinha ardilosa combinava com as unhas pintadas de cores berrantes e os dentes brancos infantis. Ela contava com outras armas, Justin e Joanna. Era possessiva e controladora, usava a maternidade para justificar tudo. Contava com os gêmeos. E sabia usá-los muito bem! Tudo exigia a presença de Colin: infecção infantil, evento escolar, consulta ao dentista, encontro familiar. O Natal exigia sua presença em casa, era como se ela dissesse: "Ele pode dormir com você, brincar de loja com você, imaginar que está apaixonado por você, confiar em você. Mas ele nunca lhe dará filhos. E nunca pedirá o divórcio para se casar com você". Apavorada com tais pensamentos, vendo o que estava acontecendo com os dois, Roma fez um apelo:

"Querido, vamos parar de brigar. Estamos cansados, faz calor, foi um dia difícil. Na sexta-feira trancaremos a porta, deixando tudo para trás, e seguiremos para a ilha Courcy. Três dias de paz, sol, bons vinhos, comida de primeira classe e mar. A ilha tem apenas cinco por quatro quilômetros, segundo Clarissa, mas permite caminhadas maravilhosas. Podemos nos afastar do resto do grupo. Duvido que Ambrose Gorringe se importe com o que vamos fazer. Nada de credores e outros chatos, apenas sossego. Sem dúvida estou precisando disso."

Ela ia acrescentar: E também preciso de você, amor. Mais do que nunca. Sempre. Mas, ao erguer o rosto, ela percebeu o olhar dele.

Não era uma expressão nova, já a conhecia bem. Misturava vergonha, irritação e embaraço. O padrão de vida deles, feito de planos tão seguros, repletos de alegria, e cancelamentos de última hora. Entretanto, nunca antes isso tivera tanta importância. As lágrimas inundaram seus olhos. Ela se esforçou para manter a calma, não podia perder o controle, mas, quando conseguiu falar, uma nota de recriminação raivosa não passou despercebida até a seus próprios ouvidos, inevitável, e sua expressão de vergonha deu lugar a uma atitude desafiadora.

"Você não pode fazer isso comigo! Você prometeu! Já falei a Clarissa que eu ia levar meu companheiro. Está tudo combinado."

"Sei disso, e lamento muito. Mas o pai de Stella telefonou na hora do café da manhã para dizer que vinha passar o fim de semana aqui. Preciso ficar lá. Já expliquei a você como ele é. Ficou furioso por eu ter largado a escola. Nunca nos entendemos direito. Ele acha que eu não dou valor suficiente a ela; sabe como é, filha única. Ele não vai gostar se descobrir que viajei no fim de semana e a deixei sozinha cuidando dos filhos. Ele não acreditará na história de ir a uma feira de livros. Acho que nem Stella acreditaria."

Então era isso. O papai ia chegar. Era o papai quem pagava a escola dos gêmeos, dava carro, férias anuais, todos os luxos que haviam se tornado necessidades. O papai que decidia o futuro do genro.

O tom de lamento de Roma foi quase um uivo:

"E o que Clarissa vai pensar?"

"O pior era o que ela pensaria se eu fosse. Ela sabe que sou casado. Quero dizer, você deve ter contado. Não causaria uma impressão estranha se chegássemos juntos? Nem estamos dividindo um apartamento, ou algo do tipo."

"Pelo que está dizendo, não podíamos ter dormido juntos. E por que não? Clarissa não é exatamente um modelo de pureza, e duvido que Ambrose Gorringe percorra os corredores durante a noite, checando se os hóspedes dormem em seus próprios quartos."

Ele resmungou:

"Não tem nada a ver com isso, já expliquei. É por causa do pai de Stella."

"Mas este fim de semana pode livrar você dos dois. Pensei em falar com Clarissa sobre a loja, pedir a ajuda dela. Por isso eu quis ser convidada. Afinal de contas, um terço do dinheiro dela será meu, se ela morrer sem deixar filhos. Está no testamento do nosso tio. Não haveria mal nenhum em abrir mão de algum, num momento de necessidade extrema. Vamos pedir um empréstimo, só isso."

Roma tentou não ver no rosto dele uma centelha de esperança, que logo desapareceu. Ele disse, emburrado:

"Eu não vou pedir dinheiro a uma mulher."

"Nem precisa. Eu peço. Mas pensei que seria bom ela conhecer você, gostar de você. Vê-lo nas melhores condições possíveis. Eu conversaria com ela depois, no momento apropriado. Vale a pena tentar, amor. Até vinte mil fariam uma diferença enorme."

"E quanto você vai receber se ela morrer?"

"Não tenho certeza. Uns oitenta mil, acho. Mais, talvez."

Ele virou de costas. "Aproximadamente o que precisaríamos se eu deixasse Stella, pedisse o divórcio. Mas Clarissa não vai morrer só por ser conveniente para nós. Vinte mil serviria só para salvar a loja. Não resolveria mais nada. E por que ela concordaria em lhe dar o dinheiro? Qualquer um com o mínimo de bom senso financeiro saberia que é muito risco para pouco retorno. Esqueça. De todo modo, não posso viajar neste fim de semana."

Acima deles o assoalho estalou. Alguém havia entrado na loja. Ele disse depressa, aliviado:

"Acho que é um cliente. Sabe, vou fechar às cinco em ponto, se não houver ninguém, e descer para ajudá-la um pouco. Vamos pôr ordem nesta sala, custe o que custar."

Assim que Colin saiu ela se aproximou da janela, em postura rígida, agarrada às bordas da pia com tanta força que os nós dos dedos clarearam. Seus olhos desfocaram, fitavam um ponto para além da grade de ferro, do reboco que descolava da parede do meio-porão, até chegar onde os vermelhos, verdes e amarelos da banca de frutas do outro lado da rua se fundiam, trêmulos. De quando em quando pés passavam, vozes soavam, a rua estreita ganhava vida por um instante. E mesmo assim a figura silenciosa à janela permanecia imóvel. Em dado momento ela soltou um suspiro curto. Os ombros tensos relaxaram, os dedos afrouxaram o aperto. Ela pegou a xilogravura em cima do escorredor de louça e a examinou como se não a tivesse visto antes. Depois abriu a bolsa e a dobrou com cuidado.

6

Simon Lessing parou à janela aberta de seu estúdio em Melhurst para observar os vastos gramados através dos quais o rio serpenteava lento, ladeado por castanheiros-da-índia e limoeiros. Segurava a carta de Clarissa, que ainda não havia lido. Chegara de manhã pelo correio, e ele arranjara um pretexto para não abri-la. Iniciara os estudos mais cedo. Em seguida, houvera o seminário para o pessoal do sexto ano. Resolveu esperar até o intervalo. A manhã terminara, porém, e a hora do almoço já se aproximava. Em menos de cinco minutos soaria o sinal. Ele não podia adiar a leitura indefinidamente. Era ridículo e humilhante sentir tanto medo, ficar ali parado como um calouro apavorado com o boletim, sabendo que, por mais adiado e astutamente evitado que fosse, o momento da verdade acabaria por chegar.

Decidiu esperar até tocar o sinal, então a leria, rapidamente, desligado, com a mente concentrada no almoço. Assim conseguiria comer em paz. Do nível intermediário em diante, todos os alunos de Melhurst tinham seu próprio estúdio. A importância do período diário de silêncio e privacidade era um dos princípios sagrados do religioso fundador da instituição, no século XVII, e, em grande parte por ter sido incorporado à arquitetura quase monástica, sobrevivera por trezentos anos a estilos educacionais variados. Essa era uma das coisas de Melhurst que Simon mais valorizava. Um dos privilégios que o apoio de Clarissa, o dinheiro de Clarissa, lhe dava. Nem ela nem sir George sequer haviam cogitado outra opção, e Melhurst não encontrara dificuldade em arranjar vaga para o enteado de um de seus ex-alunos mais distintos. Seu lema em grego, em vez do latim mais corriqueiro, exaltava as virtudes da moderação, e por trezentos anos, em obediência ao dito de Teógnio, a escola se tornara moderadamente famosa, moderadamente cara e moderadamente bem-sucedida.

Nenhum colégio seria melhor para ele. Percebeu logo que as tradições e rituais às vezes bizarros, que aprendeu rápido e que diligentemente observava, haviam sido criados para desestimular o envolvimento pessoal excessivo e promover a identidade corporativa. Ele era tolerado e o deixavam em paz, não pedia mais nada. Até seus talentos se enquadravam no etos da escola, que, talvez por causa da profunda antipatia entre um diretor do século XIX e o dr. Arnold, de Rugby, desprezava por tradição o cristianismo popular e quase todas as manifestações de espírito de equipe, adotando o anglocatolicismo e o culto do excêntrico. Ensinavam bem música; as duas orquestras da escola desfrutavam de popularidade nacional. E nadar, a única atividade física na qual ele se destacava, era um dos esportes mais aceitáveis. Comparada com a Norman Pagworth Comprehensive, Melhurst lhe parecia um paraíso de ordem civilizada. Em Pagworth ele se sentira um estrangeiro enviado sem dicionário a um distante país sem lei, desgovernado, de língua e costumes terrivelmente incompreensíveis, grosseiros e rudes como o ambiente em que nasciam. A possibilidade de deixar Melhurst e retornar para o antigo colégio era um de seus maiores temores desde que começara a perceber que as coisas iam mal entre Clarissa e ele.

Era estranho que o medo e a gratidão se mesclassem assim. A gratidão era genuína, sem dúvida. No entanto, ele gostaria de vivenciá-la como deveria, como uma bênção graciosa, recíproca, livre de sua pesada carga de obrigação e culpa. O pior de tudo era a culpa. Quando esse fardo se tornou pesado demais para ele, tentara exorcizá-lo por meio do pensamento racional. Era ridículo sentir culpa, ridículo e desnecessário viver oprimido pela sensação de dever favores. Clarissa lhe devia algo, afinal. Havia destruído o casamento de seus pais, levado seu pai embora, ajudado a matar sua mãe de dor, fazendo dele um órfão submetido ao desconforto, à vulgaridade e ao tédio sufocante da casa do tio. Clarissa deveria se sentir culpada, e não ele.

Contudo, permitir que essas ideias se insinuassem traiçoeiramente em sua mente só servia para aumentar o peso das obrigações. Devia muito a ela. O problema era todos saberem exatamente quanto. Sir George raramente estava por perto, mas, quando estava, encarnava silenciosa e acusadoramente as características masculinas que Simon sabia ausentes em sua personalidade. Por vezes, percebia no marido de Clarissa uma boa vontade desarticulada, que teria gostado de testar se tivesse coragem. No entanto, na maior parte do tempo imaginava que sir George no fundo não aprovava a iniciativa de Clarissa de cuidar dele, e que as conversas secretas entre os dois eram pontilhadas de frases como: "Eu falei. Eu bem que avisei". A srta. Tolgarth sabia; Tolly, cujos olhos não ousava fitar por medo de encontrar uma expressão desaprovadora na qual ele detectava antipatia, ressentimento e desprezo. Clarissa sabia disso, provavelmente bem demais. Clarissa se arrependia de uma generosidade que no início possuíra o charme da novidade, do gesto magnânimo soberbamente teatral em sua excentricidade, mas que, agora, ela via, a sobrecarregava com um adolescente cheio de espinhas pouco articulado, envergonhado na presença dos amigos dela, a exigir mensalidades escolares, planos de férias, consultas ao dentista e todas as irritações menores da maternidade, sem nenhuma de suas recompensas. Simon percebia que ela queria algo dele que jamais poderia identificar ou dar, um retorno não especificado mas substancial, que um dia seria exigido dele com a insistência brutal de um coletor de impostos.

Ela raramente escrevia para ele agora, e, quando Simon via em seu escaninho a letra alta, curvilínea — Clarissa desaprovava cartas pessoais datilografadas —, só conseguia abrir o envelope a duras penas. E a apreensão nunca fora tão intensa quanto naquele momento. A carta parecia grudada em sua mão, pesada, ameaçadora. De repente, o sinal da uma hora soou. Com súbita veemência, rasgou o canto do envelope. O papel de linho azul-celeste que ela sempre usava era rígido. Ele inseriu o polegar e rasgou o envelope e a carta, feito amante que não aguenta esperar para saber seu destino. Viu que a carta era curta, e sua reação imediata foi um gemido de alívio. Se ela queria dispensá-lo, se fosse seu último semestre em Melhurst, sem chance de uma vaga no curso de música do Royal College, sem mesada, certamente as justificativas e desculpas ocupariam mais do que meia página. A primeira frase afastou seus temores.

Escrevo para informar as providências referentes ao fim de semana. George levará Tolly e a mim de carro até Speymouth na sexta-feira, antes do café da manhã, mas seria melhor que você chegasse junto ao resto do grupo, na hora do almoço. A lancha esperará o trem das nove e meia que sai de Waterloo. Esteja no cais de Speymouth às onze e quarenta. Ivo Whittingham e minha prima Roma estarão no trem. Você conhecerá também uma jovem chamada Cordelia Gray. Precisarei de ajuda extra durante o fim de semana, e ela é uma espécie de secretária temporária, portanto haverá uma moça na ilha para você treinar conversação. Como também poderá nadar, confio que não se aborrecerá. Leve o terno. O sr. Gorringe prefere jantares formais. E entende um pouco de música, talvez seja o caso de você selecionar suas melhores partituras, que conheça bem, nada muito pesado. Já escrevi à escola pedindo dispensa dos dias extras. A enfermeira entregou a loção que mandei no mês passado? Espero que tenha ajudado.

Com amor,
Clarissa

Curiosamente, o alívio deu lugar a uma forma diferente de ansiedade, quase um ressentimento. Lendo a carta pela segunda vez, ele se perguntou por que fora convidado a visitar a ilha. Coisa de Clarissa, claro. Ambrose Gorringe não o conhecia e dificilmente o incluiria entre os convidados, caso o conhecesse. Ele se lembrava vagamente de ter ouvido falar da ilha, do teatro vitoriano restaurado, dos planos de encenar a tragédia de Webster, e percebeu que a apresentação era importante para Clarissa, embora se tratasse de uma montagem amadora. Todavia, de que adiantava sua presença lá? Esperavam que ficasse fora do caminho, que não incomodasse, isso estava na cara. Poderia se divertir na piscina ou no mar. Imaginava que houvesse piscina, imaginava Clarissa, clara e dourada, deitada ao sol ao lado de uma desconhecida, Cordelia Gray, com quem ele deveria treinar conversação. E o que mais Clarissa desejava que ele praticasse? Ser um sujeito agradável? Fazer elogios? Saber quais eram as anedotas preferidas das mulheres e quando contá-las? Flertar? A ideia deixava sua boca seca de terror.

Não que desgostasse da ideia de conhecer uma moça. Ele já criara mentalmente o tipo de jovem com quem gostaria de conversar na ilha Courcy — ou em qualquer outra: sensível, linda, inteligente, gentil, e que o desejasse, que quisesse fazer com ele aquelas coisas terrivelmente excitantes e vergonhosas que não causariam mais vergonha, pois estariam apaixonados um pelo outro, atos que purificariam, final e eternamente graças às carnes doces convidativas, aquela dicotomia que ocupava grande parte de seus momentos de devaneio, situada entre o romantismo e o desejo. Ele não esperava encontrar uma moça assim em Courcy nem em outro lugar. A única moça com quem tivera alguma coisa fora a prima Susie. Ele odiava Susie, odiava seus olhos ousados e desdenhosos, sua boca o tempo todo a mastigar, sua voz que alternadamente gritava ou se lamuriava, seu cabelo tingido, seus dedos gordos cheios de anéis.

Mesmo que a jovem fosse diferente, mesmo que gostasse dela, como faria para conhecê-la se Clarissa estaria vigiando os dois, avaliando desenvoltura, encanto, humor, checando sua performance social, enquanto o tal Ambrose Gorringe conferia sua habilidade musical? A referência à música fez sua face corar. Sentia insegurança suficiente a respeito de seu talento, não precisava da referência discreta às "partituras" que conhecia bem, como se fosse uma criança suburbana exibida aos vizinhos na hora do chá. Mas a instrução fora bem clara. Ele precisava apresentar algo popular ou vistoso, de preferência ambos, com maestria espalhafatosa, de modo a não desmerecer Clarissa com notas erradas, para que ela e Ambrose Gorringe decidissem juntos se ele tinha talento suficiente para justificar o último ano no colégio e uma chance de vaga no Royal College ou na Academia.

E se o veredicto fosse contrário a ele? Não podia voltar para Mornington Avenue, viver com os tios. Clarissa não podia fazer isso com ele. A ordem de soltura fora obra sua. Ela chegara sem avisar numa tarde quente, durante as férias de verão, quando ele estava em casa sozinho, como de costume, estudando na mesa da sala. Não se lembrava de como ela se apresentara, se informara que o homem silencioso e empertigado a seu lado era o novo marido. Mas ele se lembrava de sua aparência, dourada e resplandecente, uma visão fresca, perfumada, milagrosa, que imediatamente tomou conta de seu coração e de sua vida como o salva-vidas tira uma criança da água e a leva para a pedra ensolarada. Tinha sido bom demais para durar, claro. Mas como brilhava na sua lembrança aquela arcaica tarde de verão.

"Você é feliz aqui?"

"Não."

"Nem vejo como, a bem da verdade. Este lugar é um horror. Li não sei onde que um milhão de exemplares daquele desenho foram vendidos, mas não me dei conta de que as pessoas realmente o penduravam na parede. Seu pai disse que você tem talento musical. Ainda toca?"

"Não posso. Não há piano aqui. E na escola eles só ensinam percussão. Montaram uma *steel band* no estilo caribenho. Só se interessam por música se todos puderem participar."

"As coisas que todos podem fazer geralmente não valem a pena. Não deviam ter posto dois papéis diferentes nas paredes. Três ou quatro seriam bizarros o bastante para tornar o lugar engraçado. Dois são apenas vulgares. Quantos anos você tem? Catorze, certo? O que acha de vir morar conosco?"

"Para sempre?"

"Nada é para sempre. Talvez, porém. Seja como for, até se tornar adulto."

Sem esperar pela resposta, sem esperar sequer a expressão em seu rosto que revelaria a resposta inicial, ela se voltou para o sujeito silencioso a seu lado.

"Acho que podemos dar uma vida melhor ao filho de Martin."

"Se tem certeza, amor. Não se deve decidir essas coisas muito depressa. Não é bom fazer compras por impulso, no caso de uma criança."

"Querido, onde você estaria se eu não fosse uma compradora impulsiva? Ele é o único filho que provavelmente lhe darei."

Os olhos de Simon pulavam de um rosto a outro. Ele se lembrava da fisionomia de sir George, dos traços duros, como se os músculos se retesassem em antecipação à dor, à vulgaridade. E Simon notara a mágoa, visível, inegável, antes de sir George virar o rosto em silêncio.

Ela se dirigiu a Simon.

"Seus tios se importariam?"

A penúria e as mágoas saltaram para fora. Ele precisou se conter para não agarrar o vestido dela.

"Eles não se importarão! Darão graças! Eu ocupo o quarto extra e não tenho dinheiro. Vivem lembrando quanto custa me alimentar. Não gostam de mim. Eles não querem saber, sério mesmo."

E depois, por impulso, Simon tomou a iniciativa correta. Foi a única vez em que ele fez exatamente a coisa certa no relacionamento com Clarissa. Viu o gerânio cor-de-rosa no parapeito da janela; seu tio adorava jardinagem e mantinha uma estufa encostada na parede externa da cozinha. Uma das flores era pequena e delicada como uma rosa. Ele a colheu e ofereceu a Clarissa; olhou para ela. Ela riu alto, pegou a flor e a prendeu no cinto do vestido. Depois fitou o marido e riu de satisfação, numa gargalhada triunfal.

"Bem, isso resolve o caso. Melhor esperar até que voltem para casa. Não vejo a hora de conhecer os donos deste papel de parede. Depois vamos levá-lo para comprar algumas roupas."

Tudo havia começado assim, com muita esperança e demonstrações de surpreendente alegria. Ele tentou se lembrar de quando o sonho se dissipara, quando as coisas começaram a dar errado. Bem, exceto pelo primeiro encontro, quando elas tinham realmente dado certo? Ele se sentia pior do que um fracassado, como se fosse o último de uma série de fracassos, cujas decepções passadas haviam servido para reforçar o descontentamento presente. Passara a temer as férias, embora visse pouco Clarissa ou sir George. A vida oficial deles, por assim dizer, transcorria no apartamento londrino com vista para o Hyde Park. Mas dificilmente ficavam juntos lá. Clarissa mantinha um apartamento em Regency Square, em Brighton, e o marido, um chalé de pedra nos pântanos ermos da costa leste. Lá transcorria a verdadeira vida deles, ela entre os amigos do teatro, ele a observar pássaros e, se os boatos fossem verdadeiros, em conspirações direitistas. Simon jamais fora convidado a ir a esses lugares, embora imaginasse com frequência os dois em seus mundos secretos. Clarissa num turbilhão de festas, sir George em conferência com cúmplices misteriosos, anônimos, de rosto empedernido. Por razões inexplicáveis, essas visões imaginárias, que ocupavam uma parcela desproporcional de suas férias, vinham disfarçadas de filmes antigos. Clarissa e as amigas, usando vestidos de cintura baixa dos anos 1920, cabelo curto e longas piteiras, levantavam as pernas num charleston frenético, enquanto os amigos de sir George chegavam para os encontros em carros antigos, de capotes impermeáveis, chapéus de feltro com a aba baixa para esconder os olhos furtivos. Excluído de ambos os mundos, Simon passava as férias no apartamento de Bayswater, às vezes visitado pela silenciosa Tolly, em geral obrigado a se virar sozinho, comendo todas as noites no restaurante local contratado para alimentá-lo. Recentemente a qualidade das refeições havia piorado, os pratos escolhidos por ele não estavam mais disponíveis, embora fossem servidos a outros fregueses, e os garçons faziam com que sentasse na pior mesa além de o deixarem esperando. Alguns quase chegavam a destratá-lo abertamente. Sabia que Clarissa pagava por um serviço cada vez pior, mas não ousava reclamar. Quem era ele, adquirido e sustentado com tantos luxos, para falar em serviço pior?

Era hora de se mexer, se quisesse almoçar. Amassou a carta e a enfiou no bolso. Fechando os olhos contra o brilho da grama, das árvores e da água faiscante, ele rezou, pedindo a um Deus no qual não acreditava mais, com toda a sua insistência desesperada e a falta de jeito constrangedora de uma criança:

"Por favor, faça com que o final de semana seja um sucesso. Não permita que eu faça papel de bobo. Por favor, não deixe a moça me desprezar. Por favor, faça com que Clarissa esteja de bom humor. Por favor, não deixe Clarissa me mandar embora. Deus, não deixe que nada terrível aconteça comigo."

7

Cordelia estava terminando os preparativos para o fim de semana na quinta-feira à noite, em seu apartamento do último andar do prédio próximo à Thames Street, na City. As janelas altas, sem cortinas, contavam com persianas de madeira que ainda estavam erguidas quando ela passou da sala espaçosa para o quarto, permitindo que visse lá embaixo as ruas iluminadas, as vielas escuras, os arranha-céus e as torres do centro da cidade, vislumbrando adiante deles o colar de luzes estendido ao longo do Embankment e a curva suave do rio a refletir clarões. A vista, ao crepúsculo ou à noite, era um encanto permanente para ela, num apartamento que a brindava com delícias inesgotáveis.

Só depois da morte de Bernie e do final de seu traumático primeiro caso ela ficara sabendo que o inventário dos poucos bens de seu pai finalmente havia terminado. Não esperava nada além de dívidas e espantou-se ao descobrir que ele possuía uma casinha em Paris. Fora adquirida muitos anos antes, imaginava, quando a renda lhe permitira providenciar um abrigo seguro e refúgio ocasional para si e seus camaradas; um revolucionário tão dedicado, de outro modo, certamente desprezaria a propriedade de um imóvel, mesmo deteriorado e insalubre como aquele. Mas a área havia sido escolhida para incorporação, e ela conseguira um preço surpreendentemente alto. Depois de pagas as dívidas, sobrara dinheiro suficiente para financiar a agência nos seis meses seguintes e iniciar a busca por um apartamento barato em Londres, dentro de suas posses. Nenhuma imobiliária tinha se interessado pelo apartamento no alto de um armazém vitoriano sem elevador e outros luxos, nem em uma candidata com ganho incerto e esporádico. Mas o gerente do banco, para surpresa tanto dele próprio quanto dela, fora compreensivo e autorizara um empréstimo para ser pago em cinco anos.

Ela tinha providenciado a instalação de um chuveiro e a construção de uma cozinha pequena, estreita como um corredor. Cuidara sozinha do resto da reforma, mobiliando o lugar com móveis de segunda mão ou de leilões suburbanos. A espaçosa sala era branca, com uma das paredes coberta pela estante feita de tábuas sobre colunas de tijolos. A mesa de jantar e trabalho, de carvalho encerado, combinava com o aquecedor de ferro fundido. Só o quarto era luxuoso, em intrigante contraste com a decoração espartana da sala. Como tinha só dois metros e meio por dois, Cordelia considerou a extravagância justificável e escolhera um papel de parede exótico, pintado à mão, para forrar o teto e as portas do guarda-roupa, além das paredes. À noite, com a janela que ocupava praticamente uma parede inteira aberta para que pudesse ver o céu, ela se deitava na cama quentinha, aconchegante, sentindo que flutuava em sua cápsula brilhante sob as estrelas.

Cordelia protegia sua privacidade. Nenhum dos amigos nem o pessoal da agência visitavam o apartamento. As aventuras ocorriam em outros lugares. Sabia que deixar um homem compartilhar a cama estreita significaria compromisso. Só imaginara um homem ali, um comandante da New Scotland Yard. Ele também morava na City; compartilhavam o mesmo rio. Entretanto, Cordelia logo se convenceu de que a fugaz fantasia passara, de que num momento de tensão e insegurança pavorosa ela procurara a figura paterna perdida. A psicologia amadora superficial tinha uma vantagem: permitia exorcizar lembranças que de outro modo seriam constrangedoras.

Um terraço estreito com parapeito, do lado de fora da janela, era largo o suficiente para vasos com plantas e gerânios, além de uma única espreguiçadeira, no verão. Abaixo, alinhavam-se depósitos e escritórios, negócios misteriosos simbolizados, mais do que identificados, pelas fileiras duplas de placas antigas. De dia, o prédio fervilhava de vida secreta em diversas línguas e mistérios por vezes ferozes. Depois das cinco da tarde ia tudo embora, e à noite restava um silêncio enorme, raramente rompido. Uma das firmas instaladas ali importava especiarias. Para Cordelia, subir a escada no final do dia sentindo o aroma pungente, estranho, a acompanhá-la significava segurança, conforto, seu primeiro lar de verdade.

A parte mais desgastante da preparação do novo caso foi decidir que roupas levar. Em seus momentos mais puritanos, Cordelia desprezava as mulheres que gastavam um monte de tempo e dinheiro com a aparência. Na sua opinião, a preocupação exagerada com o exterior só podia derivar de uma necessidade de compensar alguma deficiência da personalidade. Mas logo ela admitia que seu interesse por roupas e cosméticos, embora intermitente, era intenso enquanto durava, e que ela jamais chegara ao ponto de não dar importância ao visual. Nisso, como em todos os assuntos, ela preferia a parcimônia, e todas as suas roupas poderiam ser confortavelmente acomodadas no armário e na cômoda de três gavetas encostados na parede do quarto.

Ela os abriu e ponderou o que seria necessário para um fim de semana que, além da investigação, oferecia atividades díspares como velejar, escalar e assistir a uma peça de teatro amador. A saia plissada castanho-amarelada de lã fina e o conjunto de cashmere que combinava com ela, ambos comprados na liquidação de julho da Harrods, dariam conta da maioria das ocasiões, deduziu; com sorte, a extravagância insinuada pelo cashmere inspiraria confiança na prosperidade da agência. Se o tempo continuasse quente, a calça de veludo marrom serviria para investigações e caminhadas, embora fosse grossa, e poderia usar com ela o colete com a jaqueta justa, pois cairiam muito bem.

73

Calça jeans e blusas de algodão eram escolhas óbvias, assim como a blusa de lã. Para a noite haveria dificuldades. Poucas pessoas atualmente se vestiam de maneira formal para jantar: mas tratava-se de um castelo, Ambrose Gorringe poderia ser excêntrico, e tudo era possível. Precisava de um traje fresco e razoavelmente a rigor. Por fim pegou seu único vestido longo, de algodão indiano, com suaves tons de rosa, vermelho e marrom, e uma saia plissada de algodão com blusa combinando.

Aliviada, passou a se dedicar ao problema mais direto de conferir seu kit de cena de crime. Bernie o criara, ela sabia, baseando-se no material usado pela Divisão de Homicídios da New Scotland Yard. O dele era menos abrangente, mas continha o essencial: envelopes e pinças para coleta de amostras, pó para identificar impressões digitais, câmera Polaroid, lanterna, luvas de látex, lente de aumento e tubos de ensaio com tampa para recolher amostras de sangue. Bernie dizia que, em termos ideais, eles deveriam conter anticoagulante e conservante. Não haviam sido usados ainda por nenhum dos dois. Achar gatos perdidos, seguir maridos suspeitos e encontrar adolescentes fugitivos exigia persistência, disposição para caminhar, calçados confortáveis e tato infinito, muito mais do que o cabedal esotérico que Bernie fizera tanta questão de lhe ensinar, compensando, nas longas sessões de vigília, rastreamento, luta e uso de armas, realizadas durante o verão na floresta de Epping, seu fracasso profissional, tentando recriar na Agência Pryde a hierarquia perdida e o mundo fascinante do departamento de investigações criminais londrino.

Ela havia alterado pouca coisa do kit desde a morte de Bernie, dispensando a caixa original, trocada por uma bolsa de lona com bolsos internos adquirida numa loja de equipamento militar descartado. Depois do primeiro caso, incluíra um item, o cinto de couro comprido com fivela, o cinto com que a primeira vítima fora enforcada. Cordelia não tinha intenção de ficar lembrando do caso que prometia tanto mas acabara tragicamente, o caso que deixara seu próprio legado de culpa. Mas o cinto salvara sua vida, e ela admitia uma ligação quase supersticiosa com ele, justificando sua inclusão com a ideia de que um pedaço de couro longo e resistente sempre acabava se mostrando útil.

Por último, ela apanhou um envelope pardo tamanho ofício e escreveu no meio o nome CLARISSA LISLE em maiúsculas, caprichando no desenho das letras. Achava que esse era o momento mais gratificante da investigação, quando a esperança, temperada pela excitação antecipada, tornava o envelope liso e identificado com esmero um símbolo do recomeço. Cordelia examinou seu caderno antes de guardá-lo no envelope. Exceto por sir George e a esposa, que só vira rapidamente, seus companheiros na ilha ainda eram apenas nomes, uma lista de supostos suspeitos: Simon Lessing, Roma Lisle, Rose Tolgarth, Ambrose Gorringe, Ivo Whittingham; sons registrados no papel, a guardar promessas de descobertas, desafios e fascinantes variações da personalidade humana. Todos eles — o enteado de Clarissa, a prima dela, a camareira, o anfitrião e o amigo — gravitavam como planetas em torno da figura central dourada.

Ela espalhou as vinte e três citações sobre a mesa para analisá-las antes de guardar os bilhetes na pasta do caso, na ordem em que haviam sido recebidas pela sra. Lisle. Em seguida apanhou na estante seus dois compêndios de citações, a edição brochura do *Dicionário de citações Penguin* e a segunda edição do *Dicionário Oxford*. Como esperava, os trechos apareciam em pelo menos um dos livros, e apenas três não constavam do volume da Penguin. Era praticamente certo que haviam usado aquele dicionário, que se podia adquirir em qualquer livraria e, por causa do tamanho, ser facilmente escondido e transportado. Escolher as passagens não exigiria muito tempo ou pesquisa profunda, bastava consultar o índice remissivo sobre morte ou percorrer as quarenta e cinco páginas dedicadas às obras de Shakespeare, mais as duas que englobavam Marlowe e Webster. Tampouco seria difícil descobrir as peças em que Clarissa Lisle atuara. A atriz participara da Malvern

75

Repertory Company durante três anos, especializada nos dramaturgos elisabetanos. Qualquer programa ou notícia que apresentasse sua carreira, na época ou posteriormente, incluiria as principais atuações. Também seria sensato apostar, dadas as exigências da encenação de Shakespeare com os recursos de uma companhia de médio porte, que ela teria feito ao menos uma ponta em todas as peças.

Somente as duas citações que ela imaginava serem de Webster não constavam do dicionário *Penguin*. Mas poderiam ser localizadas nos textos, Cordelia não encontrara dificuldade em reconhecer a maioria, embora não tivesse certeza da peça a que pertenciam. Contudo, datilografar os textos corretamente, de memória, era outra coisa. Em todas as passagens os versos exibiam as quebras corretas, e a pontuação da prosa era impecável; mais uma razão para concluir que a pessoa tinha o dicionário *Penguin* aberto à sua frente para consulta.

O passo seguinte foi examinar os bilhetes com uma lupa, enquanto se perguntava quanta análise científica a Polícia Metropolitana consideraria necessário empregar nesse caso. Até onde conseguia distinguir, só três mensagens haviam sido datilografadas na mesma máquina. A qualidade e o tamanho das letras variavam; algumas estavam desalinhadas, outras, fracas ou parcialmente quebradas. O datilógrafo não era exímio, aquilo parecia obra de alguém acostumado a usar máquina de escrever, quem sabe para redigir sua própria correspondência, mas que não era profissional. Pelo jeito, nenhum bilhete fora escrito em máquina elétrica. Quem teria acesso a vinte máquinas diferentes? Obviamente, alguém que comercializasse equipamento de segunda mão, ou que fosse dono ou funcionário de um curso de secretariado. Dificilmente seria alguém de uma agência de secretárias; a qualidade das máquinas deixava a desejar. Não precisava ser necessariamente uma escola de secretariado. Provavelmente a maioria dos cursos médios profissionalizantes ensinava taquigrafia e datilografia;

o que impediria qualquer um, professor ou aluno, de ficar ali depois da aula para fazer uso particular do equipamento?

Restava ainda outro modo de produzir os bilhetes, que ela considerava o mais provável. Cordelia havia comprado máquinas de escrever usadas para a agência; visitara lojas que as expunham acorrentadas em longos balcões, à disposição dos interessados, que ficavam à vontade para testá-las, movendo-se de máquina em máquina sem restrições nem acompanhamento. Qualquer um, portando algumas folhas de papel e o *Dicionário de citações*, poderia gerar uma quantidade suficiente de bilhetes para dar continuidade às ameaças, entrando e saindo rápido de estabelecimentos diferentes em bairros onde não fosse conhecido. Uma consulta à lista telefônica bastaria para localizar as lojas.

Antes de arquivar as mensagens na pasta do caso, Cordelia examinou detidamente o bilhete que sir George afirmara ter sido datilografado em sua máquina. Seria imaginação dela, ou a caveira e os ossos cruzados haviam sido desenhados por outra mão, mais cuidadosa, menos segura? Sem dúvida o formato das pontas dos ossos cruzados era diferente, e o tamanho do crânio, maior. Diferenças pequenas, mas na sua opinião significativas. Os desenhos dos outros crânios e dos caixões eram praticamente idênticos. E a própria citação, datilografada com espaçamento irregular entre as letras, não continha maldade em seu alerta:

Sob pena de morte que nenhum homem mencione a morte para mim:
É uma palavra infinitamente terrível.

Não era uma citação que Cordelia conhecesse, e ela não a localizou no dicionário *Penguin*. Webster, supôs, e não Shakespeare, talvez de *O demônio branco* ou *O julgamento do demônio*. A pontuação parecia correta, embora ela achasse que faltava uma vírgula depois da primeira ocorrência da palavra "morte". Talvez a citação tivesse sido feita de cor, sem consulta; certamente por mãos diferentes das dos bilhetes anteriores, menos versadas em datilografia. Ela já tinha uma ideia de quem eram aquelas mãos. Nas citações restantes o grau de ameaça variava. Havia o desespero frio de Christopher Marlowe:

> *O Inferno é sem limites. Circunscrito*
> *Não está a um lugar, pois, onde estamos,*
> *Inferno é, e sempre aí estaremos.*

Só com muito esforço essa citação poderia ser considerada uma ameaça de morte, muito embora seu severo niilismo contemporâneo pudesse ser malvisto por um leitor aflito. A única outra citação de Marlowe, recebida seis semanas antes, dizia:

> *De vida, agora tens uma só hora,*
> *E então estarás perdido eternamente!*

A ameaça era direta, sem dúvida, mas não se cumprira literalmente: Clarissa vivera mais do que uma hora. Cordelia, porém, teve a impressão de que o nível das ameaças vinha crescendo, a partir da primeira, numa seleção destinada a conduzir a um clímax, desde a intimidação datilografada sob o desenho de um ataúde,

> *Espero que o verme lhe dê satisfação*

até os versos explícitos e brutais de Henrique VI:

> *Desça, desça ao inferno; dizendo que te mandei para lá.*

Juntos, a sonora reiteração da morte e o ódio eram opressivos, com os esboços infantis ilustrando a ameaça. Ela começou a perceber o que aquele projeto de intimidação cuidadosamente elaborado poderia causar a uma mulher sensível e vulnerável — a qualquer mulher, na verdade —, anuviando as manhãs, tornando terríveis eventos cotidianos como a chegada do correio, uma carta no aparador da entrada, um bilhete debaixo da porta. Era fácil aconselhar a vítima de cartas anônimas a jogá-las na privada, lugar ao qual pertenciam. Mas em todas as sociedades existe um medo atávico do poder maligno de um adversário secreto, dedicado ao mal, torcendo pelo fracasso do inimigo, e até pela sua morte. Uma inteligência horrível e apavorante estava agindo nesse caso, e era desagradável pensar que o responsável pelas mensagens poderia fazer parte do pequeno grupo que iria com Cordelia para a ilha Courcy, que olhos fixos nos dela, do outro lado da mesa de jantar, poderiam ocultar tanta maldade. Pela primeira vez ela ponderou se Clarissa Lisle não teria razão, se não haveria realmente uma ameaça à sua vida. Logo deixou a ideia de lado, convencendo-se de que os bilhetes começavam a exercer a influência maligna também em sua mente. Um assassino não anuncia suas intenções durante vários meses. Isso seria necessariamente válido? Para uma pessoa consumida pelo ódio, o ato de matar não seria rápido demais, curto demais para satisfazê-la? E se Clarissa Lisle tivesse um inimigo tão cruel a ponto de precisar fazê-la sofrer, de destruí-la lentamente com o terror e o fracasso antes de provocar sua morte?

Cordelia sentiu um arrepio. O calor do dia já se dissipava, o ar da noite entrava pela janela aberta e, mesmo naquele ninho de águia urbano, trazia o aroma e o gosto do outono. Ela guardou a última mensagem e fechou a pasta. Recebera instruções precisas: proteger Clarissa de qualquer aborrecimento e tensão antes da apresentação de *A duquesa de Amalfi*, no sábado, e, se possível, descobrir quem estava mandando os bilhetes para ela. Faria isso, empregando toda a sua capacidade.

LIVRO DOIS

ENSAIO GERAL

1

Na Speymouth vitoriana, que para surpresa de seus cidadãos fizera a conversão das lamparinas das ruas para lampiões a gás sem explosões e outros desastres, não houve motivo para rejeitar a nova ferrovia tampouco, ao aceitar sua inevitabilidade, bani-la para uma distância inconveniente do centro. A estação, pequena e charmosa, ficava a apenas quatrocentos metros da estátua da rainha Vitória que marcava o centro da esplanada à beira-mar, e quando Cordelia desceu do trem, com a mala numa das mãos e a máquina de escrever portátil na outra, deparou com a vista ensolarada do passeio largo ladeado de casas de cores vivas contrastantes que conduzia ao minúsculo porto rodeado de pedras, mais parecido com um tanque, onde se estendiam o píer atrofiado e o mar cintilante. Quase lamentou ter de sair da estação. Pintada de um branco imaculado, com teto curvo de ferro forjado, delicado como uma renda, ela fez com que se lembrasse das edições de verão de uma revista em quadrinhos semanal que lia na infância, na qual o mar era sempre azul, a areia amarela, o sol uma bola dourada e a ferrovia uma cidade de brinquedo colorida, portal das alegrias imaginadas. A sra. Wilkes, a mais pobre de suas mães adotivas, fora a única que lhe comprara revistinhas, a única de quem Cordelia se lembrava com afeto. Bem que poderia ser um bom augúrio recordar-se dela naquele momento.

Ela não viu motivo para entrar na pequena fila de pessoas que esperavam táxi. A rua descia até o cais, claramente visível. Ela saiu da estação, mal sentindo o peso da bagagem naquele dia aprazível. A cidadezinha reluzia ao sol, as fileiras de casas georgianas com alpendre, simples, despretensiosas e dignas, com suas fachadas elegantes e sacadas de ferro forjado, mais pareciam um lindo cenário de teatro sob holofotes. Na baía, a silhueta cinzenta de um vaso de guerra pequeno mantinha a imobilidade de um livrinho infantil de recortar. Ela imaginou que estendia a mão e o tirava da água. Conforme descia a ladeira calçada com pedras irregulares arredondadas, fileiras de casas pintadas de bege, rosa e azul se estendiam pelas encostas, no rumo de montanhas distantes, enquanto a estátua da rainha Vitória, com sua capa majestosa, pintada em cores vivas, apontava o cetro imperial para o banheiro público.

Por todos os lados havia gente, acotovelando-se nas calçadas, descendo da esplanada para a praia, deitada em fileiras bronzeadas na areia grossa, largada em espreguiçadeiras bambas, na fila do quiosque de sorvete, olhando pela janela do carro em busca de uma vaga. Ela se perguntava de onde todo aquele povo teria vindo num dia útil em meados de setembro, quando a temporada já havia terminado e as crianças já tinham voltado para a escola. Estariam todos matando aula e trabalho, tirados da hibernação outonal pelo ressurgimento do verão, com o rosto vermelho sarapintado acima do pescoço branco, o peito e os braços reluzentes, recentemente cobertos para se proteger do frio de setembro, revelando outra vez a evidência de sóis mais inclementes? O dia recendia a alto verão, algas marinhas, corpos quentes e bolhas na pintura.

Entre os botes e veleiros com seus panos recolhidos que abarrotavam o pequeno porto, ela identificou prontamente a lancha com o nome *Shearwater* pintado na proa. Teria uns trinta pés, cabine central baixa e banco de tábua à popa. A bordo, um marinheiro crispado assumia ares de capitão. Sentado na abita, pernas finas e firmes enganchadas, calçava botas de marinheiro de cano alto e suéter de malha grossa azul com o emblema da ilha Courcy estampa-

84

do no peito. Era tão parecido com o Popeye que Cordelia desconfiou do cachimbo: vagarosamente removido por ele das gengivas desdentadas ao vê-la se aproximar, poderia servir mais como adereço do que como lenitivo. Ele tocou o gorro e sorriu quando ela disse o nome, mas não falou nada. Pegou a máquina portátil e a mala para guardá-las na cabine, depois ofereceu-lhe a mão. Mas Cordelia já havia subido a bordo, sentando-se à popa. Ele retomou seu posto na abita, e os dois ficaram esperando.

Três minutos depois um táxi parou no início do píer para que um rapaz e uma mulher descessem. Ela pagou a corrida — aparentemente, após discutir o preço —, enquanto o rapaz permanecia a seu lado, inquieto; logo ele se aproximou do cais para ver o mar. Desceram juntos na direção da lancha, ele um pouco atrás, feito uma criança relutante. Cordelia concluiu que só podiam ser Roma Lisle e Simon Lessing, nenhum dos dois parecendo satisfeito com a contingência de ter de partilhar o táxi.

Cordelia observou a mulher enquanto o marinheiro a ajudava a subir a bordo. À primeira vista, ela nada tinha em comum com a prima, exceto a forma do lábio inferior. Seu cabelo era muito claro, mas de um louro anglo-saxão comum, no qual o reflexo do sol já revelava fios grisalhos. Usava-o curto, moldado à cabeça com muito custo. Mais alta do que a prima, movia-se com certa determinação. Mas seu rosto de olhos agitados, vincado na testa e do nariz até a boca, revelava um ressentimento remoído. Trajava um terno bege muito benfeito, com gola debruada de azul, e suéter de gola alta listrado de azul-claro e bege, uma roupa que, na visão de Cordelia, combinava a adequação superficial a um fim de semana de lazer com uma elegância exagerada, talvez pelo fato de a mulher usar sapatos de salto alto, o que tornou sua entrada na lancha meio ridícula. A cor da roupa também não valorizava seu tom de pele claro. Impossível não reconhecer que se tratava de uma mulher preocupada com a aparência, incapaz, porém, de ter uma ideia clara do que combinava com ela ou com a ocasião. Em relação ao jovem, quase não houve tempo para uma avaliação de vestuário ou personalidade. Ele olhou de relance para a popa, onde Cordelia aguardava, ficou vermelho e se afundou na cabine com um entusiasmo que revelava poucas chances de poderem contar com sua animação para o sucesso do fim de semana. A srta. Lisle sentou à proa, enquanto o tripulante retomava seu lugar na abita. Eles esperaram em silêncio enquanto a lancha oscilava suavemente, tocando na fileira de pneus de proteção presa na frente das pedras do píer, e os botes passavam devagar por eles, a caminho do mar aberto. Transcorridos alguns minutos, a srta. Lisle perguntou:

"Não está na hora de partir? Precisamos chegar para o almoço."

"Falta um. Senhor Whittingham."

"Bem, ele não estava no trem das nove e meia. Já teria chegado aqui a esta altura. E eu não o reconheci na estação. Talvez tenha vindo de carro e esteja atrasado."

"O senhor Ambrose disse que ele vinha de trem. Pediu que eu esperasse por ele."

A srta. Lisle fechou a cara e passou a contemplar o mar, fixamente. Mais dois minutos se passaram. O marinheiro gritou:

"Lá vem ele. Agora, sim. Aquele só pode ser o senhor Whittingham."

Após a tripla afirmação, ele se levantou e iniciou os preparativos para zarpar. Cordelia ergueu os olhos e viu através da atmosfera distorcida pela luz solar intensa o que lhe pareceu à primeira vista um crânio com pernas de pau manquitolando pelo píer em sua direção, segurando uma mala mole de lona com dedos esqueléticos. Ela piscou e a imagem se definiu, entrou em foco, tornou-se humana. A caveira usava roupa de pele, esticada e cinzenta sobre os ossos finos, mas ainda assim pele humana. As órbitas abrigavam olhos úmidos, atentos, algo zombeteiros. A figura pertencia ao homem mais magro e provavelmente mais doente que ela já vira se mover com seus próprios pés, mas a voz firme pronunciava palavras com facilidade reconfortante.

"Sinto muito por deixá-los esperando. Sou Ivo Whittingham. O cais parecia bem mais próximo do que é na realidade. E depois de iniciar a caminhada não consegui arranjar um táxi, claro."

Ele afastou o braço estendido de Oldfield, sem se impacientar, e ocupou um assento à proa, acomodando a mala entre as pernas. Ninguém falou. A ponta do cabo de amarração foi solta do poste e enrolada a bordo. O motor começou a funcionar, e quase imperceptivelmente a lancha se afastou do píer, seguindo no rumo da entrada da baía.

Dez minutos depois eles ainda não tinham a impressão de estar próximos da ilha, para a qual rumavam meio de lado, feito caranguejo, muito embora o cais já fosse uma imagem cada vez menor. Os pescadores na beirada do píer mais pareciam palitos de fósforo com varinhas de condão, a agitação da cidade foi sendo engolida pelo ronco do motor e finalmente cessou; a estátua da rainha não passava de uma manchinha colorida ao longe. No horizonte em tons pálidos de púrpura, erguiam-se compactas das nuvens baixas ilhas volumosas de brancura cremosa a flutuar quase imóveis contra o azul-celeste límpido. As ondas fracas pareciam saltar, iluminadas, absorvendo o brilho do ar claro para refleti-lo de volta no azul do céu. Cordelia pensou que o mar e a costa distante eram como uma pintura de Monet, de cores intensas em faixas a contrastar com outras cores intensas, a luz em si tornada visível. Ela se debruçou sobre a amurada do barco e molhou a mão na onda que passava. O frio a fez arfar, mas ela manteve a mão sob a água, estendendo os dedos até que três ondas pequenas se formassem, ensolaradas, observando os pelos do antebraço capturarem e prenderem gotículas.

De repente seu devaneio foi quebrado por uma voz feminina. Roma Lisle dera a volta na cabine e sentara a seu lado. Ela disse:

"É típico de Ambrose Gorringe mandar apenas Old-field e deixar que os convidados se apresentem por conta própria. Sou Roma Lisle, prima de Clarissa."

Elas trocaram um aperto de mãos. Os dedos firmes de Roma eram agradavelmente frios. Cordelia disse seu nome e completou:

"Eu não sou convidada. Estou indo para a ilha a trabalho."

Os olhos da srta. Lisle pousaram na máquina de escrever.

"Meu Deus. Ambrose não vai escrever outro livro, vai?", perguntou.

"Não que eu saiba. Fui contratada por lady Ralston." Poderia ter sido mais precisa e explicar que fora contratada por sir George, mas achou que isso só lhe traria complicações. Mais cedo ou mais tarde uma justificativa para sua presença teria de ser dada. Poderia muito bem começar agora. Ela se preparou para o inevitável interrogatório.

"Por Clarissa? Minha nossa! Para fazer o quê?"

"Cuidar da correspondência. Atender o telefone. Ajudar no que for possível para ela se concentrar na peça."

"Ela já tem Tolly para ajudar no que for possível. O que ela pensa disso? Estou me referindo a Tolly."

"Não faço a menor ideia. Ainda não a conheço."

"Duvido que ela goste da ideia", disse a outra, lançando na direção de Cordelia um olhar que misturava desconfiança com perplexidade. "Já ouvi falar nesses esquisitos que, por falta de talento, tentam entrar no mundo do teatro por intermédio de seus ídolos, cozinhando, fazendo compras, realizando tarefas, servindo como bichinho de estimação, por assim dizer. Acabam morrendo de estafa ou internados por colapso nervoso. Você não faz parte dessa turma, espero. Está na cara que não. Mas não considera seu trabalho meio... digamos, singular?"

"O que a senhora faz? Seu trabalho não é singular?"

"Desculpe-me, fui indelicada. Atribua isso ao fato de eu ser uma professora fracassada. No momento trabalho numa livraria. Pode soar ortodoxo, mas garanto que tem sua singularidade. Você vai gostar de conhecer o enteado de Clarissa, Simon Lessing. Está mais próximo da sua idade do que qualquer outra pessoa convidada para este fim de semana rústico."

Ao ouvir seu nome, o rapaz saiu da cabine e piscou forte por causa do sol. Provavelmente teria preferido subir por iniciativa própria a ser convocado pela srta. Lisle. Ele estendeu a mão, e Cordelia o cumprimentou, surpresa com o aperto tão firme. Ambos murmuraram a saudação convencional. Sua aparência era melhor do que a primeira impressão transmitia, tinha um rosto comprido, delicado, olhos cinzentos bem espaçados. Mas a pele exibia marcas de acne antiga, além de um novo lote na testa, e a boca era frouxa. Cordelia sabia que, com suas sobrancelhas grossas, maçãs protuberantes e rosto felino, ela parecia mais jovem do que era, mas não conseguiria imaginar uma época em que não se sentiria mais velha do que um rapaz tímido como ele.

Ouviu-se então uma nova voz. O último passageiro avançou para a proa, unindo-se a eles para dizer:

"Quando o príncipe de Gales veio para a ilha Courcy na década de 1890, num barco a vapor que resfolegava para atravessar a baía, o velho Gorringe costumava mandar sua banda esperá-lo no píer, para tocar durante o desembarque. Sabe-se lá por quê, os músicos usavam fantasia de tirolês. Acha que o caso de amor de Ambrose com o passado chega ao ponto de recriar uma recepção semelhante para nossa chegada?"

Antes que alguém tivesse a chance de responder, a lancha dobrou a ponta leste da ilha, e o castelo de repente apareceu.

2

Embora Cordelia não tivesse conscientemente pensado na arquitetura do castelo de Courcy, uma imagem dele se formara em sua mente: um simulacro de pedra cinzenta, maciço, guarnecido por ameias, excessivamente rebuscado em sua solidez vitoriana, um insatisfatório meio-termo entre a grandiosidade e o uso residencial. A realidade, subitamente apresentada na clareza da manhã ensolarada, fez com que ela perdesse o fôlego de tanto deslumbramento. A construção equilibrava-se sobre as rochas à beira-mar, como se tivesse brotado das ondas, um castelo de tijolo avermelhado no qual as únicas estruturas em pedra clara eram a base e as janelas altas em curva que brilhavam ao sol. No lado oeste, uma torre circular e esbelta, terminada em cúpula, erguia-se sólida, porém delicada. Cada detalhe das paredes foscas, das pilastras entalhadas e dos parapeitos era elegante, sóbrio, correto. O conjunto era compacto, quase maciço, mas os telhados inclinados e a torre alta transmitiam uma impressão de leveza e compostura que ela não associava à arquitetura vitoriana tardia. A fachada sul dava para um terraço amplo — certamente atingido pelas ondas no inverno —, a partir do qual dois lances de degraus conduziam à estreita praia de areia e cascalho. Aprovou as proporções do castelo, que lhe pareceram ideais para o local. Maior, soaria pretensioso; menor, passaria a ideia de charme superficial. Aquela construção, porém, por mais que se dividisse entre castelo e residência familiar, fora magnificamente bem projetada. Ela quase riu alto de tanto prazer com a visão.

Só se deu conta de que Whittingham se aproximara e estava a seu lado quando ouviu a voz dele.

"É a sua primeira visita, certo? O que achou?"

"Notável. Inesperado."

"Interessa-se pela arquitetura vitoriana?"

"Sim, mas não a conheço muito bem."

"Se eu fosse você, não diria isso a Ambrose. Ele dedicaria o fim de semana inteiro a instruí-la, de acordo com suas paixões e seus preconceitos. Fiz a lição de casa, de modo que posso me antecipar a ele e contar que o arquiteto foi E. W. Godwin, que trabalhou para o pintor James Whistler e para Oscar Wilde, vinculando-se portanto ao movimento conhecido como esteticismo. Sua proposta — segundo ele mesmo — era o cuidadoso ajuste dos sólidos e vazios. Bem, aqui ele conseguiu fazer isso. Projetou sedes de prefeituras municipais medonhas, inclusive uma em Northampton — embora Ambrose jamais admita que são pavorosas —, mas creio que nós dois concordamos a respeito do castelo. Você vai participar da peça?"

"Não, estou aqui a trabalho. Sou secretária da senhora Lisle. Temporariamente."

O olhar de esguelha dele revelava surpresa. Em seguida seus lábios se abriram num sorriso.

"Não é de estranhar. Os relacionamentos de Clarissa tendem ao temporário."

Cordelia perguntou, depressa:

"Sabe algo a respeito da peça? Quero dizer, como é a companhia teatral que vai encená-la?"

"Clarissa não explicou? São os Cottringham Players, ao que consta o mais antigo grupo de teatro amador da Inglaterra. Começaram em 1834 por iniciativa de sir Charles Cottringham, e a família vem mantendo o grupo desde então. Os Cottringham amam o teatro há três gerações, e seu entusiasmo tem sido sempre inversamente proporcional ao talento. O atual Charles Cottringham fará o papel de Antonio. Seu bisavô costumava participar da farra até cometer a imprudência de lançar olhares lascivos em Lillie

Langtry. O príncipe de Gales manifestou seu desprazer, e a partir daí nenhum outro Cottringham passou a noite neste castelo. Manter a tradição convém a Ambrose. Ele só precisa receber a atriz principal e alguns convidados particulares. Judith Cottringham mantém uma casa para o produtor e o resto do elenco. Chegarão todos amanhã, de lancha."

"E onde se apresentavam antes de o senhor Gorringe ceder o castelo?"

"Na verdade, acho que o castelo foi oferecido mais por Clarissa do que por Gorringe. Eles realizam uma apresentação anual no antigo salão de Speymouth, mas é um encontro mais social do que cultural. A de amanhã não deverá ser muito ruim. Um açougueiro de Speymouth — aliás, não poderia ser mais adequado — interpretará Bosola, e dizem que ele é muito bom. O agente de Cottringham, Hardy Gielgud, fará o papel de Ferdinand. Segundo Clarissa, ele sabe declamar versos."

O ronco do motor deu lugar a um ronronar suave, e a lancha lentamente se aproximou do atracadouro. O píer de pedra saía do terraço em dois braços, formando um porto em miniatura. A intervalos regulares, degraus altos enfeitados de algas levavam até a beira do mar. No final do braço mais comprido, a leste, havia um lindo coreto circular de ferro forjado, pintado de branco e azul-claro, com pilares delgados que sustentavam a cobertura abaulada. Ali estavam as pessoas que iriam recepcioná-los, um grupo formado por dois homens e duas mulheres, imóveis e cuidadosamente posicionados, como se posassem para uma foto. Clarissa Lisle, um pouco à frente, tinha a seu lado esquerdo o anfitrião. Atrás deles, com o distanciamento impassível próprio dos serviçais, um homem vestido de preto e uma mulher aguardavam. O sujeito era bem mais alto que os outros membros da comitiva de recepção.

Mas a figura dominante era Clarissa Lisle. A primeira impressão que passava, por acaso ou premeditadamente, era a de uma deusa da mitologia clássica com seu cortejo. Conforme a lancha se aproximava do atracadouro, Cordelia viu que ela vestia short e blusa sem mangas justa de musselina plissada com uma bata folgada do mesmo tecido sobreposta, quase transparente, de mangas largas, atada na cintura. Ao lado de sua elegância enganosamente simples e espontânea, o conjunto de calça e blusa de Roma Lisle transmitia um desconforto vulgar e suarento. O grupo de recepção, como se obedecesse ordens, manteve-se perfilado até a lancha tocar suavemente os degraus do atracadouro. Clarissa emitiu um gritinho de boas-vindas, abriu as asas de algodão diáfano e correu para a frente. A formação se rompeu.

Enquanto as pessoas conversavam, depois das apresentações, e Ambrose Gorringe supervisionava o desembarque da bagagem e o transporte dos caixotes de suprimentos do compartimento de carga à popa, Cordelia observou seu anfitrião. Gorringe tinha altura mediana, cabelo preto liso, mãos e pés delicados. Dava a impressão de ser um gordo ativo, não por excesso de peso, e sim por causa da maciez feminina e dos braços e rosto rechonchudos. A pele reluzia, rosada e branca, as bochechas coradas pareciam artificiais. Os olhos se destacavam acima de tudo. Grandes, brilhantes como seixos negros rolados pelo mar, rodeados de um branco claro e translúcido. Acima deles, as sobrancelhas se curvavam num arco perfeito, como se tivessem sido desenhadas. Os cantos da boca virados para cima em um sorriso fixo davam ao rosto a animação vivaz de um homem a rir perpetuamente de uma graça que só ele via. Vestia calça esporte de sarja marrom e camiseta preta de manga curta. As duas peças eram muito adequadas ao clima e à ocasião, mas a Cordelia pareceram incongruentes. Algo mais formal seria necessário para definir e controlar a energia latente de uma personalidade que, ela intuía, era complexa e, quem sabe, formidável.

A seu modo, o empregado que supervisionava o descarregamento da bagagem e dos caixotes e sua disposição numa caminhonete era igualmente notável. Teria mais de um metro e noventa de altura, calculou Cordelia, e o terno preto a contrastar com a face branca lúgubre dava-lhe um falso ar de coveiro vitoriano mudo. A cabeça grande e pontuda, com uma testa alta e reluzente, era coroada por uma peruca de cabelo preto grosso sem a menor pretensão realista. Repartida no meio, fora amadoristicamente cortada, em vez de aparada. Cordelia deduziu que a aparência bizarra não poderia ser acidental, e se perguntou que perversidade ou compulsão secreta o tinha levado a tramar e apresentar ao mundo uma persona tão absolutamente excêntrica. Poderia ser pela revolta contra o tédio, a obediência e a subserviência exigidos pelo trabalho? Improvável. Atualmente, os empregados que consideravam suas tarefas frustrantes ou inaceitáveis contavam com uma solução mais simples. Bastava pedir demissão.

Intrigada com a aparência do homem, ela mal notou a mulher dele: baixa, rosto redondo, sempre ao lado do marido, calada durante o decorrer do desembarque.

Clarissa Lisle não tomara o menor conhecimento da presença de Cordelia desde sua chegada, mas Ambrose Gorringe aproximou-se, sorriu e disse:

"Você deve ser a senhorita Gray. Bem-vinda à ilha Courcy. A senhora Munter estará à sua disposição para tudo que precisar. Você ocupará o quarto contíguo ao da senhora Lisle."

Cordelia esperou até que os Munter terminassem de descarregar a lancha. Os três seguiram atrás do grupo principal. Munter passou uma sacola pequena de lona para a mulher, dizendo:

"Pouca correspondência esta manhã. A encomenda da biblioteca de Londres não chegou. Quer dizer que o senhor Gorringe só receberá os livros na segunda-feira."

Pela primeira vez a mulher abriu a boca. "Não lhe faltará o que fazer neste fim de semana, ele não precisa de mais livros da biblioteca."

Nesse momento, Ambrose Gorringe virou-se e chamou Munter. O empregado avançou, trocando os passos rápidos por um andar imponente, tranquilo, que provavelmente fazia parte de seu gênero. Assim que Cordelia achou que ele não podia mais ouvi-las, disse:

"Se houver alguma correspondência para a senhora Lisle, deve passar primeiro por mim. Sou a nova secretária. Atenderei todas as ligações telefônicas para ela. Talvez seja melhor eu dar uma espiada na correspondência. Estamos esperando uma carta."

Para sua imensa surpresa, a sra. Munter lhe entregou a sacola sem protestar. Havia apenas oito cartas, presas por um elástico. Duas para Clarissa Lisle. Uma, num envelope grosso, era obviamente um convite para um desfile de moda. O nome do designer famoso, sem endereço, estava impresso na aba. O segundo, um envelope branco comum, exibia o seguinte endereço datilografado:

À DUQUESA DE AMALFI

A/C SRA. CLARISSA LISLE

ILHA COURCY

SPEYMOUTH

DORSET

Ela se adiantou alguns passos. Sabia que seria mais prudente esperar até chegar a seu quarto, mas não conseguiu se conter. Controlando a excitação e a curiosidade, passou o dedo por baixo da aba. Estava mal colada, e o envelope foi aberto facilmente. Achou que a mensagem seria breve, e acertou. Dentro havia uma folha do mesmo papel que as anteriores, com uma caveira e ossos cruzados bem desenhados, sob os dois versos que ela reconheceu instintivamente como sendo da peça.

Chamem nossa dama em alta voz,
E que ela vista já sua mortalha!

Ela guardou rapidamente o bilhete no envelope e o enfiou no bolso do casaco, depois diminuiu o passo para a sra. Munter alcançá-la.

Cordelia notou que os salões principais davam para o terraço e para a vista ampla do canal da Mancha, mas que a entrada do castelo se situava na face leste, afastada do oceano. Eles passaram por um arco de pedra que levava a um jardim clássico murado, depois seguiram por um caminho largo no gramado, chegando finalmente ao salão principal por um pórtico alto em arco. Parando na soleira, Cordelia imaginou os primeiros convidados do século XIX, as damas de saia-balão com sombrinhas fechadas, acompanhadas por suas criadas, os baús de tampa convexa revestidos de couro, as caixas de chapéus e os estojos de espingarda, o som distante da banda de boas-vindas para o príncipe alemão corpulento que carregava a pança imponente através dos portais privilegiados do sr. Gorringe. Na época o salão principal devia ostentar excesso de mobiliário, exibir incontáveis sofás, poltronas e algumas mesas, tapetes luxuosos e vasos com palmeiras enormes. Ali os convidados se reuniriam no final do dia, antes de seguir lentamente, conforme a rigorosa ordem hierárquica, através das portas duplas, para a sala de jantar. Atualmente o salão contava apenas com uma longa mesa e duas poltronas, uma de cada lado da lareira de pedra. A parede oposta exibia uma tapeçaria de dois metros de altura, que ela atribuiu com razoável dose de certeza a William Morris; Flora, com sua coroa de rosas, rodeada de donzelas, passeava descalça por entre reluzentes lírios e malvas. Uma escada larga bifurcava-se para a esquerda e para a direita, conduzindo a uma galeria que abrangia três lados do salão. A parede a leste era praticamente toda ocupada por um vitral que mostrava as viagens de Ulisses. Ciscos coloridos pela luz dançavam no ar, dando ao imenso salão algo da quieta solenidade de uma catedral. Ela seguiu a sra. Munter escada acima.

Os quartos principais davam para a galeria. O aposento destinado a Cordelia, encantador, luminoso e delicado, superou suas expectativas. Duas janelas altas e curvas tinham cortinas de chintz estampadas com lírios, o mesmo tecido da colcha e das almofadas da poltrona de mogno com encosto de junco colocada ao lado da cama. A lareira simples de pedra exibia um friso de azulejos de vinte centímetros, cujos motivos florais se repetiam na moldura maior que a rodeava. Acima da cabeceira da cama, aquarelas delicadas enfileiradas na parede retratavam íris, morangos silvestres, tulipas e lírios. Aquele só podia ser o quarto De Morgan, sobre o qual a srta. Maudsley comentara. Seus olhos percorreram o aposento com prazer, e a sra. Munter, percebendo seu interesse, fez o papel de guia. Mas recitava as informações sem entusiasmo, como se não desse importância aos fatos.

"A mobília não é tão antiga quanto o castelo. A cama e a poltrona foram projetadas por A. H. Mackmurdo, em 1883. Os azulejos daqui e do banheiro são de William de Morgan. A maior parte dos azulejos do castelo é de sua autoria. O dono original, Herbert Gorringe, que reconstruiu o castelo na década de 1860, viu uma casa decorada por ele em Kensington e mandou arrancar todos os azulejos anteriores para substituí-los pelas peças criadas por De Morgan. O armário de mogno e pinho foi pintado por William Morris, e as aquarelas são de John Ruskin. A que horas deseja seu chá matinal, senhorita?"

"Sete e meia, por favor."

Assim que ela saiu, Cordelia foi ao banheiro. Os dois cômodos eram voltados para oeste, e a visão geral da ilha era bloqueada pela torre que se erguia bem à direita, um símbolo fálico feito de tijolos elaboradamente dispostos, alto a ponto de tapar o azul do céu. Erguendo a vista para o cilindro liso, ela se sentiu estonteada, e a torre pareceu girar vertiginosamente ao sol. À esquerda, viu de relance o final do terraço sul, e depois dele a amplidão do mar. Debaixo da janela do banheiro uma escada de incêndio de ferro forjado descia até as pedras, pelas quais, supostamente, era possível chegar ao terraço. Mesmo assim, a saída de emergência dava a impressão de ser um tanto precária. No meio de uma tempestade, a pessoa ficaria acuada entre as chamas e o mar.

Cordelia começava a desfazer as malas quando a porta de comunicação entre seu quarto e o vizinho se abriu. Clarissa Lisle entrou.

"Ah, você está aí. Venha para o outro quarto, por favor. Tolly tirará suas roupas da mala."

"Obrigada, eu mesma prefiro fazer isso."

Além do fato de as poucas peças trazidas exigirem poucos minutos de atenção e ela preferir cuidar disso pessoalmente, não tinha a menor intenção de permitir que outros olhos vissem o kit de cena de crime. Já notara, aliviada, que a gaveta inferior do armário tinha chave.

Seguiu Clarissa até o quarto dela, que era o dobro do seu e muito diferente em termos de estilo; ali a opulência e a extravagância substituíam a leveza e a simplicidade. O dormitório era dominado pela cama de mogno com dossel, colcha e cortinas de tecido adamascado carmim. A cabeceira e os pés eram entalhados com rebuscados querubins e grinaldas encimadas por uma coroa de condessa. Cordelia se perguntou se o proprietário original, em sua ascensão na hierarquia social vitoriana, a encomendara para homenagear um hóspede particularmente importante. Dos dois lados da cama havia cômodas pequenas de frente abaulada, usadas como mesas de cabeceira, e ao pé, uma chaise longue entalhada e estofada. A penteadeira ocupava o espaço entre as duas janelas altas cortinadas, através das quais Cordelia via apenas a imensidão do calmo mar azul. Dois guarda-roupas enormes cobriam a parede oposta. Havia poltronas baixas e um biombo com painel bordado no estilo Berlin woolwork na frente da lareira, na qual algumas achas de lenha haviam sido empilhadas. A hóspede de honra de Ambrose Gorringe merecia o requinte do fogo verdadeiro. Cordelia se perguntou se uma criada viria de madrugada acendê-lo, como na época vitoriana, enquanto a falecida condessa repousava em sua cama magnífica.

A bagunça dominava o quarto. Roupas, pacotes, lenços de papel e sacolas plásticas espalhavam-se em cima da cama e da chaise longue, e sobre a penteadeira amontoavam-se potes e vidros. Uma mulher andava de um lado para o outro, recolhendo peças de roupa, calmamente, sem adotar uma atitude crítica ao empilhá-las no braço. Clarissa Lisle disse:

"Esta é minha camareira, senhorita Tolgarth. Tolly, esta é Cordelia Gray. Veio para ajudar com a correspondência. Apenas uma experiência. Não ficará no caminho de ninguém. Se ela precisar de alguma coisa, providencie, por favor."

Não foi uma apresentação auspiciosa, pensou Cordelia. A mulher não sorriu nem falou nada, mas Cordelia não sentiu que o olhar firme dirigido a ela contivesse ressentimento. Não demonstrava sequer curiosidade. Era uma senhora de seios fartos, vigorosa, cujo rosto parecia mais velho do que o corpo, dotada de pernas espantosamente elegantes. Sua forma era destacada pela meia fina e escarpins de salto bem alto, um toque contraditório de vaidade que enfatizava o despojamento do vestido preto de gola alta, cujo único ornamento era a cruz de ouro presa a uma corrente. O cabelo preto, repartido no meio e preso num coque na nuca, deixava entrever faixas grisalhas, e rugas profundas como fissuras marcavam a testa e os cantos da boca larga. Aquela face enérgica, reservada, não combinava com uma empregada subserviente, pensou Cordelia.

Quando a srta. Tolgarth foi para o banheiro, Clarissa disse:

"Precisamos conversar melhor, mas não pode ser agora. Munter preparou o salão para o almoço. Ridículo, num dia como este. Precisamos aproveitar o sol. Disse a ele que preferimos comer no terraço, e isso quer dizer que a mesa só estará pronta à uma e meia, portanto vamos dar uma volta antes para conhecer o castelo. Seu quarto é confortável?"

"Sim, obrigada."

"Acho que é melhor eu separar algumas cartas para você datilografar, para não despertar suspeitas. Preciso mesmo que alguém responda a duas ou três pendências. Você poderia aproveitar para trabalhar um pouco, já que está aqui. Sabe datilografia, imagino."

"Sim, sei. Mas não é por isso que estou aqui."

"Sei por que está aqui. Fui eu que mandei chamá-la. E preciso de você. Mas só discutiremos o caso à noite. Não teríamos oportunidade antes disso. Charles Cottringham e outros atores principais virão nos visitar após o almoço, para repassar algumas cenas, e só irão embora depois da hora do chá. Já conheceu Simon Lessing, meu enteado?"

"Sim, fomos apresentados na lancha."

"Procure-o, por gentileza, e diga a ele que dá tempo de nadar um pouco antes do almoço, que não precisa ir conosco conhecer o castelo. Você o encontrará no quarto dele, provavelmente. Duas portas adiante do seu."

Cordelia pensou que seria mais apropriado que Clarissa avisasse o enteado, mas levou em conta sua função de secretária acompanhante, o que quer que isso significasse, e o serviço incluía dar recados. Bateu na porta do quarto de Simon. Ele não respondeu, mas depois de uma demora que a Cordelia pareceu excessiva, a porta se abriu devagar, e seu rosto apreensivo surgiu. Ele corou quando viu quem era. Ela deu o recado de Clarissa, adequadamente editado, e ele conseguiu esboçar um sorriso, dizendo "Obrigado" antes de fechar rapidamente a porta. Cordelia sentiu pena dele. Não devia ser nada fácil ter Clarissa como madrasta. Não tinha certeza de que seria melhor tê-la como cliente. Pela primeira vez, sentiu que a euforia inicial estava sumindo. O castelo e a ilha eram mais bonitos do que imaginara. O tempo estava ótimo, e não deveria haver mudança naquele agradável veranico inesperado. Tudo indicava que desfrutariam um fim de semana confortável, luxuoso até. E, acima de tudo, o envelope em seu bolso confirmava que o trabalho era real, que ela usaria o cérebro e suas habilidades contra um adversário humano, finalmente. Por que então precisava lutar contra uma convicção súbita e avassaladora de que sua tarefa estava destinada ao fracasso?

3

"E agora", anunciou Clarissa, conduzindo o grupo que descia a escada para atravessar o salão principal, "vamos encerrar com uma visita à câmara dos horrores particular de Ambrose."

O passeio pelo castelo havia sido apressado e incompleto. Cordelia percebeu que o terraço ensolarado fora a grande atração e que a expectativa do grupo tinha menos a ver com os tesouros de Ambrose e mais com o sherry que seria servido como aperitivo. Mas não faltavam tesouros, e ela se prometeu que, tendo uma chance, conheceria melhor e calmamente o que considerava um pequeno mas abrangente museu dos melhores momentos da arte e do espírito do longo reinado de Vitória. O passeio havia sido rápido demais. Em sua mente desfilaram amontoados de formas e cores; porcelanas, telas, cristais e prataria disputavam lugar; cerâmica exibida na Grande Exposição de 1851, peças de jaspe, terracota grega e maiólica; armários com pratos Wedgwood e delicados *pâte-sur-pâte* feitos por M.-L. Solon para Minton; parte de um aparelho de jantar Coalport, presente da rainha Vitória ao imperador da Rússia, decorado com as comendas da Inglaterra e da Rússia em volta da coroa real e das águias russas.

Clarissa esvoaçara na frente, agitando os braços enquanto fornecia uma enxurrada de informações duvidosas. Ivo se detinha mais, quando conseguia, mas pouco falou. Roma os acompanhava pisando duro, com uma expressão de deliberado desinteresse, e de tempos em tempos emitia um comentário ferino sobre a miséria e a exploração dos pobres, representadas naqueles reluzentes monumentos à riqueza e ao privilégio. Cordelia sentiu certa solidariedade por ela. A irmã Magdalen, professora de história do século XIX no convento, não compartilhava a visão de algumas freiras de que, se os prazeres do mundo deviam ser desprezados, o mesmo valia para os sofrimentos decorrentes desse desprezo, e tentava transmitir certa consciência social para as alunas privilegiadas. Cordelia não conseguia fitar o retrato daquela rainha de cara redonda rodeada por seus filhos sem graça e de ar descontente sem ver também a costureira abatida de olhos inchados a trabalhar dezoito horas por dia, as crianças sonolentas operando teares, as rendeiras corcundas debruçadas sobre suas almofadas e os cortiços insalubres do East End de Londres.

Cordelia encontrara mais itens interessantes do que admiráveis na coleção de pinturas de Ambrose. O que ela mais desgostava na arte vitoriana estava lá: o erotismo contido, o naturalismo meticuloso que nada tinha a ver com a natureza, as ilustrações banais de humor duvidoso e a falsa religiosidade. No entanto, ele possuía um Sickert e um Whistler. Enquanto passavam pela galeria, Roma disse:

"Tenho um William Dyce em meu quarto, chamado *As catadoras de conchas*. Não é ruim, na verdade acho muito bom. Um grupo de senhoras de saia-balão examinando exemplares recolhidos numa praia de Kent. Mas qual era a realidade? Um bando de mulheres da classe alta, entediadas e sexualmente frustradas, que comiam demais, vestiam roupa de mais e não tinham nada para fazer exceto coletar conchas para montar caixas de conchas inúteis, pintar aquarelas insípidas, entreter os cavalheiros depois do jantar ao piano, enquanto esperavam por um homem que desse status e sentido à vida delas."

Quando Roma e Cordelia pararam na frente de um Holman Hunt, sem que nenhuma das duas tivesse algo a dizer, Ambrose aproximou-se.

"Não é uma de suas obras-primas. Os vitorianos ganhavam dinheiro nas fábricas escuras infernais, mas tinham uma paixão ardente pela beleza. Para sua desgraça, porém, eles compreendiam bem demais o quanto estavam longe de atingi-la, ao contrário do que ocorre conosco."

O passeio chegava ao fim. Clarissa os conduziu por um corredor azulejado até o escritório de Ambrose. Ali, pelo jeito, ficava a prometida Câmara dos Horrores.

Era um cômodo menor do que os outros do castelo, com vista para o gramado da entrada a leste. Uma das paredes exibia uma coleção emoldurada da literatura de enforcamento, popular na época vitoriana, com alguns dos folhetos mal impressos e toscamente ilustrados, que eram vendidos à população após um julgamento ou execução importante. Roma mostrou-se especialmente interessada por eles. Assassinos em poses surpreendentemente elegantes, de calções com cadarço, ajoelhados enquanto faziam a derradeira confissão sob as janelas altas gradeadas da cela dos condenados, ouvindo o último sermão na capela de Newgate, com o caixão ao lado, ou pendurados na corda enquanto o capelão de batina aguardava ao lado, de Bíblia na mão. Cordelia odiava desenhos de enforcamentos e avançou para perto de Ambrose e Ivo, que estavam contemplando uma série de figuras de Staffordshire numa prateleira. Ambrose falava de suas estatuetas favoritas.

"Estes são os mais notórios assassinos e assassinas. Aquele casal é formado pelos infames Maria e Frederick Manning, enforcados em novembro de 1847 na frente da penitenciária de Horsemongers Lane, diante de uma multidão de cinquenta mil pessoas. Charles Dickens presenciou a execução e depois escreveu que o comportamento da massa era tão indescritível que ele pensou estar vivendo numa cidade de demônios. Maria escolheu cetim preto para participar no espetáculo, uma escolha que em absolutamente nada contribuiu para seu sucesso subsequente na moda. O cavalheiro adequadamente trajado com paletó de caça de tweed é William Corder, apontando a pistola para a Maria Marten, coitadinha. Note o celeiro vermelho ao fundo. Ele teria se safado, caso a mãe dela não sonhasse seguidamente que o corpo da filha estava enterrado lá. Enforcaram Corder em Bury St. Edmunds em 1828, também na presença de uma multidão ensandecida. A estatueta feminina ao lado da dele, de touca, carregando uma sacola preta, é Kate Webster. A sacola contém a cabeça da patroa, que ela espancou até a morte e cujo corpo cortou em pedaços e cozinhou no fogão. Consta que percorreu lojas da vizinhança oferecendo banha a preço baixo. Ela subiu ao patíbulo, como diziam na época, em julho de 1879."

Saindo do escritório, eles se detiveram em dois elegantes mostruários de pau-rosa que ladeavam a porta. O da esquerda continha diversos objetos pequenos, todos caprichosamente etiquetados: uma boneca e um jogo de paciência com peças de mármore colorido que haviam pertencido à rainha Vitória na infância; um leque, cartões de Natal, vidros de perfume de cristal, prata folheada a ouro e esmalte, uma coleção de pequenos objetos de prata: gancho e corrente de cinto tipo chatelaine, livro de orações e porta-flores. Mas foi a vitrine da direita que atraiu a atenção de Cordelia. Eram lembranças menos singelas, uma extensão do museu do crime de Ambrose. Ele explicou:

"Aquela ponta de corda faz parte do laço do carrasco que executou o doutor Thomas Neill Cream, o envenenador de Lambeth, em novembro de 1892. A camisola de linho manchada, com bordado inglês, foi usada por Constance Kent. Não é a camisola que ela vestia quando esganou e cortou a garganta de seu meio-irmão pequeno, mesmo assim tem certo interesse. O par de algemas com chave foi usado pelo jovem Courvoisier, que assassinou o patrão, lorde William Russell, em 1840. Os óculos pertenceram ao doutor Crippen. Como foi enforcado em novembro de 1910, está nove anos fora do período que me interessa, mas não pude resistir."

Ivo perguntou:

"E a escultura em mármore de um braço de criança?"

"Que eu saiba, não tem nenhum interesse criminal. Deveria estar no Memento Mori, ou em outro mostruário, mas ainda não tive tempo de reorganizar as peças da coleção. De todo modo, não me parece deslocado entre os itens macabros. O sujeito que o vendeu concordaria com a classificação. Ele me disse que imaginava o braço sangrando quando olhava para ele."

Clarissa se manteve calada, e Cordelia, olhando para ela, viu que seus olhos se concentravam no mármore com uma mistura de medo e repulsa que nenhuma das demais peças provocara. O braço, uma réplica rechonchuda em mármore branco, repousava sobre uma almofada púrpura com arremate de cordão. Cordelia achou o objeto desagradável, sentimentaloide e mórbido, inútil e nada decorativo, nesse aspecto típico das artes menores daquela época. Clarissa exclamou:

"Mas isso é revoltante! Odioso! Onde você foi arranjar isso, Ambrose?"

"Em Londres. Um fornecedor. Talvez este membro seja a única cópia restante de uma das estátuas das crianças da família real feitas para a rainha Vitória em Osborne House, ao que tudo indica por Mary Thornycroft. Pode ser a pobre Vicky, a princesa real. Ou é uma peça memorial. Se não gosta, Clarissa, deveria ver a coleção Osborne. Parece o rescaldo de um holocausto, como se o príncipe consorte tivesse descido ao quarto das crianças com um machete, como talvez tenha se sentido tentado a fazer, o infeliz."

Clarissa disse:

"É repulsivo! O que deu em você, Ambrose? Livre-se disso."

"De jeito nenhum. Pode ser uma peça única. Eu a considero um acréscimo interessante à minha coleção de peças vitorianas."

Roma interveio:

"Conheço a coleção Osborne. Concordo que as peças sejam repulsivas. Mas lançam uma luz interessante sobre a mente vitoriana, em particular a da rainha."

"Bem, lançou uma luz interessante sobre a mente de Ambrose", disse Ivo num tom contido. "Como peça de mármore, é muito bem esculpida. Talvez vocês considerem as associações desagradáveis. A morte ou a mutilação de uma criança sempre nos descontrola, não é, Clarissa?"

Mas Clarissa, pelo jeito, não o escutou. Virou as costas e disse:

"Por favor, não vamos discutir sobre essa coisa. Livre-se dela, Ambrose. Agora quero tomar um drinque e almoçar."

4

A uns seiscentos metros da costa, Simon Lessing interrompeu as braçadas lentas e regulares, virou-se de costas e pousou a vista no horizonte. O mar estava vazio. Perante a avassaladora imensidão do oceano era possível imaginar que o vazio continuava atrás de si, que a ilha e o castelo haviam afundado lentamente, que jaziam sob as ondas, silenciosos, sem turbulência, e que ele flutuava sozinho num mar azul infinito. Essa impressão de isolamento induzida o excitava, mas não o apavorava. Nada referente ao mar o assustava. A água era seu elemento, ali sentia paz; a culpa, a ansiedade, o medo do fracasso eram lavados num suave e perpétuo batismo redentor.

Simon se sentira aliviado por Clarissa não obrigá-lo a acompanhá-la no passeio pelo castelo. Haveria salas interessantes, mas teria tempo suficiente para explorá-las por conta própria. Assim, arranjaria uma nova desculpa para ficar fora do caminho dela. Não podia nadar mais do que duas vezes por dia sem parecer esquisito e deliberadamente antissocial. Todavia, soaria perfeitamente natural que ele se afastasse para explorar o castelo. Talvez o fim de semana não fosse tão terrível assim, afinal de contas.

Bastava se posicionar na vertical para sentir a agulhada de uma corrente fria, mais para o fundo. Naquele momento, porém, flutuava com os membros estendidos ao sol, sentindo o mar passar pelo peito e pelos braços como se ele estivesse tomando um banho quente. De quando em quando afundava o rosto, abria os olhos sob o fino filme esverdeado, para que a água passasse lentamente pelas órbitas. Lá no fundo ele abrigava a noção atrevida, quase reconfortante, de que bastava largar o corpo, abandonar-se ao poder e atração do mar, para nunca mais sentir culpa, ansiedade ou medo de fracassar. Sabia, contudo, que não faria isso; considerava a ideia uma indulgência que, como uma droga, poderia ser experimentada em segurança, desde que as doses fossem pequenas e ele não se descontrolasse. E ele mantinha o controle. Em poucos minutos viraria o corpo e voltaria a nadar para a praia, pensando em Clarissa e no almoço, em como enfrentar os dois dias seguintes sem constrangimento nem desastres. No momento, porém, desfrutava a paz, o vazio, a totalidade.

Só em momentos assim conseguia pensar no pai sem sentir uma dor imensa. Era desse modo que devia ter morrido, nadando sozinho no mar Egeu naquela manhã de verão, quando a correnteza se tornara forte demais para ele, até que desistira de lutar, entregando-se ao mar que tanto amava, aceitando sua paz majestosa. Simon imaginara tal morte com tanta frequência quando nadava sozinho que os antigos pesadelos praticamente haviam sumido, sido exorcizados. Não acordava mais no escuro da madrugada, como nos primeiros meses depois de saber da morte do pai, suando de medo, tentando desesperadamente agarrar os cobertores que o sugavam, revivendo cada segundo daqueles momentos terríveis, sentindo os olhos arderem, a agonia de ver através das ondas a costa distante, inalcançável. Mas não acontecera assim. Seu pai morrera sossegado em sua grande paixão, sem resistir, em paz.

Era hora de voltar. Girando o corpo sob a água, retomou as braçadas firmes do estilo crawl. Logo seus pés tocavam o fundo pedregoso, e ele chegou à praia, sentindo mais frio e cansaço do que supunha. Olhou para cima e constatou, surpreso, que alguém o esperava, uma figura imóvel vestida de preto, como um guardião, ao lado da pilha de roupas dele. Simon tirou a água dos olhos e viu que era Tolly.

Ele se aproximou dela. No início Tolly não falou nada,

apenas se abaixou para pegar a toalha e entregá-la ao rapaz. Ofegante, trêmulo, ele começou a enxugar os braços e o pescoço, constrangido pelo olhar fixo, perguntando-se o que ela fazia ali. Então ela disse:

"Por que você não vai embora?"

Ela percebeu que Simon não a tinha compreendido. Insistiu:

"Por que você não vai embora deste lugar, por que não se afasta dela?" Sua voz, como sempre, era baixa mas ríspida, quase inexpressiva.

Ele a encarou com olhos arregalados sob o cabelo ensopado.

"Eu, me afastar de Clarissa? Por que deveria fazer isso? Onde está querendo chegar?"

"Ela não quer saber de você. Ainda não percebeu? Você não é feliz. Por que continuar fingindo?"

Ele soltou um grito de protesto.

"Mas eu sou feliz! E para onde poderia ir? Minha tia não me quer de volta. Não tenho dinheiro."

Ela disse:

"Há um quarto vago no meu apartamento. Eu hospedo você por um tempo. Não é grande, é um quarto de criança. Pode ficar lá até arranjar coisa melhor."

Um quarto de criança. Ele se lembrou de ter ouvido falar que um dia ela tivera uma filha, uma menina que morrera. Ninguém falava mais a respeito. Ele não queria tocar no assunto. Já havia pensado demais na vida e na morte, e perguntou:

"E como eu poderia arranjar alguma coisa? Viveria do quê?"

"Você tem dezessete anos, certo? Não é mais um garoto. Está no colegial. Consegue arranjar um emprego. Com quinze anos eu já trabalhava. A maioria dos jovens do mundo começa antes disso."

"E o que eu poderia fazer? Vou ser pianista. Preciso do dinheiro de Clarissa."

"Certo", ela disse. "Você precisa do dinheiro de Clarissa."

E você também, ele pensou. No fundo, era tudo uma questão de dinheiro. Sentiu que recuperava a confiança, que era um adulto esperto e não uma criança facilmente ludibriada. Não percebera desde o início a antipatia de Tolly por ele, não flagrara os olhares de desprezo dela quando lhe servia o café da manhã nos dias em que os dois ficavam sozinhos no apartamento, não observara o ressentimento mudo com que ela recolhia sua roupa suja ou limpava seu quarto? Se ele não morasse lá ela só precisaria trabalhar dois dias por semana, verificar se estava tudo em ordem. Claro, ela queria tirá-lo do caminho. Provavelmente esperava ser contemplada com alguma coisa no testamento de Clarissa, devia ser uns dez anos mais nova que a patroa, mesmo que não parecesse. E não passava de uma empregada, afinal. Que direito tinha de irritá-lo, de criticar Clarissa, de tratá-lo com condescendência, oferecendo um quartinho sórdido como se lhe fizesse um favor? Seria tão ruim quanto morar em Mornington Avenue, ou pior. O diabinho sedutor no fundo da sua mente sussurrava suas maldades. Por mais difícil que a vida fosse às vezes, só sendo maluco ele desprezaria o apoio de Clarissa, que era rica, para se colocar à mercê de Tolly, uma pobretona.

Talvez ela tivesse percebido algo, por sua expressão. Disse, quase humilde, mas sem nenhum traço de subserviência:

"Você não assumiria nenhuma obrigação. É só um quarto."

Ele torceu para que Tolly fosse embora. Mas não conseguia se afastar, trocar de roupa enquanto a figura escura e opressora estivesse bloqueando a praia inteira. Impertigou-se e disse, com a dureza que seu corpo trêmulo permitiu:

"Obrigado, estou perfeitamente feliz assim."

"Suponha que ela se canse de você, como se cansou de seu pai."

Ele a olhou boquiaberto, agarrando a toalha. No alto uma gaivota grasnou, estridente como uma criança atormentada. Ele murmurou:

"Como assim? Ela adorava meu pai! Eles se amavam! Ele explicou isso antes de deixar minha mãe e a mim. Foi a coisa mais maravilhosa que aconteceu na vida dele. Não teve escolha."

"Sempre temos escolha."

"Mas eles se amavam! Ele era muito feliz!"

"Então por que se matou?"

Ele gritou:

"Não é verdade! Não acredito em você!"

"Não precisa, se não quiser. Mas lembre-se do que eu falei, quando chegar a sua vez."

"E por que ele faria isso? Por quê?"

"Para machucá-la, suponho. Não é por isso que as pessoas se matam, geralmente? Mas ele devia saber que Clarissa nem sequer consegue entender o que é culpa."

"Mas me disseram que houve um inquérito. Confirmaram que foi morte acidental. Ele não deixou nenhum bilhete."

"Se deixou, ninguém viu. Clarissa encontrou as roupas dele na praia."

Os olhos de Tolly se desviaram para o ponto onde Simon deixara suas roupas, a calça e a jaqueta, em cima de uma pedra. A cena surgiu espontaneamente na cabeça dele, tão clara que mais parecia uma lembrança. A areia grossa, quente como brasa, um mar longínquo com reflexos avermelhados no horizonte azul, Clarissa parada ao vento que fazia ondular seu vestido, com o bilhete na mão. Depois os pedacinhos brancos caindo como pétalas, sujando o mar por um instante, antes de flutuarem para longe e sumirem nas ondas. Só depois de três semanas o corpo de seu pai, ou o que restara dele, chegara à praia. Mas carne e osso, mesmo depois de atacados pelos peixes, duravam mais do que fragmentos de papel. Não era verdade. Nada daquilo era verdade. Como ela havia dito, sempre havia escolha. Ele escolheria não acreditar.

Simon baixou a vista para não enfrentar o olhar fixo e hipnótico de Tolly, muito mais convincente do que quaisquer palavras que ela pudesse dizer. Um pedaço de alga marinha grudara em sua coxa, marrom como uma ferida na qual o sangue coagulara. Ele se abaixou e a removeu. Parecia uma atadura, firme, escorregadia. Sabia que ela o observava. Tolly disse:

"Suponha que ela morra. O que você faria?"

"Ela por acaso vai morrer? Não está doente, certo? Ela nunca falou em doença. Qual é o problema dela?"

"Nenhum. Não há nada de errado com ela."

"Então por que você fica falando em morte?"

"Ela acha que vai morrer. As pessoas às vezes pensam nisso com tanta intensidade que acabam mesmo morrendo."

O coração dele pulou de alívio. Que história ridícula! Ela estava tentando assustá-lo. Tudo se esclareceu para ele naquele momento. Tolly sempre sentira despeito em relação a ele, assim como tivera ciúme de seu pai. Ele pegou a jaqueta e tentou soar digno, apesar de os dentes baterem:

"Se ela morrer, tenho certeza de que não serei esquecido. Se eu fosse você, não me preocuparia tanto. Agora, com licença, preciso me vestir. Faz frio e está na hora do almoço."

Assim que pronunciou essas palavras, sentiu-se envergonhado. Ela lhe deu as costas sem dizer mais nenhuma palavra. Então olhou para trás e os olhos de ambos se encontraram pela última vez. Ele sabia o que Tolly via nele: vergonha e medo. Esperava identificar nela raiva e ressentimento. Mas o que ele não esperava encontrar era piedade.

5

Uma longa galeria de tijolos com colunas e arcos em cantaria saía da ala oeste do castelo, passava por um jardim de rosas e pelo laguinho, na verdade uma espécie de tanque, terminando no teatro. Ivo seguia sozinho, atrasado, para assistir à parte final do ensaio geral, imaginando o lento cortejo de convidados vitorianos a passar sob os arcos, braços pálidos e pescoços encimando a profusão de cetins e veludos, joias a brilhar no colo e no cabelo elaboradamente penteado e preso, o peitilho da camisa branca dos homens a refletir o luar.

O teatro em si o surpreendeu, tanto pela perfeição das proporções, que já esperava, quanto pelo contraste com o restante do castelo. Ele se perguntou se não seria obra de outro arquiteto; teria de consultar Ambrose. Mas, se Godwin fora o responsável pelo projeto, era patente que a insistência na ostentação e na opulência, por parte do cliente, prevalecera sobre qualquer inclinação que o arquiteto tivesse pela leveza ou pelo comedimento. Mesmo agora, com metade das luzes acesas, o teatro brilhava de exuberância. O veludo vermelho escuro das cortinas e dos assentos desbotara, mas estava surpreendentemente bem preservado. As velas haviam sido substituídas por lâmpadas elétricas — a conversão devia ter feito Ambrose sofrer —, mas as luminárias delicadas em forma de folhas espiraladas continuavam sendo usadas, e o candelabro de cristal original ainda fulgurava no teto em domo. Por todos os lados havia ornamentos suntuosos, florais, por vezes encantadores, sempre esplêndidas obras artesanais. Querubins rechonchudos dourados, na frente dos camarotes, seguravam ramalhetes de flores ou tocavam trombeta fazendo bico com a boquinha, e o ricamente ornamentado camarote real, com a insígnia do príncipe de Gales e poltronas duplas, magníficas como tronos, atendia à concepção até do mais ardente monarquista sobre o que seria digno do herdeiro da coroa.

Ivo, acomodado na quarta fileira de poltronas, não pretendia ficar ali mais do que uma hora. Estava ansioso para tirar da cabeça do elenco qualquer noção de que viera à ilha sobretudo para criticar o espetáculo, e sua casual aparição no ensaio final os lembraria de que lhe interessava menos a montagem amadora da tragédia de Webster do que as glórias, os escândalos e as lendas do teatro propriamente dito. Alegrou-se ao constatar que os assentos, feitos para os opulentos traseiros vitorianos, eram deliciosamente confortáveis. A tarde era sempre o pior momento para ele, pois o almoço, por mais frugal que fosse, pesava em seu estômago deformado, e o baço monstruoso parecia crescer e endurecer sob as mãos que o seguravam. Ele se ajeitou melhor na poltrona de veludo, consciente da presença de Cordelia sentada, silenciosa e ereta adiante na mesma fileira, e tentou se manter atento ao que ocorria no palco.

O elenco fora obviamente orientado por DeVille, um diretor mais acostumado aos modernos, a concentrar a atenção no sentido e deixar que o verso se virasse sozinho, uma tática que teria sido desastrosa com Shakespeare, mas que acabava dando certo com a métrica mais negligente de Webster. Ao menos obtinha certo ritmo. Ivo acreditava haver uma única maneira de dirigir Webster: como drama de costumes altamente estilizado no qual os personagens, meras encarnações rituais da luxúria, da decadência e do desejo sexual extremado, moviam-se imponentes numa pavana rumo ao inevitável triunfo orgástico da loucura e da morte. Mas DeVille mergulhara em profunda depressão ao se ver dirigindo amadores e obviamente estava buscando algum simulacro de realismo. Seria interessante ver como

114

ele trataria os horrores mais gratuitos. Teria sorte se conseguisse enfrentar a passagem da oferta da mão amputada e a algazarra dos loucos sem provocar risos aqui e ali. A tragédia de vingança não era um gênero para os inexperientes; mas, no fundo, algum clássico o seria? Sem dúvida aquele poeta das tumbas, empilhando horror sobre horror até provocar náuseas, para em seguida inundar o coração com versos de redentora beleza, exigia mais do que o atual agrupamento de amadores entusiasmados. De todo modo, DeVille precisava extrair apenas uma única atuação deles. O que define um profissional não é o que ele consegue fazer numa noite, mas o que consegue realizar noite após noite, além de duas matinês por semana, por três meses ou mais. Sabia que a peça seria montada com trajes vitorianos. A ideia lhe parecera excêntrica, algo ridícula. Mas percebia que ela apresentava certas vantagens. O palco e a pequena plateia fundidos numa claustrofóbica arena de maldade, os vestidos de gola alta e saia rodada a insinuar uma sexualidade ainda mais lasciva por se esconder debaixo da respeitabilidade vitoriana. E havia certo humor na ideia de vestir Bosola com um kilt, o saiote dos highlanders escoceses, muito embora fosse difícil imaginar um simplório Brown vitoriano naquele complexo personagem feito de niilismo e nobreza frustrada.

Os quatro atores principais já haviam ensaiado por quase cinquenta e cinco minutos. DeVille os deixara extremamente à vontade, sua fisionomia pesada de rã exprimia apenas profunda melancolia. Provavelmente estava contrariado por ter sido arrancado de sua soneca pós-prandial e submetido a mais uma viagem marítima apenas para atender ao capricho de Clarissa, que exigira um ensaio geral, com guarda-roupa e tudo, para suas cenas mais importantes. Ivo consultou o relógio. O tédio tomava conta dele, como sabia que ocorreria, mas o esforço para se mexer lhe pareceu grande demais. Olhando de esguelha, viu o rosto de Cordelia virado para o palco, o queixo firme porém delicado, a curvatura suave do pescoço. Pensou: há dois

115

anos eu estaria sofrendo um pouco por causa dela, imaginando como conseguiria dormir com ela antes de o fim de semana terminar, agonizando com a perspectiva de fracassar. Ele recordou momentos semelhantes no passado, sem repulsa, apenas friamente surpreso por ter gastado tanto tempo, energia e pensamento naqueles expedientes mesquinhos contra o tédio. O esforço era sempre desproporcional à satisfação, o desejo, menos intenso do que a necessidade de provar a si mesmo que ainda podia ser desejado. Afinal, o que teria significado ir para a cama com ela, exceto uma fugaz massagem no ego, classificada no cômputo do sucesso do fim de semana apenas um degrau acima da qualidade da comida e do vinho, e da sagacidade das conversas após o jantar? Ele sempre buscara conduzir seus casos nos limites da troca de prazeres civilizada, sem maiores compromissos. E eles sempre terminavam em repreensões, recriminações, confusões e aversões. Não fora diferente com Clarissa, a não ser pelas brigas mais amargas e pela repulsa mais duradoura. Claro, em relação a Clarissa ele havia cometido o erro de se envolver. Com Clarissa, pelo menos naqueles primeiros seis meses em que o pai de Simon fizera o papel de marido traído, Ivo experimentara novamente as agonias, os êxtases e as incertezas do amor.

Com esforço, olhou de novo para o palco, onde estava sendo representada a segunda cena do terceiro ato. Clarissa, com um vestido volumoso rendado, sentada à frente do espelho da penteadeira, tinha a seu lado Cariola, de escova na mão. A penteadeira, como todas as peças do cenário, era autêntica; escolhida entre os itens do castelo, ele deduziu. Havia mais de uma vantagem em situar a peça na década de 1890. A cena era acompanhada pelo som de uma caixinha de música colocada sobre a penteadeira, que tocava uma seleção de temas clássicos escoceses. Provavelmente também pertencia à coleção vitoriana de Ambrose, mas Ivo desconfiou que a ideia fora de Clarissa.

A cena começou bem. Ele havia esquecido de como

Clarissa conseguia transmitir uma beleza quase luminosa, do poder de sua voz aguda, ligeiramente fanhosa, da graça com que movia o corpo e os braços. Não era nenhuma Suzman ou Mirren, mas conseguia transmitir a excitação erótica exacerbada, a vulnerabilidade e a impetuosidade de uma mulher profundamente apaixonada. Não era de surpreender: ela desempenhava com frequência esse papel na vida real. Mas apresentar tamanha capacidade de convencimento com um parceiro que obviamente via Antonio como um aristocrata inglês interiorano arrivista era um feito e tanto. Cariola, porém, era um desastre, nervosa e assustada, tropeçando pelo palco com a touca pregueada como uma empregadinha de farsa francesa. Quando gaguejou pela terceira vez em sua fala, DeVille gritou, impaciente:

"Você só tem de lembrar três versos, pelo amor de Deus. E pode cortar a faceirice. Não estamos representando *No, No, Nanette*. Vamos lá. Façam a cena desde o começo."

Clarissa reclamou:

"Mas é preciso ter ritmo, leveza. Eu perco o ímpeto se voltar ao início."

Ele insistiu:

"Façam desde o começo."

Ela hesitou e deu de ombros antes de sentar em silêncio. O elenco trocou olhares furtivos, esfregou os pés no chão, esperou. O interesse de Ivo voltou na hora. Ele pensou: Ela está perdendo a paciência. Em seu caso, é meio caminho para perder o controle.

De repente ela pegou a caixinha de música e bateu a tampa. O barulho foi intenso como um tiro. A música estridente cessou. No silêncio absoluto que se seguiu, o elenco parecia estar prendendo a respiração. Clarissa se dirigiu até a borda do palco:

"Esta música está me dando nos nervos. Se vamos usar música de fundo na cena, tenho certeza de que Ambrose pode arranjar algo mais adequado do que essas abomináveis melodias escocesas. Estão me deixando louca, e só Deus sabe o que provocarão no público."

A voz de Ambrose se fez ouvir, calma, no fundo da plateia. Ivo ficou surpreso com sua presença, perguntando-se quanto tempo ele teria passado ali, ouvindo tudo em silêncio.

"Foi ideia sua, pelo que me lembro."

"Eu queria uma caixinha de música, não uma miscelânea escocesa. E nós precisamos de plateia? Cordelia, você não tem mais nada para fazer? Está sendo paga para isso? Tolly precisa de ajuda para passar roupa, caso você não pretenda passar o resto da tarde com o rabo na poltrona."

A jovem se levantou. Mesmo à meia-luz Ivo percebeu que ela corava, viu sua boca se entreabrir para protestar e se fechar com firmeza. Apesar dos olhos sinceros, quase críticos, da honestidade desconcertante, da imagem de competência controlada, no fundo ela era uma moça sensível. A raiva brotou de dentro dele, satisfatoriamente pura e forte. Apreciou sua capacidade de experimentar tal sentimento. Com dificuldade, levantou-se. Sabia que todos os olhos se voltariam para ele. Então disse, imperturbável:

"A senhorita Gray e eu vamos dar uma volta. O desempenho até agora não foi capaz de despertar meu entusiasmo, e o ar lá fora está mais fresco."

Quando chegaram lá fora, após a saída observada em silêncio pelo elenco, ela disse:

"Obrigada, mister Knightley."*

Ele sorriu. De repente sentiu um bem-estar extraordinário, o corpo inteiro misteriosamente mais leve.

"Acho que eu daria um par terrível em minha atual condição, e, se tivesse de escolher um personagem de *Emma* para você, certamente não seria o de Harriet, uma coitadinha. Não se incomode com Clarissa. Ela se torna grosseira quando fica nervosa."

(*) Referência ao personagem de *Emma*, romance de Jane Austen. (N. T.)

"Azar dela, mas não acho que seja uma atitude aceitável."

Ele acrescentou:

"E ver grosserias em público provoca de minha parte uma reação infantil que considero satisfatória apenas por um segundo. Ela pedirá desculpas com elegância, quando vocês estiverem a sós."

"Tenho certeza de que sim." De repente ela se virou para Ivo e sorriu. "Na verdade, eu gostaria de dar uma volta, se não for muito cansativo para o senhor."

Cordelia era a única pessoa na ilha capaz de dizer isso sem fazer com que Ivo se sentisse irritado ou constrangido.

"Quer passear na praia?", ele sugeriu.

"Adoraria."

"Vamos andar devagar, infelizmente."

"Tudo bem."

Ele era muito doce, em sua dignidade cordial, reservada. Sorriu e estendeu a mão para ela.

"*Sobre tais sacrifícios, minha Cordelia, lançam incenso os próprios deuses.* Vamos?"

6

Eles seguiram com certa dificuldade, lado a lado, acompanhando a linha da maré, onde a areia mais firme atenuava o esforço. A praia era estreita, cortada por quebra-mares decrépitos e limitada por um muro baixo de pedra para além do qual se erguiam penhascos friáveis pontilhados de árvores. O aclive devia ter sido em boa parte plantado havia muito tempo. Entre os carvalhos e faias havia pés de louro, roseiras antigas emaranhadas nas azaleias de folhagem mais compacta, gerânios deformados pelo vento, hortênsias em tons outonais de bronze, amarelo-limão e roxo, muito mais interessantes e sutis, pensou Cordelia, do que as flores exuberantes do alto verão. Sentia paz ao lado do companheiro de passeio e por um momento desejou poder confiar nele, e que seu trabalho não incluísse o peso do artifício. Por dez minutos caminharam em silêncio, à vontade na companhia um do outro. Então ele disse:

"Pode ser uma pergunta boba. Gray não é um nome incomum. Mas você não seria por acaso parente de Redvers Gray?"

"Ele era meu pai."

"Deve ser algo em seus olhos. Eu só estive com ele uma vez, mas era um rosto inesquecível. Exerceu uma influência muito forte sobre minha geração, em Cambridge. Tinha o dom de fazer a retórica parecer sincera. Agora que a retórica e o sonho foram desacreditados, o que é desestimulante, e saíram de moda, o que é fatal, suponho que ele tenha sido praticamente esquecido. Eu gostaria de tê-lo conhecido melhor."

"Eu também", disse Cordelia.

Ele a olhou de esguelha.

"As coisas eram assim, mesmo? O idealista revolucionário dedicado à humanidade em termos genéricos, mas incapaz de cuidar direito da própria filha? Não que eu o esteja criticando. Não me saí muito bem com os meus. Os filhos precisam que a gente converse com eles, brinque, disponha de muito tempo quando são pequenos. Se você não tem disponibilidade, não deve se surpreender, quando se tornam adolescentes, que não gostem muito de você, e vice-versa. Quando os meus chegaram à adolescência eu também não gostava mais da mãe deles."

Cordelia disse:

"Creio que eu teria gostado dele, se tivéssemos convivido. Cheguei a passar seis meses com ele e seus camaradas, na Alemanha e na Itália. Mas ele morreu."

"Você faz com que a morte soe como traição. Bem, na verdade é isso mesmo."

Cordelia pensou naqueles seis meses. Meio ano cozinhando para os camaradas, fazendo compras para os camaradas, entregando mensagens, por vezes correndo perigo, procurando quartos para alugar, tranquilizando senhorias e comerciantes, costurando para os camaradas. Eles e seu pai teoricamente acreditavam na igualdade para as mulheres, sem no entanto se darem ao trabalho de aprender as habilidades domésticas básicas que tornariam essa igualdade possível. E ele a havia tirado do convento para levar uma vida nômade precária, impedindo que cursasse a Universidade de Cambridge. Ela não alimentava mais nenhum ressentimento específico. Aquele período de sua vida passara, terminara. Esperava que tivessem dado algo um para o outro, pelo menos confiança. Antes, Cordelia havia eliminado o Redvers de seu nome, justificando-se com a ideia de que era uma mala inútil em sua bagagem. Lia Browning o tempo inteiro. Agora se perguntava se não havia sido uma rejeição significativa, uma pequena vingança. A ideia incômoda foi rechaçada. Ela ouviu a pergunta:

"E quanto à sua educação? A gente sempre via fotos de seu pai sendo levado pela polícia. Muito admirável na juventude, sem dúvida. Na meia-idade, começa a parecer embaraçoso e ridículo. Não me lembro de ter ouvido falar em filha ou mulher, no caso dele."

"Minha mãe morreu quando nasci."

"E quem a educou?"

"Fui criada por pais adotivos diversos. Quando completei onze anos, ganhei uma bolsa de estudos no Convento do Menino Jesus. Houve um engano, a bolsa eu realmente ganhei, só que erraram na escolha da escola. Confundiram meu nome com o de outra C. Gray, que era católica. Meu pai não gostou nem um pouco, mas na época em que se deu ao trabalho de escrever para o Departamento de Educação eu já estava estudando lá, não quiseram me dar a transferência. E eu queria ficar."

Ele riu. "Redvers Gray teve uma filha educada num convento! E não conseguiram converter você? Isso deve ter ensinado seu pai, um ateu convicto, a responder logo às cartas."

"Não, eles não me converteram. Nem tentaram. Eu não me tornei crente, era feliz na minha ignorância invencível. Uma condição invejável, acho. Eu gostava do convento. Pela primeira vez me senti segura. A vida deixou de ser desorganizada."

Cordelia nunca havia se sentido tão à vontade para falar abertamente de seu período no convento, ela que demorava tanto a fazer confidências com quem quer que fosse. Não sabia se a inusitada franqueza se tornara possível só pelo fato de ele estar morrendo. A ideia lhe pareceu ignóbil, e tentou tirá-la da mente. Ele disse:

"Você concorda com Yeats: 'Onde mais, além de no costume e no comportamento adequado, poderiam surgir a inocência e a beleza?'. Posso ver que era tranquilizador, até os pecados eram convenientemente classificados em veniais e mortais. Gosto da manifestação, embora rejeite o dogma. Tem um toque de esplêndida determinação. Dignifica os erros, quase lhes dá forma e substância. Pode-se imaginar que a pessoa diga: 'Onde enfiei meu pecado mortal? Devo ter guardado em algum lugar'. E dá para carregá-lo para qualquer lugar, bem embalado."

De repente, ele tropeçou. Cordelia estendeu a mão para apoiá-lo. Sentiu a palma fria dele na sua, a pele seca deslizando sobre os ossos. Notou que ele parecia muito cansado. A caminhada na praia não fora assim tão fácil, no fim das contas. Ela propôs:

"Vamos sentar um pouco."

Havia uma pequena gruta acima deles, recortada no penhasco, com uma plataforma em mosaico, agora rachada e quase tomada pelo mato, com um banco de mármore. Ela o ajudou a subir um trecho da encosta, cuidando para que os pés dele se apoiassem nos tufos de capim e degraus de pedra meio encobertos pelo mato. O encosto do banco, mesmo aquecido pelo sol, ainda permanecia um pouco frio, o que ela sentiu através da blusa fina. Sentaram-se lado a lado, sem se tocar, e voltaram o rosto para o sol. No alto equilibrava-se uma faia. Os troncos e galhos tinham a luminosidade e a delicadeza de braços femininos, e as folhas, que começavam a exibir os dourados do outono, eram veias maravilhosas de reflexos luminosos. No ar quieto e imóvel o silêncio só era esporadicamente quebrado pelo grasnido ocasional de uma gaivota. Ao fundo o mar avançava e recuava em sua eterna inquietude.

Ele esperou alguns minutos, de olhos fechados, e então disse:

"Suponho que um pecado mortal deva ser especial, mais original e sério do que os expedientes, mesquinharias e delinquências miúdas que fazem parte do cotidiano da maioria de nós."

Cordelia disse:

"É uma ofensa grave contra a lei de Deus, que põe a alma sob risco de danação eterna. Deve haver pleno conhecimento e consentimento. Está tudo bem definido. Qualquer católico pode explicar a você."

123

Ele disse:

"Uma maldade, se a palavra possui algum significado para você, se acredita na existência do mal."

Cordelia pensou na capela do convento, nas velas no altar a cintilar, em sua cabeça coberta pelo véu de renda no meio das fileiras de conformistas murmurantes. "E livrai-nos de todo mal." Por seis anos ela repetira essas palavras pelo menos duas vezes por dia, antes mesmo de se perguntar do que ela queria se livrar. Fora preciso o primeiro caso depois da morte de Bernie para lhe ensinar o que era. Ainda se lembrava, nos sonhos e devaneios, o horror que não tinha chegado a ver; um pescoço branco esticado, o rosto desfigurado de um rapaz pendurado no laço, os pés para baixo, apontando para o chão. Quando ela finalmente encarara o assassino, ela conheceu o mal.

"Sim, acredito na existência do mal", disse.

"Então Clarissa certa vez fez uma coisa que você talvez possa classificar como maldade. Não sei se as freiras designariam o ato como pecado mortal. Mas houve conhecimento e consentimento. E tenho a impressão de que, para Clarissa, foi um pecado mortal."

Ela não falou nada. Não facilitaria as coisas para ele. Mas não havia autocontrole em seu silêncio. Sabia que ele pretendia prosseguir.

"Aconteceu durante a temporada de *Macbeth*, em julho de 1980. Tolly — a senhorita Tolgarth — tinha uma filha ilegítima de quatro anos. Não chegava a ser um segredo, todos do círculo de Clarissa sabíamos da existência de Viccy. Era uma criança adorável. Rosto sério, quieta, creio que era inteligente, ao menos para o que se pode determinar nessa idade. Às vezes, raramente, Tolly a levava ao teatro, mas no geral mantinha a vida pessoal e a profissional separadas. Pagava uma babá para cuidar de Viccy enquanto estava trabalhando, e era conveniente ter um emprego praticamente noturno. Não aceitava dinheiro do pai da menina. Creio que era possessiva em relação a Viccy, não queria que ninguém a sustentasse. Dois dias antes de Clarissa estrear em *Macbeth*, surgiu um problema. Clarissa estava no teatro — no ensaio final —, e a babá, cuidando de Viccy. A menina fugiu para a rua e começou a brincar na beira da calçada, atrás de um caminhão parado. Foi uma fatalidade. O motorista não a viu e deu ré. Ela ficou gravemente ferida, foi levada para o hospital e operada. Parecia estar bem. Todos achávamos que sobreviveria. Mas na noite de estreia de *Macbeth* telefonaram do hospital às nove e quarenta e cinco, alertando para uma piora em seu estado. Pediram que Tolly fosse para lá imediatamente. Foi Clarissa quem atendeu ao telefone. Ela havia acabado de sair de cena para trocar de roupa, antes do terceiro ato. Ficou abalada com a possibilidade de perder a camareira naquele momento. Anotou o recado e desligou. Depois disse a Tolly que a tinham chamado do hospital, mas que não havia pressa, ela poderia ir depois do espetáculo. Quando Tolly quis telefonar, Clarissa não permitiu. Assim que a peça acabou, ligaram de novo do hospital, para dizer que a menina havia morrido."

"Como sabe de tudo isso?"

"Eu me dei ao trabalho de entrar em contato com o hospital e perguntar a respeito do primeiro recado. Eu estava no camarim de Clarissa quando ela atendeu ao telefone. Pode-se dizer que na época eu era um espectador privilegiado. Eu não vi Clarissa dizer a Tolly que não era para ela ir ao hospital naquele momento. Teria interferido, ou pelo menos quero pensar que sim. Mas estava com Clarissa quando telefonaram do hospital. Em seguida, voltei para o meu lugar. Quando a peça terminou, fui para os bastidores para encontrar Clarissa e levá-la para jantar. Tolly ainda estava lá. Quinze minutos depois ligaram do hospital para dizer que sua filha havia morrido."

"E, quando o senhor soube o que havia acontecido, deixou de ser o espectador privilegiado?"

"Gostaria de responder que sim. A verdade é menos lisonjeira. Ela se tornou minha amante por duas razões; primeiro, porque eu havia granjeado certa reputação, e Clarissa sempre considerou o poder afrodisíaco; e, segundo, por ela ter imaginado que sexo comigo uma vez por semana lhe garantiria boas críticas. Quando descobriu o engano — como muitos homens, sou capaz de trair, mas não essa traição específica —, os privilégios cessaram. Não é prudente pagar adiantado por certos favores."

"Por que está me contando tudo isso?"

"Porque gostei de você. Porque não quero estragar o fim de semana vendo mais uma pessoa sendo seduzida pelo encanto de Clarissa. Ela tem charme, muito embora ainda não tenha se dado ao trabalho de exercê-lo em cima de você. Não quero ver você se comportar como todos os outros. Desconfio que possui um bom senso admirável, inatingível pela lisonja que apela à vaidade, seja sexual ou de outro tipo, mas quem pode garantir? Por isso estou cometendo mais uma pequena traição, para fortalecê-la contra a tentação."

"Quem era o pai da criança?"

"Ninguém sabe, exceto Tolly, acho, e ela não conta. A questão é quem Clarissa imaginava que fosse."

Cordelia o encarou.

"Não era o marido dela, era?"

"Lessing, o pobre maluco? Pode ser, mas considero pouco provável. Estavam casados havia apenas um ano. Clarissa já transformara a vida dele num inferno, mas não consigo imaginá-lo escolhendo uma vingança desse tipo. Meu palpite é que o pai era DeVille. Sua única exigência é que a mulher seja caseira e disponível, e jamais uma atriz. Consta que ele é impotente quando se trata de atrizes, mas isso pode ser apenas um ardil para separar a vida profissional da pessoal."

"O sujeito que está dirigindo Webster? Que está no teatro neste instante? Acredita que Clarissa tenha sido apaixonada por ele?"

"Não sei o que essa palavra significa para Clarissa. Ela pode ter desejado o sujeito só para provar que conseguia seduzi-lo. Uma coisa é certa: se ele a rejeitou, Clarissa não esqueceria facilmente um caso dele com sua própria camareira."

"E o que acha que ele veio fazer aqui? É famoso, não precisa dirigir uma produção amadora, e ainda mais fora de Londres."

"E o que viemos todos fazer aqui? Talvez ele considere a ilha uma futura Glyndebourne* teatral, um centro mundialmente famoso para o teatro experimental. Pode ser um jeito de entrar na festa. Afinal de contas, ele não tem sido muito requisitado. Suas habilidades foram muito admiradas no passado, mas há muitos jovens diretores criativos no mercado. E Ambrose, se estiver disposto a gastar dinheiro, pode dar visibilidade a um Festival de Courcy. Nada comercial, claro; um teatro com apenas cem lugares confortáveis dificilmente seria viável, sobretudo quando corre o risco de ser partido ao meio por uma tempestade na noite de estreia. Mas ele pode se divertir com isso assim que se livrar de Clarissa."

"E ele quer se livrar de Clarissa?"

"Ah, quer", Ivo respondeu de pronto. "Ainda não notou isso? Ela está tentando fisgá-lo, conquistar o homem, o teatro e a ilha. Ele gosta de seu reino particular. Clarissa é uma invasora muito persistente."

Cordelia pensou na criança deitada sozinha no leito hospitalar alto, asséptico, atrás das cortinas fechadas. Estaria consciente? Sabia que ia morrer? Passara a última noite sozinha e amedrontada? Ela disse:

"Não sei como Clarissa suporta viver com essa lembrança."

"Talvez não suporte. Quando alguém sente pavor de morrer, o motivo para o medo pode ser a noção inconsciente de que merece morrer."

"Como sabe que ela sente pavor de morrer?"

(*) Referência ao Festival de Glyndebourne, dedicado exclusivamente à ópera, realizado anualmente desde 1934 em East Sussex, sudeste da Inglaterra. (N. T.)

"Existem certas emoções que nem mesmo uma atriz experiente como Clarissa consegue ocultar totalmente."

Ele se virou para Cordelia, analisou sua expressão sob o brilho do sol e da folhagem e disse pausadamente:

"Pode haver justificativas para o que ela fez. No mínimo, uma explicação. Precisava trocar de roupa, era um momento importante. Não conseguiria fazer isso sozinha e não havia outra camareira disponível."

"Ela ao menos tentou arranjar alguém?"

"Duvido muito. Entenda o ponto de vista dela. Não estava no mundo dos hospitais e crianças doentes. Era lady Macbeth. Estava no castelo de Dunsinane. Duvido que tivesse ido embora do teatro se fosse seu próprio filho quem estivesse morrendo naquele momento. Não lhe ocorreu que outra pessoa pensasse diferente."

Cordelia gritou:

"Isso não é desculpa! Não explica nada! Ninguém realmente acredita que uma peça de teatro, qualquer que seja, tenha mais importância do que uma criança agonizante!"

"Não creio que ela naquele momento acreditasse que a menina fosse mesmo morrer, se é que chegou a refletir a respeito."

"E você acredita nisso? Que uma atuação, qualquer que seja, possa ser mais importante que uma vida?"

Ele sorriu:

"Estamos nos aproximando de um campo minado filosófico. Se o prédio pegar fogo e você só puder salvar um mendigo velho e sifilítico ou um Velázquez, qual dos dois deveria ser incinerado?"

"Estamos nada. O caso, aqui, é de uma criança que estava morrendo e queria ver a mãe, contra uma encenação de *Macbeth*. Estou cansada dessa analogia antiquada do prédio em chamas. Eu jogaria o Velázquez pela janela e arrastaria o velho mendigo para um lugar seguro. A verdadeira escolha moral ocorre quando você descobre que ele é pesado demais. Você escapa sozinho ou continua tentando, correndo o risco de ser queimado junto com ele?"

"Ah, essa é fácil. Obviamente você escapa sozinho, sem deixar a decisão para o último momento, sem ser consciencioso demais. No caso da criança, a resposta é não: eu não acho que uma apresentação teatral seja mais importante, principalmente no caso da interpretação que Clarissa é capaz de dar ao papel. Isso a satisfaz?"

"Não entendo como a senhorita Tolgarth conseguiu continuar trabalhando para ela. Eu não aceitaria."

"E você, vai continuar? Confesso que sua exata função aqui me intriga. Mas imagino que não pretenda desistir."

"No meu caso, é diferente. Pelo menos prefiro me convencer disso. Sou apenas uma contratação temporária. Mas Tolly acreditou em Clarissa quando ela disse que não havia risco imediato; confiou nela. Como consegue permanecer no emprego depois disso?"

"Elas passaram a maior parte da vida juntas. A mãe de Tolly foi babá de Clarissa. A família com *f* minúsculo serve a Família com *F* maiúsculo há três gerações. Eles nasceram para serem servidos, ela nasceu para servi-los. Talvez uma criança morta aqui e ali não faça tanta diferença, devido ao hábito da subserviência."

"Isso é horrível! Ridículo e degradante! Vitoriano!"

"Você é que pensa! O instinto de devoção é incrivelmente persistente. O que é a crença religiosa, senão isso? Tolly tem sorte por seu Deus caminhar pela face da Terra com sapatos que precisam ser engraxados, roupas que precisam ser dobradas e cabelo que precisa ser escovado."

"Mas ela não pode ter decidido continuar a servi-la. Não pode gostar de Clarissa."

"O que gostar tem a ver com a história? 'Ele pode me matar: mas não tenho outra esperança.' Trata-se de um fenômeno perfeitamente comum. Mas admito que às vezes me pergunto o que Tolly faria se encarasse seus sentimentos profundos. Ou qualquer um de nós, claro. Está esfriando, não acha? Não está com frio? Acho que é hora de voltar."

7

Eles mal conversaram no caminho de volta para o castelo. Para Cordelia o sol daquele dia sumira. A beleza do mar e da costa passou despercebida por seu coração desolado. Ivo obviamente estava muito cansado quando chegaram ao terraço e disse que ia descansar um pouco no quarto; não queria nem chá. Cordelia decidiu procurar Clarissa, era seu trabalho acompanhá-la sempre, por mais que isso fosse desagradável para ambas. Mesmo assim, só com muita força de vontade conseguiu voltar ao teatro, verificando, aliviada, que o ensaio ainda não tinha acabado. Passou um minuto no fundo da plateia, depois foi para seu quarto. A porta de comunicação estava aberta, e ela viu Tolly passando do banheiro para o dormitório. Mas a ideia de falar com ela era intolerável, e Cordelia resolveu sair.

Quase por impulso ela abriu a porta contígua à de seu quarto, que dava acesso à torre. Uma escada em caracol de ferro forjado rebuscado subia na penumbra, iluminada apenas ocasionalmente pelas fendas de largura menor que a de um tijolo. Notou que havia um interruptor de luz, mas preferiu subir a espiral aparentemente interminável na semiescuridão. Finalmente chegou ao topo, uma sala circular pequena e bem iluminada graças a seis janelas altas. O lugar quase não tinha mobília, apenas uma poltrona de ratã com encosto curvo; obviamente, era utilizada para guardar aquisições que Ambrose ainda não decidira onde pôr, ou coisas que haviam pertencido ao antigo dono; destacava-se uma coleção de brinquedos vitorianos. Havia um cavalo de pau com rodinhas, uma arca de Noé com animais entalhados, três bonecas de porcelana com rosto inexpressivo e membros estofados, uma mesa cheia de brinquedos mecânicos, entre eles um tocador de realejo com macaquinho e um conjunto de gatos músicos numa plataforma giratória, elegantemente vestidos de cetim, cada qual com seu instrumento, e um soldadinho granadeiro, com um tambor, além de uma caixinha de música de madeira.

A vista dali era espetacular. Observava-se a ilha inteira, como de um avião; era como um mapa colorido em ricos padrões, posicionada com precisão no mar encapelado. A leste havia uma mancha, só podia ser a ilha de Wight. Ao norte, a costa de Dorset parecia surpreendentemente próxima; ela quase conseguia ver o pequeno píer e as ladeiras de casas coloridas. Olhando novamente para a ilha, divisou pântanos ao norte, com gaivotas brancas nas bordas, áreas centrais mais altas, campos cultivados, trechos ainda verdes no meio das muitas árvores outonais de vários matizes, penhascos marrons a deslizar no sentido da costa, a agulha da torre da igreja a se erguer por entre as faias, o teto da galeria que conduzia ao teatro, que, do alto, parecia de brinquedo. De seu chalé na área do estábulo uma miniatura de Oldfield caminhava com um balde em cada mão, e, enquanto ela o observava, Roma emergiu do bosque de faias que ladeava o gramado, seguindo na direção do castelo com as mãos enfiadas no bolso. Um pavão caminhava no gramado, arrastando a cauda esfiapada.

Ali naquele ninho de águias de tijolos, espremido entre a terra e o céu, o barulho do mar era um lamento quase inaudível, que se confundia com o sibilar do vento. De repente Cordelia sentiu uma profunda solidão. O trabalho que tanto prometia pelo jeito não passaria de um humilhante desperdício de tempo e energia. Ela não se importava mais com quem mandava os recados e seus motivos. Para Cordelia, tanto fazia se Clarissa ia viver ou morrer. Perguntou-se o que estaria acontecendo em Kingly Street, como a srta. Maudsley estava se saindo, se o sr. Morgan fora arrumar a placa. Pensar nele fez com que se lembrasse de sir George. Ele a contratara para um serviço. Ela fora até lá para proteger Clarissa, não para julgá-la. E precisava encarar só mais dois dias ali. No domingo tudo acabaria e estaria livre para voltar a Londres; nunca mais teria de ouvir o nome de Clarissa. Lembrou-se das palavras de Bernie quando ele certa vez a censurara por ser exageradamente melindrosa:

"Nessa profissão, não podemos fazer julgamentos morais sobre nossos clientes, colega. Se começar a agir assim, vai acabar falindo."

Ela deu as costas para a janela e num impulso abriu a caixinha de música. O cilindro girou lentamente, e os delicados pinos metálicos reproduziram a melodia de "Greensleeves". Depois ela deu corda e pôs em movimento os brinquedos mecânicos. O soldadinho tocou tambor; os gatos se mexeram, sorridentes, erguendo os bracinhos vestidos de cetim; os pratos tiniram; a melodia melancólica de "Greensleeves" sumiu no meio dos ruídos dissonantes. E mesmo naquela delicada cacofonia de sons infantis que ajudavam a aliviar sua tensão, ela não conseguiu tirar completamente da cabeça a imagem da criança moribunda. Cordelia voltou a admirar o reino colorido de Ambrose.

8

Ivo errou. Clarissa não pediu desculpas pela atitude grosseira durante o ensaio, mas tentou ser muito simpática e atenciosa com Cordelia durante o chá. Foi servida uma exuberante e fantástica profusão de sanduíches e bolos confeitados, e só depois das seis a lancha que levaria DeVille e outros artistas de volta a Speymouth finalmente zarpou do cais. Clarissa passou a hora seguinte, antes de se vestir para o jantar, jogando mexe-mexe com Ambrose na biblioteca. Ela jogava mal e ruidosamente, chamando Cordelia a todo momento para procurar palavras duvidosas no dicionário ou para apoiá-la quando Ambrose a acusava de trapacear. Cordelia, prazerosamente envolvida com edições antigas de *Illustrated London News* e da *Strand Magazine*, nas quais podia ler histórias de Sherlock Holmes como haviam sido originalmente publicadas, preferia ter sido deixada em paz. Simon provavelmente fora convocado a entretê-los com música depois do jantar, pois o som distante de Chopin, vindo da sala onde ele ensaiava, era agradável, reconfortante, levando-a a evocar seus dias de estudante. Ivo permaneceu em seu quarto, e Roma lia em silêncio as publicações da semana e a *Private Eye*.

A biblioteca, com seu teto abobadado e estantes revestidas de peças de latão entalhado instaladas entre as quatro janelas altas, era um dos cômodos mais bem projetados do castelo. Uma janela imensa tomava a parede sul inteira, decorada com vitrais redondos coloridos. Durante o dia a janela mostrava apenas céu e mar. Mas agora, estando a biblioteca escura exceto pelos três círculos de luz das luminárias de mesa, a imensa janela parecia um painel de mármore fustigado pela chuva, negro-azulado, com esparsas estrelas a cintilar no alto. Uma pena, pensou Cordelia, que nem ali Clarissa fosse capaz de se distrair em silêncio, sossegadamente.

Quando chegou a hora de trocar de roupa, elas subiram juntas. Cordelia destrancou os dois quartos e verificou o de Clarissa antes de sua entrada. Tudo certo. Ela se vestiu rapidamente, apagou a luz e sentou-se calada na frente da janela que dava para o bosque distante, negro contra o céu noturno e o fraco brilho do mar. De repente, um ponto de luz brilhou no sul. Ela olhou naquela direção. Após três segundos houve uma nova piscada, e depois mais uma, antes de a luz se apagar completamente. Ela pensou que fosse algum tipo de sinal, talvez em resposta a uma comunicação da ilha. Mas por quê, e de quem? Cordelia descartou a ideia, infantil e melodramática. Era provável que fosse algum marinheiro solitário voltando para casa do porto de Speymouth que distraidamente focalizara o cais com a lanterna. Mesmo assim, restou um desconforto por causa das três piscadas de luz, sinistras, como se alguém avisasse que o elenco estava reunido, que a atriz principal se encontrava esplendidamente abrigada sob o teto do castelo, que a ponte levadiça já podia ser erguida para a peça começar. Mas esse castelo não tinha ponte levadiça, seu fosso era o oceano. Pela primeira vez desde sua chegada, Cordelia sofreu uma rápida sensação de incômodo claustrofóbico. As únicas formas de contato com o resto do mundo eram o telefone e a lancha, e ambos poderiam ser facilmente inutilizados. Ela fora atraída pelo mistério e pelo isolamento da ilha; agora sentia falta da segurança tranquilizante da costa, das cidades e dos campos e morros que se estendiam até o horizonte. Então ouviu o som da porta do quarto de Clarissa sendo fechada e os passos de Tolly, que saía. Clarissa devia estar pronta. Cordelia atravessou a porta que ligava os dois quartos, e juntas elas seguiram para o salão de banquetes.

134

O jantar, excelente, começou com alcachofras, seguidas de galeto com espinafre gratinado. O salão, voltado para o sul, ainda conservava o calor do dia, e a lareira fora acesa mais por causa do aroma delicioso e do brilho agradável do que por necessidade. A luz uniforme de três candelabros altos valorizava o *epergne*, um centro de mesa em vidro colorido e mármore de Paros, o jogo de jantar Davenport em dourado, verde e rosa, e as taças de cristal lapidado. Acima da lareira havia um retrato a óleo das duas filhas de Herbert Gorringe. A pose estranha de ambas, quase rígida, o rosto corado de olhos brilhantes e exoftálmicos sob as espessas sobrancelhas dos Gorringe e a boca úmida entreaberta davam a elas um aspecto febril, e o vermelho e o azul forte dos vestidos de gala reluziam como se a tinta ainda não houvesse secado direito. Cordelia teve dificuldade em desviar os olhos da tela, que, longe de ser uma cena tranquila ou doméstica, parecia transbordar de energia sexual. Observando sua fisionomia, Ambrose disse:

"É de Millais, um dos relativamente raros retratos da alta sociedade feitos por ele. O aparelho de jantar que estamos usando foi presente de casamento à filha mais velha, do príncipe e da princesa de Gales. Clarissa insistiu para que eu o usasse esta noite."

Para Cordelia, estava na cara que Clarissa insistia demais em relação a muitas coisas no castelo de Courcy, e ficou se perguntando se ela também pretendia supervisionar a lavagem da louça.

Deveria ter sido uma refeição divertida, mas a alegria não estava à altura da comida ou dos vinhos excelentes. Sob a camada superficial de descontração e das conversas amenas fluía uma corrente de inquietude que de tempos em tempos assomava na forma de antagonismo. Ninguém, exceto Simon e ela, com seus apetites juvenis, fez justiça ao cardápio; ele comia furtivamente, observando Clarissa com o canto do olho como se fosse uma criança aceita pela primeira vez na sala de jantar, esperando ser banida para o quarto a qualquer momento. Clarissa, elegante num vestido azul-esverdeado de chiffon de gola alta, passou a importunar a prima com ironias a respeito da ausência de seu companheiro, que, pelo jeito, fora convidado a passar o fim de semana ali, e insistia em repisar o tópico.

"Muito estranho da parte dele, querida. Tem certeza de que não o assustamos? Pensei que você quisesse exibi-lo. Não foi por isso que fez questão de se convidar? Está com vergonha de quem, dele ou de nós?"

O rosto de Roma era puro rosa sobre o azul forte do vestido de tafetá.

"Estamos esperando um cliente norte-americano que ficou de passar na livraria no sábado. E Colin precisa pôr a contabilidade em dia. Deve terminar tudo até segunda-feira."

"No fim de semana? Mas que homem conscencioso. Folgo em saber que vale a pena fazer sua contabilidade. Meus parabéns."

Cordelia, percebendo que dificilmente conseguiria iniciar uma conversa com Simon, que dava a impressão de ter medo de falar, desviou a atenção dos companheiros de mesa e se concentrou na refeição. Logo foi despertada pelo tom beligerante da voz de Roma. Ela se dirigia a Ambrose, do outro lado da mesa, brandindo o garfo como se fosse uma arma.

"Mas você não pode ignorar sua responsabilidade sobre o que vem acontecendo em seu próprio país! Não dá para dizer que não lhe diz respeito, ou que não está sequer interessado!"

"Claro que posso. Eu não colaborei para a desvalorização da moeda, para a degradação do campo, para a deterioração das cidades, para o sucateamento do ensino básico ou mesmo para a mutilação da liturgia da Igreja. Por que eu seria pessoalmente responsável?"

"Eu estava pensando em aspectos que alguns de nós consideram mais importantes. O crescimento do fascismo, o fato de que nossa sociedade está cada vez mais violenta, menos clemente, mais desigual do que vinha sendo desde o século xix. E há o National Front. Você não pode ignorar o racismo do National Front!"

"Claro que posso, assim como ignoro a Militant Tendency, os trotskistas e o resto da ralé. Você ficaria surpresa com minha capacidade de ignorar os ignoráveis."

"Mas você não pode simplesmente decidir viver numa outra era!"

"Posso, sim. Posso viver em qualquer século que eu queira. Não preciso escolher a idade das trevas, antiga ou moderna."

Ivo interveio calmamente:

"Fico contente em ver que você não rejeita os confortos da tecnologia moderna. Se eu embarcar no processo final da morte nos próximos dias e precisar de ajuda médica para aliviar o sofrimento, espero que não faça objeção ao uso do telefone."

Ambrose abriu um sorriso amplo e ergueu sua taça:

"Caso qualquer um de vocês resolva morrer nos próximos dias, todas as medidas necessárias serão tomadas para facilitar a partida."

Seguiu-se um silêncio curto, constrangido. Cordelia olhou para Clarissa, mas os olhos da atriz estavam fixos no prato. Por um segundo os dedos longos dela tremeram, mas logo voltaram ao normal.

Roma disse:

"E o que acontece ao Paraíso quando Adão, sem Eva que o console, finalmente voltar ao pó?"

"Seria agradável ter um filho para prosseguir nossa obra aqui, admito. Isso faz com que casar e procriar quase valha a pena. Mas os filhos, mesmo supondo que sejam saudáveis e que o processo de produzi-los, tão enganosamente simples em termos fisiológicos, não se contamine com complicações emocionais e práticas, são notoriamente pouco confiáveis. Ivo, você é o único aqui com experiência em matéria de filhos."

"Seria insensato, certamente, contar com eles em termos de imortalidade vicária", disse Ivo.

"Ou para qualquer coisa, certo? Um filho poderia facilmente transformar o castelo num cassino, instalar um campo de golfe com nove buracos, poluir o ar com lanchas rápidas e esquis aquáticos, dar festas pretensiosas para os moradores locais a oito e cinquenta por cabeça, jantar com três pratos incluídos no preço, traje esporte fino obrigatório, bebidas à parte."

Clarissa ergueu os olhos para Ivo:

"Por falar em filhos, quais são as novidades sobre os seus, Ivo? Matthew ainda está morando naquela casa invadida em Kensington?"

Cordelia notara que Ivo deixara seu frango quase intacto no prato e que, embora ele picasse o espinafre e o pegasse com o garfo, muito pouco lhe chegava à boca. Mas estivera bebendo sem parar. O *decanter* com vinho Bordeaux estava à sua direita, e Ivo o alcançou novamente, para encher a taça que já estava três quartos cheia, sem que ele notasse. Ele encarou Clarissa, olhos reluzentes à luz do candelabro.

"Matthew? Imagino que ainda faça parte dos Filhos do Sol ou seja lá como for que eles se chamam. Como não mantemos contato, não posso garantir. Angela, por sua vez, escreve uma carta filial longa e entediante todos os meses. Tenho duas netas agora, segundo ela. Como Angela e o marido se recusam a visitar um país onde correm o risco de sentar à mesa para jantar com negros, e eu me recuso a compartilhar uma refeição com meu genro, fica difícil manter um relacionamento próximo. Minha ex-mulher, caso esteja interessada em saber, mora com eles em Johannesburgo, que ela chama de Jo'burg, e consta que vive encantada com o clima, a companhia e a piscina em forma de rim."

Clarissa riu, como se comemorasse uma vitória.

"Querido, eu não pedi seu histórico familiar."

"Não pediu?", ele replicou, imperturbável. "Pensei que tinha pedido."

O silêncio passou a imperar na mesa, para alívio de Cordelia, e durou com raras interrupções até o final da refeição, quando Munter abriu a porta para as mulheres seguirem Clarissa até a sala de estar.

9

Ivo não quis café nem licor, mas levou o *decanter* com o Bordeaux e a taça para a sala; acomodou-se numa poltrona entre a lareira e a janela francesa. Não sentia responsabilidade social específica em relação ao restante da noite. O jantar já fora bem amargo, sua intenção era se embriagar lenta e completamente. Dera atenção demais aos médicos. *Aos cães a medicina. Não me serve.* Obviamente, o que precisava era beber mais, e não menos; e, se pudesse ser vinho de alta qualidade às custas de Ambrose, melhor ainda. Sua revolta por ter permitido que Clarissa o provocasse, levando-o a revelar uma série de frustrações que o enraiveciam, começava a diminuir graças à influência do vinho. Ocupava seu lugar uma euforia moderada na qual a mente adquiria uma clareza sobrenatural, enquanto as faces e palavras de seus comensais ascendiam a uma dimensão distinta, de modo que observava seus modos ridículos com os olhos sardônicos brilhantes de quem avalia atores em cena.

Simon preparava-se para tocar para eles, ajeitando a partitura no suporte com mãos trêmulas. Ivo pensou: Meu Deus, Chopin seguido de Rachmaninoff, não. Por quê, perguntou-se, Clarissa se debruçou sobre o rapaz, pronta para virar as páginas? Ela nem sabia ler música. Se isso era o começo de seu sistema habitual de alternar gentileza e brutalidade, acabaria deixando o jovem maluco, como fizera com o pai. Roma, num vestido de tafetá que seria infantil demais para uma rapariga de dezoito anos, estava sentada rigidamente na beira do assento da poltrona, como se fosse uma mãe numa apresentação escolar. Por que se importava com o modo como o rapaz tocaria? O nervosismo dele já estava contaminando a plateia. Contudo, ele tocou melhor do que Ivo esperava, apenas ocasionalmente tentando disfarçar notas erradas com a aceleração do andamento ou o uso exagerado do pedal. Mesmo assim, a performance se assemelhou bastante a uma apresentação pública para ser agradável, as peças haviam sido escolhidas para exibir sua técnica, a ocasião fora considerada mais importante do que as pessoas gostariam. E demorou demais. No final, Ambrose disse:

"Muito obrigado, Simon. O que são algumas notas erradas, entre amigos? E agora, cadê as canções do nosso passado?"

Restava menos de um quarto de vinho no *decanter*. Ivo afundou mais na poltrona, e as vozes chegavam a ele de uma distância imensa. Estavam todos em volta do piano, cantando com animação baladas vitorianas velhas e piegas. Ele se deteve na voz de contralto de Roma, invariavelmente atrasada e fora do tom, e no soprano claro de Cordelia, uma voz treinada em convento, um tanto insegura mas clara e doce. Observou o rosto afogueado de Simon, debruçado sobre as teclas, o ar exultante de imensa concentração. Ele estava tocando com mais segurança e sensibilidade naquele momento do que o fizera quando tocara sozinho. Pelo menos por uma vez o rapaz estava se divertindo.

Depois de uma meia hora, Roma se afastou do piano e pôs-se a examinar dois quadros a óleo de Frith, telas apinhadas de gente, anedóticas, mostrando passageiros da primeira e da terceira classes de um trem a caminho de Epsom para o Derby. Roma passou de uma para outra, analisando-as atentamente, como se verificasse a possibilidade de algum detalhe social ou sartorial ter sido negligenciado pelo artista. Clarissa subitamente tirou a mão do ombro de Simon, passou rapidamente por Ivo, fazendo a saia de chiffon esbarrar em seu joelho, e saiu sozinha para o terraço. Cordelia e Ambrose permaneceram juntos, cantando. Os três em volta do piano criaram um vínculo em torno do prazer, pareciam ignorar os demais, procurando e trocando o tom, fazendo comparações, rindo quando determinada peça se mostrava acima da extensão da própria voz ou de sua competência musical. Ivo reconheceu poucas canções; os pastiches elisabetanos de Peter Warlock, "Bright is the ring of words", de Vaughan Williams. Ele as escutava com a sensação mais próxima da felicidade que conseguia desde que soubera do diagnóstico de sua doença. Nietzsche estava errado; não era a ação, mas o prazer, que vinculava o indivíduo à existência. E ele passara a temer o prazer; a mera admissão da possibilidade da alegria significara, para seus sentidos crispados, abrir a mente para a angústia e o arrependimento. Mas naquele momento, ouvindo a voz doce de Cordelia unida à de Ambrose, um barítono, que enchia o ar e flutuava até o mar, ele sentia aconchego, leveza, um devaneio contente sem amargura, sem dor. Gradualmente seus sentidos recuperaram a vivacidade. Sentiu em seu rosto o vento frio que entrava através da janela, não como uma corrente inconveniente, mas como a sensação quase imperceptível de um dedo a acariciá-lo; viu o vermelho brilhante do vinho no *decanter* e saboreou sua suavidade na língua; inalou o aroma da lenha na lareira, que evocava seus outonos dispersos na infância.

Então sua calma foi rompida. Clarissa surgiu do terraço, intempestivamente. Simon a ouviu e parou de tocar de repente. As duas vozes ainda entoaram algumas notas antes de se calarem. Clarissa disse:

"Já terei de aguentar amadores demais até que o fim de semana termine, não preciso da contribuição de vocês três ao suplício do tédio. Vou para a cama. Simon, por hoje chega. Vamos subir juntos; quero vê-lo em seu quarto. Cordelia, por favor chame Tolly e diga a ela que estou pronta, depois suba em quinze minutos, preciso discutir as providências para amanhã. Ivo, você está bêbado."

Clarissa esperou, batendo o pé de impaciência, até Ambrose abrir a porta para ela, depois saiu apressada, detendo-se apenas um instante para oferecer a face para o beijo. Ele se debruçou mas chegou tarde demais, e seus lábios estendidos beijaram o ar, ridiculamente. Simon recolheu as partituras, olhou em volta como se pedisse socorro e saiu correndo atrás dela. Cordelia dirigiu-se para perto da lareira, onde a corda enfeitada pendia. Roma disse:

"Nota zero para todos. Deveríamos ter entendido que estávamos aqui para aplaudir o talento de Clarissa, e não para exibir o nosso. Se planeja fazer carreira como secretária acompanhante, Cordelia, acho melhor aperfeiçoar o tato."

Ivo notou que Ambrose se debruçava sobre ele, o rosto afogueado a emoldurar os olhos negros brilhantes e maliciosos sob os semicírculos fartos.

"Está bêbado, Ivo? Seu silêncio é notável."

"Eu pensei que estava, mas acho que não. A sobriedade tomou conta de mim. Mas, se abrir outra garrafa, posso retomar o agradável procedimento. O bom vinho é uma criatura boa e familiar, se for bem usado."

"Não seria melhor manter a mente clara para a tarefa de amanhã?"

Ivo estendeu o *decanter* vazio. Surpreendeu-se ao perceber que a mão estava perfeitamente firme. Ele disse:

"Não se preocupe. Estarei suficientemente sóbrio para o que precisarei fazer amanhã."

10

Cordelia esperou exatamente quinze minutos, dispensou o último drinque oferecido por Ambrose e subiu. A porta que ligava seu quarto ao de Clarissa estava entreaberta, ela entrou sem bater. Clarissa, com o robe de cetim creme, estava sentada na frente da penteadeira. Tinha o cabelo puxado para trás, com uma faixa de crepe a segurá-lo na testa e preso por uma fita na nuca. Ela examinava o rosto no espelho e não se virou.

O quarto era iluminado apenas por uma lâmpada forte na penteadeira e pelo abajur suave da mesa de cabeceira. Na lareira, crepitava um montinho de lenha que lançava sombras bruxuleantes sobre a mobília de mogno e o tecido adamascado. O aroma de madeira queimada se misturava ao perfume, e Cordelia observou o dormitório em sua luxuosa penumbra, que lhe pareceu menor e mais misterioso do que à luz do dia. A cama o dominava ainda mais, reluzente sob o dossel escarlate, sinistra e monstruosa como um cadafalso. Cordelia deduziu que Tolly passara por lá antes dela. Os lençóis estavam virados, e o vestido de noite de Clarissa fora estendido dobrado na altura da cintura, parecendo uma mortalha. À meia-luz, era fácil imaginar que estava no limiar de uma porta em Amalfi com a duquesa amaldiçoada de Webster cuidando dos cabelos lustrosos no toucador enquanto o terror e a corrupção espreitavam nas sombras e do outro lado das janelas, entreabertas para um Mediterrâneo sem ondas a refletir o luar.

A voz de Clarissa interrompeu seu devaneio. "Ah, você

está aí. Dispensei Tolly para que possamos conversar. Não fique aí parada. Puxe uma cadeira."

De cada lado da lareira havia uma cadeira de braço entalhada, com encosto côncavo e rodízios nos pés. Cordelia puxou uma delas e sentou-se à esquerda da penteadeira. Clarissa olhou-se no espelho, abriu um pote para pegar bolas de algodão e começou a remover a sombra dos olhos e o rímel. Os chumaços escuros se amontoaram sobre o mogno encerado. O olho esquerdo, livre da maquiagem, parecia menor, quase sem vida, dando-lhe subitamente a aparência de um palhaço desequilibrado. Ela examinou atentamente a pálpebra limpa, franziu a testa e disse:

"Pelo jeito, você se divertiu um bocado esta noite. Deveria ter em mente que foi contratada como detetive, e não para nos entreter depois do jantar."

Após um dia longo, Cordelia não tinha mais energia para sentir raiva.

"Talvez você devesse ser sincera com eles e revelar a razão de minha presença aqui. Assim, deixariam de me tratar como convidada. Ninguém convoca detetives particulares para cantar, ao que me consta. Provavelmente nem me chamariam para as refeições. Um investigador dificilmente deixaria as pessoas à vontade num jantar."

"E qual seria o benefício? Se não se misturar com eles, como poderá vigiá-los? Além disso, os homens gostam de você. Flagrei Ivo e Simon olhando para você. Não finja que não percebeu. Odeio a hipocrisia sexual."

"Eu não ia fingir nada."

Clarissa dedicava-se naquele momento a retirar porções de creme demaquilante de um pote enorme, esfregando a pasta no rosto e no pescoço para depois retirar tudo com algodão, em firmes movimentos ascendentes. Os chumaços com resíduos amontoavam-se na penteadeira. Cordelia observava o rosto de Clarissa com a mesma intensidade de sua dona. Os olhos eram um pouco afastados demais um do outro; a pele, grossa, sem brilho, embora quase sem rugas;

as maçãs do rosto, largas, achatadas; a boca, com o lábio inferior carnudo, pequena demais para ser considerada bonita. Mas tratava-se de um rosto capaz de assumir uma expressão encantadora ao comando de Clarissa, e mesmo naquele momento, com a faixa na testa, sem maquiagem e relaxado, exibia a certeza de sua beleza latente, excêntrica.

De repente, ela perguntou:

"O que achou da apresentação de Simon?"

"Não me considero apta a julgar. Obviamente, ele tem talento."

Cordelia estava prestes a acrescentar que ele faria mais sucesso acompanhando do que em carreira solo, mas achou melhor não opinar. Era a pura verdade: não tinha competência para julgá-lo. Mesmo assim, teve a impressão de que uma decisão poderia depender de sua resposta, por mais ignorante que fosse sobre a questão.

"Ora, talento! Talento é comum demais. Ninguém investe seis mil libras ou mais em um mero talento. O que interessa saber é se ele tem peito para vencer. George duvida que tenha, mas ele talvez mereça uma chance."

"Sir George o conhece melhor do que eu."

Clarissa disse, ferina:

"Mas não é o dinheiro de sir George, certo? Consultarei Ambrose, mas só depois da apresentação da peça. Até lá, não posso me preocupar com mais nada. Ele provavelmente arrasará com o pobre rapaz. Ambrose é perfeccionista. Mas conhece música a fundo. Será um juiz superior a George. Se Simon tocasse um instrumento de corda, pelo menos, poderia acabar conseguindo uma vaga numa orquestra. No entanto, escolheu o piano! Bem, suponho que possa trabalhar acompanhando alguém."

Cordelia cogitou mencionar que ser pianista profissional especializado em acompanhamento não era uma atividade fácil, exigia o domínio da terrível combinação entre habilidade técnica e musicalidade; mas, como sabia que não fora contratada para dar consultoria sobre a carreira de Simon, calou-se. A conversa a respeito do rapaz não passava de perda de tempo. Ela disse:

"Creio que devemos discutir as mensagens e os planos para o fim de semana, principalmente para amanhã. Deveríamos ter conversado antes."

"Sei disso, mas não deu tempo, precisei ensaiar, Ambrose queria mostrar o castelo. De todo modo, você sabe qual é sua função aqui. Se mandarem mensagens, eu não quero recebê-las. Não quero que você me mostre nada. Não quero nem saber da existência delas. É vital que dê tudo certo amanhã. Se eu recuperar a autoconfiança como atriz, serei capaz de enfrentar praticamente tudo."

"Até mesmo saber quem é a pessoa que está fazendo isso?"

"Sim, até isso."

"Quantas pessoas aqui sabem das mensagens?", perguntou Cordelia.

Clarissa havia terminado de remover a maquiagem e passou a tirar o esmalte das unhas. O odor da acetona encobriu o aroma dos cosméticos.

"Tolly sabe. Não há segredos entre nós. De qualquer maneira, ela estava em meu camarim quando alguns bilhetes foram entregues pelo porteiro, os que chegaram ao teatro pelo correio. Suponho que Ivo saiba; é impossível acontecer algo no West End londrino sem que ele seja informado. E Ambrose. Ele estava comigo no camarim do Duke of Clarence quando passaram uma mensagem por baixo da porta. Quando ele a apanhou para mim e eu abri o envelope, o responsável já havia sumido. O corredor estava vazio. Os bastidores do Clarence são um cortiço, Albert Betts bebia e não tomava conta da portaria direito. Foi demitido recentemente, mas ainda trabalhava lá quando entregaram o bilhete. Meu marido sabe, claro. Simon não sabe, a não ser que Tolly tenha contado a ele. Mas não vejo motivo para isso."

"E sua prima?"

"Roma não sabe, e se soubesse não daria importância ao fato."

"Fale a respeito da senhorita Lisle."

"Não há muito que dizer, e o pouco que há é um tédio. Somos primas, George já lhe contou isso. Uma história muito comum. Meu pai fez um bom casamento, mas o irmão mais novo dele fugiu com uma garçonete, abandonou o Exército, passou a beber e estragou a vida completamente. Depois quis que meu pai o ajudasse. E foi o que ele fez, ao menos no que diz respeito a Roma. Ela passava muito tempo conosco quando criança, principalmente depois que meu tio morreu. Era a própria Annie, a pequena órfã. Mal-humorada, malvestida, a eterna coitadinha. Nem meu pai conseguiu suportá-la por muito tempo. Ele era uma pessoa maravilhosa, eu o adorava. Mas ela era tão chata, tão sem graça; pior do que agora. Papai era daquelas pessoas incapazes de suportar a feiura, principalmente nas mulheres. Ele adorava a beleza, a vivacidade, a alegria. Não conseguia fixar os olhos num rosto banal."

Cordelia achou que papai devia ter sido um trapaceiro indulgente, que passara a vida de olhos fechados, para evitar o contato com a feiura.

"E ela era mal-agradecida", acrescentou Clarissa.

"Com ou sem razão?"

Clarissa deu a impressão de achar que a pergunta merecia profunda consideração, mas não a ponto de fazer com que parasse de lixar as unhas.

"Sem razão, creio. Ele não tinha obrigação nenhuma de aturá-la. Ela não podia esperar que a tratasse como tratava a mim, sua filha."

"Ele poderia ter tentado."

"Não seria razoável, você sabe disso. Ela não se comportava bem, não podia esperar muita coisa dele. Sabe, a mulher não pode se tornar moralista. Os homens odeiam isso."

Cordelia disse:

"Eu também não gosto. Alguém me disse que é resultado de ter pai ateu, educação de convento e consciência não conformista."

Seguiu-se um momento de silêncio entre elas, que não chegou a ser hostil. Cordelia disse, num impulso:

"Sobre as mensagens... A senhorita Tolgarth poderia ter algo a ver com elas?"

"Tolly? Claro que não. Como foi botar uma ideia dessas na cabeça? Ela é dedicada a mim. Não se impressione com seus modos. Sempre agiu assim. Convivemos desde que eu era criança. Tolly me adora. Se você não consegue perceber nem isso, não serve para ser detetive. Além do mais, não faz seu gênero. Saiba que as mensagens foram datilografadas, caso não tenha notado."

Cordelia replicou, séria:

"Você deveria ter contado a respeito da filha dela. Para poder ajudar, preciso saber de todos os fatos relevantes."

Esperou, apreensiva, pela reação de Clarissa. As mãos, porém, ocupadas em tratar das unhas, não vacilaram.

"Mas isso não era relevante. Foi um engano. Tolly sabe disso muito bem. Todos sabem. Imagino que Ivo tenha lhe contado. Isso é típico dele, pura maldade e traição. Não reparou que ele está doente? Está morrendo! E não se aguenta de ciúme. Ele sempre foi assim. Ciúme e maldade."

Cordelia pensou que talvez pudesse ter feito a pergunta com mais tato, ou que teria sido melhor evitar o assunto. Ivo não pedira sigilo a respeito da conversa, mas provavelmente esperava certa discrição. O fim de semana já se anunciava suficientemente difícil sem dois convidados trocando tapas. Mentiras diretas não eram o seu forte. Com cuidado, disse:

"Ninguém traiu ninguém. Obviamente, realizei uma pesquisa discreta antes de vir para cá. Essas coisas acabam sendo comentadas. Tenho um amigo no meio teatral." Bem, era tudo verdade, embora Bevis, coitado, passasse mais tempo fora do que dentro dos elencos. Clarissa não se interessou, porém, por seus supostos amigos do meio.

"Eu gostaria muito de saber que direito Ivo tem de me criticar. Você faz ideia de quantas carreiras ele arruinou com sua crueldade? Isso mesmo, crueldade! Vi atores — atores, veja bem — em prantos depois de uma crítica dele. Se tivesse resistido à tentação de ser espertinho, teria se tornado um dos grandes críticos britânicos. Um segundo Agate ou Tynan. E quem é ele, hoje? Um moribundo ambulante. Não tinha o direito de vir para cá com essa aparência. É como ter a morte à mesa. Uma coisa indecente."

Curioso, pensou Cordelia, como a morte substituíra o sexo enquanto grande inominável, sempre negada como possibilidade, suportada numa intimidade decente, de preferência atrás das cortinas de um leito hospitalar, seguida pelo prantear discreto, constrangido, embaraçoso. Algo devia ser dito em prol do Convento do Menino Jesus: a visão da morte das freiras era explícita, demonstrada com firmeza e não muito reconfortante; mas elas não a consideravam um gesto de mau gosto, pelo menos.

Ela perguntou:

"As primeiras mensagens, que chegaram quando você estava representando lady Macbeth, foram jogadas no lixo, certo? Eram iguais às seguintes, datilografadas em papel branco?"

"Sim, acho que sim. Faz muito tempo."

"Você poderia ter esquecido?"

"Deveriam ser iguais, não é? Que diferença faz? Eu não quero falar a respeito disso agora."

"Pode ser nossa única chance. Não consegui conversar com você até agora, e amanhã será mais difícil ainda."

Clarissa se levantou, andava de um lado para o outro, entre a cama e a penteadeira.

"Não foi minha culpa. Não matei ninguém. Não cuidavam dela direito. Por isso sofreu o acidente. De que adianta ter uma filha — além de tudo, sem pai — e não cuidar dela?"

"Mas a tarefa de Tolly não era cuidar de você?"

"O hospital não tinha o direito de telefonar daquele jeito, perturbando as pessoas. Eles deviam saber que estavam ligando para um teatro, as cortinas no West End se abrem às oito em ponto, estávamos no meio da apresentação. Ela não poderia ter feito nada se eu a deixasse ir. A menina estava inconsciente, não poderia perceber sua presença. É sentimentalismo mórbido ficar ao lado da

150

cama esperando alguém morrer. De que adianta? E eu tinha três trocas de roupa no terceiro ato. Kalenski desenhou pessoalmente o traje do banquete; joias pagãs, coroa com pedras vermelhas grandes incrustadas, parecendo gotas de sangue, saia tão dura que eu mal conseguia me mexer. Ele queria que eu sentisse o peso, que andasse rigidamente, como uma criança com excesso de roupa. 'Pense em você como uma princesa do século XVII', ele disse, 'a carregar o peso da majestade inadequada.' Foram as palavras dele, e me fazia passar as mãos na saia como se eu não conseguisse acreditar que estava mesmo vestindo tanta riqueza. Claro, isso criou um contraste maravilhoso com a bata creme da cena do sonambulismo. Não era uma camisola, parece que na época dormiam nus. Eu a usava para limpar as mãos. Kalenski disse: 'As mãos, minha cara. As mãos, esta parte se concentra nelas'. Era uma nova interpretação, claro, não o tipo costumeiro de lady Macbeth, desmesurada, dominadora, implacável; eu a fiz como uma gatinha manhosa, sensual... porém, dotada de garras ocultas."

Cordelia achou que realmente era uma interpretação inédita do papel, mas não de todo em harmonia com o texto. Talvez Kalenski, como outros diretores de Shakespeare cujos nomes lhe vieram à mente, não se importasse com isso.

"E correspondia ao texto?", ela perguntou.

"Ora, minha cara, quem se importa com o texto? Não digo ao pé da letra, mas Shakespeare é como a Bíblia, pode significar qualquer coisa, por isso os diretores o adoram."

"Fale sobre o filho."

"O filho de Macduff? Desmond Willoughby o interpretou, um pirralho insuportável. Sotaque cockney vulgar. Não se consegue um ator infantil hoje em dia que saiba falar inglês. Velho demais para o papel, também. Graças a Deus não precisei contracenar com ele."

Um texto bíblico veio à mente de Cordelia, mas ela não o disse em voz alta.

Se alguém escandalizar um destes pequeninos que creem, melhor seria que lhe prendessem ao pescoço o nó que os jumentos movem e o atirassem ao mar!

Clarissa virou-se e a encarou. A expressão de Cordelia deve ter abalado sua egolatria, pois ela gritou:

"Você não está sendo paga para me julgar! Por que me olha desse jeito?"

"Não estou julgando ninguém. Só quero ajudar. Mas você tem de ser sincera comigo."

"Estou sendo sincera, o mais sincera que consigo. Quando a vi pela primeira vez, naquele dia, com Nettie Fortescue, percebi que dava para confiar em você, que poderíamos conversar. É aviltante sentir tanto medo. George não compreende, como poderia? Nunca teve medo de nada na vida. Ele acha que sou neurótica. Só a procurou porque eu pedi."

"Por que não foi pessoalmente?"

"Imaginei que estaria mais disposta a aceitar o serviço se ele pedisse. E não gosto de pedir favores às pessoas. Além disso, tinha prova de guarda-roupa."

"Não era questão de favor. Eu precisava do serviço. Provavelmente aceitaria qualquer coisa que não fosse ilegal ou revoltante."

"Sim, George contou que seu escritório é um muquifo. Quero dizer, mais patético que deplorável. Mas não é o seu caso. Não há nada de patético ou deplorável em sua pessoa. Eu não teria me acertado com a detetive particular típica."

"E o que você realmente teme?", perguntou Cordelia com suavidade.

Clarissa voltou-se para ela, seu rosto reluzente, limpo, sem cor, pela primeira vez desnudo, vulnerável à idade, à dor. Ela sorriu, triste, abatida. Depois ergueu as mãos num gesto eloquente de desespero.

"Ora, você não sabe? Pensei que George tivesse explicado. A morte. É disso que tenho medo. Só da morte. Uma estupidez, não acha? Sempre tive, desde criança. Não me lembro desde quando, mas aprendi o que era a morte antes de saber o que era a vida. Sempre percebi o crânio sob a pele. Não sofri nenhum trauma que provocasse isso. Eles não me forçaram a olhar para a minha babá no caixão. Eu estava na escola quando minha mãe morreu e isso não significou nada. Não é a morte dos outros. Não é a existência da morte. É da minha morte que tenho medo. Não o tempo inteiro. Não em todos os momentos, por vezes passo semanas sem pensar nisso. Mas quando o pensamento vem, normalmente à noite, sinto horror, pavor, percebo que o medo é real. Sabe, ninguém pode dizer: 'Não se preocupe, querida, não vai acontecer nada'. Não dá para afirmar: 'É tudo imaginação sua, querida, isso não existe'. Não consigo descrever o medo, como ele é, o quanto é terrível. Chega em intervalos regulares, onda após onda de pânico, como uma dor que vai tomando conta de mim. Deve ser como dar à luz, só que não vou gerar vida, tenho a morte entre as pernas. Por vezes ergo a mão assim, olho para ela e penso: eis aqui a morte, faz parte de mim. Posso senti-la com a outra mão, mudá-la de lugar, aquecê-la e sentir seu cheiro e pintar suas unhas. Um dia ela se tornará branca e fria, insensível e inútil, assim como eu serei tudo isso. E depois apodrecerá. E eu apodrecerei. Não consigo nem beber para esquecer. Outras pessoas conseguem, é assim que enfrentam a vida. Beber me faz mal. Não é justo eu sofrer com esse terror e não poder beber! Pronto, já contei tudo, você pode explicar que sou tonta, mórbida, covarde. Pode me desprezar."

"Eu não a desprezo."

"E não adianta dizer que eu devia acreditar em Deus. Não consigo. Mesmo que conseguisse, não ajudaria em nada. Tolly se converteu depois da morte de Viccy, portanto suponho que ela acredite. Mas se alguém dissesse a Tolly que ela ia morrer amanhã, ela não ia querer, do mesmo jeito. Percebi isso em relação aos crentes. Sentem tanto medo quanto nós. Eles se agarram à vida, igualzinho a nós. Acreditam que há um paraíso esperando por eles, mas não têm a menor pressa de ir para lá. Talvez para eles seja pior: julgamento, inferno e danação eterna. Pelo menos eu só sinto medo da morte. Mas todo mundo não sente? Você não sente?"

Sentia?, Cordelia se perguntou. Talvez, às vezes. Mas o medo de morrer era menos importuno do que suas preocupações cotidianas: o que fazer quando terminasse o contrato de aluguel de Kingly Street, se o Mini passaria na inspeção veicular, como encarar a srta. Maudsley se a agência não tivesse mais trabalho para ela. Talvez somente os ricos e bem-sucedidos pudessem se dar ao luxo de ter um mórbido medo de morrer. A maioria das pessoas precisava das energias para lidar com a vida. Ela disse, cautelosamente, por saber que não a consolaria:

"Não me parece ser razoável temer algo que é inevitável e universal, e que não se pode sentir, de todo modo."

"O que você diz são apenas palavras! Só indica que você é jovem, saudável, e que não precisa pensar na morte. Ficar rígido e frio e decompor-se, como constava num dos bilhetes."

"Eu li."

"Há outro, para acrescentar à coleção. Guardei-o para você. Recebi pelo correio em meu apartamento de Londres, ontem de manhã. Está no fundo da minha caixa de joias. Na mesa de cabeceira do lado esquerdo."

A indicação de lado era desnecessária, mesmo naquela penumbra, e, apesar da confusão na mesa de cabeceira, a caixa de joias, com seu brilho suave, chamava a atenção. Cordelia a ergueu. Tinha cerca de dez por vinte centímetros, pés fundidos em forma de garras estilizadas, uma estampa do julgamento de Páris gravada na tampa e nas laterais. Ela girou a chave e viu que o forro interno era de seda creme acolchoada.

Clarissa falou:

"Ganhei de Ambrose esta manhã, quando cheguei. Uma lembrancinha para dar sorte na apresentação de amanhã.

Gostei dela assim que a vi, seis meses atrás, mas demorou um pouco para ele entender. Ele tem tantos badulaques vitorianos que um a mais, um a menos, não fará diferença. A caixa de joias que usaremos no terceiro ato também é dele, bem como a maior parte dos objetos cenográficos. Esta é mais bonita. Mais valiosa, também. Mas não tão valiosa quanto o que guardo nela. Você encontrará a carta na gaveta secreta, que não é tão secreta assim. Basta pressionar o centro de uma das folhas. Dá para ver a linha, olhando com cuidado. Melhor trazer aqui, eu mostro."

Cordelia surpreendeu-se com o peso da caixa. Clarissa retirou colares e braceletes entrelaçados como se fossem bijuterias baratas. Cordelia achou que algumas das peças provavelmente eram de fantasia, contas brilhantes de vidro e pedras sem valor misturadas com o brilho dos diamantes verdadeiros, o luzir das safiras, a suavidade das pérolas brancas como leite. Clarissa pressionou o centro de uma das folhas que enfeitavam a lateral da caixa e uma gaveta na base deslizou devagar para fora. Lá dentro, Cordelia viu um recorte de jornal dobrado. Clarissa o apanhou:

"Fiz o papel de Hester numa remontagem de *Profundo mar azul*, de Rattigan, no Speymouth Playhouse. Foi em 1977, ano do jubileu de prata da rainha, quando Ambrose estava morando no exterior para fugir dos impostos. O teatro já fechou, aliás. Mas gostavam de mim. Na verdade, foi a reportagem mais favorável que fizeram a meu respeito."

Cordelia abriu o recorte. O título era "Clarissa Lisle triunfa na remontagem de Rattigan". Sua mente estranhou por um momento a importância descabida que a atriz dava à crítica de uma reencenação numa cidadezinha litorânea e notou que o recorte tinha um formato estranho, sendo bem maior do que o espaço ocupado pela notícia. Mas resolveu concentrar o interesse no bilhete. O envelope combinava com aquele que havia sido entregue pela sra. Munter de manhã, mas o endereço fora escrito numa máquina diferente e obviamente mais antiga. Carimbo de postagem de Londres, datado de dois dias antes e, como o outro, desti-

155

nado à duquesa de Amalfi, com o endereço do apartamento de Clarissa em Bayswater. Dentro havia a folha branca de sempre, o desenho caprichado de um caixão preto e as letras R. I. P. logo abaixo. A seguir, uma citação da peça:

Quem me despachará?
Considero este mundo um teatro tedioso
Pois nele devo desempenhar um papel, contra a minha vontade.

Cordelia disse:
"Não muito apropriado. Ele deve estar chegando ao fim das citações adequadas."

Clarissa ajeitou a faixa na cabeça. Seu reflexo no espelho olhava de volta para as duas, um rosto fantasmagórico, emoldurado pelos cabelos desalinhados, com olhos imensos assustados sob pálpebras pesadas.

"Talvez ele saiba que não precisará de muitas outras. Só resta mais um dia. Talvez ele saiba — quem poderia saber melhor? — que amanhã será o fim."

LIVRO TRÊS

O SANGUE FLUI PARA CIMA

1

Cordelia dormiu profundamente e por mais tempo do que esperava. Foi acordada por uma batida discreta na porta. Recuperou a consciência num átimo, jogou o robe por cima dos ombros e atendeu. Era a sra. Munter com o chá. Cordelia pretendia estar de pé bem antes de sua chegada. Foi constrangedor ser surpreendida dormindo atrás de uma porta trancada, como se confundisse o castelo de Courcy com um hotel. Mas a sra. Munter, se ficou surpresa com a excentricidade, não demonstrou, apenas depositou a bandeja na mesa de cabeceira com um discreto "Bom dia, senhorita", saindo tão discretamente quanto havia entrado.

O quarto, às sete e meia, clareou com a luz fraca e difusa do alvorecer. Cordelia foi até a janela e viu o céu a leste começar a lançar raios brilhantes, uma névoa baixa ainda cobria gramados e envolvia a copa das árvores como fumaça. Anunciava-se mais um lindo dia. Não havia sinal de fogueira, mas o ar tinha o odor de madeira queimada do outono, e o volume imenso do oceano se erguia cinza e prata, como se transmitisse sua própria luz misteriosa.

Ela seguiu em silêncio até a porta de comunicação e a empurrou com cuidado. Era pesada, mas abriu sem ranger. As cortinas das janelas estavam fechadas mas havia claridade suficiente no quarto para mostrar que Clarissa, ainda adormecida, abraçava o travesseiro com um dos braços. Cordelia aproximou-se da cama na ponta dos pés e ouviu sua respiração pausada. Sentiu-se aliviada, sem saber exatamente o motivo. Não acreditava na existência de um risco real à vida de Clarissa. Suas providências contra maldades tinham sido abrangentes. Trancara as duas portas que davam para o corredor com chaves que haviam ficado nas respectivas fechaduras. Se alguém tivesse uma duplicata, não teria como entrar. Mesmo assim, ela precisava da garantia do ressonar tranquilo de Clarissa.

Então ela viu o papel, um retângulo que contrastava com o carpete. Outra mensagem chegara, alguém a enfiara por baixo da porta. Então o responsável estava ali, na ilha. Ela sentiu o coração disparar. Com muito esforço recuperou o autocontrole, furiosa por não ter pensado na possibilidade de passarem um bilhete por baixo da porta, ressentida com seu próprio medo. Avançou para pegar o papel e o levou para seu quarto, fechando a porta ao passar.

Era outro trecho de *A duquesa de Amalfi*, apenas onze palavras sob um crânio.

Então chega a hora da ação,
Aqui estou para matar você.

A forma era a mesma, porém o papel mudara. A mensagem fora escrita no verso de uma antiga xilogravura que trazia os dizeres "O Gde. Mensageiro da Mortalidade". Sob a frase havia uma figura tosca da morte segurando uma ampulheta e uma seta, seguida de uma estrofe de quatro versos.

Ela engoliu o chá, vestiu calça e camisa e desceu para procurar Ambrose. Não tinha muitas esperanças de encontrá-lo tão cedo, mas ele já estava no salão de café, com uma xícara na mão, observando o gramado. Era um dos salões que havia conhecido no rápido passeio pelo castelo na sexta-feira, com móveis e acessórios desenhados por Godwin. Havia uma mesa simples, com um conjunto de cadeiras com ornamentação grega no encosto. Uma das paredes mais compridas era totalmente coberta com armários ou prateleiras elegantes, de madeira clara entalhada, encimadas por um friso de azulejos no qual laranjeiras em vasos de um azul forte se alternavam com cenas extremamente românticas da lenda do rei Artur e os Cavaleiros da Távola Redonda. Ao ver a barra pela primeira vez, Cordelia a considerara um exemplo interessante da evolução do arquiteto na direção da simplicidade do esteticismo, mas agora seu encanto vaidoso se perdera para ela.

Ambrose virou-se quando Cordelia entrou e sorriu.

"Bom dia. Ao que parece, teremos sorte em relação ao tempo. Os convidados devem chegar com sol e voltar sem correr o risco de devolver o jantar. A travessia pode ser traiçoeira com tempo ruim. Nossa princesa já acordou?"

"Ainda não."

Cordelia tomou uma resolução repentina. Não viu mal em contar a ele o que acontecera. Era praticamente certo que a xilogravura estivera guardada em sua casa. Clarissa informara que ele já sabia a respeito das mensagens ameaçadoras. E Clarissa era hóspede dele. Acima de tudo, porém, ela queria ver a reação de Ambrose ao ver a xilogravura. Ela a estendeu, dizendo:

"Encontrei isto hoje, enfiaram por baixo da porta de Clarissa, bem cedo. Pertence a você? Neste caso, alguém a adulterou. Veja o verso."

Ele estudou a folha por um momento, em silêncio. Depois disse:

"Então os bilhetes continuam chegando. Eu já esperava. Ela viu este?"

Não havia necessidade de explicar a quem ele se referia.

"Não, nem verá."

"Muito sensato de sua parte. Creio que eliminar estorvos desse tipo seja uma de suas obrigações como secretária acompanhante."

"Uma delas. A gravura é sua?"

"Não. Interessante, mas de outro período."

"Mas esta é sua casa. E a senhora Lisle é sua hóspede."

Ele sorriu e aproximou-se do aparador.

"Aceita um café?" Ela o observou se dirigir até a cafeteira, servir uma xícara para ela e encher novamente a dele. Só então ele disse: "Aceito a crítica implícita. Os convidados certamente têm o direito de não ser incomodados nem ameaçados enquanto estiverem sob meu teto. O que sugere que eu faça, porém? Não sou policial. Não posso interrogar os outros hóspedes. Isso, além do garantido fracasso, só resultaria em seis pessoas incomodadas, em vez de uma. Duvido que Clarissa me agradecesse. E, se me permite dizer, você não está levando isso um pouco a sério demais? Admito que é uma brincadeira de péssimo gosto. Mas poderia ser mais do que uma maldade? Para mim, a melhor resposta a esse tipo de absurdo é um silêncio digno, até um certo desprezo altivo. Clarissa é atriz. Deve ser capaz de simular qualquer uma dessas reações. Se houver alguém na ilha tentando prejudicar a atuação dela, ele — ou ela, o que é mais provável — desistirá se Clarissa mostrar total despreocupação".

"É o que ela pretende fazer, pelo menos até depois da apresentação da peça. Ela não verá a mensagem. Posso confiar em você? Não contará nada a ela?"

"Claro que não. Tenho total interesse no sucesso de Clarissa, não se esqueça. Você mesma não fez isso, suponho."

"Não."

"Era o que eu imaginava. Peço desculpas por perguntar, mas deve entender minha dificuldade. Se não foi você, pode ter sido o marido dela — se bem que ele não está aqui agora —, o enteado, a prima, a fiel camareira ou um dos velhos amigos. Quem sou eu para começar a investigar a família e seus conhecidos de longa data? Por falar nisso, a gravura pertence a Roma."

"A Roma? Como sabe disso?"

"Você parece uma diretora de escola, de tão severa. Roma era professora, sabia? Geografia e educação física, segundo Clarissa. Curiosa combinação. Não consigo imaginar Roma de apito na boca, ofegando pela quadra de hóquei, incentivando as meninas a se dedicarem ao jogo, ou mergulhando na parte funda da piscina. Bem, talvez não seja tão difícil visualizar tal cena. Ela tem ombros largos."

"E a xilogravura?", Cordelia perguntou.

"Ela me disse que achou dentro de um livro usado, pensou que eu estaria interessado. Mostrou-me a gravura ontem, pouco antes do ensaio, e eu a deixei sobre a minha escrivaninha, no escritório."

"Onde qualquer um poderia ver ou pegar?"

"Você está falando como um detetive. Enfim, como disse, onde qualquer um poderia ver e pegar. Tive a impressão, também, de que a mensagem foi escrita em minha máquina. Ela também fica no escritório."

O tipo, pelo menos, seria fácil de conferir. Ela pensou em verificar isso imediatamente. Mas, antes que pudesse fazer tal sugestão, Ambrose disse:

"Tem mais uma coisa. Perdoe-me se a considero mais preocupante do que as cartas anônimas de Clarissa. Alguém arrombou a fechadura do expositor situado do lado de fora do escritório e retirou o braço de mármore. Se, durante suas tarefas como secretária acompanhante, você descobrir quem foi, eu agradeceria se sugerisse à pessoa que o colocasse de volta no lugar. Admito que a escultura não agrada a todos, mas eu a aprecio."

"O braço da princesa real? Quando notou a falta dele?", perguntou Cordelia.

"Munter informou que a peça estava no expositor quando ele trancou tudo na noite passada. Isso foi uns dez minutos depois da meia-noite. Esta manhã ele destrancou o local às seis e pouco, mas não examinou as vitrines, embora acredite que teria dado pela falta do braço. Mas não tem certeza. Eu mesmo notei seu desaparecimento e vi que a fechadura havia sido forçada, quando fui à cozinha preparar um chá, pouco antes das sete."

"Não pode ter sido Clarissa. Ela ainda estava dormindo quando acordei, esta manhã. E duvido que tenha força para quebrar uma fechadura."

"Não seria necessário usar muita força. Uma espátula de metal daria conta do recado. E, convenientemente, havia uma espátula sobre a mesa, no escritório."

Cordelia perguntou:

"E o que você pretende fazer?"

"Nada, pelo menos até a apresentação. Não sei como isso afetaria Clarissa. O prejuízo é meu, não dela. Mas imagino que você não quer que ela saiba, certo?"

"Creio que é vital que ela não fique sabendo. Qualquer coisa pode abalá-la. Vamos torcer para que ninguém mais repare no sumiço do braço."

Ele disse:

"Se notarem, sempre posso dizer que o tirei de lá por Clarissa considerá-lo desagradável. É humilhante mentir sem necessidade, mas se acha importante que Clarissa não saiba..."

"Acho muito importante. Eu ficaria agradecida se não dissesse nem fizesse nada até depois da peça."

Ouviram passos súbitos, firmes, rápidos, que ecoavam no piso de ladrilhos. Os dois se viraram simultaneamente na direção da porta. Sir George Ralston surgiu, de paletó de tweed e mala na mão. Ele disse:

"Consegui resolver tudo ontem à noite. Passei boa parte da noite dirigindo, dormi um pouco num estacionamento. Clarissa ficaria contente se eu conseguisse vir."

Ambrose perguntou:

"E como chegou à ilha? Não ouvi o barulho da lancha."

"Topei com pescadores, ainda de madrugada. Eles me deixaram na baía menor. Molhei um pouco os pés, mas foi só. Estou na ilha há horas, mas não quis incomodar vocês. Isso aí é café?"

Os pensamentos se embaralharam na mente de Cordelia. Seria sua presença desejada, a partir de agora? Não podia perguntar diretamente a sir George, na presença de Ambrose. Para todos os efeitos, estava na ilha como secretária de Clarissa, uma função pouco prejudicada pela súbita aparição. E quanto a seu quarto? Provavelmente ele ia querer ficar no quarto dela, ao lado do da esposa. Percebeu, constrangida, que parecia contrariada com a presença dele e que Ambrose a espiava com ar sarcástico, zombeteiro, dando a entender que percebera seu constrangimento. Cordelia murmurou uma desculpa e saiu.

Clarissa estava despertando, mas Tolly ainda não havia trazido o chá matinal. Cordelia abriu as cortinas e destrancou a porta. Permaneceu ao pé da cama até Clarissa abrir os olhos, e então disse:

"Seu marido acaba de chegar. Ao que parece, a reunião terminou antes do esperado."

Clarissa levantou a cabeça do travesseiro.

"George? Mas isso é ridículo! Ele só ia chegar hoje à noite, na melhor das hipóteses."

"Bem, já chegou."

Cordelia acertou ao alertar Clarissa. Sir George não ia gostar da reação dela ao saber da novidade. Sentada na cama, olhando para a frente, inexpressiva, ela disse:

"Puxe aquela corda, por favor. Ali, do lado da lareira. Está na hora de Tolly trazer meu chá."

"Fiquei sem saber se ainda precisará de mim", disse Cordelia.

A voz de Clarissa soou aguda, assustada:

"Claro que preciso de seus serviços! Que diferença isso poderia fazer? Você sabe muito bem qual é a sua tarefa. Se alguém pretende me matar, não vai desistir só porque George chegou."

"Posso mudar para outro quarto, se quiser."

Clarissa pôs os pés no chão, levantou-se e seguiu na direção do banheiro.

"Ah, não seja tão ingênua, Cordelia! Continue onde está. E diga a George que já acordei, caso queira falar comigo."

Ela desapareceu. Cordelia resolveu esperar no quarto até Tolly chegar com o chá. Se podia ajudar, então não deixaria Clarissa desprotegida até a hora de a cortina ser erguida.

Clarissa voltou do banheiro e foi novamente para a cama.

"Antes de a senhorita Tolgarth chegar, poderia me dizer qual é o programa para hoje?", perguntou Cordelia.

165

"Ora, você ainda não sabe? Pensei que já tivesse explicado tudo. A cortina deve subir às três e meia. Ambrose está providenciando para que o almoço seja servido mais cedo, por volta do meio-dia. Eu pretendo descansar aqui, sozinha, da uma às duas e quarenta e cinco. Não gosto de passar muito tempo no camarim, antes do espetáculo. Você pode me chamar às duas e quarenta e cinco, então decidiremos o que fará durante a peça, provavelmente nada. A lancha pegará o grupo de Cottringham em Speymouth. Devem chegar à duas e meia, no máximo. Há uma lancha maior, que foi alugada para trazer os convidados, chegará às três. Tomaremos chá no intervalo, às quatro e meia, na galeria se fizer calor, e jantaremos às sete e meia, no salão principal. As lanchas devem zarpar às nove."

"E pela manhã? O que temos programado para as três horas de intervalo entre o café da manhã e o almoço? Acho melhor não nos afastarmos."

"Ficaremos juntas. Ambrose sugeriu uma volta na ilha com a lancha *Shearwater*, mas eu lhe disse que não somos veranistas numa excursão de cinco libras por passeio. Tenho planos melhores. Há lugares de Courcy que ele ainda não nos mostrou. Não precisa se preocupar se vai ficar entediada. Vamos começar pela visita aos crânios de Courcy."

"Crânios de Courcy? Está se referindo a caveiras de verdade, aqui no castelo?", perguntou Cordelia.

Clarissa riu.

"Claro que são de verdade. Na cripta da capela. Ambrose contará a lenda inteira. Isso nos colocará no estado de espírito adequado para os horrores de Amalfi."

Tolly, com o chá, e sir George chegaram ao mesmo tempo. Ele foi recebido com carinho. Clarissa estendeu o braço lânguido. Ele levou sua mão aos lábios e curvou-se com um movimento tenso, sem a menor graciosidade, e depois beijou-lhe rapidamente o rosto. Ela gritou, com voz aguda:

"Querido, que bom! Como você foi esperto, arranjando alguém para trazê-lo."

Ele nem olhou para Cordelia. Perguntou, brusco:

"Você está bem?"

"Claro, meu bem. Pensou que não? Que gracinha! Mas, como pode ver, aqui estou, ainda a duquesa de Amalfi."

Cordelia se retirou. Perguntava-se se sir George conseguiria uma oportunidade para falar a sós com ela, e se, nesse caso, deveria contar a respeito da xilogravura enfiada debaixo da porta. Afinal de contas, ele fora o responsável pela sua contratação. Mas Clarissa mandara chamá-la, Clarissa era sua cliente, Clarissa lhe pagava para protegê-la. O instinto lhe recomendava manter silêncio, pelo menos até depois da peça.

Então ela se lembrou do braço desaparecido. Com a surpresa da chegada de sir George, isso lhe escapara. Agora, a imagem do braço branco reluzia em sua imaginação com a força sinistra de um presságio. Deveria pelo menos alertar sir George sobre seu desaparecimento? Mas alertá-lo contra o quê? Era só uma réplica de uma escultura de mármore de um braço infantil, um dos membros de uma princesa morta havia muito tempo. Como poderia fazer mal a alguém? Por que conferir a seus dedos rechonchudos tamanho poder maléfico? Ela não conseguia explicar nem a si mesma por que achava tão importante que Clarissa não fosse informada sobre seu sumiço, exceto pelo fato de que a escultura a incomodava, e que bastaria mencioná-la para afetar a atriz. Sem dúvida agira corretamente ao pedir a Ambrose que não falasse nada, que esperasse ao menos até depois da peça. Então, por que contar a sir George? Ele nem sequer vira o braço. Haveria tempo de sobra para informar a todos, quando Ambrose começasse a interrogar todo mundo e a procurar a escultura, depois da apresentação. Seria naquela mesma noite. Só precisava aguardar um dia.

Ela tinha noção de que não estava raciocinando com clareza. E uma ideia em particular a assustava e surpreendia. Seria verdade que a presença do marido de Clarissa na ilha facilitaria seu trabalho? Ela devia se sentir aliviada por poder compartilhar a responsabilidade. Por que então a chegada inesperada dele lhe soava como uma nova complicação, e perigosa? Por que sentira, pela primeira vez, que fora apanhada num labirinto, onde circulava às cegas, enquanto mãos invisíveis a jogavam para lá e para cá, empurravam e puxavam, no qual uma mente desconhecida observava tudo, esperando, dirigindo a encenação?

2

O café da manhã foi uma refeição demorada, à qual os hóspedes do castelo chegaram aos poucos, comeram e beberam sem pressa, parecendo relutantes em encerrá-la. O cardápio teria feito jus às noções vitorianas de Herbert Gorringe referentes à alimentação adequada ao início do dia. Conforme as tampas dos réchauds eram abertas, liberavam os aromas conflitantes dos ovos com bacon, linguiça, rim e haddock, saturando o ambiente, sufocando o apetite. Apesar da promessa de mais um dia ameno, Cordelia percebeu que o grupo sentia certo desconforto, e que não era a única ali que contava mentalmente as horas para seu término. Parecia haver uma conspiração tática para não irritar Clarissa, e, quando ela anunciou o plano de visitar a capela e a cripta, o murmúrio de aprovação foi tão unânime quanto inconvincente. Se alguém preferia o passeio de barco em volta da ilha, ou uma caminhada solitária, não se aventurou a admitir. Provavelmente todos estavam conscientes da precariedade do equilíbrio dela antes de uma apresentação, e ninguém queria correr o risco de ser acusado por um eventual descontrole. Conforme avançavam em grupo pela galeria, passando pelo teatro, seguindo protegidos pela sombra das árvores através do caminho que conduzia à capela, Cordelia teve a impressão de que Clarissa recebia a atenção solícita concedida aos inválidos, ou — a ideia surgiu espontaneamente, desagradável — a uma vítima predestinada.

Sir George era o mais descontraído. Quando entraram

na capela e o resto do grupo olhou em volta, assumindo a expressão de quem procura algo de positivo para dizer, sua reação foi imediata e sincera. Obviamente, ele considerava uma infelicidade a fusão de entusiasmo religioso com romantismo medieval em voga no século XIX, e observava com profunda antipatia o teto abobadado suntuoso, decorado com um mosaico de Cristo em glória, os azulejos coloridos e os arcos policromáticos.

"Parece mais um clube vitoriano em Londres — ou um banho turco — do que uma igreja. Desculpe, Gorringe, mas não dá para admirar isso. Quem foi mesmo o arquiteto?"

"George Frederick Bodley. Meu bisavô havia brigado com Godwin na época da reconstrução da capela. Seu relacionamento com os arquitetos sempre foi tempestuoso. É uma pena que não tenha gostado. As imagens dos retábulos foram feitas por lorde Leighton, e os vitrais, pela firma de William Morris, especializada em tons claros. Bodley foi um dos primeiros arquitetos a usar seus serviços. O vitral a leste é considerado excepcional."

"Não entendo como alguém consegue rezar num lugar desses. Aquilo ali é o memorial de guerra?"

"Sim. Construído por meu tio, de quem herdei tudo. Foi o único acréscimo feito por ele à arquitetura da ilha."

O memorial era um simples marco de pedra na parede do lado sul do altar, no qual se lia:

> Em memória dos homens da ilha Courcy que tombaram nos campos de batalha em duas guerras mundiais e cujos despojos jazem em terra estrangeira.
> 1914-8
> 1939-45

Pelo menos isso recebeu a aprovação de sir George.

"Gostei. Simples e digno. Gostaria de saber quem pôs a coroa de flores aqui. Já faz algum tempo, a julgar pela aparência."

Ambrose aproximou-se deles, por trás. E disse:

"Haverá uma nova no Dia do Armistício, 11 de novembro. Munter a prepara com louro do nosso jardim e pendura ali todos os anos. Seu pai morreu na guerra. Marinha, acho. De todo modo, afogou-se. Ele só me contou isso."

Roma perguntou:

"E você comparece ao evento?"

"Não fui convidado. Trata-se de uma cerimônia particular. Nem sei se eu deveria saber que ocorre."

Roma desviou a vista.

"Lança uma nova luz sobre Munter. Quem desconfiaria que ele tem um lado romântico? Mas eu não consideraria o memorial o lugar mais apropriado. O pai dele não morou nem trabalhou na ilha, certo?"

"Não que eu saiba."

"E, se morreu afogado, seus despojos não jazem na terra, estrangeira ou nacional. Parece uma coisa sem sentido. De todo modo, o Dia dos Veteranos também não faz sentido. Ninguém mais conhece seu significado."

Sir George disse:

"Serve para lembrar os patriotas que morreram. Uma vez por ano. Dois minutos. Não creio que seja pedir muito. E por que reduzir isso a uma manifestação de massa piegas? No último desfile o padre fez um sermão sobre o Terceiro Mundo e o Conselho Mundial de Igrejas. Vi que alguns dos veteranos ficaram incomodados."

Roma disse:

"Suponho que ele pensou que seu sermão tinha algo a ver com a paz mundial."

"O Dia do Armistício não tem nada a ver com a paz. Tem a ver com a guerra, e com a lembrança de quem morreu nela. Não vale a pena morrer por um país incapaz de recordar seus mortos. E o que o Terceiro Mundo tem a ver com a paz?"

Ele virou as costas rapidamente, e Cordelia por um segundo julgou que seus olhos estavam marejados. Mas então notou que se tratava apenas de um reflexo da luz, e sentiu vergonha de sua inocência. Talvez ele se lembrasse de seus companheiros e das causas perdidas, esquecidas e desacreditadas pelas quais haviam morrido. Mas se lembrava sem derramar lágrimas. Vira cadáveres demais, mortes demais. Poderia uma morte ser para ele mais do que mera estatística, agora?

Uma porta da sacristia conduzia à cripta. Descer os degraus de pedra estreitos, iluminados apenas pela lanterna de Ambrose, era mergulhar num mundo diferente, numa outra época. Somente ali havia sinais da antiga construção normanda. O teto da cripta era tão baixo que Ivo, o mais alto de todos, mal conseguia ficar em pé, e os pilares grossos, pesados, pareciam sustentar em seus capitéis o peso de nove séculos. Ambrose estendeu a mão para acionar um interruptor na parede, e a câmara claustrofóbica foi inundada pela luz forte, desfavorável. Eles viram imediatamente os crânios. Estes cobriam uma parede inteira, expondo os esgares da morte. Estavam dispostos em prateleiras de carvalho bruto, tão juntos que Cordelia achou que seria impossível separá-los, a não ser quebrando-os. O arranjo se caracterizava pela falta de cuidado. Em alguns lugares, a argamassa vazara para cima dos crânios, cimentando boca com boca numa paródia de beijo. Em outros pontos, a pátina dos anos se solidificara entre eles, como uma cola; como uma mortalha, a poeira bloqueava cavidades nasais, acumulava-se nas órbitas dos olhos e se depositava nos domos lisos.

Ambrose disse:

"Como era de esperar, existe uma lenda a respeito dos crânios. Inevitável. No século XVII a ilha já era propriedade da família De Courcy; na verdade, estavam aqui desde o século XV. O De Courcy residente na época era um representante particularmente desagradável de sua linhagem. Alguém deve ter contado a ele — duvido que soubesse ler — as proezas do imperador Tibério em Capri, e ele resolveu imitá-las aqui. Dá para imaginar as maldades cometidas: rapto de moças da região; direito à primeira noite das noivas exercido numa escala que até os moradores mais submissos consideravam abusiva; corpos mutilados trazidos pela maré, resultando em total desaprovação dos habitantes da região. Na época, Speymouth não passava de uma pequena vila de pescadores. A cidade só atingiu certo tamanho e importância durante a Regência... tornando-se uma espécie de Brighton do West Country. Mesmo assim, as notícias correram. Ninguém podia fazer nada, claro. Dizem, porém, que o pai de uma das moças raptadas, cujo corpo torturado veio dar na praia três semanas depois, prestou queixa contra ele ao magistrado local. De Courcy foi julgado pelas cortes locais e inocentado. Supõe-se que conseguiu a absolvição pelas vias normais: juiz venal, perjúrio de testemunhas, jurados subornados, graças a uma mistura de subserviência e medo. Claro, não havia provas concretas. No final do julgamento, o pai — era um cidadão extremamente respeitado, segundo a lenda — levantou-se no tribunal para amaldiçoar De Courcy e seu clã inteiro, nos costumeiros termos dramáticos da época, com a morte do primogênito, doenças incuráveis, destruição do castelo e extinção da linhagem. Todos devem ter adorado essa parte. Tempos depois, em 1665, chegou a Peste Negra."

Cordelia achou que a pausa de Ambrose, se pretendia ter efeito dramático, foi desnecessária. O pequeno grupo o rodeava boquiaberto, olhos fixos e atentos como os de turistas estrangeiros em uma excursão cujo guia, pela primeira vez, justificava sua remuneração. Ambrose prosseguiu.

"A Peste Negra assolou a costa de maneira avassaladora. Dizem que foi trazida por uma família de Cheapside que possuía parentes no vilarejo e veio para cá em busca de refúgio. Uma a uma as famílias locais sofreram perdas. O pároco morreu no começo, e não havia ninguém para encomendar os corpos dos mortos. Logo só restava na aldeia um senhor idoso disposto a enterrá-los. A anarquia reinava. De Courcy, em segurança na ilha, ameaçou matar quem pusesse os pés lá. Consta que um bote cheio de mulheres e crianças, com apenas um homem adulto para conduzi-lo, tentou desembarcar. Se esperavam despertar compaixão em De Courcy, ficaram decepcionados. Ele se comportou de modo perfeitamente razoável nas circunstâncias, vale dizer. A única maneira de escapar da peste era a quarentena. Não precisava ter feito buracos no casco do barco antes de forçá-lo a zarpar novamente, para que a carga humana afundasse antes de chegar ao porto, mas isso talvez seja apenas exagero do povo. No que diz respeito aos ocupantes do bote, no século XVII, creio que devemos dar a ele o benefício da dúvida. Mas logo chegaremos ao clímax."

Ivo murmurou:

"A história tem de tudo, só falta o guarda-roupa de Motley e a música incidental de Menotti." Mas Cordelia percebeu que ele estava tão interessado quanto os outros.

"Não sei o quanto estão informados sobre a peste bubônica. Refiro-me aos sintomas. As vítimas começam a sentir cheiro de maçã podre. Depois surgiam as temidas lesões na testa. Chegou o dia em que o pai da moça assassinada sentiu o cheiro de maçã, viu a marca da morte no espelho. Era uma noite de verão, mas o mar estava turbulento, agitado. Ele sabia que não viveria muito, a peste matava rapidamente. Lançou seu barco ao mar e dirigiu-se para a ilha.

"De Courcy e sua corte particular estavam jantando quando a porta do salão principal se abriu e ele surgiu, um vulto assustador, cambaleante, ensopado de água do mar, que avançou na direção de seu inimigo com olhos ardentes. Por um momento todos ficaram paralisados, sem ação. No instante em que chegou perto do nobre De Courcy, o pescador o agarrou com os braços fortes e o beijou na boca."

Ninguém falou nada. Cordelia se perguntava se deveriam aplaudir polidamente. A história fora bem contada e tinha uma força notável em sua simplicidade, no terror e no confronto quase simbólico entre a inocência e o mal.

"A história daria uma ópera. Já temos o cenário. Só falta um Verdi ou um segundo Benjamin Britten", comentou Ivo.

Roma Lisle, olhando para os crânios com uma mistura de repugnância e fascínio, perguntou:

"E a maldição se concretizou?"

"Claro que sim. De Courcy e toda a sua linhagem foram contaminados pela peste e varridos da face da Terra. A linhagem se extinguiu. Só quatro anos depois as pessoas tiveram coragem de voltar para cá e os enterraram. Desde então uma espécie de pavor supersticioso passou a rondar a ilha. Os locais desviavam o olhar. Pescadores, recorrendo à religião antiga, faziam o sinal da cruz quando navegavam por sua sombra. Do castelo só restaram ruínas. E ele permaneceu assim até meu bisavô comprar a ilha, em 1864, construir um castelo moderno, recuperá-la, limpar o matagal. Só as ruínas da antiga capela continuavam de pé. De Courcy e os moradores da época não foram enterrados no cemitério local. O povo achou que não mereciam um enterro cristão. Em consequência disso, Herbert Gorringe encontrou muitos esqueletos ao criar o jardim. Seus empregados recolheram os crânios e os guardaram aqui, num formidável meio-termo entre o sepultamento cristão e a fogueira."

Roma disse:

"Há uma inscrição entalhada acima da prateleira superior, com palavras e números. A letra é meio tosca. Pode ser uma citação bíblica."

"Sim, trata-se de um comentário pessoal de um dos trabalhadores vitorianos, que viu no cenário das estantes cheias de Yoricks* uma oportunidade para encaixar a moral da história. Eu não a identificarei. Vou deixar isso por conta de vocês."

Cordelia não precisava pesquisar. Um bom conhecimento do Velho Testamento, de seu período no convento, e um palpite feliz a levaram a desvendar o texto com precisão: *A mim pertence a vingança, eu é que retribuirei, diz o*

(*) Yorick era o bobo da corte cujo crânio Hamlet segura no cemitério (ato v, cena i). (N. T.)

Senhor. Um comentário impróprio para uma vingança que, se a história de Ambrose era verdadeira, revelou-se singular e satisfatoriamente humana, pensou Cordelia.

Fazia muito frio na cripta. A conversa morreu. Eles permaneceram em círculo, olhando para as fileiras de crânios como se aqueles lisos domos de osso, com fossas nasais irregulares e órbitas exageradas, pudessem ser convencidos a revelar o segredo da morte deles. Cordelia pensou que aqueles símbolos ancestrais da mortalidade não eram mais assustadores, alinhados como diabos risonhos para apavorar crianças num parque de diversões, e que, em seu anonimato pelado, eles reduziam as pretensões humanas à constatação risível de que o mais duradouro na espécie eram os dentes.

De quando em quando, durante o relato de Ambrose, Cordelia olhara para Clarissa, tentando descobrir que efeito aquela recitação de horrores produzia nela. Achou curioso que a caricatura de um crânio mal desenhada pudesse causar tanto medo, enquanto a realidade não provocava mais do que uma demonstração exagerada de repulsa. Mas, pelo jeito, a refinada sensibilidade de Clarissa era capaz de suportar qualquer ataque, desde que os horrores tivessem sido anestesiados pelo tempo e não houvesse ameaças à sua pessoa. Até mesmo na luz forte e desfavorável da cripta seu rosto parecia corado, e os olhos imensos brilhavam ainda mais. Cordelia duvidava de sua capacidade de visitar a cripta sozinha, mas naquele momento, ocupando o centro do grupo, ela desfrutava a emoção do horror alheio, como uma criança num filme de terror que sabe que o terror não é real, que lá fora há uma rua familiar, rostos comuns e o aconchegante mundo doméstico. O temor de Clarissa, e Cordelia não acreditava que fosse um medo fingido, nada tinha a ver com aquelas almas atormentadas do passado remoto, pois não era medo de aparições sobrenaturais no meio da noite. Ela esperava que seu destino, quando se apresentasse, ainda teria uma face humana, fosse quem fosse. No momento, a excitação a tornara eufórica. Ela disse a Ambrose:

"Meu caro, sua ilha é uma coleção de horrores, encantadora na superfície, efervescente nas profundezas. Não teríamos algo mais recente, um assassinato que realmente aconteceu? Fale a respeito da Caldeira do Diabo."

Ambrose evitou encará-la. Um dos crânios estava desalinhado em relação a seus companheiros. Ele pegou a bola esbranquiçada nas mãos e tentou encaixá-la na posição. Mas não conseguiu tirar o crânio do lugar, e de repente a mandíbula saiu em sua mão. Ele a encaixou no lugar, limpou a mão com o lenço e disse:

"Não há nada para ver lá. E o caso é revoltante. Só tem interesse para quem se diverte contemplando a dor alheia."

O alerta e a crítica implícita não a detiveram. Clarissa ergueu a voz:

"Ora, querido, não seja ranzinza! O caso tem mais de quarenta anos, e, de qualquer modo, eu já conheço a história. George me contou. Quero ver onde aconteceu. Tenho um interesse pessoal nisso. George estava na ilha naquela época. Sabia que George estava aqui?"

"Sim, eu sabia", respondeu Ambrose secamente.

Roma disse:

"Seja o que for, é melhor mostrar para nós. Clarissa não lhe dará sossego até você a levar onde tudo aconteceu, e o restante do grupo quer matar a curiosidade. Duvido que seja pior que este lugar."

Ninguém mais se manifestou. Cordelia pensou que Clarissa e a prima formavam uma aliança inesperada até na persuasão, e que talvez Roma não se interessasse de verdade pelo caso, pretendendo apenas usar a história como desculpa para sair da cripta. A voz de Clarissa alcançou o tom agudo de uma criança impertinente.

"Por favor, Ambrose. Você prometeu que me levaria algum dia. Por que não agora? Aproveite que estamos aqui."

Ambrose trocou um olhar com George Ralston. Dava a impressão de pedir-lhe o consentimento, ou, no mínimo, um comentário. Mas, se esperava apoio para resistir à exigência de Clarissa, ficou decepcionado. O rosto de sir George estava impassível, o nervosismo por um momento desapareceu.

Ambrose disse:

"Está bem, já que você insiste."

Ele os levou até uma porta baixa, no canto oeste da cripta. Feita de carvalho, quase negra de tão antiga, tinha reforço de metal e dois ferrolhos. A seu lado, pendurada num prego, estava a chave. Ambrose puxou os ferrolhos e introduziu a chave na fechadura. Girou-a sem dificuldade, mas precisou usar toda a sua força para abrir a porta. Entrando, ele tateou em busca do interruptor. Os convidados viram uma passagem abobadada estreita, suficiente apenas para duas pessoas seguirem lado a lado. Ambrose liderou o cortejo, acompanhado de Clarissa. Depois vinha Roma, sozinha, seguida de Cordelia e Simon, com sir George e Ivo na retaguarda.

Após uns seis metros, a passagem dava lugar a um lance de degraus abruptos de pedra, que descreviam uma curva para a esquerda. No final havia uma plataforma mais larga, embora o teto continuasse tão baixo que Ivo precisou se encolher. A passagem era iluminada por lâmpadas penduradas no teto, sem luminárias mas protegidas, e o ar, embora abafado, era fresco o suficiente para permitir que se respirasse sem desconforto. Reinava um silêncio profundo, os passos ecoavam no piso de pedra. Cordelia calculou que já haviam percorrido uns duzentos metros quando chegaram a uma curva no corredor e a outro lance de degraus, mais rústicos e íngremes que os primeiros, como se tivessem sido escavados na rocha. Foi então que a luz se apagou.

O choque da escuridão completa e instantânea que deu lugar à forte luz artificial do túnel fez com que arfassem, e uma das mulheres — Clarissa, na opinião de Cordelia — soltou um gritinho. Cordelia enfrentou um momento de pânico, usando a força de vontade para aquietar o coração disparado. Instintivamente estendeu a mão no escuro, e encontrou um braço firme e quente sob o algodão fino. Era

178

Simon. Ela o soltou, mas quase imediatamente sentiu que ele pegava em sua mão. Depois ouviu a voz de Ambrose.

"Desculpe, pessoal. Esqueci que a luz possui temporizador. Vou localizar o interruptor num segundo."

Mas Cordelia contou quinze segundos até a volta da iluminação. Todos piscaram com o súbito clarão, sorrindo meio sem graça. A mão de Simon foi tirada na hora, como se a escaldassem, e ele desviou o rosto do dela. Clarissa disse, contrariada:

"Eu preferia que nos avisasse antes de fazer brincadeiras de mau gosto."

Ambrose sorriu, divertido.

"Não foi nenhuma brincadeira, garanto. Não vai acontecer de novo. A câmara acima da Caldeira do Diabo tem luz normal. Restam apenas quarenta metros de percurso. E foi você quem insistiu na excursão, não se esqueça."

Eles desceram os degraus restantes com ajuda de uma corda que, presa por ganchos à parede de pedra, fazia as vezes de corrimão. Mais trinta metros e a passagem se abriu, formando uma caverna de teto baixo. Ivo perguntou, e sua voz soou anormalmente alta:

"Creio que estamos a uns doze metros abaixo da superfície. Como é feita a ventilação?"

"Pelas correntes de ar. O vento entra pelo bunker de concreto construído durante a guerra para defender o lado sul da ilha. E há outros dutos de ventilação. Consta que o primeiro foi instalado por De Courcy. A Caldeira do Diabo devia ser útil a ele."

No meio do piso havia um alçapão de carvalho com dois ferrolhos reforçados. Ambrose os puxou e ergueu a tampa. Formando um círculo, todos olharam para baixo. Viram uma escada de ferro que conduzia a uma caverna. No fundo havia água do mar. Era difícil dizer para onde ia a maré, mas eles viram uma réstia de luz que penetrava pela fenda em forma de meia-lua, e ouviram pela primeira vez o sussurro do oceano, sentindo o cheiro familiar de maresia e algas. A cada onda a água penetrava quase em silêncio na caverna, formando pequenos redemoinhos em volta da escada. Cordelia sentiu um arrepio. Havia algo de implacável, quase maligno, naquele movimento calmo, ondulante.

"Agora, conte!", pediu Clarissa.

Ambrose permaneceu pensativo por um minuto, e disse:

"Aconteceu em 1940. A ilha e o castelo foram requisitados pelo governo para servir de centro de triagem e interrogatório de estrangeiros, cidadãos do Eixo surpreendidos pela guerra no Reino Unido, bem como britânicos suspeitos de ser agentes inimigos, na pior das hipóteses, ou simpatizantes do nazismo, na melhor. Meu tio residia no castelo com um empregado, foram transferidos para o chalé na ala do estábulo, que hoje é ocupado por Oldfield. O que acontecia dentro do castelo era ultrassecreto, claro. Os prisioneiros eram mantidos aqui apenas por um período relativamente curto, e não há motivos para pensar que sua estadia fosse particularmente desconfortável. Alguns eram soltos após interrogatório e investigação, outros iam para a ilha de Man, e no caso de uns poucos, suponho, o final era menos agradável. George conhece o lugar melhor do que eu. Como Clarissa disse, ele serviu aqui por alguns meses, quando era um jovem oficial, em 1940."

Ele fez uma pausa, mas não houve reação alguma. Falara como se sir George não estivesse mais entre eles. Cordelia percebeu que Roma olhava surpresa e um pouco preocupada para Ralston. Ela chegou a abrir a boca, mas acabou decidindo se calar. Manteve porém os olhos fixos nele, com uma intensidade insistente, como se o visse pela primeira vez.

Ambrose continuou:

"Desconheço alguns detalhes. Alguém deve saber, suponho, pois boa parte da verdade acabou sendo revelada. Existem registros oficiais, certamente, em algum lugar, embora nunca tenham sido divulgados. Só sei o que meu tio contou, numa das raras visitas que fiz a ele, uma versão construída a partir de rumores."

Clarissa se permitiu uma demonstração de impaciência meticulosamente estudada. Soou tão artificial quanto o muxoxo de asco que exibira ao ver a prateleira dos crânios, pensou Cordelia. Clarissa não precisava mostrar impaciência; sabia exatamente o que vinha depois.

Ambrose ergueu as mãos gorduchas e deu de ombros, como se resignado a narrar algo que preferia ter evitado. Poderia ter evitado, Cordelia pensou, se quisesse de verdade. Pela primeira vez ela se perguntou se a conversa e a própria visita à cripta não teriam sido combinadas.

Ele prosseguiu:

"Em março de 1940 havia cerca de cinquenta detidos em Courcy, entre eles um perigoso grupo de nazistas fanáticos, em sua maioria alemães surpreendidos em solo britânico no início da guerra. Eles suspeitavam que um membro do grupo, um rapaz de vinte e dois anos, havia revelado segredos às autoridades britânicas durante os interrogatórios. Talvez tenha feito isso. Por outro lado, poderia ser um agente secreto inglês infiltrado entre os alemães. Só conheço os boatos, e de segunda mão. O que parece indiscutível é que o grupo de nazistas realizou um julgamento secreto na cripta da capela, consideraram o compatriota culpado de traição e o condenaram à morte. Eles o amordaçaram, amarraram seus braços e pernas e o conduziram pela passagem até a caverna, a Caldeira do Diabo. Como podem ver, há uma abertura estreita que dá na angra do leste, e a caverna sempre se enche de água na maré cheia. Eles amarraram a vítima na escada de ferro e a deixaram lá para morrer afogada. Era um rapaz muito alto. Morreu lentamente no escuro, sofrendo muito. Mais tarde um membro do grupo voltou e soltou o corpo, que foi levado pelo mar. Quando deu na praia, dois dias depois, os punhos estavam cortados quase até o osso. Um dos companheiros inventou uma história, disse que ele sofria de depressão e sugeriu que ele mesmo havia atado os pulsos para não conseguir nadar, antes de pular na água. Nenhum de seus juízes ou carrascos falou nada a respeito."

Roma perguntou:

"Então, como a história vazou?"

"Alguém acabou contando, suponho, mas só depois do final da guerra. Oldfield morava em Speymouth nessa época e trabalhou aqui, para o Exército. Deve ter ouvido boatos. Não admite, agora, mas alguém na ilha provavelmente desconfiou. Alguém deve ter colaborado, ou pelo menos fechado os olhos. Afinal de contas, o Exército controlava a ilha. O grupo conseguiu a chave da cripta e da passagem secreta, e conseguiu entrar e sair sem ser notado. Isso indica, digamos, certo grau de descuido oficial da parte de alguém."

Clarissa voltou-se para o marido.

"Como era o nome do rapaz que morreu, querido?"

"O nome dele era Carl Blythe."

Clarissa dirigiu-se ao grupo. Sua voz era alta e aguda como a de uma mulher histérica:

"E o fato mais extraordinário é que ele era inglês — bem, o pai ao menos, a mãe era alemã —, George frequentou a escola com ele, não é mesmo, querido? Os dois estudaram em Melhurst. Era três anos mais velho, um menino horrível, cruel, do tipo encrenqueiro, que atormentava a vida dos outros, de modo que George e ele não eram exatamente amigos. Na verdade, George o odiava. E, quando veio para cá, ele estava em suas mãos. Não é curioso?"

Ivo disse, despreocupadamente:

"Não muito. As escolas particulares inglesas produziram sua cota de simpatizantes do nazismo, e eles foram confinados aqui em 1940."

Cordelia olhou para a escada de ferro. A luz na passagem, forte e ofuscante, não mitigava o horror; na verdade, o intensificava. Nos velhos tempos a crueldade do homem contra o homem era decentemente escondida pelas trevas; a mente se ocultava em masmorras sufocantes e escuras, nas quais a luz entrava por fendas, nas estreitas janelas. Mas as modernas salas de interrogatório e câmaras de tortura são inundadas de luz. Os tecnocratas da dor precisam ver o que estão fazendo. De repente aquele lugar tornou-se intolerável para ela. A sensação de frio no túnel piorava. Tentou abraçar a sim mesma e cerrar os dedos para disfarçar a tremedeira. Em sua imaginação a passagem atrás deles se estendia até o infinito, e eles estavam condenados a correr às cegas sob aquela luz, como ratos apavorados. Ela sentiu uma gota de suor escorrer pela testa e incomodar os olhos, e percebeu que não tinha nada a ver com o frio. Esforçou-se para falar, torcendo para não ser traída pela voz.

"Podemos ir embora? Eu estou me sentindo uma *voyeuse*."

Ivo disse:

"E eu estou com frio."

Clarissa tremeu, como se obedecesse a um sinal. Sir George se manifestou pela primeira vez. Cordelia não sabia se seus sentidos estavam prejudicados ou se o eco do teto baixo fazia a voz dele soar tão diferente.

"Se minha esposa já satisfez sua curiosidade, então podemos ir embora."

E fez um movimento súbito, para a frente. Antes que pudessem entender o que estava acontecendo, ele pôs o pé atrás do alçapão aberto e o empurrou. A tampa caiu com estrondo, as paredes pareceram prestes a rachar e o chão tremeu sob seus pés. Todos gritaram, as vozes lancinantes a contrastar com o reverberar do barulho da queda do alçapão. Quando o silêncio voltou, ninguém falou nada. Sir George já dera meia-volta e seguia para a saída.

Cordelia avançou, passou na frente dos outros. Medo e uma sensação profunda de desamparo, mais forte do que o medo, reforçada pela claustrofobia, a impeliam adiante. Até a cripta, com seu ossuário arrumadinho, era preferível àquele lugar horrível. Ela parou para pegar um retângulo de papel dobrado com capricho, quase por instinto, sem curiosidade, sem sequer virá-lo para ver se estava endereçado a alguém. Na luz forte da única lâmpada, o crânio desenhado com capricho e a citação datilografada não deixavam dúvida a respeito do que se tratava, e ela se deu conta de que deveria ter percebido isso antes.

Tua morte foi tramada; eis a consequência do assassinato.

Não valorizamos nem a justa recompensa nem o alento cristão,

Sabendo que feitos sombrios devem ser reparados com a morte.

Não era uma citação exata, pensou. A primeira palavra deveria ser "minha", e não "tua". Mas o sentido da mensagem era claro. Ela a guardou no bolso da blusa e esperou a chegada do resto do grupo. Tentou se lembrar onde cada um estava quando as luzes haviam se apagado. Isso acontecera ali, exatamente naquele ponto onde o túnel fazia uma curva. Um deles precisara apenas de alguns segundos para agir, protegido pela escuridão, alguém que já levara a mensagem pronta, alguém que não se importava, que talvez até apreciasse a ideia de que Clarissa perceberia que seu inimigo era um dos participantes do passeio. Se outra pessoa achasse o bilhete, ou se o grupo estivesse junto quando fosse encontrado, teria ido parar nas mãos de Clarissa. Estava endereçado a ela, com o mesmo tipo de máquina de escrever do anterior. Ambrose era o autor mais provável. A luz se apagara no momento mais conveniente. Mas qualquer um dos demais poderia ter jogado o papel no chão, exceto Simon. Ela estava segurando a mão do rapaz com força.

Os outros apareceram subitamente. Parada debaixo da lâmpada, ela observou o rosto deles. Nenhum traía ansiedade, nenhum mostrava surpresa, nenhum olho baixou até o chão. Ao vê-los chegar, Cordelia compreendeu integralmente, pela primeira vez, por que Clarissa estava tão assustada. Até então as mensagens não tinham passado de uma perseguição pueril, e uma mulher inteligente não as consideraria dignas de um momento sequer de ansiedade genuína. Contudo, elas eram uma manifestação de ódio, e o ódio, não obstante suas demais características, nunca era insignificante. Eram recados infantis, mas por trás da infantilidade havia uma maldade adulta e sofisticada, e o perigo que anunciavam podia muito bem ser real e iminente. Ela se questionou, não sabia se era certo esconder de Clarissa os bilhetes anteriores e esse, talvez fosse mais seguro deixá-la de sobreaviso. Mas recebera instruções claras: poupar a atriz de qualquer ansiedade ou aborrecimento antes da apresentação da peça. Haveria tempo de sobra depois para decidir o que mais deveria ser feito. E faltavam menos de quatro horas para a cortina subir.

Quando passavam pelas fileiras de crânios, desta vez sem parar para olhá-los, Cordelia seguia ao lado de Ivo. Seu ritmo, fosse por necessidade ou escolha, era mais lento que o dos outros, e ela reduziu as passadas para acompanhá-lo. Ele disse:

"Foi um episódio instrutivo, não acha? Pobre Ralston! Imagino que o caso inteiro e seus escrúpulos morais subsequentes serviram como demonstração de falta de decoro conjugal. O que pensa de tudo isso, ó sábia Cordelia?"

"Acho que foi horrível."

Os dois sabiam que ela não se referia apenas à agonia do pobre renegado, à sua morte solitária e terrível. Roma aproximou-se deles. Cordelia notou nela uma animação inédita, seus olhos brilhavam de malícia. Ela disse:

"Bem, foi um espetáculo deprimente. Para quem tem a sorte de não ser casado, faz o matrimônio parecer uma condição lamentável. Apavorante, eu diria."

Ivo disse:

"O casamento é algo terrível. Pelo menos no meu caso."

Roma estava gostando do assunto.

"Será que ela precisa sempre dar uma demonstração de crueldade para se sentir estimulada antes de uma estreia?"

"Ela fica nervosa, certamente. Cada um reage de um jeito."

"Mas não passa de uma produção amadora, puxa vida! Não cabem mais de oitenta pessoas no teatro. Ao que me consta, ela é uma profissional. O que acha que George Ralston sentiu naquela hora?"

O tom de satisfação era inconfundível. Cordelia sentiu vontade de dizer que bastava olhar para a cara dele para saber o que sir George estava sentindo. Mas não falou nada. Foi Ivo quem disse:

"Como muitos militares de carreira, Ralston é um sujeito sentimental. Sustenta-se com valores absolutos elevados, como honra, justiça, lealdade, e os prende ao coração com ganchos de aço. Acho muito interessante. Mas conduz o sujeito a certa... rigidez."

Roma deu de ombros.

"Se quer dizer que ele consegue se controlar muito bem, concordo. Seria curioso ver o que acontece quando perde o controle."

Clarissa virou-se e os chamou com voz autoritária:

"Vamos logo, vocês três. Ambrose quer trancar a cripta. E eu quero comer."

3

O contraste entre o terraço ensolarado onde o almoço foi novamente servido na mesa montada sobre cavaletes com toalha de linho e o poço fundo fedorento e escuro da Caldeira do Diabo era tão grande que Cordelia ficou meio desorientada. A breve descida ao inferno do passado poderia ter ocorrido em momento e lugar diferentes. Ao olhar para o mar cintilante, onde os panos dos velejadores domingueiros se inclinavam para capturar o vento, era possível imaginar que nada daquilo havia acontecido, que De Courcy e sua corte, assolados pela peste, e a agonia de Carl Blythe enquanto lutava contra o horror de sua lenta morte eram apenas resquícios de um pesadelo, tão reais quanto os personagens caricatos de uma história de terror em quadrinhos.

Fizeram uma refeição ligeira, com salada de agrião e abacate seguida de suflê de salmão, cardápio escolhido para evitar problemas digestivos nos comensais nervosos. Mesmo assim, ninguém comeu com apetite ou prazer explícito. Cordelia tomou um cálice refrescante de Riesling para empurrar o salmão, sabendo que estava delicioso mas sem conseguir apreciar seu gosto. A precária euforia de Clarissa dera lugar a um silencioso ar de preocupação que ninguém ousava perturbar. Roma, recurvada no degrau no fim do terraço, com o prato intocado no colo, olhava para o mar, distraída. Sir George e Ivo, em pé um do lado do outro, não falavam. No entanto, todos bebiam bastante, com exceção de Clarissa e Cordelia. Ambrose pouco falava, movendo-se entre os convidados para encher as taças, os olhos brilhantes indulgentes como se todos se comportassem previsivelmente sob tensão, feito crianças.

Inesperadamente, Simon se mostrou o mais animado do grupo. Bebia sem parar, aparentemente sem que Clarissa percebesse, tomando uma taça de vinho depois da outra, como se fosse cerveja, a mão já tremia um pouco e os olhos brilhavam. Quando faltavam dez minutos para a uma, ele de repente anunciou em voz alta que ia nadar, olhando em volta como se esperasse que alguém se interessasse pela informação. Ninguém se manifestou, a não ser Clarissa: "Não deve nadar logo depois da refeição, meu bem. Dê uma caminhada primeiro".

A inesperada ternura fez com que todos olhassem para ela. O rapaz corou, fez uma mesura desajeitada e desapareceu. Pouco depois Clarissa depositou os talheres sobre o prato, consultou o relógio e disse:

"Hora de descansar. Não precisa trazer café, Ambrose, obrigada. Nunca bebo café antes de uma apresentação. Pensei que soubesse disso. Poderia pedir a Tolly que me levasse um chá, imediatamente? Chá chinês. Ela sabe qual é. George, poderia subir por cinco minutos? Cordelia, vejo você em seguida, à uma e dez."

Ela atravessou o terraço devagar, com a segurança graciosa de uma saída do palco. Pela primeira vez pareceu vulnerável a Cordelia, quase patética em seu medo solitário, pessoal. A moça sentiu vontade de acompanhá-la, mas sabia que isso só despertaria a fúria de Clarissa. E Cordelia não temia que a atriz encontrasse outra mensagem debaixo da porta. Examinara o quarto antes de descer para almoçar. Sabia que a pessoa responsável fazia parte do pequeno grupo que visitara a Caldeira do Diabo, e todos eles tinham estado sob suas vistas durante a refeição. Só Simon saíra um pouco antes. E ela não podia acreditar que o responsável fosse ele.

De repente Roma levantou-se e foi atrás da prima, quase correndo para fora do terraço. Os olhos de Ambrose e

188

Ivo se encontraram, mas nenhum dos dois falou, constrangidos talvez pela presença de sir George. Ele caminhou até o final do terraço, de costas para eles, com a xícara de café na mão. Dava a impressão de estar contando os minutos. Viu as horas, deixou a xícara em cima da mesa e seguiu na direção da janela francesa. Olhando em volta, já com um pé na soleira, perguntou:

"A que horas a cortina abre, Gorringe?"

"Três e meia."

"Trocamos de roupa antes?"

"Clarissa conta com isso. Depois não daria tempo, de todo modo. O jantar sai às sete e meia." Sir George balançou a cabeça e saiu.

Ivo disse:

"Clarissa organiza seus servos com a precisão brutal de um comandante militar. Daqui a dez minutos você deve se apresentar à chefe, Cordelia. Dá tempo de tomar outra xícara de café."

Quando Cordelia destrancou seu quarto e atravessou a porta de comunicação, sir George estava conversando com Clarissa na frente da janela, virado para o mar. A bandeja de chá redonda de prata, sobre a mesa de cabeceira, exibia uma única xícara ainda cheia, com pires e bule elegante do mesmo jogo. Ainda de blusa e bermuda, Clarissa andava de um lado para o outro com o rosto afogueado.

"Ela me pediu vinte e cinco mil, sem mais nem menos, como uma criança pedindo aumento de mesada. E logo agora! Não aguentou esperar até o final do espetáculo. Nunca vi alguém tão estúpida! Será que ela está tentando me sabotar?"

Sir George falou, sem se virar.

"Suponho que seja importante para ela. Não conseguiu esperar mais. Precisava saber. E não é fácil falar com você a sós."

"Ela nunca teve o menor senso de oportunidade, desde criança. Se surge o momento inadequado para fazer algo, Roma o escolhe na hora. Combina com sua insensibilidade generalizada. Minha nossa, como ela foi escolher um momento tão impróprio?"

A voz à janela disse, calma:

"Haveria um momento adequado?"

Clarissa não lhe deu ouvidos.

"Eu disse que não pretendia dar dinheiro para sustentar um amante que não teve coragem ou decência sequer para vir aqui e pedir pessoalmente. Dei alguns conselhos a ela. Se você precisa comprar um homem, ele não vale o preço. E, se não consegue sexo de graça, compre o mais barato. Ela se apaixonou perdidamente pelo sujeito, claro. A tal loja deles não passa de um plano para mantê-lo afastado da esposa. Roma, apaixonada! Eu teria até pena do sujeito, se ele não fosse tão idiota. Quando uma virgem de quarenta e cinco anos se apaixona pela primeira vez e sente o gosto do sexo, que Deus tenha piedade do homem."

"Minha cara, isso é da sua conta?"

"O dinheiro é da minha conta. Independentemente de qualquer coisa, eles não têm condições de tocar o negócio. Nenhum capital, nenhuma experiência, nenhum bom senso. Por que eu poria meu dinheiro nessa canoa furada?"

Ela se voltou para Cordelia:

"É melhor você ir se vestir. Depois tranque seu quarto e saia por aqui. Não quero você fazendo barulho aí do lado enquanto estou descansando. Suponho que pretenda usar aquele negócio indiano de novo. Não deve demorar muito para entrar naquilo."

Cordelia disse:

"Não demoro para pôr nenhuma roupa."

"Nem para tirar, aposto."

Sir George deu meia-volta e exclamou em voz baixa:

"Clarissa!"

Ela sorriu, satisfeita, e aproximou-se dele para bater carinhosamente em seu rosto.

"George, querido. Sempre tão cavalheiro."

Ela poderia estar acariciando um cachorro.

Cordelia disse:

"Achei que seria melhor eu ficar no quarto ao lado enquanto você descansa. A porta de comunicação pode ficar destrancada ou trancada, como quiser. Não farei barulho."

"Já falei! Não quero ninguém aí do lado, nem perto de mim em lugar algum. Se eu quiser recitar alguns versos precisarei estar sozinha, não consigo fazer isso quando tem alguém ouvindo. Com três portas trancadas e sem telefone no quarto suponho que possa ter alguma paz." De repente, ela chamou: "Tolly!".

Tolly saiu do banheiro de roupa escura, impassível como sempre. Cordelia se perguntou o que ela teria ouvido. Sem que lhe pedissem, ela foi até o guarda-roupa, pegou o robe de cetim de Clarissa e o dobrou sobre o braço. Aproximou-se da patroa e esperou em silêncio. Clarissa desabotoou a blusa e a deixou cair no chão. Tolly não a pegou, mas soltou o fecho do sutiã nas costas de Clarissa, que o puxou e também deixou cair. Depois Clarissa desabotoou a bermuda e a tirou junto com a calcinha, que deslizaram pelos joelhos e caíram no chão. Por um instante ela ficou ali parada, o corpo alvo banhado pelo sol: seios volumosos, quase pesados, cintura estreita, quadris angulosos e uma manchinha de pelos cor de milho. Sem pressa, Tolly abriu o robe e esperou que Clarissa enfiasse os braços nas mangas. Depois ela se ajoelhou, recolheu as roupas espalhadas e regressou para o banheiro. Cordelia considerou a exibição um ritual de sensualidade quase inocente, menos vulgar do que teria esperado; mais narcisista do que provocativa. Uma convicção tão certa quanto irracional surgiu em sua mente: seria essa a imagem de Clarissa que ela lembraria pelo resto da vida. E, fosse qual fosse o motivo, o momento de inegável apreciação de sua própria beleza apaziguou Clarissa. Ela disse:

"Não se importem comigo, meus caros. Sabem como é, antes de uma apresentação."

Ela se virou para Cordelia:

"Pegue o que quiser em seu quarto e me passe as duas

chaves. Programarei o despertador para tocar às duas e quarenta e cinco, portanto suba quando chegar a hora de eu acordar, e direi se você precisa fazer alguma coisa durante a peça. Não conte com um lugar na plateia, talvez fique nos bastidores."

Cordelia saiu primeiro, seguindo para seu quarto pela porta de comunicação. Pensou no estranho pedido de Roma. Por que ela não fizera o óbvio, esperando a peça acabar, quando teria a esperança de pegar a prima distraída pela euforia do sucesso? Talvez tivesse considerado aquele momento mais propício, talvez fora a única chance. Se a peça fosse um fracasso, seria impossível falar com Clarissa; ela seria capaz de ir embora da ilha sem esperar sequer pela festa. De todo modo, Roma devia conhecer a prima o suficiente para saber que não conseguiria nada, qualquer que fosse o momento escolhido. O que pretendia? Imaginava que Clarissa adotaria outra vez uma atitude indulgente e generosa, repetindo o gesto que beneficiara Simon Lessing? Que não resistiria à tentação insidiosamente gratificante de assumir o papel de benfeitora e salvadora? Cordelia pensou que duas coisas eram certas. Roma devia estar precisando desesperadamente do dinheiro; e Roma não punha a menor fé no sucesso de Clarissa.

Ela escovou o cabelo vigorosamente, deu uma espiada no espelho sem entusiasmo e trancou a porta do quarto, deixando a chave na fechadura. Depois bateu na porta de comunicação e entrou. A chave daquela porta estava do lado do quarto de Clarissa. Sir George e Tolly haviam saído, Clarissa estava sentada na frente da penteadeira, escovando o cabelo com movimentos longos e firmes. Sem desviar os olhos, ela disse:

"O que você fez com a sua chave?"

"Tranquei a porta e a deixei na fechadura. Quer que eu tranque a porta de comunicação agora?"

"Não. Farei isso depois. Quero confirmar que você trancou sua porta por dentro."

Cordelia disse:

"Estarei atenta a seu chamado, se quiser falar comigo. Ficarei no final do corredor. Posso pegar uma cadeira no meu quarto e sentar lá, com um livro."

Clarissa perdeu a paciência.

"Você ainda não entendeu? O que está tentando fazer, me espionar? Já falei! Não quero que você fique aqui do lado, e não quero que fique andando de um lado para o outro no corredor. Não quero você nem ninguém perto de mim. Só o que eu quero no momento é ser deixada em paz!"

O toque de histeria era novo, inconfundível. Cordelia disse:

"Então poderia enrolar uma toalha e colocar na soleira da sua porta? Não quero que deixem bilhetes para você."

A voz de Clarissa traía sua tensão.

"O que está querendo dizer? Não aconteceu nada desde que cheguei aqui, nada."

Cordelia disse, buscando acalmá-la:

"Só quero assegurar que continue assim. Se o responsável vier à ilha Courcy, pode fazer a última tentativa de lhe mandar uma mensagem. Não creio que isso vá acontecer. Claro que não. Muito provavelmente nunca mais receberemos essas mensagens. Mas eu prefiro não correr nenhum risco."

Clarissa disse, contrariada:

"Tudo bem. Não é má ideia. Vou bloquear o vão debaixo da porta."

Não restava mais nada a dizer. Cordelia saiu, Clarissa a acompanhou, fechou a porta com firmeza e girou a chave. O ruído metálico e o clique final foram baixos, mas os ouvidos apurados de Cordelia escutaram perfeitamente. Clarissa estava trancada em seu quarto. Não havia mais nada a fazer até as duas e quarenta e cinco. Ela consultou o relógio. Uma e vinte, apenas.

4

Cordelia sentia uma ansiedade irritante, que fazia os minutos passarem muito devagar. Aquela uma hora e meia de espera restante parecia alongar-se, interminável. O quarto trancado era um incômodo, e antes de sair ela havia esquecido de pegar seu livro. Seguiu para a biblioteca, contando que o tempo passaria logo se lesse a coleção encadernada da *Strand Magazine*. Roma estava lá, porém; não lia, esperava em pé ao lado do telefone, e o olhar lançado na direção de Cordelia era tão hostil que ficou óbvio que ela estava esperando ou torcendo por uma ligação, e não queria testemunhas. Fechando a porta, Cordelia pensou em Simon com inveja, provavelmente naquele exato momento ele estava aproveitando seu nado solitário, e em sir George, passeando de binóculo em punho. Teve vontade de se juntar a ele, mas a saia comprida era imprópria para caminhadas e, de todo modo, achava melhor não sair do castelo.

Resolveu ir até o teatro. As luzes já estavam acesas, o auditório em ouro e vermelho parecia esperar, com suas fileiras de cadeiras vazias, com uma calma imponente, nostálgica, muda. Tolly, nos bastidores, conferia os adereços no camarim feminino principal, distribuía caixas de lenços e toalhas de papel. Cordelia perguntou se precisava de ajuda e ouviu uma recusa educada, mas definitiva. Ela se lembrou de que poderia fazer uma coisa. Sir George, quando estivera em Kingly Street, mencionara a necessidade de examinar o teatro. Ela não tinha bem certeza do que ele tinha em mente. Mesmo que o autor das ameaças anônimas conseguisse colocar um bilhete no palco ou entre os adereços, dificilmente Clarissa o abriria e leria no meio do espetáculo. Mas sir George tinha razão. Era uma precaução sensata conferir o palco e o cenário, e ela ficou contente por ter arranjado alguma coisa para fazer.

Estava tudo em ordem. O cenário da primeira cena, um jardim vitoriano na parte externa do palácio, era simples: um pano azul, urnas de pedra com pés de louro e gerânio, uma lânguida estátua de mulher sentimental tocando alaúde e duas poltronas de ratã com almofadas e descanso para os pés. Ao lado do palco havia uma mesa para adereços. Ela examinou o sortimento de itens vitorianos de Ambrose destinados às cenas internas: vasos, quadros, leques, copos e até um cavalinho de pau. Uma luva de camurça cheia de algodão serviria para a cena da prisão e realmente parecia uma revoltante mão amputada. A caixinha de música estava lá, seria a caixa de joias revestida de prata do segundo ato. Cordelia a abriu, mas não havia nenhum bilhete em seu interior de pau-rosa.

Ela não conseguiu pensar em mais nada de útil para fazer. Ainda faltava uma hora para acordar Clarissa. Passeou um pouco pelo jardim das rosas, mas o sol não estava tão quente no lado oeste do castelo, e ela voltou ao terraço para sentar no canto do degrau de baixo da escada que conduzia à praia. Um pequeno paraíso ao sol; até as pedras aqueciam suas coxas. Ela fechou os olhos e ergueu o rosto, deleitando-se com a leve brisa nas pálpebras, o aroma dos pinheiros e da maresia, acalentada pelo suave sibilar das ondas na areia grossa e no cascalho da praia.

Ela devia ter cochilado por alguns minutos, e acordou com a chegada da lancha. Ambrose e o casal Munter aguardavam o elenco, e o anfitrião já estava vestindo um manto de seda grossa por cima do smoking que lhe dava a aparência de um mágico de teatro de revista vitoriano. O pessoal do elenco aportou conversando animadamente, alguns dos homens já usavam trajes vitorianos, e o gru-

195

po desapareceu ruidosamente na galeria que conduzia ao gramado a leste e à entrada principal do castelo. Cordelia viu as horas. Duas e vinte; a lancha havia chegado mais cedo. Ela se ajeitou de novo, mas não quis correr riscos e manteve os olhos abertos. Vinte minutos depois, cruzou a janela francesa e foi chamar Clarissa.

Parada na porta do quarto, consultou o relógio. Duas e quarenta e dois. Clarissa pedira que a acordassem às duas e quarenta e cinco, mas três minutos não fariam diferença. Bateu, primeiro de leve, depois com mais força. Ninguém respondeu. Talvez Clarissa já estivesse acordada, no banheiro. Ela tentou a maçaneta, e para sua surpresa a porta abriu. Olhando para baixo, viu a chave na fechadura. A porta se abriu facilmente, sem nada que a obstruísse, fosse toalha ou cunha. Então Clarissa já estaria de pé.

Por algum motivo que mais tarde jamais foi capaz de entender, ela não sentiu nenhuma premonição, nenhuma inquietude. Entrou no quarto e na penumbra chamou baixinho:

"Senhora Lisle. Senhora Lisle. São quase duas e quarenta e cinco."

As cortinas pesadas cobriam as janelas, mas alguma luz penetrava pela fenda fina como um fio existente entre as folhas, e nem as dobras volumosas conseguiam excluir inteiramente o sol da tarde, que dava ao tecido um leve brilho rosado e difuso. Clarissa estava deitada como um espectro na cama vermelha, os dois braços ligeiramente recurvados ao lado do corpo, as palmas para cima, e o cabelo formando uma faixa brilhante em cima do travesseiro. As roupas de cama haviam sido puxadas, ela estava deitada de costas, sem cobertas, o robe de cetim puxado quase até a altura dos joelhos. Cordelia ergueu o braço para abrir a cortina, achando que a pouca luz do quarto lhe pregara uma peça; o rosto de Clarissa estava quase tão escuro quanto o dossel da cama, como se a pele tivesse absorvido o vermelho intenso.

Quando as dobras da segunda cortina se amontoaram,

e a luz inundou o quarto, ela viu claramente, pela primeira vez, a cena completa em cima da cama. Por um segundo de incredulidade sua imaginação escapou ao controle loucamente, projetando imagens fantásticas; Clarissa havia aplicado uma máscara facial, um creme escuro que manchara até a máscara de dormir; o dossel se desintegrava, pingando fibras cor de carmim, tomando o rosto dela com sua intensidade rubra. Então as fantasias ridículas sumiram; sua mente aceitou a brutal realidade transmitida por seus olhos. Clarissa não tinha mais rosto. Não se tratava de maquiagem. A pasta era a carne e o sangue de Clarissa, escuro, coagulado, com soro escorrendo, branco apenas nos fragmentos de ossos esmagados.

Ela parou ao lado da cama, trêmula. A sala se encheu de ruídos, um rufar de tambores que doía nos ouvidos e pulsava nas costelas. Cordelia pensou: Preciso chamar alguém. E percebeu que suas pernas não obedeciam, só os olhos conseguiam se mexer. Ela via tudo com clareza, exagerada clareza. Lentamente desviou os olhos dos horrores da cama e os fixou na mesa de cabeceira. Faltava alguma coisa, o porta-joias de prata. Mas a bandeja redonda de chá continuava no lugar. Ela viu a xícara rasa, delicadamente decorada com rosas, o sedimento do chá e duas folhas a flutuar, a mancha de batom na borda. E, ao lado da bandeja, um novo objeto: o braço de mármore sujo de sangue, sobre uma folha de papel branco, os dedos gorduchos manchados de vermelho, dando a impressão de estarem presos à madeira envernizada. O sangue escorrera pelo papel, quase apagara o crânio e os ossos desenhados, mas a mensagem datilografada escapara à insidiosa mancha e podia ser lida perfeitamente:

> *Outros pecados falam apenas; o assassinato berra:*
> *O elemento água umedece a terra,*
> *Mas o sangue flui para cima, orvalho do céu.*

E foi então que aconteceu. O despertador na mesa de

cabeceira tocou, fazendo Cordelia dar um pulo de terror. Seus membros voltaram à vida, reanimados. Ela correu para dar a volta na cama e silenciá-lo, agarrando o relógio com mãos tão trêmulas que ele ficou batendo na madeira envernizada. Meu Deus! Meu Deus! Será que nada vai detê-lo? Então seus dedos encontraram o botão. O silêncio voltou ao quarto, o eco do barulho horrível se mesclava ao de seu coração disparado. Ela se surpreendeu olhando para a cama, como se o ruído pudesse ter acordado Clarissa, como se ela fosse sentar de repente, rígida como uma marionete, e confrontá-la com aquele terror sem rosto.

Cordelia recuperou a calma. Precisava agir logo. Avisar Ambrose, para que ele chamasse a polícia. Não podiam mexer em nada até a polícia chegar. Ela examinou o quarto, seus olhos fizeram uma varredura panorâmica, registrando todos os detalhes minuciosamente: as bolas de algodão sujas de maquiagem na penteadeira; o frasco de loção para os olhos ainda destampado, o chinelo bordado de Clarissa caprichosamente posicionado no tapete da lareira, o estojo de maquiagem aberto sobre a poltrona, seu exemplar do texto da peça caído ao lado da cama.

Quando se virou para a porta, ela se abriu; Cordelia viu Ambrose e sir George atrás dele, ainda com o binóculo no pescoço. Eles trocaram um olhar. Ninguém abriu a boca. Então sir George passou por Ambrose e aproximou-se da cama. Sem dizer nada, ele olhou para o corpo da mulher, mantendo as costas rígidas. Depois virou-se. Seu rosto estava tenso; toda a inquietude se fora, e a pele adquirira um tom esverdeado. Ele engoliu em seco e levou a mão à garganta, como se estivesse a ponto de vomitar. Cordelia fez um movimento instintivo em direção a ele e gritou:

"Sinto muito! Eu sinto muito!"

A fútil banalidade de suas palavras a chocou, assim que pronunciou a frase. Então ela percebeu no rosto de sir George uma expressão de horror e surpresa. Pensou: Meu Deus, ele acha que estou confessando! Pensa que a matei.

Ela gritou:

"Você me contratou para tomar conta dela! Eu estava aqui para garantir sua segurança. Não deveria ter saído e deixado Clarissa sozinha."

Ela notou que o ar horrorizado sumiu de seu rosto. Ele disse, calma e secamente:

"Você não tinha como saber. Eu não acreditava que ela estivesse correndo perigo, ninguém acreditava. E ela não teria permitido que você ficasse aqui, nem você nem ninguém. Não se culpe."

"Mas eu sabia que o braço de mármore tinha sido roubado! Deveria ter alertado Clarissa."

"Contra o quê? Você não podia ter previsto isto." Ele repetiu, autoritário, como se desse uma ordem: "Não se culpe, Cordelia".

Foi a primeira fez que a chamou pelo primeiro nome.

Ambrose continuava parado à porta. Disse:

"Ela morreu?"

"Veja você mesmo."

Ele se aproximou da cama e olhou para o corpo. Seu rosto ficou vermelho. Vendo isso, Cordelia pensou que ele parecia mais embaraçado do que chocado. Depois virou-se. Ele disse: "Mas isso é incrível!". E murmurou, em seguida: "Horrível! Horrível!".

De repente, ele correu para a porta de comunicação e girou a maçaneta. Estava destrancada. Eles o seguiram até o quarto de Cordelia, e até o banheiro. A janela da saída de incêndio estava aberta, como ela havia deixado. Sir George disse:

"Ele deve ter passado por ali, e usado a saída de emergência. Vamos organizar uma busca na ilha. No castelo também, claro. Quantos homens podemos reunir, contando com os atores da peça?"

Ambrose fez um cálculo rápido:

"Cerca de vinte e cinco atores, mais nós seis, incluindo Oldfield. Não sei se Whittingham pode ajudar em alguma coisa."

"É o suficiente para formar quatro grupos de busca,

um para o castelo, três para cobrir a ilha. Precisamos ser sistemáticos. Acho melhor você chamar a polícia. Organizarei os homens."

Cordelia imaginou o estrago que trinta ou mais pessoas causariam à ilha e à casa, ao vasculhá-las. Ela disse:

"Não devem tocar em nada. Os dois quartos devem permanecer trancados. É uma pena que tenha tocado na maçaneta da porta. Precisamos impedir que os espectadores desembarquem. Quanto à busca, não seria melhor esperar a chegada da polícia?"

Ambrose ficou em dúvida. Sir George disse: "Não estou disposto a esperar. Não seria possível. Não seria possível, Gorringe!". Seu tom era feroz. Os olhos pareciam alucinados.

"Claro que não", disse Ambrose com suavidade.

Sir George perguntou:

"Onde está Oldfield?"

"No chalé dele, imagino. Na ala do estábulo."

"Pedirei a ele que saia com a lancha, para patrulhar o canal entre a ilha e Speymouth. Impedirá a fuga pelo mar. Depois encontrarei você no teatro. Melhor avisar os homens de que eles serão necessários." E saiu.

Ambrose disse:

"Acho melhor deixar que ele se mantenha ocupado. Suponho que essas providências não causarão mal nenhum."

Cordelia se perguntou o que Oldfield deveria fazer caso interceptasse um barco saindo da ilha. Abordar e rebocar sozinho um assassino? E será que Ambrose ou sir George realmente esperavam encontrar um invasor em Courcy? O significado do braço ensanguentado não poderia ter escapado a eles.

Juntos, eles checaram a porta do quarto de Cordelia que dava para o corredor. Trancada por dentro, ainda com a chave na fechadura. O assassino não poderia ter saído por ali. Em seguida, fecharam e trancaram a porta de comunicação. Finalmente, trancaram o quarto de Clarissa, saíram, e Ambrose guardou a chave no bolso. Cordelia perguntou:

"Há duplicatas das chaves?"

"Não, nenhuma. Faltavam chaves extras para os quartos de hóspedes quando herdei o castelo, e nunca mandei tirar cópias das existentes. Não teria sido fácil, de qualquer maneira. São fechaduras complicadas, essas chaves são as originais."

Quando já se afastavam da porta ouviram passos, e Tolly apareceu, vindo da galeria. Passou por eles, cumprimentou-os discretamente com um movimento da cabeça, seguiu até o quarto de Clarissa e bateu na porta. O coração de Cordelia disparou. Ela olhou para Ambrose, mas parecia ter perdido a fala. Tolly bateu de novo, mais forte. E voltou-se para Cordelia.

"Pensei que você estivesse encarregada de acordá-la às duas e quarenta e cinco. Ela deveria ter deixado isso por minha conta."

Com dificuldade por causa dos lábios secos e inchados, que pareciam querer rachar, Cordelia disse:

"Não pode entrar aí. Ela morreu. Foi assassinada."

Tolly virou-se e bateu outra vez.

"Ela vai se atrasar. Preciso ajudá-la. Ela sempre precisa de mim antes da apresentação."

Ambrose deu um passo à frente. Por um momento Cordelia pensou que ele fosse levar a mão ao ombro de Tolly. Mas baixou o braço e disse num tom de voz que saiu anormalmente duro:

"Não vai haver apresentação. A senhora Lisle morreu. Foi assassinada. Estou indo chamar a polícia. Até a polícia chegar ninguém entra no quarto."

Ela afinal entendeu. Virou-se para encará-lo, o rosto inexpressivo mas tão branco que Cordelia, pensando que Tolly fosse desmaiar, estendeu a mão e segurou o braço dela. Sentiu Tolly estremecer, um espasmo rápido de rejeição, quase de repulsa, tão inconfundível e chocante quanto um tapa na cara. Ela puxou a mão rapidamente.

"O rapaz. Ele já sabe?", perguntou Tolly.

"Simon? Ainda não. Ninguém sabe, exceto sir George. Nós encontramos o corpo."

Sua voz traía certa impaciência aflita, como a de um serviçal sobrecarregado. Cordelia quase achou que ele ia dizer que não dava conta de resolver tudo ao mesmo tempo. Tolly mantinha os olhos fixos nele. Ela disse:

"Seja cuidadoso, por favor. O rapaz vai ficar muito chocado."

Ambrose disse, seco:

"É chocante para todos nós."

"Para um de nós não é, senhor."

Ela se virou e foi embora sem dizer mais nada.

Ambrose comentou:

"Que mulher extraordinária! Nunca consegui compreendê-la. Duvido que Clarissa tenha conseguido isso. E por que essa preocupação súbita com Simon? Ela nunca mostrou interesse especial pelo rapaz. Bem, acho melhor telefonar para a polícia."

Eles desceram a escada e atravessaram o salão principal. Os preparativos para o jantar já estavam em andamento. A longa mesa de banquete fora coberta com uma toalha, e as taças de vinho estavam enfileiradas numa das pontas. A porta do salão de banquetes se abriu, e Cordelia viu Munter afastar as cadeiras da mesa e as enfileirar, provavelmente para carregá-las para o salão principal.

Ambrose disse: "Espere aqui um momento, por favor". Um minuto depois ele voltou. "Contei a Munter. Ele vai descer até o cais e impedir o atracamento das lanchas."

Seguiram juntos para o escritório. Ambrose disse:

"Se Cottringham estivesse aqui, ele provavelmente insistiria em falar pessoalmente com o chefe de polícia. Mas eu acho que o melhor é ligar para a polícia de Speymouth. Devo pedir o departamento de investigações criminais?"

"Ligue para a delegacia de Speymouth e deixe o resto por conta deles. Saberão como proceder."

Ela localizou o número para ele e aguardou ao seu lado. Ouviu Ambrose relatar os fatos sucintamente, sem emoção, mencionando que a caixa de joias de lady Ralston havia desaparecido. Cordelia ficou intrigada ao perceber que ele notara a ausência do porta-joias; nada fora dito a respeito enquanto estavam no quarto. Após alguma espera por providências do outro lado da linha, uma voz soou. E Ambrose disse:

"Sim, já fizemos isso." Em seguida: "Certo, é o que pretendo fazer assim que desligar o telefone". Ele recolocou o fone no gancho e disse: "Exatamente como você sugeriu. Trancar os quartos. Não tocar em nada. Reunir as pessoas. Impedir desembarques. Estão mandando o inspetor-chefe Grogan".

No teatro, as luzes já estavam acesas. A porta da esquerda do proscênio conduzia aos bastidores. Das portas abertas dos dois camarins principais vinha o alarido das vozes e os risos altos. A maioria dos atores já havia trocado de roupa e fazia a maquiagem, com a ajuda e as brincadeiras dos amigos. A atmosfera lembrava a folia dos estudantes no final do ano letivo. Ambrose bateu na porta dos dois camarins reservados aos atores principais e disse em voz alta:

"Por favor, sigam todos para o palco, imediatamente."

Eles saíram em bando, fazendo algazarra, alguns seguravam as roupas no lugar com as mãos. Mas bastou um olhar para que todos silenciassem, e os atores subiram ao palco contidos e ansiosos. Parcialmente vestidos e maquiados como estavam, rosto branco exceto pelos círculos de ruge, pareciam mais clientes e funcionárias de um bordel vitoriano, detidos para interrogatório pela polícia. Ambrose disse:

"Lamento informar que tenho más notícias para vocês. A senhora Lisle morreu. Ao que parece, foi assassinada. Já telefonei para a polícia, os guardas estão a caminho. Nesse meio-tempo, fui orientado a pedir a vocês que permaneçam juntos aqui no teatro. Munter e a mulher dele trarão chá, café e o que mais precisarem. Cottringham, talvez seja melhor que você fique responsável pelo local. Preciso avisar outras pessoas."

Uma das atrizes, uma mulher de ar jovial vestida de

empregada, com avental de babado e touca pregueada com longas fitas, disse:

"E a peça, como fica?"

A pergunta resultava do choque, e Cordelia pensou que a moça provavelmente se lembraria dela pelo resto da vida, envergonhada. Alguém pigarreou, e ela corou. Ambrose foi lacônico:

"A apresentação está cancelada."

Ele deu meia-volta e saiu. Cordelia o seguiu e perguntou:

"E quanto aos grupos de busca?"

"Vou deixar isso por conta de Ralston e Cottringham. Pedi às pessoas do elenco que ficassem todas juntas. Não consigo conciliar a tentativa de obedecer às instruções da polícia com a determinação do marido inconsolável de mostrar sua competência. Onde acha que pode estar o resto do grupo?" Ele soava quase rabugento.

Cordelia disse:

"Acho que Simon foi nadar. Roma estava na biblioteca, mas a esta altura deve ter ido trocar de roupa. Imagino que Ivo foi descansar no quarto dele."

"Procure-os, por favor, e dê a notícia. Vou sair em busca de Simon. Acho melhor ficarmos juntos até a chegada da polícia. Suponho que seria mais educado de minha parte fazer companhia aos meus convidados no teatro, mas não estou com disposição para aturar um bando de mulheres agitadas a fazer perguntas sem parar."

Cordelia disse:

"Quanto menos souberem até a chegada da polícia, melhor."

Ele a encarou com olhos argutos, brilhantes.

"Entendo. Quer dizer que não devemos mencionar a causa da morte?"

"Não sabemos a causa da morte. De todo modo, devemos divulgar o mínimo possível dos detalhes."

"Mas a causa da morte é óbvia. O rosto dela foi esmagado."

"Isso pode ter sido feito após o assassinato. Havia menos sangue do que o esperado."

"Para mim havia sangue até demais. Você tem conhecimentos notáveis para uma secretária acompanhante."

"Não sou secretária acompanhante. Sou detetive particular. Não faz mais sentido continuar escondendo esse fato. De todo modo, sei que você já havia deduzido isso. E, se for dizer que fui inútil, não precisa. Também já sei."

"Minha cara Cordelia, o que você poderia ter feito? Ninguém esperava um assassinato. Pare de se culpar. Vamos ficar aqui juntos, ao menos até a abertura do inquérito, e será suficientemente irritante ser pressionado pela polícia, não precisamos de você mergulhada na autocomiseração. Não combina com sua pessoa."

Eles haviam chegado à porta que ligava a galeria com o castelo. Olhando em volta, viram Simon ao longe, com a toalha nos ombros, caminhando devagar pelo longo gramado em declive que passava pelo jardim das rosas, na alameda de faias, e seguia para a parte alta da ilha. Sem falar nada, Ambrose foi ao encontro dele. Cordelia permaneceu sob a sombra do batente da porta e observou a cena. Ambrose não demonstrava pressa; seu passo era pouco mais rápido do que se estivesse dando um passeio. Os dois vultos se encontraram, pararam sob o sol, cabeça baixa, as sombras a manchar o gramado vistoso. Não se tocaram. Após um momento, ainda distantes, eles começaram a caminhar rumo ao castelo. Cordelia entrou no salão. Ivo estava descendo a escada, com Roma a seu lado. Usava smoking, e Roma continuava com o conjunto de calça e blusa.

"Onde foi parar todo mundo?", perguntou ela a Cordelia. "Este lugar parece um necrotério. Acabei de dizer a Ivo que não tenho a menor intenção de trocar de roupa e que não vou assistir à peça. Vocês dois podem fazer o que quiserem, mas eu não vou me meter num vestido de gala no meio de uma tarde quente só para ver um bando de amadores fazer papel de palhaço e alimentar a megalomania de Clarissa. Vocês todos aceitam esses absurdos

205

porque morrem de medo dela. Alguém precisa dar um jeito em Clarissa."

"Alguém já deu", disse Cordelia.

Eles pararam na escada e a encararam.

Ela explicou:

"Clarissa morreu. Assassinada."

Nesse momento, Cordelia perdeu o controle. Suspirou pesadamente e sentiu lágrimas quentes escorrerem pelo rosto. Ivo correu para ampará-la, ela sentiu seus braços finos e fortes como bastões de aço a puxá-la para junto de si. Foi o primeiro contato humano, o primeiro gesto solidário que qualquer um havia feito desde o choque de encontrar o corpo de Clarissa; a tentação de relaxar e chorar no ombro dele feito criança era quase irresistível. Mas ela sufocou as lágrimas, esforçou-se para se controlar, enquanto ele a conduzia suavemente, sem dizer nada. Olhando por cima do ombro, ela viu, através das lágrimas, o rosto de Roma pairando no alto, um padrão amorfo listrado de rosa e branco. Ela piscou e a figura entrou em foco; a boca aberta, tão parecida com a de Clarissa, os olhos arregalados, o rosto inteiro contorcido por uma emoção intensa, que podia ser de terror ou de triunfo.

Cordelia não soube quanto tempo permaneceu ali, aconchegada nos braços de Ivo, enquanto Roma os observava. Depois ouviu passos. Ela se afastou murmurando sem parar: "Sinto muito, sinto muito, sinto muito".

Ambrose disse:

"Simon subiu para o quarto dele. Está muito chocado e quer ficar sozinho. Descerá assim que tiver condições."

"O que aconteceu? Como ela morreu?", perguntou Ivo.

Vendo a hesitação de Ambrose, Roma gritou:

"Você tem de nos contar! Exijo que conte!"

Ambrose olhou para Cordelia. Deu de ombros, num pedido de desculpas resignado. "Desculpe, mas não estou preparado para fazer o serviço da polícia. Eles têm o direito de saber." Ele olhou para Roma. "Ela foi espancada até a morte. Esmagaram seu rosto até desfigurá-la. Pelo jeito, a arma foi o braço de mármore da princesa real. Não contei a Simon como ela foi morta, e acho melhor que ele nem saiba."

Roma sentou na escada, segurando no corrimão.

"O mármore? O assassino usou sua estátua de mármore? Mas por quê? Como ele sabia que ela estava lá?", perguntou.

Ambrose disse:

"Ele ou ela pegou o braço do expositor esta manhã, antes das sete horas. Por isso creio que a polícia deduzirá que o assassino sabia onde estava, porque eu mesmo a mostrei a ele, ontem antes do almoço."

5

Dez minutos depois Roma, Ivo e Cordelia olhavam para o píer pela janela da sala de estar. Os três aparentavam calma. O primeiro choque dera lugar a uma inquietude que beirava a excitação sexual doentia, eles a reconheceram em si e nos outros, era tão constrangedora quanto inesperada. Todos resistiram à tentação de tomar um drinque, pensando talvez que seria imprudente enfrentar a polícia com hálito alcoólico. Mas Munter servira um café forte na sala de estar que surtira efeito similar.

Eles observavam as duas lanchas carregadas balançando perigosamente no píer, os passageiros em trajes de gala amontoados de um lado como uma carga de aristocratas bem-vestidos a fugir de um holocausto republicano. Ambrose conversava com eles, Munter se mantinha a seu lado como se respondesse pela segunda linha de defesa. Mesmo daquela distância, era possível ver que a postura de Ambrose, de cabeça meio baixa e mãos estendidas, transmitia pesar, desconforto e certo constrangimento. Mas ele aguentou firme. O som das conversas chegou até eles, fraco mas agudo como o pio distante dos estorninhos. Cordelia disse a Ivo:

"Eles parecem inquietos. Imagino que queiram esticar as pernas."

"Querem urinar, isso sim, pobres coitados."

"Tem um sujeito encostado na amurada tirando fotos. Se não tomar cuidado, vai cair na água."

"É Marcus Fleming. Ele ia fotografar a peça para o meu

artigo. Bem, ele pode ligar para Londres e dar o furo, se não virarem o barco de tanta agitação antes de atingirem a costa."

"Aquela senhora obesa parece muito decidida. A de vestido violeta."

"É lady Cottringham, a viúva milionária. Espero que Ambrose consiga controlá-la. Ela é capaz de entrar correndo, fazer a autópsia completa do corpo de Clarissa e nos submeter a torturas inimagináveis, resolvendo o crime antes da chegada da polícia. Ah, vitória de Ambrose! As lanchas estão zarpando."

"E a polícia está chegando", murmurou Roma.

Surgiram ao largo da ilha quatro asas altas de borrifos. Duas lanchas aerodinâmicas azuis se aproximavam, e suas longas marolas perturbavam o azul claro do mar. Roma disse:

"É esquisito a gente ficar tão apreensivo. E burrice, também. É como virar estudante de novo. A gente sempre se sente e parece mais culpado quando é totalmente inocente."

"Totalmente? Um estado invejável. Nunca consegui atingi-lo", comentou Ivo. "Os suspeitos são organizados segundo as prioridades, rigorosamente: primeiro o marido, depois os herdeiros, em seguida a família, os amigos íntimos e os conhecidos."

Roma replicou, secamente:

"Sou tanto herdeira quanto parente, não posso considerar o que disse um consolo."

Eles observaram em silêncio as duas lanchas lotadas se afastarem relutantes, enquanto os cascos azuis esguios se aproximavam com rapidez.

LIVRO QUATRO

OS PROFISSIONAIS

1

O sargento Robert Buckley, jovem, bem-apessoado e inteligente, tinha consciência de suas vantagens. Menos comum era conhecer também suas limitações. Terminara o curso médio com notas altas que o qualificariam para entrar numa universidade na companhia de colegas de igual desempenho. Mas não teria sido suficiente para ir à faculdade de sua preferência. Ele suspeitava que sua inteligência, embora perspicaz, era superficial, que ele não podia competir com os verdadeiros estudiosos, e não tinha a menor intenção de engrossar as fileiras dos desempregados com nível superior ao final de mais três anos de atividades acadêmicas relativamente maçantes. Concluíra que o sucesso viria mais rápido num trabalho em que fosse qualificado demais e não de menos, no qual competiria com homens bem menos instruídos do que ele. Reconhecia em sua personalidade um traço de sadismo, que encontrava na dor alheia certa satisfação, sem que necessitasse causar essa dor pessoalmente.

Era filho único de pais idosos que tinham começado por mimá-lo, passaram a admirá-lo e terminaram por temê-lo um pouco. Ele também sentia prazer com isso. A escolha da profissão fora fácil e natural, a decisão final tomada enquanto caminhava com passadas largas pelos morros de Purbeck, observando a terra se mover em listras bege e verdes. Havia apenas duas possibilidades, o Exército e a polícia, e ele rapidamente rejeitou a primeira. Sentia certa insegurança, socialmente. Sabia haver tradições, costumes e uma ética pública no caso do Exército, que lhe provoca-

213

va uma desconfiança cautelosa. Um mundo estranho que era capaz de expô-lo e até rejeitá-lo antes que conseguisse dominar suas regras. A polícia, por outro lado, levando-se em consideração o que ele tinha a oferecer, o receberia com prazer. E, justiça seja feita, eles o tinham adorado.

Sentado na proa da lancha, sentia-se satisfeito em relação ao mundo e a si mesmo. Aprendera a esconder seu entusiasmo, como fizera com a imaginação. Os dois eram amigos fascinantes mas destrambelhados, a serem apreciados só de vez em quando, com cautela, pois carregavam consigo a marca da traição. Contudo, ao ver a ilha Courcy ganhar forma e cor lentamente no mar ofuscante, ele foi tomado por uma mistura poderosa de exultação e medo. Exultava com a promessa de que lá, enfim, estava o caso de homicídio com que sonhava desde a promoção a sargento. E temia que tudo fosse por água abaixo; eles seriam recebidos no píer com as palavras familiares, deprimentes:

"Ele está esperando vocês lá em cima. Há uma pessoa com ele. Está num estado deplorável. Disse que não sabe o que deu nele."

Eles nunca sabiam o que tinha dado neles, os assassinos confessos, patéticos em sua derrota como haviam sido no homicídio incompetente. Assassinato, o único e definitivo crime, dificilmente era o mais interessante em termos forenses, ou o mais difícil de solucionar. Mas, quando a gente topava com um dos bons, não havia nada tão animador; a combinação excitante de caçada humana com quebra-cabeça, o cheiro de medo no ar, forte como o cheiro metálico do sangue; a sensação física de bem-estar, o modo fascinante como confiança, moral e personalidade sutilmente se alteravam e deterioravam sob seu impacto contaminante. Um bom assassinato era tudo que um policial podia querer. E aquele prometia ser dos melhores.

Ele olhou para o lugar onde o chefe estava sentado, o cabelo ruivo a refletir o sol. Grogan exibia a mesma atitude de sempre no início de um caso, silencioso e retraído, os olhos quase fechados mas atentos, os músculos tensos sob o paletó de tweed benfeito, o corpo forte inteiro reunindo as energias para entrar em ação, o corpo do predador que ele era. Quando Buckley fora apresentado a ele, três anos antes, imediatamente lhe viera à mente o desenho de um guerreiro índio das histórias em quadrinhos da infância, e ele imaginou a cabeça vermelha coberta com um cocar de plumas. Mas a comparação era imprecisa em termos mais sutis. Grogan era grande demais, inglês demais e complicado demais para uma imagem tão simples e singela. Buckley fora convidado apenas uma vez para entrar por um momento na casinha de pedra nas imediações de Speymouth onde Grogan morava sozinho desde que se separara da mulher. Corria a história de que ele tinha um filho e que tivera problemas com o menino; quais, exatamente, ninguém sabia. A casa não revelara nada. Não havia fotos, lembranças de casos antigos, imagens da família ou dos colegas, só alguns livros além do que parecia ser uma edição completa da série *Julgamentos famosos*, pouca coisa além de paredes nuas e uma pilha de equipamentos de som caríssimos. Grogan poderia fazer as malas e mudar dali em uma hora sem deixar nada para trás. Buckley ainda não entendia o chefe, mesmo depois de dois anos trabalhando sob suas ordens, mas aprendera a saber o que esperar dele; postura taciturna ou tagarelice, quando usava Buckley como ouvinte; o sarcasmo ocasional, a atitude implacável e impaciente. Ele apenas se ressentia um pouco por ser usado como uma mistura de escriturário, datilógrafo, aluno e plateia. Grogan fazia a maior parte do trabalho sozinho. Mas era possível aprender com ele: o chefe apresentava resultados, não sucumbia quando fracassava e era justo. Faltava pouco tempo para se aposentar, apenas dois anos. Buckley aprendia o que podia com ele e esperava a sua vez.

Três vultos os esperavam no ancoradouro, imóveis como estátuas. Buckley adivinhou quem eram dois deles antes que as lanchas atracassem: sir George Ralston, quase em posição de sentido, com sua jaqueta de tiro fora de moda, Ambrose Gorringe, mais à vontade mas incoerentemente formal, de smoking. Os dois observavam os recém-chegados desembarcarem com a formalidade atenta de comandantes militares de um castelo sitiado que aguardavam os negociadores do armistício, com olhos atentos para o menor indício de traição. O terceiro homem, de roupa escura, mais alto que os outros dois, obviamente era um empregado. Posicionara-se um pouco atrás deles e olhava para o mar fixamente, como se não os visse. Sua postura indicava que alguns convidados eram bem-vindos à ilha Courcy, mas que a polícia não fazia parte da lista.

Grogan e Gorringe se encarregaram das apresentações. Buckley notou que seu chefe não deu pêsames nem empregou as fórmulas consagradas de condolências em relação ao viúvo. Como sempre. Certa vez, explicara a razão: "É de uma falta de sinceridade insultante, e todos sabem disso. Já basta o que há de dissimulação na atividade policial, não precisamos acrescentar mais. Certas mentiras são ofensivas". Se Ralston ou Gorringe notaram a omissão, nenhum dos dois deu sinal disso.

Ambrose Gorringe encarregou-se de falar. Enquanto atravessavam o gramado em direção à entrada do castelo, ele disse:

"Sir George organizou uma busca, mas os três grupos que estão vasculhando a ilha ainda não regressaram."

"Meu pessoal assumirá o caso agora, senhor."

"Perfeitamente. O resto do elenco está no teatro. Sir Charles Cottringham gostaria de falar com o senhor."

"Ele informou qual era o assunto?"

"Não. Talvez apenas para cumprimentá-lo e informar que está aqui."

"Já sei disso. Verei o corpo agora e depois ficaria grato se dispusesse de uma sala pequena para usar hoje, e provavelmente até segunda-feira."

"Creio que meu escritório seria o local mais adequado. Se ligar do quarto da senhora Lisle quando terminar o exame, mostrarei onde fica. E Munter providenciará tudo que precisar. Os convidados estarão na biblioteca comigo, à espera de sua convocação."

Eles passaram pelo salão principal e subiram a escada. Buckley não notou nada no ambiente. Seguiu ao lado de sir George, logo atrás de Grogan e Ambrose Gorringe, ouvindo Gorringe fazer a seu chefe um relato sucinto mas muito abrangente dos eventos que tinham levado à morte da sra. Lisle: o motivo de sua presença na ilha; informações resumidas sobre os outros convidados; cartas anônimas ameaçadoras; o fato de ela considerar necessário trazer consigo uma detetive particular, a srta. Cordelia Gray; o desaparecimento do braço de mármore; a descoberta do corpo. Foi um desempenho impressionante, cuidadosamente impessoal e factual, como se ele tivesse ensaiado. Bem, pensou Buckley, vai ver ensaiou mesmo.

O grupo parou à porta. Gorringe entregou três chaves. E disse:

"Tranquei as três portas depois da descoberta do corpo. Essas são as únicas chaves. Suponho que não queira nossa presença lá dentro."

Sir George falou pela primeira vez:

"Quando precisar de mim, inspetor-chefe, estarei com o enteado de minha mulher, no quarto dele. O rapaz está perturbado. Natural, nessas circunstâncias. Munter saberá onde me encontrar." Ele deu meia-volta abruptamente e se afastou.

Grogan respondeu à pergunta de Gorringe:

"Tem sido imensamente útil, senhor. Mas de agora em diante creio que podemos dar conta de tudo."

Ela continuou sendo uma atriz, mesmo na morte. A cena no quarto era extraordinariamente dramática. Até o cenário fora perfeitamente planejado para o melodrama grandioso, os adereços reluzentes e ostensivos, o predomínio da cor vermelha. E ela, deitada sob o dossel vermelho, uma perna branca cuidadosamente erguida para revelar um pouco da coxa, o rosto coberto de sangue artificial, enquanto o diretor e o câmera davam voltas em torno dela, procurando os melhores ângulos, cautelosos para não tocar nem perturbar a pose provocativa. Grogan parou do lado direito da cama e olhou para ela, franzindo a testa, como se duvidasse da preferência do diretor de elenco por ela. Depois abaixou e cheirou a pele do braço. Naquele bizarro instante, Buckley pensou: *Mas que é teu servo? Como este cão poderia realizar essa grande façanha?* Ele quase esperou que ela se arrepiasse de repulsa, sentasse e estendesse as mãos, tateando, pedindo uma toalha para limpar a pasta do rosto.

O dormitório se encheu de especialistas na morte, como investigadores de polícia, técnicos em impressões digitais, fotógrafo e analistas da cena do crime, todos treinados para não ficar uns no caminho dos outros. Grogan, como Buckley já sabia, nunca aceitara a presença de técnicos civis na cena do crime, o que era estranho, uma vez que ele tinha vindo da Polícia Metropolitana, e em Londres a contratação e o treinamento de civis praticamente atingiram o limite legal. De todo modo, os dois técnicos sabiam atuar. Moviam-se com a delicadeza e a confiança de um par de gatos a percorrer seu território habitual. Ele já havia trabalhado com os dois, mas duvidava que pudesse reconhecê-los na rua ou num bar. Buckley ficou fora do caminho e observou o mais velho da dupla. Sempre reparava nas mãos enfiadas em luvas tão finas que se assemelhavam a uma segunda pele reluzente. Primeiro as mãos despejaram o conteúdo da xícara num frasco de coleta de provas, o tamparam e rotularam o material; depois cuidadosamente guardaram a xícara e o pires num saco plástico; retiraram uma amostra de sangue do braço de mármore e a introduziram num tubo especialmente preparado; pegaram a escultura, tocando-a apenas com a ponta dos dedos, e a acomodaram numa caixa esterilizada; delicadamente, pegaram a mensagem com pinças e a devolveram para dentro do envelope. Na cama, o colega dele, com lente de aumento e pinça, recolhia fios de cabelo do travesseiro, aparentemente indiferente ao rosto desfigurado. Quando o patologista forense do Ministério do Interior terminasse o exame do corpo, a roupa de cama seria dobrada, posta em sacos plásticos, rotulada e acrescentada às outras evidências.

Grogan disse:

"O doutor Ellis-Jones está visitando a sogra em Wareham, para nossa sorte. Eles mandaram buscá-lo. Deve chegar em meia hora. Não que ele possa nos dizer muita coisa que já não tenhamos constatado sozinhos. A hora da morte está determinada num intervalo bem preciso, de todo modo. E, se calcularmos a perda de calor corporal num dia como hoje em um grau e meio por hora, nas primeiras seis horas, ele dificilmente conseguiria dar uma estimativa mais precisa que a nossa, algum momento entre uma e vinte, quando a assistente saiu e a deixou viva, segundo Ambrose Gorringe, e duas e quarenta e três, quando a mesma moça encontrou o cadáver. Ter sido a última a ver a vítima e a primeira a encontrar o corpo sugere que a srta. Cordelia é descuidada ou azarada. Saberemos quando a interrogarmos."

"A julgar pela aparência do sangue, senhor, eu diria que ela morreu mais para o início do período determinado", disse Buckley.

"Sim. Minha estimativa é trinta minutos depois da saída da assistente. A citação debaixo do braço de mármore, você a conhece, Buckley?"

"Não, senhor."

"Fico contente em saber. Ambrose Gorringe nos informou que é de *A duquesa de Amalfi*, a peça que seria apresentada aqui, com a senhora Lisle no papel principal. *O sangue flui para cima, orvalho do céu*. Aprovo o sentimento, mesmo sem identificar sua origem. Mas não é particularmente adequado. O sangue não flui para cima, ou não muito. A destruição sistemática do rosto foi feita após a morte. E sabemos as possíveis razões para isso."

Era como uma chamada oral, pensou Buckley. Essa questão, ao menos, era fácil.

"Para ocultar a identidade. Obscurecer a real causa da morte. Para ter certeza absoluta. Uma explosão de ódio, raiva ou medo."

"E depois, após a violenta explosão de fúria, nosso assassino literato calmamente recoloca a máscara para dormir. Ele tem senso de humor, sargento."

Eles seguiram juntos para o banheiro. Ali havia um equilíbrio entre a opulência do período e a funcionalidade moderna. A imensa banheira de mármore se apoiava numa estrutura de mogno, madeira também usada no assento do vaso sanitário, que tinha descarga forte. As paredes exibiam azulejos decorados com diversas flores silvestres, com predominância do azul, e havia um espelho giratório com moldura enfeitada com querubins. O porta-toalhas era aquecido, havia bidê e ducha em cima da banheira. Uma prateleira ao lado da pia exibia uma variedade formidável de sais de banho e sabonetes caros, a julgar pelas embalagens.

Quatro toalhas brancas pendiam do toalheiro. Grogan cheirou cada uma delas, e as amarrotou nas mãos. Ele disse:

"Uma pena, este toalheiro aquecido. Elas estão totalmente secas. Assim como a banheira e a pia. Não há como saber se ela teve tempo de tomar banho antes de ser morta, a não ser que o doutor Ellis-Jones possa isolar traços de sais de banho ou essências na pele, e talvez nem isso seja conclusivo. Mas as toalhas podem ter sido usadas recentemente, pois senti um leve perfume nelas. O mesmo ocorre com o corpo, e o cheiro é o mesmo. Meu palpite é que ela teve tempo de tomar banho. Tomou o chá, removeu a maquiagem e tomou banho. Se a senhorita Gray a deixou à uma e vinte, tudo isso nos leva a uma hora da morte em torno de vinte para as duas."

O técnico responsável pelo exame da cena do crime esperava à porta. Grogan deu-lhe passagem e voltou para o quarto. Parou na janela, observando a fina linha arroxeada que separava o mar escuro do céu. Ele disse:

"Já ouviu falar nos envenenamentos de Bidhurst Rise?"

"Foi em Croydon, se não me engano. Arsênico?"

"Três membros da mesma família de classe média assassinados com arsênico, entre abril de 1928 e março de 1929; Edmund Duff, servidor público colonial, a cunhada e a mãe viúva. Em todos os casos o veneno foi administrado com a comida ou com medicamentos. Só podia ser um morador da casa, mas a polícia nunca prendeu ninguém.

É uma falácia supor que um grupo pequeno de suspeitos facilita a solução do caso. Não facilita, apenas torna o fracasso indefensável."

Fracasso não era uma palavra que Buckley se lembrava de ouvir saindo dos lábios de Grogan. Sua euforia deu lugar ao peso da ansiedade. Ele pensou em sir Charles Cottringham, até agora esperando no teatro, do chefe de polícia, nos jornais de segunda-feira. "Esposa de baronete espancada até a morte em castelo na ilha. Famosa atriz assassinada." Não era caso para um policial ambicioso preocupado com seu futuro perder. Ele se perguntou o que havia acontecido naquele quarto, com a vítima, a arma e até a própria atmosfera da ilha Courcy que provocara a deprimente nota de alerta.

Por um momento nenhum dos dois falou. Depois ouviram um ronco forte e uma lancha rápida surgiu de trás da costeira da parte leste da ilha, descrevendo um arco amplo para se aproximar do cais. Grogan disse:

"O doutor Ellis-Jones, em sua habitual chegada dramática. Quando ele nos tiver revelado o que já sabemos, que se trata de uma mulher, e que ela morreu, e explicado o que pudemos ver com os nossos próprios olhos, que não foi acidente nem suicídio, e que o evento aconteceu entre uma e vinte e duas e quarenta e três, então poderemos nos dedicar à tarefa de descobrir o que os suspeitos têm a dizer em sua defesa, a começar pelo baronete."

2

Ambrose, Ivo, Roma e Cordelia, pouco antes das quatro e meia, estavam no píer vendo a *Shearwater* zarpar para levar o elenco de volta a Speymouth. A lancha dobrou a costeira a leste da ilha e desapareceu. Ambrose disse:

"Bem, eles podem ter perdido a chance de brilhar no palco, mas não podem reclamar de um dia maçante. O assassinato de Clarissa será notícia na região na hora do jantar. Isso quer dizer que podemos contar com uma invasão da imprensa ao amanhecer."

Ivo perguntou:

"O que você pretende fazer?"

"Impedir que qualquer um desembarque, embora não com a brutal eficácia usada por De Courcy na época da peste. A ilha é propriedade particular. Orientarei Munter a encaminhar todos os contatos telefônicos para a polícia de Speymouth. Deve haver um departamento de relações públicas. Eles que se virem."

Cordelia, ainda de vestido de algodão, tremeu. O dia quente chegava ao fim. Logo viria o momento transitório e adorável em que o sol brilha com seus últimos raios, intensificando a cor da grama e das árvores, de modo que o próprio ar fica manchado de verde. As sombras já avançavam longas pelo terraço. Os velejadores de sábado já haviam voltado para casa, e no mar imperava o vazio calmo. Só as duas lanchas da polícia balançavam na beira do píer, e os tijolos lisos das torres e paredes do castelo, que por um momento haviam exibido um vermelho forte, escureciam e se erguiam acima deles, pesados e ameaçadores.

Eles passaram pelo salão principal, sentindo que o castelo os recebia com silêncio desnaturado. Em algum lugar do andar superior a polícia agia conforme sua secreta especialização na morte. Sir George estava sendo interrogado, ou conversava com Simon no quarto dele. Ninguém sabia e ninguém queria perguntar. Os quatro, ainda aguardando o interrogatório formal, seguiram por consenso para a biblioteca. Mesmo sendo menos confortável que a sala de estar, era mais apropriada por oferecer material abundante a quem resolvesse fingir que queria ler. Ivo acomodou-se na única poltrona, olhando para cima, com as pernas estendidas. Cordelia sentou-se à mesa e passou a virar lentamente as páginas da edição encadernada de *Illustrated London News* de 1876. Ambrose ficou de costas para os outros, olhando para o gramado. Roma era a mais inquieta, andava de um lado para o outro, acompanhando as prateleiras, como um prisioneiro fazendo exercícios compulsórios. Foi um alívio quando Munter e a mulher entraram com o jogo de louça Minton, o chá no pesado bule de prata, mantendo a chaleira cheia de água quente sobre um queimador. Munter fechou as cortinas das janelas altas e com fósforos acendeu o fogo, que pegou com facilidade. Paradoxalmente, a biblioteca se tornou ao mesmo tempo mais aconchegante e opressiva, encapsulada nas sombras de sua calma hermética. Todos tinham sede. Ninguém estava com muito apetite, mas desde a descoberta do corpo eles ansiavam pelo estímulo e pelo conforto de uma xícara de chá ou de um café bem forte; e se ocupar com xícaras e pires ao menos lhes dava algo para fazer.

Ambrose sentou-se ao lado de Cordelia. Mexendo o chá, ele disse:

"Ivo, você sabe todas as fofocas de Londres. Fale a respeito desse sujeito, o Grogan. Confesso que à primeira vista ele não me agradou."

"Ninguém sabe todas as fofocas de Londres. A cidade, como você bem sabe, é uma coleção de vilarejos, social, ocupacional e geograficamente. Mas os mexericos teatrais e policiais de vez em quando se sobrepõem. Há uma afinidade entre detetives e atores, assim como entre cirurgiões e atores."

"Poupe-nos da dissertação. O que sabe a respeito dele? Falou com alguém, imagino."

"Admito que fiz um contato telefônico; desta sala, se quer saber, enquanto vocês estavam ocupados recebendo Grogan e sua equipe. Corre a história de que ele pediu para sair da Polícia Metropolitana porque ficou revoltado com a corrupção no departamento de investigação criminal. Isso, claro, antes do último expurgo. Ao que consta ele é um perfeito homem à William Morris: *Não é mais o meu cavaleiro, nem o cavaleiro de Deus, sendo você muito mais alvo, muito mais puro, bom e sincero'*. Isso deve tranquilizá-la, Roma."

"Nada a respeito da polícia me tranquiliza."

Ambrose disse:

"Suponho que é melhor pensar duas vezes antes de oferecer um drinque a ele. Pode ser considerado tentativa de suborno ou corrupção. Eu me pergunto se o chefe de polícia, ou seja lá quem for que decide essas coisas, não teria mandado o sujeito para ele quebrar a cara aqui."

Roma foi agressiva:

"E por que alguém faria isso?"

"Melhor o recém-chegado do que um dos subordinados dele. Não vai ser difícil fracassar. É um assassinato de livro policial: um grupo restrito de suspeitos, cena do crime isolada, convenientemente isolada da costa, pontos de início e desfecho conhecidos. Deve ser perfeitamente possível solucionar a ocorrência — não é esse o jargão? — em uma semana. Todos esperam uma solução rápida. Mas se o assassino mantiver a cabeça fria e a boca fechada, duvido muito que ele ou ela esteja correndo perigo real. Tudo que ele precisa fazer — vamos ser cavalheiros e presumir que foi um homem — é insistir na sua história; nunca se justificar, nunca enfeitar, nunca explicar. Não interessa o que a polícia sabe ou suspeita, só o que pode provar."

Roma disse:

"Você fala como se não quisesse ver o crime resolvido."

"Não tenho um profundo envolvimento com o caso, mas prefiro que seja solucionado. Seria tedioso passar o resto da vida como suspeito de homicídio."

"No entanto, atrairia turistas no verão, não é? As pessoas adoram sangue e horror. Você poderia mostrar a cena do crime — por uma taxa de vinte pence, claro."

Ambrose disse, sem se perturbar:

"Eu não compactuo com o sensacionalismo. Por isso os visitantes veranistas não têm acesso à cripta. E esse foi um assassinato de mau gosto."

"Não são todos de mau gosto?"

"Não necessariamente. Daria um belo jogo de salão classificar os casos clássicos de assassinato conforme sua adequação ao bom gosto. Mas este caso me parece particularmente bizarro, extravagante, teatral."

Roma havia bebido a primeira xícara de chá e estava enchendo a segunda. "Melhor impossível." E acrescentou: "É curioso que nos tenham deixado aqui sozinhos, não acham? Pensei que haveria um policial à paisana sentado conosco, anotando nossas indiscrições".

"A polícia conhece os limites de sua atuação e de seus poderes. Eu permiti que usassem o escritório e, naturalmente, eles trancaram os dois quartos de hóspedes. Mas esta continua sendo a minha casa, estou na minha biblioteca, e eles só podem vir aqui a meu convite. Até decidirem acusar alguém, todos temos o direito de ser tratados como inocentes. Até Ralston, presumo, embora enquanto marido ele seja considerado o principal suspeito. Coitado do George! Se realmente a amava, deve estar sendo terrível para ele."

Roma disse:

"Meu palpite é que ele deixou de amar Clarissa seis meses depois do casamento. Deve ter percebido mais ou menos nessa época que ela não conseguia se manter fiel."

Ambrose perguntou:

"Ele nunca deu a menor pista, não é?"

"Para mim, não. Mas eu raramente os encontrava. E o que ele podia fazer, perante essa insubordinação específica? Não dá para tratar uma esposa infiel como se trata um subalterno rebelde. Duvido que ele goste, porém. Mesmo que não a tenha assassinado, e nem por um segundo eu acredito que tenha sido capaz de fazê-lo, ele provavelmente é grato a quem a matou. O dinheiro que herdará será útil para subsidiar a organização fascista que ele controla. A UPB, União dos Patriotas Britânicos. Não dá para ver pelo nome que é um grupo fascista?"

Ambrose sorriu.

"Bem, eu certamente ficaria surpreso se fosse um ninho de trotskistas vinculado à Internacional Socialista. Mas é inofensiva. Exército geriátrico com mentalidade de escoteiro."

Roma bateu com a xícara na mesa e retomou a andança ansiosa. "Meu Deus, vocês são ótimos em se iludir. É nojento, constrangedor e acima de tudo imperdoável, essas pessoas realmente tentam se levar a sério. Elas acreditam em bobagens perigosas. Então vamos rir disso, vai ver desaparece. Quando a coisa pegar fogo, quem você acha que o exército geriátrico defenderá? Os pobres coitados proletários? Duvido muito!"

"Espero que eu seja defendido por eles."

"Com certeza, Ambrose, você será! Você, as corporações multinacionais, o sistema, os barões da imprensa. O dinheiro de Clarissa será uma pequena contribuição para manter o rico em seu castelo e o pobre do lado de fora."

Ambrose disse, malicioso:

"E você, não vai receber uma parte do dinheiro? Não virá em boa hora?"

"Claro, dinheiro é sempre bem-vindo. Mas não é importante. Vou gostar muito quando o receber, suponho, mas não chega a ser suficientemente importante para justificar um assassinato. Na verdade, não sei o que o justifica."

"Ora, Roma, não seja ingênua! Uma leitura superficial dos jornais diários mostrará o que as pessoas julgam suficientemente importante para justificar um assassinato. Emoções perigosas e destrutivas, para começar. Amor, por exemplo."

Munter entrou e parou na soleira da porta. Tossiu feito o mordomo teatral típico e disse:

"O doutor Ellis-Jones, patologista forense, já chegou, senhor."

Ambrose hesitou por um momento, como se não soubesse se devia receber formalmente o recém-chegado. Ele disse:

"Acho melhor eu ir até lá. A polícia sabe que ele está aqui?"

"Ainda não, senhor. Achei melhor informá-lo primeiro."

"Onde está o patologista agora?"

"No salão principal, senhor."

"Bem, não vamos deixá-lo esperando. Acho melhor que você o leve até onde está o inspetor Grogan. Imagino que ele vá precisar de algumas coisas. Água quente, talvez."

Ele olhou em volta, meio perdido, como se esperasse que um jarro e uma bacia se materializassem no ar. Munter desapareceu.

Ivo murmurou:

"Você fala como se fosse um parto."

Roma virou-se, o tom de voz transmitia irritação e receio. "Mas obviamente ele não pode fazer a autópsia aqui!"

Todos olharam para Cordelia. Ela pensou que Ambrose devia conhecer o procedimento, mas ele também a encarou com curiosidade afável, quase zombeteira. Ela disse:

"Não. Ele vai fazer apenas o exame preliminar no local que chamam de cena do crime. Verificará a temperatura do corpo, para calcular a hora da morte. Depois a levarão embora. Não devem mexer no corpo antes de um patologista forense examiná-lo e certificar que a vida se extinguiu."

Roma Lisle disse:

"Quantas informações curiosas você acumulou, para uma moça que se apresenta como secretária acompanhante. Mas, claro, eu me esqueci. Ambrose diz que você é detetive particular. Então talvez possa nos explicar por que tivemos de tirar impressões digitais. Considero isso particularmente ofensivo, pelo modo como pegam nossos dedos e os apertam na almofada de tinta. Não seria tão repulsivo se a gente mesmo pudesse fazer."

Cordelia disse:

"A polícia não explicou o motivo? Se encontrarem impressões digitais no quarto de Clarissa, poderão eliminar você."

"Ou identificar a pessoa. O que eles estão fazendo, além de pressionar George? Gente é que não falta, trouxeram pessoal mais do que suficiente."

"Alguns provavelmente são técnicos do laboratório de polícia científica. Eles recolhem evidências e indícios, amostras de sangue e de fluidos corporais. Levarão as roupas de cama, a xícara e o pires. E analisarão os restos de chá para saber se estava envenenado. Ela pode ter sido drogada antes de morrer. Estava deitada de costas, contente."

"Clarissa não precisa de nenhuma droga para deitar de costas e ficar contente", disse Roma, e então percebeu o olhar dos outros. Corou intensamente e gritou: "Sinto muito! Eu não deveria ter dito isso. É que não consigo acreditar, não consigo imaginá-la lá, espancada até morrer. Não tenho imaginação para tanto. Ela estava viva. Agora, morreu. Eu não gostava dela, e ela não gostava de mim. A morte não vai alterar isso para nenhuma de nós". Ela praticamente correu para a porta. "Vou dar uma volta. Preciso sair um pouco deste lugar. Se Grogan quiser falar comigo, que me procure."

Ambrose encheu o bule novamente e serviu mais uma xícara para si antes de sentar descontraidamente do lado de Cordelia.

"Isso é o que me surpreende no envolvimento político. A prima dela, a mulher com quem praticamente cresceu, é assassinada de modo brutal e será em breve entregue ao patologista forense indicado pelo governo para ser cientificamente trinchada. Ela sofreu um choque, é óbvio. Mas, no fundo, ela se importa tanto quanto se Clarissa sofresse um leve ataque de fibrosite. Contudo, se alguém menciona a União dos Patriotas Britânicos do coitado do Ralston, ela fica histérica de indignação."

Ivo disse:

"Ela está com medo."

"Isso é óbvio. Mas do quê? Não daquele grupo patético de guerreiros de araque."

"Eles me assustam, às vezes. Roma tem razão quanto ao dinheiro, Ralston ficará com a maior parte. Quanto seria?"

"Meu caro Ivo, eu não sei. Clarissa nunca revelou detalhes de suas finanças pessoais, não éramos assim tão íntimos."

"Eu imaginava o contrário."

"E, mesmo que tivéssemos sido, duvido que ela me contasse. Trata-se de um fato surpreendente, em se tratando de Clarissa. Vocês podem não acreditar, mas é a pura verdade. Ela adorava fofoca, mas sabia guardar um segredo, se quisesse. Clarissa levava uma vida social intensa e recolhia algumas informações preciosas."

Ivo disse, em tom de troça:

"Mas que coisa inesperada! E perigosa!"

Cordelia olhou para eles. Os olhos brilhantes e maliciosos de Ambrose, o esqueleto recoberto de pele em que se transformara Ivo de perfil na poltrona, as longas mãos ossudas a pender dos pulsos que pareciam finos e frágeis demais para segurá-las, o rosto cor de massa de vidraceiro, com seus ossos proeminentes a apontar para o teto de estuque. Ela foi tomada por sentimentos confusos: raiva, uma profunda compaixão difusa, uma emoção menos familiar que ela reconheceu como sendo inveja. Eles eram tão seguros em seu distanciamento irônico, meio debochado. Poderia algo realmente tocar seus nervos ou a alma, afora a possibilidade de sua própria dor? E mesmo a dor física, esse nivelador universal, seria enfrentada por eles com repulsa irônica e desprezo ferino. Não era desse modo que Ivo enfrentava sua própria morte? Por que ela deveria esperar que eles pranteassem uma mulher da qual nenhum deles gostava muito, só por ela estar no andar superior com o rosto desfigurado? Mesmo assim, não seria necessário usar o aforismo batido de Donne para sentir que se devia algo à morte, que alguma coisa naquele relacionamento, no próprio castelo, no ar que respiravam, fora tocado e sutilmente alterado. De repente ela se sentiu muito jovem e muito sozinha. Notou que Ambrose a observava.

Como se tivesse lido sua mente, ele falou:

"Parte do horror do assassinato está em privar o morto de seus direitos. Não creio que ninguém aqui esteja pessoalmente desolado pelo falecimento de Clarissa. Mas, se ela tivesse morrido de morte natural, pelo menos a pranteariamos no sentido de que pensaríamos nela com uma mistura de arrependimento, sentimentalismo e interesse compassivo, o tributo normal aos recentemente mortos. Desse jeito, estamos pensando em nós. E não estamos? Não estamos?"

Ivo disse:

"Não creio que Cordelia esteja."

A biblioteca os envolveu novamente com seu silêncio. Mas os ouvidos de todos estavam anormalmente atentos a qualquer estalido, e três cabeças viraram para cima simultaneamente ao som de passos abafados no corredor e do baque seco distante, fraco, mas inconfundível, de uma porta sendo fechada. Ivo disse, em voz baixa:

"Acho que já estão levando o corpo."

Ele se aproximou da janela e passou silenciosamente para o outro lado da cortina, acompanhado de Cordelia. Entre os gramados amplos, prateados pela lua, quatro figuras escuras alongadas, desprovidas de sombra como os fantasmas, realizavam a tarefa. Atrás deles ia sir George, ereto, com passo duro, como se levasse uma espada na cinta. O pequeno cortejo assemelhava-se a um grupo de luto a enterrar clandestinamente um morto, de acordo com ritos esotéricos proibidos. Cordelia, esgotada pelo choque e pelo cansaço, lamentava não sentir pessoalmente a adequada compaixão. Em sua mente, porém, surgiram imagens que insinuavam um terror atávico, da peste e dos homens de Courcy a dispor das vítimas protegidos pela escuridão da noite. Teve a impressão de que Ivo havia parado de respirar. Ele não falou nada, mas ela sentiu pelo contato com o ombro direito a intensidade de seu olhar. As cortinas foram abertas, e Ambrose parou atrás deles. Ele disse:

"Ela chegou com o sol da manhã e parte com o luar. Eu devia estar lá. Grogan deveria ter dito que estavam prontos para levá-la. Realmente, o comportamento do sujeito está se tornando intolerável."

E então Clarissa partiu da ilha Courcy em sua jornada final, pensou Cordelia, com uma nota de queixa meio ranzinza.

Uma hora depois a porta se abriu, e sir George entrou. Devia ter percebido os olhares inquisidores, a pergunta que ninguém teve coragem de pronunciar. Disse:

"Grogan foi muito gentil, mas duvido que tenha elaborado alguma teoria. Imagino que ele sabe o que deve ser feito. Mas aquele cabelo vermelho deve ser uma desvantagem — não dá para disfarçar."

Ambrose disse, sério, controlando o tique na boca:

"Acho que o trabalho de investigação no nível dele é basicamente burocrático. Não creio que ele tenha de meter a mão na massa."

"Precisa fazer algum trabalho de campo, se atualizar. Ele poderia pintar o cabelo, suponho."

Ele pegou um exemplar da *Spectator* e se acomodou à mesa com a descontração que exibiria em seu clube londrino. Os outros, de pé, o observavam em silêncio atônito. Cordelia pensou: Estamos nos comportando como candidatos numa prova oral que gostariam de saber quais perguntas seriam feitas, mas que consideram uma vantagem desleal indagar quais são elas. A mesma ideia deve ter ocorrido a Ivo, que disse:

"A polícia não está realizando o campeonato para eleger o suspeito favorito deste ano. Confesso que tenho certa curiosidade pelas técnicas e estratégias deles. Criticar Agatha Christie no vaudeville é uma preparação precária para um caso real. Como foi o interrogatório, Ralston?"

Sir George ergueu os olhos do jornal e deu a impressão de que refletia seriamente sobre a questão. "Como eu já esperava. Onde eu estava exatamente e o que fazia durante a tarde? Respondi que observava pássaros nos penhascos da parte oeste. Contei também que vi Simon nadando para a praia com meu binóculo, quando voltava para casa. Tive a impressão de que era importante. Perguntaram sobre o dinheiro de Clarissa. Quanto? Quem vai receber uma parte da herança? Grogan gastou alguns minutos perguntando a respeito da vida das aves que frequentam Courcy. Tentando me deixar à vontade, suponho. Mesmo assim achei meio estranho."

Ivo disse:

"Tentando pegar você com perguntas capciosas sobre hábitos de nidificação de espécies inexistentes. E quanto a esta manhã? Esperam que informemos em detalhe tudo o que fizemos desde quando acordamos?"

A voz cuidadosamente descontraída não enganou ninguém quanto à importância da pergunta e da resposta. Sir George pegou o jornal de novo. Sem erguer a cabeça, disse:

"Não falei nada além do necessário. Contei sobre a visita à capela e à Caldeira do Diabo. Mencionei o afogamento, mas sem citar nomes. Não vejo razão para confundir a investigação com um caso antigo. Não é da conta deles."

"Isso me tranquiliza", disse Ivo. "É a linha que proponho adotar. Conversarei com Roma quando surgir uma oportunidade, e você, Ambrose, poderia conversar com o rapaz. Como Ralston sugeriu, não há razão para confundi-los com relatos antigos e deprimentes de batalhas ancestrais."

Ninguém respondeu, mas sir George ergueu a vista e disse:

"Esqueci de dizer. Eles querem falar com você agora, Cordelia."

3

Cordelia entendeu por que Ambrose oferecera o escritório para uso da polícia. Estava adequadamente mobiliado como local de trabalho, não era grande demais e ficava afastado dos demais cômodos do castelo. Mas, ao sentar na cadeira de mogno e junco, frente a frente com o inspetor-chefe Grogan, ela achou que Ambrose poderia ter escolhido qualquer outro local que não fosse seu museu particular do crime. As figuras de Staffordshire na prateleira atrás de Grogan pareciam ter crescido, deixado de ser apenas antiguidades curiosas para se tornarem pessoas reais, com feições agradáveis nos rostos pintados, reluzentes e cheios de vida. E os folhetos vitorianos com seus cadafalsos mal desenhados e celas da morte invadiam quem os olhasse com seu horror, com sua celebração descarada da crueldade do homem contra o homem. A própria sala era menor do que ela se lembrava, o que a fez sentir uma assustadora e claustrofóbica proximidade com seus interrogadores. Mal se deu conta de que havia uma policial sentada no canto, perto da janela, praticamente imóvel, atenta como uma dama de companhia. Temiam que ela desmaiasse ou acusasse Grogan de atacá-la? Ela pensou que poderia ser a mesma policial anônima que transportara suas roupas e outros pertences do quarto De Morgan para o novo. Ela não tinha a menor dúvida de que as roupas haviam sido minuciosamente examinadas antes de serem empilhadas com esmero em cima da cama.

Ela teve sua primeira oportunidade de examinar Grogan. Ele parecia mais largo do que alto, uma figura corpulenta que Cordelia conhecera quando desceu da lancha da polícia. O cabelo ruivo alourado era mais comprido do que se poderia esperar de um policial, uma mecha caía sobre a testa, e de quando em quando ele precisava ajeitá-la com a mão enorme. Apesar do tamanho, o rosto de malares proeminentes e olhos fundos dava impressão de magreza. Sob eles, uma barba curta aumentava a sensação de animalidade rústica, uma impressão em contradição com o corte impecável de seu terno de tweed. A pele era avermelhada, de modo que o vermelho se impunha no conjunto da sua aparência; até o branco dos olhos parecia congestionado. Quando ele mexeu a cabeça, Cordelia viu de relance, sob o colarinho imaculado, a clara linha divisória entre o rosto queimado de sol e o pescoço branco. Era tão precisa que ele mais parecia um sujeito decapitado cuja cabeça fora novamente unida ao corpo. Ela tentou imaginá-lo de barba ruiva como aventureiro elisabetano, mas a imagem era sutilmente equivocada. Apesar de toda a sua força, ele não poderia ser classificado entre homens de ação, mas sim entre os que secretamente articulavam golpes nos bastidores do poder. Poderia estar na temida sala da Torre, a operar instrumentos de tortura? Não, seria injusto. Ela afastou as imagens mórbidas da mente, forçando-se a admitir o que ele realmente era: um policial do século xx, limitado pelas regras da corporação e pelas leis do país, realizando um serviço vital, embora desagradável, com quem ela devia cooperar. Contudo, preferia não estar tão assustada. Esperava sentir ansiedade, mas não aquela onda de terror humilhante. Conseguiu se controlar, mas percebeu que Grogan, com sua experiência, reconhecera a presença do medo com certa satisfação.

Ele ouviu em silêncio enquanto ela reconstruía, a seu pedido, a sequência de eventos da chegada de sir George à Kingly Street à descoberta do corpo de Clarissa. Ela havia entregado a pilha de mensagens, que espalharam sobre a mesa, entre os dois. De quando em quando, conforme sua voz calma narrava os fatos, ele as mudava de lugar como se buscasse um padrão significativo. Ela ficou aliviada por não estar no detetor de mentiras. Sem dúvida a agulha teria saltado quando chegasse aos trechos em que, embora não falasse uma mentira direta, havia omitido cuidadosamente os fatos que decidira não revelar: a morte da filha de Tolly, a revelação de Clarissa na Caldeira do Diabo e a tentativa fracassada de Roma de conseguir dinheiro com a prima. Ela não tentou justificar essas omissões fingindo para si mesma que não teriam interesse para a polícia. Estava cansada demais para debater o lado moral de suas decisões. Só sabia que, mesmo lembrando do rosto desfigurado de Clarissa, havia coisas que não conseguia contar.

Ele a fez repassar a história várias vezes, principalmente os trechos sobre trancar as portas dos quartos. Tinha certeza absoluta de que ouvira Clarissa girar a chave? Como podia ter certeza de que realmente trancara sua porta? Por vezes ela se perguntava se ele não estaria tentando confundi-la deliberadamente, como um advogado de defesa, fingindo ser obtuso, alegando não ter entendido direito. Cordelia se dava cada vez mais conta de sua exaustão, da mão forte sob o facho de luz em cima da mesa, do cabelo ruivo a brilhar nas costas da mão, do leve farfalhar da folha, quando o sargento Buckley virava a página. Ela deve ter passado mais de uma hora falando, até o final do longo interrogatório, e os dois fizeram silêncio. Então ele disse subitamente, como se quisesse afastar o tédio:

"Então quer dizer que você se considera detetive, senhorita Gray?"

"Eu não me considero nada. Tenho uma agência de investigação."

"Bela distinção. Mas não temos tempo para discutir isso agora. Você declarou que sir George Ralston a contratou como detetive. Por isso estava aqui quando a mulher dele morreu. Então que tal me contar o que descobriu até agora?"

"Fui contratada para tomar conta da mulher dele. E deixei que fosse morta."

"Bem, vamos esclarecer isso. Está querendo dizer que deixou alguém matá-la de propósito?"

"Não."

"Ou que você mesma a matou?"

"Não."

"Encorajou, ajudou ou pagou alguém para matá-la?"

"Não."

"Então pare de sentir remorso. Provavelmente pensou que não havia nenhum perigo. Assim como o marido. E como a Polícia Metropolitana, pelo que consta."

Cordelia disse:

"Eu achei que eles deviam ter bons motivos para o ceticismo."

Seus olhos se abriram de repente.

"Achou?"

"Eu me perguntei se a senhora Lisle não havia mandado ela mesma uma das ameaças, a que foi datilografada na máquina do marido. Ele estava nos Estados Unidos na época, não poderia ter mandado a mensagem."

"E por que ela faria isso?"

"Tentativa de livrar sir George de suspeitas. Creio que ela temia que a polícia desconfiasse dele. Não pensam sempre primeiro no marido, nesses casos? Ela queria ter certeza de que ele estava seguro, pois não gostaria que a polícia perdesse tempo com ele, pois sabia que o marido não era o responsável. Creio que a Polícia Metropolitana suspeitou ser ela própria a autora das mensagens."

Grogan disse:

"Eles fizeram mais do que isso. Analisaram a saliva na aba do envelope. Pertencia a uma pessoa do mesmo grupo sanguíneo da senhora Lisle, e o grupo é raro. Pediram a ela que datilografasse algumas palavras inócuas, uma mensagem que continha as mesmas letras e a mesma ordem da citação. A partir dessas provas eles sugeriram, com muito tato, que ela poderia ter enviado a mensagem. Ela negou. Mas ninguém poderia esperar que levassem as ameaças de morte a sério, depois daquilo."

Então ela tinha razão. Clarissa mandara uma das mensagens. Mas podia estar enganada a respeito do motivo. Afinal de contas, isso fora feito de modo grosseiro, e realmente afastara as suspeitas de sir George? Conseguira que a polícia perdesse o interesse pelo que supunham ser uma jogada para chamar a atenção, coisa de mulher neurótica. Isso fora muito favorável ao verdadeiro autor. Teria alguém sugerido a Clarissa que mandasse o bilhete? Teria sido ela responsável por apenas um deles? Poderia ter sido a sequência de ameaças uma bem articulada conspiração entre ela e outra pessoa? Mas Cordelia rejeitou a teoria assim que ela surgiu em sua mente. De uma coisa tinha certeza: Clarissa temia receber mais mensagens. Nenhuma atriz teria conseguido simular o medo daquele jeito. Estava convencida de que ia morrer. E morrera.

Cordelia percebeu que os dois homens a olhavam fixamente. Estava sentada em silêncio, com as mãos no colo, olhos baixos, ocupada com seus pensamentos. Esperou que eles quebrassem o silêncio e, quando o inspetor-chefe tomou a iniciativa, ela percebeu uma ligeira diferença no tom da voz dele, que poderia ser interpretada como respeito.

"Deduziu algo a respeito dos bilhetes?"

"Pensei que poderiam ter sido enviados por duas pessoas diferentes, além da senhora Lisle, quero dizer. Não vi a primeira meia dúzia que ela recebeu. Ocorreu-me a possibilidade de que fossem diferentes das mensagens posteriores. A maioria das citações que vi, essas que passei a vocês, podem ser encontradas no *Dicionário de citações Penguin*. Creio que a pessoa que as datilografou tinha o livro e copiou o texto."

"Em máquinas diferentes?"

"Não seria difícil. Eram máquinas usadas de marcas diferentes. Há muitas lojas em Londres e nos subúrbios que vendem máquinas novas e recondicionadas, deixando algumas para as pessoas testarem. Seria quase impossível localizar as máquinas se a pessoa fosse de loja em loja e datilografasse uma mensagem em cada uma."

"E quem você acha que fez isso?"

"Não sei."

"E quanto à correspondência anônima original, a enviada por quem teve a brilhante ideia de começar a série, digamos assim?"

"Também não faço ideia."

Era o máximo que ela estava disposta a revelar. Talvez tivesse falado demais. Se queriam motivos, que os descobrissem por conta própria. E havia um motivo para as cartas anônimas que ela jamais divulgaria. Se Ivo Whittingham mantivesse silêncio sobre a tragédia de Tolly, ela também o faria.

Grogan começou a falar de novo, debruçado sobre a escrivaninha, quase em cima dela, de modo que o corpo forte e a voz rouca a pressionavam com sua força.

"Vamos esclarecer uma coisa, está bem? A senhora Lisle foi espancada até a morte. Você sabe o que aconteceu a ela. Viu o corpo. Bem, talvez não fosse uma mulher adorável, mas isso não tem nada a ver com o caso. Ela tinha todo o direito de viver até o último momento, naturalmente, assim como você, eu e qualquer criatura deste reino."

"Claro. Nem precisava dizer." Por que sua voz soava fraca, assustada?

"Você ficaria surpresa se soubesse o que precisa ser dito numa investigação de homicídio. Trata-se do fator mais forte de proteção mútua do mundo, a sociedade protetora dos vivos. É nos vivos que você pensará, tentando proteger a si mesma antes de tudo, claro. Meu serviço é pensar nela."

"Não pode trazê-la de volta." As palavras saíram de sua boca automaticamente, com sua triste banalidade.

"Não, mas posso impedir que outros sigam pelo mesmo caminho. Não conheço ninguém mais perigoso do que um assassino bem-sucedido. Estou aborrecendo você com platitudes para deixar uma coisa bem clara. Talvez seja esperta demais para seu próprio bem, senhorita Gray. Não está aqui para resolver este crime. Isso é serviço meu. Você não está aqui para proteger os vivos. Deixe a tarefa para os advogados. Não está aqui nem para proteger os mortos. Eles não precisam mais de sua condescendência. *On dois des égards aux vivants; on ne doit aux morts que la vérité.* Você é uma moça instruída. Sabe o significado da frase?"

"'Devemos respeito aos vivos; aos mortos, devemos apenas a verdade.' É de Voltaire, certo? Mas eu aprendi com pronúncia diferente."

Assim que as palavras foram ditas, ela se arrependeu. Mas, para sua surpresa, a reação foi uma gargalhada.

"Com certeza, senhorita Gray. Aprendi francês sozinho, com um livro e um guia de pronúncia. Mas pense no que eu disse. Não há melhor lema para um detetive, e isso inclui investigadoras particulares que gostariam de ajudar a polícia sem deixar de dormir com a consciência tranquila. Não tem jeito, senhorita Gray. Não tem jeito."

Ela não disse nada.

Depois de uma pausa, Grogan disse:

"O que me surpreende um pouco, senhorita Gray, é quantos detalhes guardou e quanto cuidado teve ao descobrir o corpo. A maior parte das pessoas, e não só as moças, teria ficado em estado de choque."

Cordelia achou que ele merecia a verdade, ou o que ela considerava ser a verdade.

"Sei disso. Também fiquei surpresa. Creio que não consegui suportar tanta emoção. Era tão horrível que parecia irreal. Meu intelecto tomou conta e tratou o caso como um enigma para detetives, pois, se eu não tivesse me concentrado em abstrair o horror da cena, examinando o quarto, notando detalhes como a mancha de batom na xícara, ela teria sido insuportável. Talvez seja assim que os médicos agem diante de um acidente. É preciso manter a mente nos procedimentos e técnicas porque corre-se o risco de perceber que há um ser humano deitado na sua frente."

O sargento Buckley disse, pausadamente:

"É assim que um policial treina para se comportar na cena de um acidente. Ou de um crime."

Sem tirar os olhos de Cordelia, Grogan disse:

"Então acha verossímil o que ela disse, sargento?"

"Sim, senhor."

O medo aguça a percepção e os sentidos. Olhando para o rosto bonito, mas pesado, do sargento Buckley, Cordelia duvidou que ele alguma vez na vida tivesse precisado usar tal expediente contra a dor, e se perguntou se ele tentava transmitir solidariedade ou agia conforme instruções do chefe, usando táticas de interrogatório. O inspetor-chefe perguntou:

"E o que foi exatamente que seu intelecto deduziu quando passou convenientemente a controlar suas emoções?"

"As coisas óbvias: as cortinas estavam fechadas, embora não estivessem quando saí do quarto; a caixa de joias sumira, o chá havia sido tomado. Achei estranho que houvesse uma mancha de batom na xícara, pois a senhora Lisle havia removido a maquiagem do rosto. Isso me intrigou. Acho que ela tem — tinha — lábios sensíveis e usava batom cremoso, que deixa marca facilmente. Mas por que não saiu quando ela almoçou? Tive a impressão de que ela passou batom de novo, após beber o chá. Se fez isso, por que removeu o resto da maquiagem? As bolas de algodão sujas estavam em cima da penteadeira. E notei que não saiu tanto sangue quanto seria de esperar, no caso do ferimento na cabeça. Ocorreu-me a possibilidade de ela ter sido morta de outra maneira, e sofrido os golpes no rosto depois. E a máscara para dormir sobre os olhos me chamou a atenção. Ela deve ter sido posta depois da morte. Acho que não permaneceria limpa e no lugar enquanto seu rosto estava sendo esmagado."

Depois que ela terminou houve um longo período de silêncio. Então Grogan disse, com voz inexpressiva:

"Está sentada do lado errado da mesa, senhorita Gray."

Cordelia esperou. Então, torcendo para não estar fazendo mais mal do que bem, acrescentou:

"Acho melhor contar mais uma coisa a vocês. Sei que

sir George não pode ter matado a esposa. Tenho certeza de que não suspeitam dele, mas há algo que devem saber. Quando ele entrou no quarto eu disse que lamentava muito, e ele me olhou horrorizado, surpreso. Eu me dei conta de que ele estava pensando que eu havia matado Clarissa, que estava confessando."

"E não estava?"

"Não o assassinato. Só o fracasso em desempenhar a tarefa para a qual fui contratada."

Ele mudou o rumo do interrogatório de novo.

"Vamos voltar à sexta-feira à noite, quando estava com a senhora Lisle em seu quarto e ela mostrou a gaveta secreta do porta-joias. A notícia sobre a peça de Rattigan. Tem certeza de que era isso mesmo?"

"Certeza absoluta."

"O papel não era um documento, nem uma carta?"

"Era um recorte de jornal. Li a manchete."

"E em nenhum momento sua cliente — ela era sua cliente, lembre-se — deu alguma indicação de que sabia ou suspeitava de alguma pessoa como autora das ameaças?"

"Não, nunca."

"E, pelo que você sabe, ela não tinha inimigos."

"Nenhum que tenha mencionado a mim."

"E você não sabe quem a matou e por que motivo?"

"Não."

Subir ao banco das testemunhas deve produzir uma sensação semelhante, pensou. Perguntas cautelosas, respostas mais cautelosas ainda, e a vontade de ser dispensada.

Ele disse:

"Obrigado, senhorita Gray, foi muito útil. Não tanto quanto eu esperava. Mas ajudou. E o dia mal começou. Vamos conversar de novo."

4

Depois que Cordelia saiu, Grogan soltou o corpo na poltrona.

"E então, o que achou dela?"

Buckley hesitou, sem saber se o chefe queria uma avaliação da entrevistada como mulher ou como suspeita. Disse, cauteloso:

"Ela é atraente. Como um gato." Como não percebeu nenhuma reação, acrescentou: "Digna, retraída".

Ele ficou contente com a descrição. Inteligente, sem comprometê-lo. Grogan começou a rabiscar a folha em branco à sua frente, formando uma complexa figura com triângulos, quadrados e círculos precisamente entrelaçados na página que lembraram a Buckley os mais difíceis problemas de geometria do colégio. Sentiu dificuldade para tirar os olhos dos triângulos isósceles e arcos partidos. E disse:

"Acha que foi ela, chefe?"

Grogan começou a pintar o desenho.

"Se foi ela, agiu durante os cinquenta e poucos minutos em que declarou estar tomando sol no degrau do terraço, convenientemente fora das vistas de todos. Ela teve tempo e oportunidade. Só temos a palavra dela sobre ter trancado a porta do quarto, e de a senhora Lisle ter trancado a dela. E, mesmo que as duas portas do corredor e a de comunicação estivessem trancadas, Gray seria provavelmente a única pessoa para quem Lisle abriria a porta. Ela sabia onde guardavam a peça de mármore. Estava acordada e de pé no início da manhã, quando Gorringe deu por falta da peça. Tem um armário no quarto dela, com chave, onde poderia ter guardado o mármore em segurança. E sabemos que a mensagem final, no verso da xilogravura, foi datilografada na máquina de Gorringe. Gray sabe datilografar e tinha acesso ao escritório onde a máquina fica guardada. Ela é inteligente e capaz de manter a cabeça fria, mesmo quando provocada. Se teve parte nisso, meu palpite é que foi cúmplice de Ralston. Sua explicação sobre o motivo de sua contratação soa falsa. Notou que ela e Ralston fizeram relatos praticamente idênticos da visita a Kingly Street, que ele disse a mesma coisa que ela? Tão perfeito que pode ter sido ensaiado. Provavelmente combinaram tudo."

Mas Buckley tinha uma objeção e a expressou.

"Sir George era militar. Está acostumado a tratar com os fatos. Ela tem boa memória, particularmente em casos importantes. Ele provavelmente está pagando bem, e poderia ajudá-la a conseguir outros casos. O fato de fazerem o mesmo relato, de informarem os mesmos detalhes, aponta tanto para a culpa quanto para a inocência."

"De acordo com o que os dois disseram, foi o primeiro encontro entre eles. Se estavam conspirando, devem ter estado juntos antes. Não deve ser difícil levantar o que existe entre eles, exatamente."

"Formam um casal improvável. Quer dizer, é difícil ver o que eles têm em comum."

"Política em vez de cama, imagino. Muito embora nada seja bizarro demais em termos de sexo, a ponto de ser descartado. O serviço policial ensina isso para quem ainda não sabia. Vai ver ela sonhava em ser lady Ralston. Há modos muito mais fáceis de ganhar dinheiro do que tocando uma agência de detetives. E Ralston terá muito dinheiro, lembre-se. Herdado da mulher, para ser específico. E suponho que venha em boa hora. Ele deve estar gastando uma fortuna com a tal organização que comanda — a UPB, ou sei lá como se chama. Um negócio esquisito, se quer saber. Suponho que se possa defender a existência de uma força amadora, treinada e apta a dar apoio ao poder civil, em caso de emergência. Mas não é isso que o general

Walker tem nas mãos, certo? Então o que George Ralston e sua conspiração geriátrica pensam que podem fazer?"

Buckley não sabia a resposta, na verdade mal conhecia a União dos Patriotas Britânicos, e preferiu um silêncio prudente, após o qual falou:

"Acredita na senhorita Gray quando ela disse que sir George pensou que estivesse confessando o crime?"

"O que a senhorita Gray julgou ter visto na fisionomia de sir George não constitui prova. E sem dúvida ele se mostraria espantado caso ela confessasse um crime cometido por ele."

Buckley pensou na moça que acabara de deixá-los; viu novamente o rosto meigo, altivo, os olhos imensos e decididos, as mãos delicadas como as de uma criança, cruzadas no colo. Ela ocultava alguma coisa, claro, como todos ali. Isso não a tornava uma assassina. A ideia de ela ter alguma coisa com Ralston era ridícula, revoltante. Sem dúvida o chefe ainda não atingira a idade na qual precisava acreditar na patética mentira com que os homens de meia-idade ou idosos se iludiam, a ideia de que os jovens os consideravam fisicamente atraentes. O que os velhos safados podem fazer, pensou, é comprar sexo com dinheiro, poder e prestígio. Mas ele não acreditava que sir George Ralston estivesse nesse mercado nem que Cordelia Gray pudesse ser comprada. Ele disse, com firmeza:

"Não consigo ver a senhorita Gray como assassina."

"Exige certo esforço da imaginação, garanto. Mas foi provavelmente o que o senhor Blandy pensou da senhora Blandy. Ou L'Angelier da senhorita Madeleine Smith, por exemplo, antes de ela lhe passar o chocolate com arsênico pelas barras da grade do porão."

"O veredicto não foi absolvição por insuficiência de provas nesse caso, senhor?"

"Um júri pusilânime de Glasgow que deveria saber agir, e que talvez soubesse. Mas estamos teorizando antes de ter os fatos. Precisamos do resultado da necropsia e saber se havia algo naquele chá. O doutor Ellis-Jones provavelmente fará o exame amanhã, embora seja domingo. Assim que ele põe as mãos no corpo, é um açougueiro rápido. Devo dizer isso a seu favor."

"E o laboratório, quanto tempo deve precisar?"

"Só Deus sabe. O problema é que não temos a menor ideia do que eles devem procurar. Não que haja um suprimento ilimitado de drogas capazes de desacordar ou matar alguém em poucos minutos, sem deixar sinais óbvios no corpo. Mas elas existem em número suficiente para mantê-los ocupados nos próximos dias, se este for o único assassinato na fila. Talvez a necropsia nos dê uma pista, claro. Enquanto isso, vamos avançar com as investigações em Londres. Até que ponto essas pessoas se conheciam antes de virem para a ilha passar o fim de semana? O que a Polícia Metropolitana sabe a respeito de Cordelia Gray e sua agência? Como Simon Lessing se sente em relação a sua madrasta, e como seu pai morreu, exatamente? Será a senhorita Tolgarth a dedicada camareira e empregada da família, como querem nos fazer acreditar? Quanto dinheiro sir George gasta com seus soldadinhos de brinquedo? Quanto exatamente Roma Lisle receberá de herança, e ela precisa de dinheiro no momento? Isso é só para começar."

E nada disso, pensou Buckley, é o tipo de informação que as pessoas correm para fornecer com um sorriso nos lábios. Exige conversar com gerentes de banco, advogados, amigos, conhecidos e colegas dos suspeitos, que em sua maioria sabem exatamente até onde devem chegar. Em teoria todos querem ver o assassino na cadeia, assim como em teoria todos aprovam abrigos para doentes mentais na comunidade, desde que não sejam construídos no seu bairro. Seria mais simples para a polícia, e mais tranquilizador para os convidados reunidos no castelo, se descobrissem jovens assaltantes apavorados, convenientemente escondidos no interior da ilha. Mas duvidava de sua existência, assim como todos os outros. Seria um final decepcionante para o caso. Que glória poderia haver em deter um par de bandidos locais assustados, que haviam matado por

246

impulso e nem sequer haviam tido a capacidade de manter a boca fechada pelo menos até conseguirem escapar? Havia uma inteligência atuando ali. O caso era exatamente o tipo de desafio que o estimulava, e que o serviço policial raramente oferecia.

"Existem fatos. Existem suposições. Existem crenças. Aprenda a separá-los, sargento. Todos os homens morrem: fato. A morte talvez não seja o fim de tudo: suposição. Quando a gente morre vai para o céu e come torta: crença. Lisle foi assassinada: fato. Ela recebia cartas anônimas: fato. Havia outras pessoas presentes quando chegaram. Sua vida corria perigo: suposição. Eram mais provavelmente uma tentativa de desestabilizá-la enquanto atriz. As cartas a aterrorizaram: suposição. Foi o que o marido nos disse, e o que ela disse à senhorita Gray. Mas ela era atriz, não se esqueça. O problema com as atrizes é que elas representam. Suponha que o marido e ela tenham inventado o esquema das mensagens ameaçadoras, depois fingido preocupação e medo, sofrido um branco em cena, chamado um detetive particular, tudo."

"Não vejo motivo para isso, senhor."

"Nem eu, ainda. Por que uma atriz voluntariamente passaria por tamanha humilhação no palco? Só Deus sabe. Atores são uma raça desconhecida para mim."

"Se ela soubesse que sua carreira como atriz estava acabada, ela poderia ter combinado tudo com o marido, fornecendo assim uma justificativa pública para seu fracasso?"

"Desnecessário e exagerado. Por que não dizer apenas que não estava bem de saúde? Ela não divulgou as mensagens. Pelo contrário, parece ter se esforçado para evitar que o fato fosse divulgado. Por que uma atriz contaria ao público que alguém a odeia tanto? Eles todos não sonham em ser adorados pelo mundo? Não, eu estava pensando em algo mais sutil. Ralston a persuade a fingir que corre perigo de vida e depois a mata, tendo portanto levado a mulher a colaborar no seu próprio assassinato. Puxa vida, seria genial. Demais, até."

"E por que correr o risco de contratar a senhorita Gray?"

"Que risco? Ela não teria como descobrir que as cartas eram falsas, num fim de semana. Um fim de semana curto, no que diz respeito à senhora Lisle. Empregar Gray foi o toque artístico final dado ao plano."

"Ainda acho que ele estaria se arriscando muito."

"Isso porque vimos a moça. Inteligente, conhece o serviço. Mas Ralston não tinha como saber. Quem era ela, afinal de contas? Proprietária de uma agência de investigação que só conta com uma mulher detetive. Depois que Lisle a conheceu na casa de uma amiga — a senhora Fortescue, salvo erro —, ela provavelmente pediu a Ralston que a chamasse. Nem se deu ao trabalho de entrevistar a moça pessoalmente. Por que o faria, se a história toda fosse armação?"

"Engenhoso, senhor, mas ainda não esclarece o motivo para Lisle colaborar. Quero dizer, que razão Ralston poderia dar para persuadi-la a fingir que sua vida estava sendo ameaçada?"

"Isso mesmo, sargento, qual a razão? Como a senhorita Gray, corro o risco de ser esperto demais. Mas de uma coisa eu tenho certeza. O assassino passou o dia sob este teto. E eu tenho um grupo de suspeitos de primeira. Sir George Ralston, baronete, herói de guerra e paladino da direita geriátrica. Um crítico de teatro distinto, de quem até eu já ouvi falar. Muito doente, a julgar pela aparência, o que significa que provavelmente ele morreria mesmo no interrogatório mais gentil. Interrogatório. Curioso como as pessoas antipatizam com a palavra. Ecos da Gestapo e da KGB, suponho. Um romancista de best-seller que não só é dono da ilha como amigo dos Cottringham, que por sua vez são amigos do representante da rainha, do chefe de polícia, dos parlamentares e de quem mais mandar no condado. Uma respeitável dona de livraria, ex-professora, que provavelmente faz parte dos movimentos de defesa das mulheres e dos direitos civis e que vai correndo se queixar de brutalidade policial ao parlamentar que elegeu, caso eu erga a voz para ela. E um estudante — pelo jeito, um rapaz sensível. Devo dar graças a Deus por ele não ser ator juvenil?"

"E o mordomo, senhor."

"Obrigado por me lembrar, sargento. Não podemos descartar o mordomo. Considero o mordomo um insulto gratuito por parte do destino. Vamos dar aos cavalheiros da biblioteca uma folga e ouvir o que Munter tem a nos contar."

5

Buckley notou irritado que Munter, convidado a sentar por Grogan, transmitira no mero ato de assentar as nádegas na cadeira a sugestão de que era impróprio para ele sentar no escritório, e que Grogan cometera um solecismo social ao convidá-lo a fazer isso. Ele não se lembrava de ter visto o sujeito em Speymouth; seria difícil esquecer alguém com aquela aparência. Observando o rosto forte e lúgubre de Munter, no qual o desconforto com a situação atual estava sintomaticamente ausente, preparou-se para duvidar de tudo que ouvisse. A ele despertava suspeitas o fato de um homem se apresentar com aparência ainda mais grotesca do que a fornecida pela natureza, e se aquele era o modo de Munter dizer ao mundo que não respeitava ninguém, melhor tomar cuidado com a polícia.

Basicamente conformista e ambicioso, Buckley não guardava ressentimento pelos mais ricos do que ele; seu projeto era um dia unir-se a eles. Mas desprezava e desconfiava de quem ganhava a vida paparicando os ricos, e suspeitava que Grogan compartilhava seu preconceito. Observava os dois com olhos atentos e críticos, lamentando não desempenhar papel mais ativo no interrogatório. Nunca lhe parecera mais autoritária e humilhante a insistência do chefe para que ele permanecesse em silêncio e só falasse quando fosse convidado, observasse tudo meticulosamente e tomasse notas em taquigrafia com discrição. Morbidamente sensível a qualquer nuance de condescendência, ele sentia que os olhares lançados por Munter em sua direção revelavam certa surpresa por terem permitido que ele entrasse na casa.

Grogan, sentado à mesa, recostou-se na poltrona com tanta força que o encosto estalou, virando-se para encarar Munter e esticar as pernas, como se afirmasse seu direito de se sentir perfeitamente à vontade. Ele disse:

"Comece contando para nós quem é você, de onde veio e qual é exatamente seu serviço aqui."

"Minhas tarefas nunca foram definidas com precisão. Não se trata de uma moradia ortodoxa. Mas sou o responsável por todas as questões domésticas e supervisiono as atividades dos dois outros empregados, minha mulher e Oldfield, que é jardineiro, ajudante-geral e piloto da lancha; mão de obra adicional, necessária quando o senhor Gorringe tem convidados, é contratada temporariamente na cidade. Cuido da prataria, do vinho e de servir a refeição. Geralmente a cozinha é dividida. Minha mulher faz tortas, e o senhor Ambrose prepara refeições ele mesmo, ocasionalmente. Ele gosta de fazer pratos sofisticados."

"Muito saborosos, aposto. E há quanto tempo você trabalha nesta moradia pouco ortodoxa?"

"Minha mulher e eu começamos a trabalhar para o senhor Gorringe em julho de 1979, três meses após seu retorno ao país, pois passara um ano fora. Ele tinha herdado o castelo do tio em 1977. Talvez deseje um breve *curriculum vitae*. Nasci em Londres, em 1940, estudei na escola primária e secundária de Pimlico. Depois fiz curso de hotelaria e trabalhei em hotéis aqui e no estrangeiro durante sete anos. Concluí que a vida num ambiente corporativo não combinava com meu temperamento e passei a me dedicar ao serviço particular, inicialmente para um empresário norte-americano residente em Londres e, depois que ele voltou para casa, aqui em Dorset, com um lorde, em Bossington House. Tenho certeza de que meu patrão anterior dará referências, se for preciso."

"Sem dúvida. Se eu estivesse procurando um empregado, você serviria. Mas prefiro consultar uma fonte de referência mais objetiva em termos de caráter, os registros criminais. Isso o preocupa?"

"Isso me ofende, senhor. Mas não me preocupa."

Buckley se perguntou quando Grogan ia parar de alfinetar Munter e entrar no assunto principal do inquérito: o que ele estava fazendo entre o final do almoço e a hora do encontro do corpo. Se as preliminares serviam para provocar a testemunha, dessa vez não estavam dando certo. Mas Grogan conhecia seu ofício, pelo menos era o que o pessoal da Met dizia. Ele trouxera a Dorset uma reputação e tanto. Quando parou de encarar Munter, adotou um tom mais coloquial:

"E essa peça? Era para ser um evento periódico? Um festival de teatro anual, talvez?"

"Não tenho meios de saber. O senhor Gorringe não compartilha seus planos comigo."

"Creio que uma vez já está bom. Você e sua mulher devem ter muito trabalho extra."

O olhar desaprovador de Munter percorrendo lentamente o escritório fazia um inventário das mudanças inaceitáveis: mudança de lugar de alguns poucos móveis, o paletó de Buckley nas costas da cadeira, a bandeja de café com duas xícaras manchadas, a superfície salpicada de farelo de biscoito. Ele disse:

"A inconveniência doméstica ocasionada pela presença de lady Ralston é irrelevante em comparação com a inconveniência do assassinato de lady Ralston."

Grogan segurou a caneta na frente do rosto e observou sua ponta, movendo-a para um lado e para o outro, como se testasse a visão.

"Você a considerava uma hóspede agradável, simpática, de fácil relacionamento?"

"Eu não me detive nessa questão."

"Detenha-se nela agora."

"Lady Ralston parecia ser uma pessoa muito agradável."

"Nenhum problema? Nenhum conflito? Sabe de alguma briga?"

"Nenhuma, senhor. Uma grande perda para o teatro inglês." Ele fez uma pausa antes de acrescentar, em tom de censura: "E, claro, para sir George Ralston".

Era impossível determinar se a declaração havia sido irônica, e Buckley não sabia se Grogan também havia percebido o inconfundível tom de desprezo. Grogan girou na poltrona, de pernas estendidas, e encarou a testemunha, pensativo. Munter olhava para a frente com ar de paciente resignação, e após um minuto de silêncio permitiu-se consultar o relógio.

"Certo! Vamos logo com isso. Sabe o que queremos, um relato completo de onde esteve, o que fez e quem encontrou entre uma da tarde, quando acabou o almoço, e duas e quarenta e três, quando a senhorita Gray encontrou o corpo."

Segundo o relato de Munter, ele passara o tempo inteiro no térreo do castelo, circulando entre o salão de banquetes, a despensa e o teatro. Como estivera ocupado com os preparativos para a peça e o jantar comemorativo que viria em seguida, nem sempre seria possível determinar onde estava ou com quem num momento específico, embora não se lembrasse de ter ficado sozinho mais do que alguns minutos. Disse com voz que não traía arrependimento algum lamentar não poder ser mais exato, uma vez que jamais poderia imaginar que um relato tão detalhado seria necessário posteriormente. No início ele ajudou a mulher a tirar a mesa do almoço, depois fora conferir o vinho. Atendera a três telefonemas, o primeiro de um convidado que por motivo de doença não poderia ver a peça, o segundo sobre a hora em que a lancha partiria de Speymouth e o outro da governanta de lady Cottringham, para saber se precisariam de mais taças. Ele estava conferindo o camarim masculino quando sua mulher apareceu nos bastidores e pediu-lhe que verificasse uma das urnas de chá, pois achava que ela não estava funcionando. Era uma pena que tivessem de alugar aqueles recipientes; o senhor Gorringe os odiava, reclamando que faziam o salão principal parecer local de encontro do Clube Feminino, mas com oitenta pessoas para servir, além do elenco, o uso das urnas era necessário.

A certa altura, não se lembrava exatamente quando, ele se lembrou de que o sr. Gorringe lhe pedira que pegasse outra caixinha de música para o terceiro ato da peça, pois a senhora Lisle expressara sua insatisfação com a que fora providenciada para o ensaio geral. Ele viera até o escritório buscar a caixa no *chiffonnier* de nogueira. Seus olhos apontaram para um móvel que Buckley pensou que poderia muito bem ser chamado de aparador ou bufê. Sua tia Sadie tinha um igual, não tão entalhado nas portas e prateleiras, mas bem semelhante. Ela alegava que estava na família havia várias gerações, ficava na copa e era chamado de guarda-louça. Servia para coisas que os filhos traziam das férias, como lembranças baratas da Costa do Sol, Malta e, depois, de Miami. Ele ia ter de contar a ela que tinha um *chiffonnier*, e ela responderia que isso era nome de sabor de sorvete.

Ele virou a página do bloco. Com sua voz monótona, Munter declarou que havia apanhado a segunda caixinha de música para colocá-la ao lado da primeira, na mesa dos adereços. Pouco depois, por volta das duas e quinze, o sr. Gorringe entrara lá, e eles verificaram os adereços juntos. Àquela altura, já estava na hora de ir ao cais esperar a lancha que traria o resto do elenco de Speymouth. Ele saíra com o sr. Gorringe para recepcioná-los e ajudar no desembarque. O sr. Gorringe e ele haviam acompanhado os homens até o camarim, enquanto sua mulher e a srta. Tolgarth ficavam à disposição das mulheres. Ele passara uns dez minutos na coxia e depois fora para a despensa, onde a sra. Chambers e a neta lustravam os copos. Ele precisara chamar a atenção da moça, Debbie, por causa de um copo com marca de dedo, e havia supervisionado as providências para que todos fossem lavados novamente. Em seguida tinha ido ao salão de banquetes a fim de pegar as cadeiras para a comemoração, que seria realizada no salão principal. Ele estava lá quando o sr. Gorringe pusera a cabeça na porta para informá-lo da morte da sra. Lisle.

Grogan, sentado com a cabeça baixa, parecia querer assimilar o relato sucinto e pesado. Comentou, com voz contida:

"Você é muito dedicado ao senhor Gorringe, claro."

"Sim, senhor, muito. Quando o senhor Gorringe me deu a notícia, eu disse: 'Como assim, na nossa casa?'."

"Muito shakespeariano. O toque de *Macbeth*. E, sem dúvida, o senhor Gorringe poderia responder com: 'Cruel, em qualquer parte'."

"Sem dúvida poderia, senhor. Mas, a bem da verdade, o que ele disse foi para eu ir ao embarcadouro e impedir que os convidados descessem. Ele seguiria para lá assim que fosse possível e explicaria a lamentável circunstância que exigira o cancelamento da apresentação."

"As lanchas já estavam no cais?"

"Não naquele momento. Calculei que ainda faltava cerca de um quilômetro."

"Então não havia urgência em avisá-los."

"Não se poderia deixar a questão no ar. O senhor Gorringe estava ansioso para garantir que a investigação policial não fosse prejudicada pela presença de mais oitenta pessoas na ilha, em estado de confusão ou aflição."

Grogan disse:

"Em estado de alta excitação, mais provável. Nada como um bom assassinato para animar o dia. Você não sabia?"

"Não sabia, senhor."

"De todo modo, foi muita consideração de seu senhor — suponho que o chame assim — pensar em primeiro lugar na conveniência da polícia. Muito louvável. E você sabe o que ele estava fazendo enquanto você perdia um bom tempo no cais?"

"Suponho que estivesse telefonando para a polícia, bem como informando os hóspedes e o elenco da morte de lady Ralston. Não resta dúvida de que ele saberá detalhar isso, se perguntar."

"E como foi que ele o informou a respeito da morte de lady Ralston, exatamente?"

"Ele me disse que ela havia sido espancada até a morte. E me instruiu a informar os hóspedes, quando chegassem, de que ela morrera devido a um golpe na cabeça. Não havia necessidade de assustá-los ainda mais. Na prática não precisei explicar nada, pois o senhor Gorringe estava lá quando as lanchas chegaram."

"Um golpe na cabeça. Viu o corpo?"

"Não, senhor. O senhor Gorringe trancou a porta do quarto de lady Ralston, após a descoberta. Nenhum empregado teve oportunidade de ver o corpo."

"Mas, sem dúvida, você formou opinião a respeito do modo como o golpe na cabeça foi aplicado. Você se permitiu formular uma teoria, exercitar a curiosidade natural? Chegou ao ponto, digamos, de discutir isso com sua mulher?"

"Realmente, cheguei a especular se o ataque teria ligação com o desaparecimento do braço de mármore. O senhor Gorringe deve ter mencionado que a vitrine foi arrombada de madrugada."

"Você poderia nos contar o que sabe a respeito?"

"O objeto foi trazido ao castelo pelo senhor Gorringe, quando voltou de Londres na quinta-feira à noite, e guardado por ele na vitrine. Ela fica trancada, pois temos visitantes no castelo nos meses de verão, são excursões marcadas previamente, e a companhia de seguros do senhor Gorringe insistiu nas medidas de segurança. O senhor Gorringe colocou pessoalmente a escultura na posição, enquanto eu o observava, e trocamos algumas palavras a respeito de sua possível procedência. Em seguida ele trancou a vitrine. As chaves dos expositores não ficam no quadro de chaves da casa, obviamente, mas trancadas na gaveta inferior esquerda da escrivaninha que os senhores estão usando agora. A vitrine estava intacta, e o braço de mármore no lugar quando eu o vi, pouco depois da meia-noite. O senhor Gorringe encontrou a vitrine em seu presente estado quando seguia para a cozinha, pouco antes das sete da manhã. Ele levanta cedo e prefere preparar o chá matinal ele mesmo, depois leva a bandeja para o terraço ou para a biblioteca, dependendo das condições do tempo. Inspecionamos os danos juntos."

"Você não viu ninguém, não ouviu nada?"

"Não, senhor. Eu estava na cozinha, ocupado no preparo do chá matinal."

"E estavam todos nos quartos, quando subiu com as bandejas de chá?"

"Os cavalheiros estavam. Segundo minha esposa, as damas também se encontravam na cama. O chá de lady Ralston foi levado mais tarde por sua camareira, a senhorita Tolgarth. Por volta das sete e meia o senhor Gorringe me chamou para dizer que sir George havia chegado inesperadamente, um barco de pesca local o deixara na enseada a oeste do pontal. Eu só o vi quando servi o café da manhã completo na sala de desjejum, às oito horas."

"Mas qualquer pessoa poderia ter entrado no local depois das seis e cinco, quando você abriu as portas do castelo, certo?"

"A porta dos fundos, que conduz ao salão principal, foi destrancada por mim às seis e quinze. Naquele momento verifiquei o gramado, o caminho que conduz à praia e a trilha costeira. Não vi ninguém. Mas qualquer um poderia ter entrado e causado o dano citado entre seis e quinze e sete horas."

O resto da conversa foi infrutífero. Munter pelo jeito arrependeu-se da loquacidade e passou a dar respostas curtas. Não fazia a menor ideia de que lady Ralston vinha recebendo mensagens anônimas e não tinha como formular conjeturas sobre sua origem. Ao ver uma das mensagens, ele manuseou o papel com melindrosa repulsa e disse que era do mesmo tipo de papel de cor creme que ele e a mulher compravam para uso próprio, só que branco. O papel de carta do castelo trazia o endereço e era de outra qualidade, como o inspetor-chefe poderia verificar abrindo a gaveta esquerda superior da escrivaninha. Ele não sabia que o sr. Gorringe dera a lady Ralston um dos porta-joias vitorianos, nem fora informado a respeito de seu desaparecimento. Todavia, ele podia descrever a caixa em questão, uma vez que havia apenas duas no castelo. Fora feita por um prateiro de Hunt and Rosken, nos anos 1850, e constara entre as peças mostradas na Grande Exposição de 1851. Fora cogitada para uso como adereço no terceiro ato da peça, mas um porta-joias maior e mais vistoso, embora menos valioso, acabara sendo considerado a melhor opção.

Grogan franziu a testa, irritado com aquela exibição de conhecimento inútil. Ele disse:

"Aconteceu um homicídio aqui, uma mulher indefesa foi brutalmente assassinada. Se souber de alguma coisa, suspeitar de alguma coisa, ou se mais tarde lhe ocorrer alguma coisa relacionada ao crime, espero que nos procure. A polícia está aqui, e vamos ficar aqui. Mesmo quando não estivermos fisicamente presentes, estaremos por aqui, atentos a esta ilha, preocupados com o que acontece aqui, e portanto interessados em você até o assassino ser levado a julgamento. Fui claro?"

Munter se levantou. Seu rosto continuava impassível. Ele disse:

"Perfeitamente claro, senhor. Posso afirmar que a ilha Courcy está acostumada com assassinatos. Mas os assassinos não têm sido levados a julgamento, normalmente. Talvez o senhor e seus colegas tenham mais sorte."

Depois que ele saiu reinou o silêncio por um bom tempo, e Buckley sabia ser mais prudente não rompê-lo. Grogan disse, finalmente:

"Ele acha que o marido a matou, ou quer nos levar a acreditar nisso. Não se destaca pela originalidade. Seria a linha de pensamento mais lógica, de qualquer maneira. Conhece o caso Wallace?"

"Não, senhor." Buckley pensou que, se fosse continuar

trabalhando com Grogan, era melhor comprar logo um livro sobre crimes famosos, como o *The murderer's who's who.*

"Liverpool, janeiro de 1931. Wallace, William Herbert. Pequeno corretor de seguros inofensivo, ia de porta em porta vendendo apólices baratas para pobres coitados apavorados com a ideia de não poder pagar nem seu próprio enterro. Gostava de xadrez e violino. Casou com moça de boa família. Vivia com a esposa, Julia, na miséria elegante, que é a pior forma de miséria, caso ainda não saiba, e não tinham vida social. Então, no dia 19 de janeiro, quando ele está fora de casa, procurando o endereço de um possível futuro cliente, que talvez exista, talvez não, a cabeça de Julia é estraçalhada na sala da casa. Wallace foi julgado por homicídio, e um júri severo de Liverpool, que provavelmente não era lá muito neutro, o condenou. A apelação entrou para os anais jurídicos, pois o tribunal de instância superior declarou o veredicto inválido por não se apoiar em provas nos autos. O sujeito foi solto e morreu de uma doença nos rins dois anos depois, um sofrimento muito mais longo e lento do que se fosse pendurado pelo pescoço. Um caso fascinante. Todos os indícios podem apontar para os dois lados, dependendo de como a gente olha. Posso passar a noite acordado pensando nisso. Deveria ser matéria de estudo compulsório para todos os policiais, um alerta de como um caso pode dar errado se a polícia enfiar na cabeça que só pode ter sido o marido."

Tudo bem, pensou Buckley, mas nesses casos as estatísticas mostravam que no geral era mesmo o marido. Grogan podia manter a mente aberta, mas ele não tinha a menor dúvida a respeito do nome que ocupava o primeiro lugar em sua lista.

"Eles têm um esquema bem confortável aqui, os Munter", disse.

"Você reparou? Nada a fazer além de paparicar Gorringe enquanto ele prepara suas requintadas iguarias, polir a prataria velha e cuidar um do outro. Mas ele mentiu pelo menos uma vez. Consulte a entrevista com a senhora Chambers, por favor."

Buckley procurou a página em seu bloco. A sra. Chambers e a neta haviam sido as duas primeiras interrogadas, pois a mãe exigira que a levassem de volta à cidade a tempo de preparar o jantar do marido. Mostrara-se volúvel, revoltada e belicosa, vendo a tragédia como mais um golpe do destino causador de inconveniência familiar. O que mais a incomodava era o desperdício de comida; quem, perguntou, comeria o jantar preparado para mais de cem pessoas? Buckley fora observar sua partida, trinta minutos depois, e a vira caminhar oscilante para a lancha, na companhia da filha; cada uma carregava um par de cestos cobertos. Pelo menos parte da comida não seria desperdiçada, graças aos estômagos da família Chambers. Ela e a filha, uma moça alegre de dezessete anos, com tendência a rir quando ficava nervosa, haviam passado grande parte do período crítico juntas ou com a sra. Munter. Buckley achou que Grogan perdera tempo demais com elas e ficara aborrecido por ter de registrar a torrente de irrelevâncias ditas pela mulher. Por fim encontrou a página e começou a ler, pensando se o chefe não estava desconfiado da precisão de sua taquigrafia.

"É revoltante, realmente! Sempre digo que não há nada pior do que ser morto longe de casa, por estranhos! Quando eu era pequena não havia nada disso. É por causa desses transviados de motocicleta, isso mesmo. Uma gangue enorme foi a Speymouth no sábado, com aquelas máquinas barulhentas e malcheirosas. Eu queria muito saber por que a polícia não faz nada a respeito disso. Por que não tomam as motos e jogam no mar, junto com as calças deles? A farra ia acabar na mesma hora. Vocês não deviam perder tempo interrogando senhoras decentes e cumpridoras da lei. Vão atrás das gangues de motoqueiros."

Buckley interrompeu a leitura.

"Foi nesse ponto que o senhor mencionou a dificuldade de se chegar à ilha Courcy de motocicleta, mesmo para uma gangue. Ela respondeu, contrariada, que eles eram cheios de truques, que conseguiam tudo."

260

Grogan disse:

"Não é essa parte. Um pouco antes, quando ela reclamou do serviço doméstico."

Buckley voltou algumas páginas.

"Para mim é um prazer ajudar a senhora Munter. Sempre venho à ilha, para as ocasiões especiais, e trago Debbie quando é preciso. Não foi por culpa dela que os copos estavam sujos. O senhor Munter não tinha o direito de ralhar com Debbie daquele jeito. É sempre assim quando lady Ralston vem para cá. Ele fica muito agitado com a presença dela. Viemos na última terça-feira, para o ensaio geral, e minha nossa! Era faça isso, traga aquilo, nada estava ao gosto da madame. Almoço e chá para quarenta pessoas do elenco, por favor. Tudo precisava estar perfeito, mesmo na ausência do senhor Gorringe, que tinha ido para Londres, segundo o senhor Munter, não admira. Todos pensavam que ela era a patroa. Eu disse para o senhor Munter: Vou ajudar desta vez, mas se no ano que vem for assim de novo não contem comigo. Foi o que eu disse. Não contem comigo. Ele falou para eu não me preocupar. Ele achava que esta seria a última peça em que lady Ralston atuaria, na ilha Courcy."

Buckley parou de ler e olhou para Grogan, dizendo a si mesmo que deveria ter lembrado dessa declaração. Certamente fizera a anotação embotado pelo tédio. Bola fora. O chefe disse, pensativo:

"É isso. A passagem que eu queria. Pedirei a Munter que explique o comentário no momento certo, mas não agora. Pode ser útil ter algumas cartas na manga, provocar choques desagradáveis. Sem dúvida a senhora Munter será igualmente discreta, quando confirmar deferentemente a versão do marido. Mas vamos deixar a mulher para depois. Chegou a hora de ver o que nosso anfitrião tem a dizer. Você é da região, sargento. O que sabe a respeito dele?"

"Muito pouco, senhor. Ele abre o castelo para visitação no verão, mas acho que é um meio de conseguir redução dos impostos e pagar a manutenção. Muito reservado, ele odeia publicidade."

"Sério mesmo? Mas vai ficar de publicidade até o pescoço até o final deste caso. Ponha a cabeça para fora e peça a Rogers que o chame, com a gentileza habitual, é claro."

6

Buckley considerou Ambrose Gorringe o suspeito de assassinato mais despreocupado que já tinha visto na vida. Para o interrogatório ele sentou na poltrona, de frente para Grogan, usando um smoking imaculado, espiando por cima da mesa com olhos atentos nos quais Buckley, que ocasionalmente erguia a vista do bloco de anotações, acreditou ter visto um brilho de zombeteiro desdém. Afinal de contas Gorringe estava na casa dele, sentado de fato em sua própria poltrona. Buckley achou lamentável que o chefe não os tivesse privado da vantagem psicológica, levando a turma toda para depor na delegacia de Speymouth. Mas dava para desconfiar da calma absoluta de Gorringe. Se o marido não a matara, então Gorringe estava no topo da lista de suspeitos.

Ao ser formalmente inquirido pela primeira vez, ele repetiu sem discrepâncias os fatos que resumira quando chegaram à ilha. Ele conhecia a senhora Lisle desde a infância — os dois eram filhos de diplomatas que trabalharam por algum tempo na mesma embaixada —, mas haviam perdido contato nos últimos anos, e raramente se encontravam, até ele herdar a ilha do tio, em 1977. No ano seguinte eles haviam se encontrado na estreia de uma peça, e ele a convidara para conhecer a ilha. Na verdade não se lembrava se a sugestão partira dele ou da sra. Lisle. A partir da visita, dado o encanto dela com o teatro vitoriano, tomaram a decisão de encenar uma peça ali. Sabia das mensagens ameaçadoras desde o dia em que uma delas chegara quando estava presente, mas a sra. Lisle não tinha revelado que elas continuavam a chegar, nem informara que a srta. Gray era detetive particular, embora ele tivesse desconfiado quando esta o confrontara com a xilogravura enfiada debaixo da porta da sra. Lisle. Juntos, tomaram a decisão de não incomodá-la nem com a mensagem nem com o fato de a escultura do braço de mármore ter desaparecido. Ele admitiu, sem demonstrar preocupação, que não tinha álibi para os noventa e poucos minutos cruciais entre uma e vinte e a descoberta do corpo. Havia passado algum tempo tomando café com o sr. Whittingham, subira para seu quarto lá pela uma e meia, deixando Whittingham no terraço, descansara cerca de quinze minutos, até a hora de trocar de roupa, saindo do quarto para o teatro logo depois das duas. Munter estava nos bastidores, eles tinham examinado juntos os adereços e discutido umas poucas questões relativas ao jantar que seria servido depois do espetáculo. Por volta das duas e vinte haviam ido juntos receber a lancha que trazia o elenco de Speymouth, e ele permanecera nos bastidores, no camarim masculino, até duas e quarenta e cinco.

Grogan perguntou:

"E o braço de mármore? Quando o viu pela última vez?"

"Não lhe contei, inspetor-chefe? Na noite passada, por volta das onze e meia, quando fui verificar a tábua das marés. Eu estava interessado em calcular quanto tempo as lanchas levariam para ir no sábado à tarde e voltar a Speymouth naquela noite. O mar pode ter uma forte correnteza entre a ilha e o continente. Munter viu a escultura no expositor logo depois da meia-noite. Descobri que ela não estava mais lá e que a fechadura fora forçada quando fui à cozinha esta manhã, às seis e cinquenta e cinco."

"E todos os convidados para a festa da casa o tinham visto e sabiam onde ele ficava guardado?"

"Todos, menos Simon Lessing. Ele estava nadando enquanto os outros convidados faziam um passeio para conhecer o castelo. Que eu saiba, ele nunca sequer chegou perto do escritório."

"E o que o rapaz estava fazendo na ilha, afinal? Ele não devia estar na escola?", perguntou Grogan. "Soube que a senhora Lisle — lady Ralston — banca uma educação de primeira para ele, não se trata de um aluno da escola pública do bairro."

A pergunta poderia soar ofensiva, Buckley pensou, se a voz cuidadosamente controlada revelasse algum traço de emoção.

Gorringe respondeu, igualmente calmo.

"Ele estuda em Melhurst. A senhora Lisle escreveu pedindo dispensa para um fim de semana especial. Talvez tenha considerado Webster instrutivo. Infelizmente, o fim de semana acabou sendo educacional para o rapaz de um modo que ela jamais poderia imaginar."

"Então ela era, digamos, uma mãe para ele?"

"Nem de longe. O instinto maternal da senhora Lisle era pouco desenvolvido. Mas ela se interessava de verdade pelo rapaz, a seu modo. O que devem entender sobre a vítima, neste caso, era que ela gostava de ser boa, desde que isso não lhe custasse muito caro, como aliás ocorre com a maioria de nós."

"E quanto o senhor Lessing custava a ela?"

"Praticamente o custo da anuidade escolar. Cerca de quatro mil libras, suponho. Ela podia pagar. Tudo começou, imagino, por causa de sua consciência pesada, uma vez que acabou com o casamento dos pais dele. Nesse caso, desnecessariamente. O sujeito fez uma escolha, afinal de contas."

"Simon Lessing deve ter ficado ressentido com o casamento, por causa da mãe, pelo menos. A não ser, claro, que considerasse uma madrasta rica uma boa troca."

"Foi há seis anos. Ele tinha onze quando o pai saiu de casa. E, se está sugerindo, devo dizer sem muita sutileza que, se ele se ressentia o bastante para esmagar o rosto da madrasta, então ele esperou muito tempo para agir, e escolheu um momento especialmente impróprio. Sir George Ralston sabe que suspeitam de Simon? Ele provavelmente se considera padrasto do rapaz. Deverá tomar providências para salvaguardar os interesses de Simon, se levarem adiante essa teoria ridícula."

"Eu não disse que suspeitava dele. E, tendo em vista a idade do rapaz, concordei que sir George esteja presente em seu interrogatório. Mas o senhor Lessing tem dezessete anos, não é mais uma criança, de acordo com a lei. Considero sintomático esse interesse compartilhado em protegê-lo."

"Melhor do que considerá-lo um monstro. Ele ficou extremamente chocado quando lhe dei a notícia. Seus pais biológicos já morreram. Era dedicado a Clarissa. Nada mais natural do que nosso desejo de atenuar seu sofrimento. Afinal de contas, vocês não vieram aqui fazer assistência social."

Grogan mal olhara para a testemunha durante esse diálogo. O bloco sem pauta que ele preferia ao bloco padrão da polícia estava em cima da mesa, na frente dele, cheio de esboços a caneta. Uma forma retangular com duas portas e duas janelas tomou forma sob a imensa mão salpicada. Buckley a identificou, era uma representação do quarto de Clarissa, a meio caminho entre a planta baixa e o desenho. As proporções do quarto foram mantidas na escala, mas os objetos pequenos foram inseridos em tamanho bem maior, com especial atenção aos detalhes, como teria feito uma criança: o pote de cosmético, uma caixa de bolas de algodão, a bandeja de chá, o despertador. De repente, sem tirar os olhos do desenho, ele perguntou:

"E o que o levou ao quarto dela, senhor?"

"Logo depois que a senhorita Gray foi chamá-la? Mero impulso cavalheiresco. Pensei que, como anfitrião, minha obrigação seria escoltá-la até o camarim. Além da gentileza, havia itens a transportar. O estojo de maquiagem, por exemplo. E, como não temos muitos camarins para acomodar todo mundo, ela teria de dividir o espaço com a senhorita Collingwood, que faria o papel de Cariola. A senhorita Collingwood foi instruída a se vestir e sair antes da chegada da estrela ao camarim, mas a senhora Lisle não queria correr o risco de alguém usar sua maquiagem. Portanto, fui lá pegar o estojo de maquiagem e acompanhar a hóspede."

"Na ausência do marido, que normalmente desempenha a tarefa."

"Sir George estava chegando, para trocar de roupa. Como já expliquei, nos encontramos no alto da escada."

"Pelo jeito sua preocupação com a senhora Lisle é bem abrangente." Ele fez uma pausa e acrescentou: "De um jeito ou de outro, fazia tudo por ela".

"Caminhar duzentos metros do quarto até o teatro não é grande coisa."

"Mas montar uma peça para ela, restaurar o teatro, receber convidados. Deve ter saído muito caro."

"Felizmente não sou pobre. E pensei que estivesse aqui para investigar um homicídio, e não para vasculhar minhas finanças pessoais. O teatro, se quer mesmo saber, foi restaurado para minha satisfação pessoal, e não para agradar à senhora Lisle."

"Ela não esperava que financiasse parcialmente seu próximo desempenho profissional? Como dizem no teatro, ser seu padrinho?"

"Lamento, mas andou ouvindo fofocas de gente errada. Esse tipo particular de apadrinhamento nunca me atraiu. Existem maneiras mais divertidas de perder dinheiro. Mas, se está tentando sugerir com certo tato que eu talvez deva algum favor à senhora Lisle, tem toda a razão. Foi ela quem me deu a ideia para *Autópsia*, meu best-seller, caso seja um dos seis ingleses que ainda não ouviram falar nele."

"Ela não teria escrito o romance, também?"

"Não, ela não escreveu o livro. Os talentos da senhora Lisle eram variados e formidáveis, mas não se estendiam até o mundo das letras. O livro não foi escrito, foi fabricado por um trio do mal: meu editor, meu agente e eu. Depois o embalaram, promoveram e comercializaram. Sem dúvida Clarissa cometeu diversos pecados, mas *Autópsia* não foi um deles."

Grogan largou a caneta por um instante. Recostou na

poltrona e encarou Gorringe fixamente. Disse, com voz contida:

"Conhecia a senhora Lisle desde a infância. Passou os últimos seis meses profundamente envolvido com esta peça. Ela veio para cá como convidada sua. Morreu em sua casa. Ainda não sabemos a causa exata da morte, só descobriremos quando sair o resultado da autópsia, mas sem dúvida o assassino usou seu braço de mármore para esmagar o rosto dela. Tem certeza de que não sabe absolutamente nada, nem se lembra de nada que ela tenha dito que possa lançar uma luz a respeito deste crime?"

Se fosse um pouco mais adiante, Buckley pensou, seria preciso dar o aviso legal de suspeito. Ele quase esperou que Gorringe respondesse que não diria mais nada até consultar seu advogado. Mas ele falou com a despreocupação calma de uma testemunha desinteressada a quem pediram uma opinião, e que não tinha nenhuma objeção a fornecê-la.

"Minha primeira impressão — e segue sendo a teoria mais provável para mim — é de que um invasor conseguiu chegar à ilha, sabendo que eu e meu pessoal estaríamos ocupados com a preparação da peça, e que o castelo estaria aberto e indefeso como sempre. Ele subiu pela escada de incêndio com intenção de fazer algum mal, mas sem uma ideia clara de suas intenções. Pode ter sido um rapaz."

"Os jovens em geral caçam em grupo."

"Mais de um rapaz, então. Um casal, se preferir. Um deles entra com a ideia de dar uma olhada no local enquanto a casa está quieta. Imagino um rapaz da região que ficou sabendo da peça. Ele entra de fininho no quarto da senhora Lisle — e a encontra dormindo, deitada na cama. Está quase saindo, com ou sem o porta-joias, quando ela tira a máscara do olho e o surpreende. Em pânico, o rapaz a mata, pega a caixa de joias e foge pelo mesmo lugar por onde entrou."

Grogan disse:

"Tendo antecipadamente providenciado o braço de mármore, que, segundo suas declarações, foi retirado do expositor entre a meia-noite de ontem e as seis e cinquenta e cinco de hoje."

"Não creio que ele tenha trazido nada além da intenção difusa de causar dano. Minha teoria é que ele encontrou a arma à mão — perdoe-me o trocadilho involuntário — sobre a mesa de cabeceira, junto com a citação da peça, claro."

"E quem sugere que tenha posto o braço e o recado lá? A porta do quarto estava trancada, não se esqueça."

"Não creio que haja mistério nesse ponto. A senhora Lisle fez isso."

"Com o objetivo de se assustar até ficar histérica, ou apenas de fornecer uma arma oportuna a um assassino em potencial que resolvesse passar por lá?", perguntou Grogan.

"Com o objetivo de dar a si mesma uma desculpa, caso falhasse durante a peça. O que aconteceria com quase toda a certeza. Talvez ela tivesse outros motivos obscuros. A complexa personalidade da senhora Lisle era para mim um mistério absoluto, e desconfio que isso vale também para o marido."

"E sugere que esse jovem assassino impulsivo, que nada premeditou, tenha posto de novo a máscara de dormir sobre os olhos da vítima? Nesse caso, temos duas personalidades complexas para estudar."

"Talvez tenha agido assim. Você é o especialista em homicídios, não eu. Mas poderia pensar numa razão, com certo esforço. Talvez ela tenha dado a impressão de encará-lo, afetando seus nervos. A sugestão pode ser exageradamente imaginativa, mas não chega a ser impossível. Assassinos apresentam comportamentos estranhos. Lembre-se do caso Gutteridge, inspetor-chefe."

A mão de Buckley saltou no bloco de anotações. Minha nossa, pensou, será que ele está fazendo isso de propósito? A audácia do suspeito provavelmente era deliberada. Mas como Gorringe poderia saber do hábito de seu chefe de citar casos antigos? Ele ergueu os olhos, não para Grogan, mas para Gorringe, que devolveu um olhar inocente. E foi a ele que Gorringe se dirigiu:

"Muito antes do seu tempo, sargento. Gutteridge era policial, foi morto a tiros por dois ladrões de carros numa estradinha vicinal de Essex em 1927. Um ex-presidiário, Frederick Browne, e seu cúmplice, William Kennedy, foram enforcados pelo crime. Depois de matar, um deles atirou nos dois olhos do policial. Isso indica que eles eram supersticiosos. Acreditavam que os olhos de um morto, fixos no rosto do assassino, registravam a imagem do criminoso nas pupilas. Duvido que um assassino olhe deliberadamente nos olhos de sua vítima. Um aspecto curioso num caso no mínimo sórdido."

Grogan terminou seu desenho. A planta do quarto estava pronta. Enquanto o observavam em silêncio, ele desenhou na cama uma figura esquemática, com cabelos espalhados por cima do travesseiro. Finalmente, com muito capricho, rabiscou o rosto. Depois posicionou a mão enorme sobre o esboço e arrancou a página, amarrotando o papel entre os dedos. O gesto foi inesperadamente violento, mas a voz se elevou calma, quase gentil.

"Obrigado, senhor. Seu testemunho foi muito proveitoso. E, se não tiver mais nada para nos contar, sem dúvida deve estar ansioso para voltar para junto de seus convidados."

7

Quando Ivo Whittingham entrou na sala, Buckley, constrangido, baixou rapidamente a vista e passou a consultar as páginas anteriores de seu bloco, torcendo para que Whittingham não tivesse reparado em seu primeiro olhar de horror e surpresa. Só uma vez vira uma figura tão esquelética assim, o tio Gerry nas últimas semanas de vida, quando o câncer finalmente tomara conta. Sentira pelo tio toda a afeição de que era capaz, e a prolongada agonia da morte dele o levara a tomar uma resolução. Se o corpo era capaz de fazer aquilo a uma pessoa, então precisava dar algo em troca, como compensação. Ele passaria a desfrutar seus prazeres sem culpa. Poderia ter se tornado um hedonista despreocupado se não fossem a ambição e a cautela que a acompanha. Mas ele não esquecera a amargura e a dor. Ivo Whittingham também lembrava o tio em outro aspecto. Seu tio também o encarava com olhos brilhantes, como se queimassem o que restava de vida e inteligência. Ele ergueu a vista quando Ivo sentou rígido, segurando os braços da poltrona com as mãos esqueléticas. Quando falou, porém, sua voz estava surpreendentemente calma e possante.

"Eis uma desagradável reminiscência da antiga chamada à sala do diretor. Raramente sai algo de bom daí."

Foi um início irreverente, que Grogan não pretendia encorajar. Ele disse, secamente:

"Nesse caso, sugiro que seja o mais breve possível. Consta que conhecia bem a senhora Lisle."

"Pode-se dizer que eu a conhecia intimamente."

"Está declarando que ela era sua amante?"

"O termo não me parece adequado para uma ligação tão intermitente. Amante sugere certa permanência, até um resquício de respeitabilidade. Nos leva a pensar na senhora Keppel e no rei.* Seria mais acertado dizer que tivemos um caso de seis anos, ditado pela oportunidade e pela vontade dela."

"O marido sabia?"

"Maridos. Nosso relacionamento durou mais de um casamento dela. Mas imagino que esteja interessado apenas em George Ralston. Nunca contei a ele. Não sei se ela o fez. E, se anda pensando que ele resolveu se vingar, a ideia é ridícula. Por que não esperar que uma força superior, o destino ou a sorte se livrassem de mim permanentemente? Ralston não é nenhum idiota. E, se quer saber se despachei a dama antes de mim, a resposta é não. Clarissa Lisle e eu esgotamos nossas possibilidades neste lado da existência. Mas eu poderia tê-la matado. Tive a oportunidade. Estava sozinho em meu quarto, convenientemente isolado durante a tarde. Caso ainda não tenha descoberto, ele fica no mesmo piso que o quarto de Clarissa, a meros quinze metros de distância, e dá para a face leste do castelo. Eu tinha acesso aos meios, conhecia o braço de mármore. Suponho que ainda tivesse forças. Creio que ela abriria a porta para mim. Mas não a matei nem sei quem a matou. Você terá de aceitar minha palavra. Não posso provar que não fiz isso."

"Conte como ela era."

Grogan formulava a pergunta pela primeira vez. Contudo, pensou Buckley, ela ocupava posição central numa investigação de homicídio e, se fosse possível obter uma boa resposta para a maioria das outras questões, tornava-se supérflua. Whittingham disse:

(*) Referência a Alice Keppel, amante do rei Eduardo VII, cujo relacionamento era amplamente conhecido e tolerado no início do século XX. (N. T.)

"Eu ia dizer que você tinha visto o rosto dela, mas não viu, claro. Uma pena. Era preciso conhecer Clarissa fisicamente para ter noção do que mais haveria para conhecer. Ela vivia intensamente no e pelo corpo. O resto não passa de uma lista de palavras. Ela era egocêntrica, insegura, esperta sem ser inteligente, gentil ou cruel conforme seu humor, inquieta, infeliz. Mas tinha qualidades importantes que a compostura me inibe de discutir, como cavalheiro. Ela provavelmente proporcionou mais alegria do que causou sofrimento. Como não se pode dizer o mesmo da maioria das pessoas, seria impróprio de minha parte criticá-la. Eu me lembro de ter certa vez enviado a ela uma frase de Thomas Malory, de Lancelot falando a Guinevere: 'Senhora, dou graças a Deus por ter encontrado em sua companhia o prazer terreno'. Não retiro as palavras, independentemente do que ela tenha feito."

"Como assim, senhor? O que ela pode ter feito?"

"Modo de dizer, inspetor-chefe."

"Lamenta sua morte?"

"Não. Mas não a esquecerei."

Seguiu-se uma pausa. Grogan perguntou:

"Por que está aqui, senhor?"

"Porque ela me pediu que viesse. Havia outra razão, porém. Um jornal de domingo me contratou para fazer um artigo sobre a ilha e o teatro. Queriam o charme do período, um pouco de nostalgia e lendas libidinosas. Deveriam ter mandado um repórter policial."

"E isso foi o bastante para atrair um crítico de sua estatura?"

"Deve ter sido, não acha? Afinal, estou aqui."

Quando Grogan pediu que descrevesse os eventos do dia, como fizera com outros suspeitos, ele demonstrou os primeiros sinais de cansaço. O corpo balançava na poltrona como uma marionete na ponta dos fios.

"Não há muito a relatar. Tomamos café da manhã tardio, em seguida a senhora Lisle sugeriu uma visita à igreja. Há uma cripta com crânios antigos e uma passagem secreta para o mar. Exploramos os dois locais, e Gorringe nos contou lendas antigas sobre os crânios, além do caso de um suposto afogamento durante a última guerra, na caverna que existe no final da passagem. Eu estava cansado, não ouvi a história com atenção. Voltamos para almoçar ao meio-dia. A senhora Lisle subiu em seguida para descansar. Cheguei ao meu quarto à uma e quinze e fiquei lá, descansando e lendo até a hora de me vestir. A senhora Lisle insistiu para que trocássemos de roupa antes da peça. Encontrei Roma Lisle no alto da escada quando ela saía do quarto, descemos juntos e nos encontramos com Gorringe e a senhorita Gray, que nos informaram da morte de Clarissa."

"Durante a manhã, na visita à igreja e à caverna, que impressão teve da senhora Lisle?"

"Eu diria, inspetor-chefe, que não parecia haver nada de anormal com a senhora Lisle, seu jeito era o de sempre."

Finalmente Grogan espalhou o conteúdo da pasta das mensagens. Uma delas flutuou até o chão. Ele se abaixou, pegou-a e a entregou a Whittingham.

"E o que pode nos dizer a respeito disso, senhor?"

"Apenas que eu sabia do caso. Ela não me contou diretamente, mas ouvi mexericos sobre as ameaças no meio teatral. Não creio, porém, que sejam de conhecimento geral. E, novamente, eu pareço ser o suspeito natural. Quem mandou essas mensagens para a senhora Lisle conhecia Shakespeare. Mas duvido que eu tivesse acrescentado o caixão e a caveira. Um toque grotesco desnecessário, não acha?"

"E isso é tudo que gostaria de nos contar, senhor?"

"Sim, isso é tudo, inspetor-chefe."

8

Eram quase sete horas quando enfim conseguiram conversar com o rapaz. Ele vestira um terno e parecia estar no enterro da mãe, e não num interrogatório policial, pensou Buckley. O sargento calculou que a diferença de idade entre eles não passaria de oito anos, mas poderia ser de trinta. Lessing estava arrumado e nervoso como uma criança. Mas tinha um bom autocontrole. Buckley notou algo vagamente familiar em sua entrada, no modo como sentava, no olhar sério e ansioso fixo no rosto de Grogan. Então ele se lembrou. Tinha sido com aparência e comportamento semelhantes que ele se apresentara para a entrevista final de admissão na polícia. O diretor do colégio o aconselhara. "Vista seu melhor terno, mas nada de lenço ou caneta-tinteiro apontando no bolso do paletó. Olhe direto no olho, mas não fixamente, de um modo capaz de embaraçar alguém. Seja um pouco mais deferente do que gostaria; eles têm um emprego para lhe dar. Caso não saiba responder a uma pergunta, seja claro, não enrole. E não se preocupe por estar nervoso, preferem isso ao excesso de confiança, e mostra que você tem estômago para lidar com o nervosismo. Chame-os de 'senhor' e 'senhora' e agradeça rapidamente, antes de sair. E, pelo amor de Deus, meu rapaz, sente-se direito!"

Conforme a entrevista prosseguia, passando das primeiras questões, as fáceis de responder, que, Buckley desconfiava, se destinavam a deixar o candidato à vontade, ele percebeu uma mudança, que Lessing começava a se sentir como ele; quando a pessoa seguia o conselho, não era tão penoso assim. Apenas suas mãos o traíam. Eram grandes, feias de tão brancas, com dedos grossos e unhas estreitas, quase femininas, cortadas bem curtas. De tão rosadas, pareciam pintadas. Ele mantinha as mãos sobre o colo e de tempos em tempos estendia e puxava os dedos, como se estivesse fazendo exercícios rotineiros de fortalecimento que lhe tivessem sido recomendados.

Sir George Ralston ficou de pé, de costas para eles, olhando pela janela cujas cortinas haviam sido parcialmente puxadas. Buckley não sabia se a intenção era mostrar que ele não influenciava o rapaz com olhares e palavras. Mas a pose parecia perversa, mais ainda porque não havia nada para ver na escuridão lá fora. Buckley desconhecia tamanho silêncio. Tinha uma característica positiva; não a ausência de ruído, mas um silêncio que aguçava a percepção, dando importância e dignidade a cada palavra e ato. Ele desejou, e não foi pela primeira vez, que estivessem no distrito policial, ouvindo o som das passadas, das portas sendo fechadas, das vozes altas distantes, todos os confortáveis ruídos de fundo da vida cotidiana. Ali, não só os suspeitos estavam sendo julgados.

Dessa vez o desenho de Grogan parecia inócuo, até interessante. Ao que tudo indica, ele estava redesenhando a horta. Fileiras ordenadas de repolho gorducho, feijão-trepador e folhas rendadas das cenouras cresciam sob suas mãos. Ele disse:

"Então, depois que sua mãe morreu você foi morar com o irmão dela e sua família, e ficou lá até lady Ralston visitá-lo no verão de 1978 e decidir adotá-lo?"

"Não houve adoção formal. Meu tio tinha a minha guarda e concordou que Clarissa fosse... bem, uma espécie de madrasta, digamos. Ela assumiu toda a responsabilidade por mim."

"E você gostou do arranjo?"

"Muito, senhor. A vida com meus tios não era agradável para mim."

O rapaz usara uma palavra estranha, pensou Buckley.

276

Soava como se eles lessem o *Mirror*, e não o *Times*, e como se ele não pudesse tomar um Porto após o jantar.

"E você era feliz com sir George e a mulher dele?" Grogan não resistiu ao leve toque de ironia. E acrescentou: "A vida era agradável para você?".

"Muito, senhor."

"Com sua madrasta... Era assim que pensava nela, como madrasta?"

O rapaz corou e olhou de esguelha para a figura silenciosa de sir George. Umedeceu os lábios e disse:

"Sim, senhor, suponho que sim."

"Sua madrasta vinha recebendo cartas muito desagradáveis, faz cerca de um ano. O que sabe a respeito?"

"Nada, senhor. Ela não me contou." Ele acrescentou: "Não nos víamos com muita frequência. Estou no colégio interno, e ela costumava ficar no apartamento de Brighton durante minhas férias".

Grogan puxou uma das mensagens da pasta e a colocou sobre a mesa.

"Um exemplo. Reconhece?"

"Não, senhor. É uma citação, certo? De Shakespeare?"

"Você é quem sabe, rapaz. Você estuda em Melhurst. Nunca viu uma dessas antes, mesmo?"

"Não, nunca."

"Muito bem. Por favor, conte exatamente o que fez entre uma hora da tarde e duas e quarenta e cinco de hoje."

Lessing olhou para as mãos, pareceu se dar conta dos movimentos provocados pelo nervosismo, e agarrou os dois braços da poltrona como se quisesse impedir o corpo de se levantar. Mas fez o relato com lucidez e confiança crescente. Tinha resolvido nadar antes da peça e seguira direto para o quarto após o almoço, para vestir o calção de banho sob a calça jeans e a camiseta. Pegara um agasalho e a toalha, atravessando o gramado para chegar ao mar. Fizera uma caminhada pela praia durante uma hora, pois Clarissa o alertara para não nadar logo depois da refeição. Havia seguido então para a pequena enseada próxima ao terraço e entrado na água às duas horas, ou pouco depois, deixando roupas, toalha e relógio de pulso na praia. Não vira ninguém durante a caminhada ou o banho de mar, mas sir George lhe dissera que o vira voltando para a praia, pois estava de binóculo após a sessão de observação de pássaros. Ele olhou outra vez para o padrasto, como se pedisse corroboração, sem obter resposta.

Grogan disse:

"Foi o que sir George Ralston nos contou. E depois?"

"Bem, na verdade mais nada, senhor. Eu estava voltando para o castelo quando o senhor Gorringe me viu e foi me encontrar. Ele me contou a respeito de Clarissa." As últimas palavras foram quase sussurradas.

Grogan inclinou a cabeça ruiva e perguntou, suavemente:

"E o que ele contou, exatamente?"

"Que ela tinha morrido. Assassinada."

"E ele explicou como?"

Novamente o sussurro.

"Não, senhor."

"Mas você perguntou, imagino. Sentiu uma curiosidade natural?"

"Eu perguntei o que havia acontecido, como ela havia morrido. Ele disse que só teriam certeza depois da autópsia."

"Ele tem razão. Você não precisa saber de mais nada, além do fato de ela estar morta, e que só pode ter sido homicídio. Agora, senhor Lessing, que tal falar um pouco sobre o braço da princesa morta?"

Buckley pensou ter ouvido uma exclamação de protesto de sir George; mesmo assim, ele não os interrompeu. O rapaz olhou de um rosto a outro, como se os policiais estivessem loucos. Ninguém falou. Ele disse:

"Está falando da igreja? Visitamos a cripta para ver os crânios hoje de manhã. Mas o senhor Gorringe não falou nada sobre uma princesa morta."

"Não estava na igreja."

"Quer dizer que é um braço mumificado? Não estou entendendo."

"Uma mão de mármore. Um braço, para ser mais preciso. O membro superior de um bebê. Alguém o levou da vitrine do senhor Gorringe, a que fica do lado de fora, e gostaríamos de saber quem e quando."

"Sinto muito, senhor, mas acho que eu não o vi."

Grogan terminara de desenhar o jardim dos fundos e o separava do gramado com treliças e uma passagem em arco. Erguendo os olhos para Lessing, disse:

"Meu pessoal e eu continuaremos aqui amanhã. Provavelmente passaremos mais alguns dias. Se lhe ocorrer algo, qualquer coisa que se lembre e seja diferente ou inusitada, por menor e irrelevante que lhe pareça, quero que nos conte. Entendeu?"

"Sim, senhor. Obrigado, senhor."

Grogan balançou a cabeça e o rapaz se levantou, olhou pela última vez para as costas imóveis de sir George e saiu. Buckley pensou que só faltara ele dar meia-volta, ao chegar à porta, para perguntar se tinha conseguido o emprego.

Sir George virou-se, finalmente, dirigindo-se ao inspetor-chefe.

"Ele precisa voltar para o colégio na segunda-feira de manhã, deve estar lá antes do meio-dia. Suponho que esteja liberado."

Grogan disse:

"Seria melhor para nós se ele pudesse ficar até terça-feira de manhã, senhor. Apenas questão de conveniência. Se alguma pista for levantada por ele ou por nós, seria melhor esclarecer os fatos rapidamente. Mas, claro, ele pode ir embora na segunda-feira de manhã, se acha que é importante."

Sir George hesitou.

"Imagino que um dia não vá fazer tanta diferença. Será melhor para ele, contudo, ir logo embora daqui, voltar aos estudos. Entrarei em contato com a escola amanhã ou na segunda-feira. Ele vai precisar sair de novo para o enterro, mas acredito que seja muito cedo para tratar disso."

"Creio que sim, senhor."

Sir George já estava prestes a abrir a porta quando Grogan disse, com voz calma:

"Preciso lhe fazer mais uma pergunta, senhor. Seu relacionamento com sua esposa. Diria que era um casamento feliz?"

A figura esguia e ereta ficou imóvel por um instante, com a mão na maçaneta. Sir George virou-se para encará-los. Seu rosto se contorcia violentamente, como se sofresse de espasmos nervosos. Mas ele logo se controlou.

"Considero a pergunta ofensiva, inspetor-chefe."

A voz de Grogan continuava calma, perigosamente calma.

"Numa investigação de assassinato, por vezes temos de fazer perguntas que as pessoas acham ofensivas."

"E sem o menor sentido, a não ser que a faça para as duas partes. É tarde demais para isso. Não sei se minha esposa tinha a capacidade de ser feliz."

"E o senhor?"

Ele respondeu com profunda simplicidade.

"Eu a amava."

9

Assim que ele saiu Grogan disse, com súbita veemência: "Vamos pegar as coisas e sair deste lugar. Está ficando claustrofóbico. A que horas chega a lancha com Roper e Badgett?"

Buckley consultou o relógio.

"Deve atracar em quinze minutos."

Os detetives Roper e Badgett passariam uma noite apenas no escritório, de plantão. Sua presença era quase uma formalidade. Ninguém no castelo pedira proteção policial, e Grogan não via necessidade disso. Dispunha de poucos homens, odiava desperdiçar mão de obra. As buscas cobriram a ilha inteira, inclusive a Caldeira do Diabo; caso alguém ainda acreditasse na teoria do invasor externo, devia admitir que ele não estava mais em Courcy. No dia seguinte as investigações policiais na ilha seriam finalizadas, e a investigação passaria para a delegacia de Speymouth. Tudo indicava, Buckley pensou, que seria uma vigília tediosa e pouco confortável para Roper e Badgett. Ambrose Gorringe oferecera um quarto, avisando que os dois policiais deviam chamar Munter, caso precisassem de alguma coisa. Mas as instruções de Grogan foram bem claras:

"Pessoal, tragam garrafa térmica e sanduíches, não peçam nada a ninguém. Não aceitem nada do senhor Gorringe além de luz, aquecimento e água para descarga da privada."

Ele puxou o cordão da sineta. Buckley teve a impressão de que Munter não se apressou em atender.

Grogan disse:

"Por favor, informe ao senhor Gorringe que estamos de saída."

"Sim, senhor. Mas a lancha da polícia ainda não foi avistada."

"Sei disso. Esperaremos no cais."

Quando o sujeito saiu, ele comentou, irritado:

"O que ele achou que faríamos? Caminhar sobre as águas?"

Ambrose Gorringe apareceu minutos depois para se despedir com cortesia formal. Eles poderiam ser um par de convidados para o jantar, pensou Buckley, mesmo que não fossem especialmente queridos ou agradáveis. Gorringe não mencionou o evento que os trouxera à ilha Courcy, nem perguntou a respeito dos progressos da investigação. O assassinato de Clarissa Lisle mais parecia um tropeço embaraçoso num dia de resto bem-sucedido.

Era bom estar novamente ao ar livre. A noite estava extraordinariamente agradável para meados de setembro, as pedras do terraço ainda propagavam um calor reconfortante, como o último suspiro de um dia de verão. Maletas na mão, eles caminharam juntos até o lado leste do píer. Ao se virarem para olhar o local de onde tinham saído, avistaram ao longe as luzes do salão de banquetes e silhuetas negras que se movimentavam no terraço, aproximavam-se e depois se afastavam, como se realizassem uma coreografia majestosa. Buckley teve a impressão de que levavam pratos nas mãos. Provavelmente se contentaram com a comida da festa cancelada, pensou, e uma citação irrelevante sobre carnes assadas num velório veio à sua mente. Ele não podia culpá-los por evitar a mesa coletiva, onde todos sentariam, e ter de lidar com uma cadeira vazia.

Ele e Grogan se acomodaram sob o telhado do coreto, esperando que surgissem as primeiras luzes da lancha. A sedutora paz da noite ali, no lado sul da ilha, de onde não se via a costa, ajudava a imaginar que a ilha estava totalmente isolada na imensidão do mar, que esperavam e procuravam os mastros do navio que viria resgatá-los, que as figuras a deslizar pelo terraço eram espectros de habitantes mortos havia muito tempo, que o próprio castelo era um casco, que o salão, a biblioteca e a sala davam para o céu, que a escadaria subia para o nada, que samambaias e trepadeiras abriam caminho por entre ladrilhos quebrados. Normalmente ele não era imaginativo, mas nesse momento ele deliberadamente deu vez ao cansaço, deixando que sua mente elaborasse a fantasia enquanto massageava o pulso direito, sentado.

A voz de Grogan interrompeu seu sonho brutalmente. Nem a paz nem a beleza o tocaram. Seus pensamentos continuavam voltados para o caso. Buckley ponderou que devia saber que não haveria trégua. Ele se lembrou do comentário entreouvido de um inspetor-detetive: "Rufus Ruivo trata uma investigação de assassinato como um caso amoroso. Fica obcecado com os suspeitos. Entra na existência deles. Vive e respira com o caso, inquieto, nervoso, frustrado até o clímax da detenção". Buckley se perguntou se essa seria uma das razões para o fim de seu casamento. Devia ser desconcertante viver com um homem que não estava em casa na maior parte do dia, e também da noite.

Quando Grogan falou, sua voz era vigorosa, como se o inquérito estivesse começando.

"A senhorita Roma Lisle, prima da falecida, quarenta e cinco anos, lojista, ex-professora, solteira. O que chama a atenção nessa senhora, Buckley?"

Buckley repassou mentalmente a conversa com Roma Lisle.

"Ela estava assustada, senhor."

"Assustada, na defensiva, constrangida, inconvincente. Considere sua história. Ela admite que a xilogravura pertencia a ela, e diz que a trouxe a Courcy por pensar que Ambrose Gorringe se interessaria, e que poderia estimar idade e valor. Como ele não se considera autoridade em impressos do início do século XVII, a esperança era otimista. Mesmo assim, não precisamos refletir muito a esse respeito. Ela encontrou a gravura, achou interessante e a trouxe consigo. Passemos ao dia de hoje. Ela nos conta que saiu do quarto da prima à uma e cinco, seguiu direto para a biblioteca e ficou lá até duas e meia, quando subiu para seu quarto. Fica no piso imediatamente acima da galeria, e ela não precisava passar pelo quarto da senhora Lisle para chegar ao dela. Não viu ninguém, não ouviu nada. Durante uma hora e vinte minutos, ficou sozinha na biblioteca. A senhorita Gray pôs a cabeça na porta por um momento, à uma e vinte, mas não entrou. A senhorita Lisle permaneceu na biblioteca esperando uma ligação particular do sócio, que não telefonou. Ela nos contou também que escreveu uma carta. Pedimos que a apresentasse, como pequena demonstração de verossimilhança — não que isso importe realmente —, e ela corou, constrangida, dizendo que decidira não mandar a carta, e que a picou em pedacinhos. Ressaltamos que não havia fragmentos de papel no cesto de lixo da biblioteca, ela corou mais ainda, dizendo que levara o papel picado consigo ao subir, para jogá-lo na privada e dar a descarga. Muito curioso. Mas há algo ainda mais estranho. Ela foi uma das últimas pessoas a ver a prima viva; não a última, mas uma das últimas. Ela nos contou que seguiu a senhora Lisle até o quarto, pois queria desejar sucesso na peça. Tudo muito adequado e familiar. Mas, quando comentamos que ela deixou para se vestir na última hora, Roma revela que decidira não ver a apresentação. Você teria uma teoria a propor, que explicasse essas excentricidades intrigantes de seu comportamento?"

"Roma esperava um telefonema do amante, e não necessariamente do sócio. Como ele não ligou, ela resolveu escrever uma carta. Mudou de ideia e rasgou a folha. Recolheu os fragmentos da lata de lixo para evitar que nós os colássemos e lêssemos sua correspondência particular, por mais inócua que fosse."

"Engenhoso, sargento. Veja, porém, para onde seu raciocínio nos leva. No momento que levou os pedaços de papel para cima, ela não sabia que a polícia viria aqui para meter o nariz inquisidor na correspondência particular das pessoas, a não ser que já soubesse da morte da prima."

"E a última visita à senhora Lisle?"

Grogan disse:

"Tenho a impressão de que a visita foi menos amigável do que ela afirma."

"Mas por que nos falou da carta? Não era necessário. Bastava dizer que tinha passado o período citado na biblioteca, lendo."

"Porque ela é uma mulher que normalmente diz a verdade. Não tentou fingir que gostava da prima, por exemplo, nem que lamentava profundamente sua morte. Se precisar mentir para a polícia, ela prefere mentir o menos possível. Assim, tem menos inverdades para lembrar e consegue se convencer de que, no essencial, não está mentindo. É um princípio válido até certo ponto. Mas não devemos exagerar a importância da carta rasgada. Talvez ela tenha resolvido poupar o trabalho aos empregados, ou temesse que algum curioso juntasse os pedaços. A história de Roma Lisle não é muito convincente, mas ela não está sozinha. Considere a curiosa reticência da camareira da vítima. Lembra os cabeçalhos dos livros policiais esnobes dos anos 1930."

Buckley repassou mentalmente a conversa com Rose Tolgarth. Antes de sua entrada Grogan lhe dissera:

"Interrogue a empregada, sargento. Ela deve preferir a juventude à experiência. Seja gentil."

"Sentado à mesa, senhor?"

"Seria o lugar óbvio, a não ser que prefira dar voltas em torno dela, como um predador."

Grogan a cumprimentou e a convidou a sentar com mais cortesia do que demonstrara por Cordelia Gray ou por Roma Lisle. Se ficou surpresa ao ver à frente o mais jovem dos policiais, ela não demonstrou. Na verdade, não demonstrou nada. Encarou-o com olhos penetrantes, com sua íris preta esfumaçada, como se estivesse olhando para... para quê, ele se perguntou? Não para sua alma, uma vez que ele não acreditava possuir uma, mas certamente para um setor da mente que não deveria ser objeto de escrutínio público. Todas as perguntas foram respondidas com educação, com o mínimo de palavras. Ela admitiu saber das mensagens ameaçadoras, mas recusou-se a especular sobre seu provável autor. Essa tarefa, deixou claro, cabia à polícia. Ela havia preparado o chá da sra. Lisle e o levara para cima na bandeja, para que o tomasse antes de descansar para a apresentação. A rotina era sempre a mesma. A sra. Lisle tomava chá Lapsang Souchong sem leite nem açúcar, com duas rodelas grossas de limão no bule antes de despejar água quente. Ela havia preparado o chá do modo habitual, na copa do sr. Munter, a sra. Chambers e Debbie estiveram com ela o tempo inteiro. Tolly levara o bule para cima imediatamente após o preparo, e em nenhum momento perdera o bule de vista. Sir George estava no quarto com a mulher. Ela havia colocado a bandeja de chá na cômoda ao lado da cama, depois fora ao banheiro, para ajeitar tudo antes de sua patroa tomar banho. Em seguida havia voltado ao quarto para ajudar a sra. Lisle a trocar de roupa e encontrara a srta. Gray. Assim que a srta. Gray voltou a seu próprio quarto, sir George também saíra, e logo depois tinha sido a vez dela. Passara a tarde preparando o camarim das mulheres, no teatro, e ajudando a sra. Munter nos preparativos da festa. Às duas e quarenta e cinco, preocupada com a possibilidade de a srta. Gray ter esquecido de chamar a sra. Lisle, havia subido para acordá-la. Encontrara sir George, o sr. Gorringe e a srta. Gray na porta do quarto, e ficara sabendo da morte da sra. Lisle.

Os policiais a conduziram até o quarto, pedindo que olhasse tudo meticulosamente, sem tocar em nada, e dissesse se havia algo fora do lugar que chamasse a sua atenção, ou se as coisas estavam como ela esperava. Ela balançou a cabeça, positivamente. Antes de sair, parou por um momento, olhando para a chaise longue e para a cama vazia com uma expressão que Buckley não conseguiu decifrar. Tristeza? Especulação? Resignação? A palavra exata lhe fugia. Os olhos dela estavam bem abertos, e teve a impressão de que seus lábios se moviam. Por um momento ele teve a sensação de que ela orava.

De volta ao escritório, ele perguntou:

"Era feliz trabalhando para a senhora Lisle? Vocês se davam bem, gostavam uma da outra?" Foi um modo diplomático de perguntar se ela odiava a patroa a ponto de esmagar sua cabeça.

Ela respondeu, calmamente:

"Estávamos acostumadas uma com a outra. Minha mãe cuidou dela e me pediu que continuasse a fazer isso."

"E não sabe de nenhum motivo para alguém matá-la, certo? Eram todos uma família feliz?"

A tentativa de sarcasmo de Grogan não deu certo. Ela deu o troco na mesma moeda.

"Não há motivo para uma pessoa matar outra, nem mesmo numa família feliz."

Ele teve mais sucesso com a sra. Munter. Ela também foi uma testemunha educada mas reticente, contando o mínimo possível, resistindo a todas as tentativas dele de fazer com que cometesse alguma indiscrição. Ambrose Gorringe escondera os segredos que porventura tivesse com uma torrente de conjeturas aparentemente inocentes. A srta. Tolgarth e a sra. Munter ocultaram os seus com um silêncio e uma obstinação que ficaram a um passo de assumir a recusa em cooperar. Buckley pensou que Grogan não poderia ter selecionado testemunhas mais difíceis para ele treinar interrogatório. Talvez fosse essa a ideia. A impressão que elas pretendiam passar era de que o assassinato, como a maior parte da violência do mundo, era um problema masculino, do qual as mulheres preferiam ser poupadas. De quando em quando ele se pegava olhando para elas com uma sensação que, percebeu constrangido, era de óbvia frustração. Mas os seres humanos não eram como os problemas de geometria. Nem sempre faziam sentido se a gente passasse tempo suficiente olhando fixo para eles. Buckley disse:

"A senhorita Tolgarth admite que ficou com a senhora

Lisle até sir George ir embora, e isso confirma o depoimento dele. A senhorita Gray estava em seu quarto, e ninguém viu a senhorita Tolgarth sair. Ela pode ter voltado ao banheiro, fingido estar ocupada com os preparativos para o banho, entrado no quarto depois que Gray saiu e matado a patroa."

"Só se agiu muito rápido. A senhora Munter a viu na despensa, no andar de baixo, à uma e vinte."

"Foi o que declarou. Tenho a impressão de que as duas combinaram o que dizer. Não consegui quase nada delas, principalmente de Rose Tolgarth."

"Exceto por uma mentira extremamente interessante. A não ser, claro, que a senhora seja menos atenta do que eu gostaria de acreditar."

"Como assim?"

"No quarto, sargento. Pense. Você perguntou se estava tudo como ela esperava encontrar. Sua resposta foi balançar a cabeça. Tente visualizar agora a penteadeira. O que faltava, no meio daquela confusão de artigos femininos, algo que esperaríamos encontrar ali, levando em conta as coisas que estávamos vendo?"

Mas a lancha que trazia Roper e Badgett atracou no píer antes que Buckley pudesse pensar no enigma e dar uma resposta.

10

O dia terrível finalmente acabou. Pouco depois das dez da noite, um a um, após desejarem boa noite rapidamente, seguiram em silêncio para suas camas. Seria impossível pronunciar lugares-comuns usuais — "Estou exausta. Foi um dia longo. Durma bem. Nos vemos amanhã cedo" — pois todos eles carregavam o peso de insinuações, falta de tato ou mau gosto. Duas policiais femininas haviam tirado as coisas de Cordelia do quarto De Morgan, um toque delicado que a alegraria, se estivesse em condições de ser alegrada. O novo quarto situava-se no mesmo piso do quarto de Simon, mas do outro lado, dando para o jardim das rosas e para a piscina. Ao girar a chave na fechadura e respirar o ar pesado, perfumado, Cordelia concluiu que não era muito usado. Pequeno, abafado, cheio de móveis, como se Ambrose o tivesse mobiliado rigorosamente de acordo com a época, para educar os participantes das excursões de verão. A leveza e a delicadeza obtidas em grande parte do castelo estavam ausentes. Em cada centímetro das paredes havia quadros e ornamentos, e a mobília rebuscada, de *papier-mâché* arrematado com mogno, parecia pressioná-la, escura e ameaçadora. O quarto era mofado, mas quando abriu a janela, o som do mar o invadiu, um rugido assustador, sem nada de soporífero ou reconfortante. Ela se deitou, procurando energia para levantar da cama e fechar um pouco a janela. Mas foi seu último pensamento consciente antes que o cansaço tomasse conta, e ela percorresse sem resistir o trajeto da exaustão ao sono profundo.

LIVRO CINCO

TERROR AO LUAR

1

Cordelia desceu ao escritório às nove e quinze, para telefonar para a srta. Maudsley, consciente de que a polícia poderia estar ouvindo tudo ao levantar o fone do gancho. Mas monitorar ligações pessoais, mesmo no local de um assassinato, contava como escuta telefônica, e para isso a autorização do Ministério do Interior era absolutamente necessária. Era estranho como conhecia pouca coisa sobre investigações policiais de verdade, apesar dos ensinamentos de Bernie. Já chamara a sua atenção o quanto seus poderes legais eram muito menos abrangentes do que a leitura de livros policiais sugeria. Por outro lado, sua presença física era muito mais assustadora e opressiva do que ela julgava possível. Era como ter ratos em casa. Eles podiam passar um tempo silenciosos e invisíveis, mas, quando se descobria sua presença secreta e poluidora, tornava-se impossível ignorá-la. Mesmo no escritório vazio a força da personalidade repugnante do inspetor Grogan permanecia no ar, embora todos os sinais de sua breve passagem tivessem sido removidos. Teve a impressão de que a polícia deixara o local mais limpo do que o encontrara, o que em si já era sinistro. Ao discar o número de Londres, teve dificuldade de acreditar que a chamada não estava sendo gravada.

Infelizmente a srta. Maudsley não tinha telefone no quarto barato que alugava. O único aparelho disponível ficava no canto mais inacessível do corredor escuro de Mancroft Mansions, e Cordelia sabia que precisaria esperar alguns minutos até que um dos outros moradores, incomodado pelo toque insistente, se dispusesse a atender para acabar com o sofrimento, e que seria uma sorte se ele entendesse inglês, e mais sorte ainda se concordasse em subir quatro andares para chamar a srta. Maudsley. Mas naquela manhã ela atendeu o telefone imediatamente. A srta. Maudsley contou que havia comprado o jornal de domingo na volta da missa das oito, como sempre, e sentara no primeiro degrau da escada, pensando se devia telefonar para o castelo ou esperar o chamado de Cordelia. Ela estava quase incoerente de tanta ansiedade e preocupação, e a curta notícia do jornal não ajudara em nada. Cordelia imaginou que Clarissa ficaria desapontada ao verificar que sua fama, mesmo depois de uma morte violenta, não lhe dera uma manchete acima da dobra num dia em que um escândalo espetacular envolvendo parlamentares, a morte de um famoso astro pop por overdose e um ataque terrorista brutal no norte da Itália apresentara ao editor um excesso de candidatos à primeira página.

A srta. Maudsley, com voz trêmula, disse:

"Diz que ela foi... bem... espancada até a morte. Não consigo acreditar. Deve ter sido horrível para você. E para o marido também, é claro. Pobre coitada. Mas, naturalmente, precisamos pensar nos vivos. Suponho que tenha sido algum intruso. O jornal diz que as joias dela sumiram. Espero que a polícia não tenha ideias erradas."

Era um jeito de dizer, com certo tato, que ela esperava que não estivessem suspeitando de Cordelia.

Cordelia passou algumas instruções devagar, e a srta. Maudsley fez tentativas audíveis de se acalmar e ouvir.

"A polícia certamente fará uma investigação sobre minha pessoa e sobre a agência. Não conheço o procedimento, se irá alguém do departamento de investigação criminal de Dorset ou se pedirão à Met que faça isso por eles. De todo modo, não se preocupe. Basta responder às perguntas."

"Ah, minha cara, faremos isso. Mas é tudo tão pavoroso. Devo mostrar tudo a eles? E se pedirem para ver nossa contabilidade? Fiz o balanço do caixa menor na sexta-feira à tarde, mas os valores não bateram rigorosamente. O senhor Morgan, um homem muito simpático, veio consertar a placa torta... Ele disse que mandaria a conta quando você voltasse, mas pedi a Bevis que comprasse biscoitos para servir com o café do senhor Morgan, e ele esqueceu quanto custaram, depois jogamos o pacote fora com a etiqueta do preço."

"Eles devem perguntar sobre a visita de sir George Ralston. Não creio que a polícia se interesse pelo caixa menor. De todo modo, deixem que examinem o que quiserem, menos, é claro, as fichas dos clientes. São confidenciais. Senhorita Maudsley, por favor, diga a Bevis para não bancar o esperto."

A srta. Maudsley prometeu seguir todas as suas instruções, com voz um pouco mais calma; ela obviamente se esforçava para se preparar para as crises que a segunda-feira traria, e queria se mostrar confiável. Cordelia não sabia o que causaria mais dano, a atuação teatral de Bevis ou as declarações enfáticas da srta. Maudsley de que a srta. Gray seria incapaz de matar alguém, quaisquer que fossem as circunstâncias. Provavelmente Bevis se sentiria intimidado pela presença física da polícia e não exerceria plenamente seus talentos histriônicos, a menos que, por azar, tivesse visto recentemente um documentário na televisão expondo a corrupção, a brutalidade e o racismo da polícia, e nesse caso tudo era possível. Pelo menos ela tinha certeza de que não seria Adam Dalgliesh quem visitaria seu escritório em Kingly Street. Nas rarefeitas e misteriosas alturas em que ele vivia agora, uma tarefa dessas seria inimaginável. Cordelia se perguntou se ele leria a respeito do crime, se saberia que ela estava envolvida.

Nada poderia ter preparado Cordelia para a singularidade do resto daquela manhã de domingo. Quando se servia de ovos mexidos durante o café da manhã, Ambrose parou de repente, com a colher na mão.

"Meu Deus, esqueci de cancelar a vinda do reverendo Hancock! Agora é tarde. Oldfield deve estar a caminho, para buscá-lo."

Ele se virou para explicar:

"É um clérigo anglicano idoso que se aposentou e veio morar em Speymouth. Costumo convidá-lo para realizar o serviço religioso no domingo de manhã, quando tenho hóspedes. As pessoas sentem necessidade dessas coisas, atualmente. Clarissa gostava de sua presença quando vinha passar o fim de semana. Ele a divertia."

"Clarissa!" Ivo soltou uma gargalhada rouca que sacudiu seu corpo esquelético. "Ao que tudo indica ele chegará praticamente ao mesmo tempo que a polícia. Então explicaremos a Grogan que não estaremos à disposição dele por cerca de uma hora, pois precisamos comparecer ao serviço religioso. Mal posso esperar para ver a cara dele. Admita que não cancelou o culto de propósito, Ambrose."

"Não, eu garanto. Fugiu completamente da minha cabeça."

Roma disse:

"Ele provavelmente não virá. Deve ter ouvido algo a respeito do assassinato, a esta altura — em Speymouth não se fala noutra coisa, aposto —, e deduzirá que não precisa vir."

"Não se fie nisso. Se estivéssemos reduzidos a duas pessoas, após um massacre, e Oldfield fosse buscá-lo, ele viria. Tem quase noventa anos e suas próprias prioridades. Além disso, gosta do almoço e do sherry. Acho melhor avisar Munter."

Ambrose saiu com seu sorriso complacente e reservado.

Cordelia disse:

"Será que preciso usar vestido, em vez de calça?"

Ivo subitamente deu a impressão de recuperar o apetite. Pegou uma porção generosa de ovos mexidos.

"Desnecessário, com certeza. Duvido que tenha trazido luvas e livro de orações. Tudo bem, mesmo que faltem alguns adereços, podemos ir à igreja segundo a moda vitoriana consagrada. Eu me pergunto se os Munter e Oldfield ocuparão o banco dos serviçais. Mas qual seria o tema da pregação do idoso reverendo, se mal pergunto?"

Ambrose reapareceu.

"Tudo resolvido. Munter não se esqueceu dele. Todos comparecerão, ou temos algum opositor consciente?"

Roma disse:

"Eu desaprovo, mas não me importo em comparecer se o objetivo for irritar Grogan. Não vamos precisar cantar, não é?"

"Claro que sim. Temos o *Te Deum* e as respostas, bem como um hino. Alguém quer escolher o hino?"

Ninguém se manifestou.

"Então sugiro 'Deus se move por caminhos misteriosos'. Receberemos a lancha às dez e quarenta."

E assim a manhã surpreendente começou. A *Shearwater* chegou ao cais cinco minutos antes da lancha da polícia. Ambrose recebeu uma figura frágil de batina e barrete, que desembarcou com surpreendente agilidade e os examinou com olhos azuis úmidos e desbotados, mas benignos. Antes que Ambrose pudesse fazer as apresentações, ele se virou e disse:

"Sinto muito pela morte de sua mulher."

Ambrose disse, com ar grave:

"Sim, uma fatalidade. Mas não éramos casados, reverendo."

"Não? Minha nossa! Perdoe-me, eu não sabia. Afogada, pelo que disseram. Essas águas são muito perigosas."

"Não se afogou, reverendo. Ela sofreu uma concussão fatal."

"Creio que minha empregada falou em afogamento. Talvez eu estivesse pensando em outra pessoa. Na guerra, quem sabe. Faz muito tempo, de qualquer maneira. Acho que minha memória já não é a mesma."

A lancha da polícia encostou no píer, e todos observaram o desembarque de Grogan, Buckley e mais dois policiais à paisana. Ambrose disse, formal:

"Permita-me apresentar o reverendo Hancock, que realizará o serviço matinal de acordo com os ritos da Igreja anglicana. Em geral, dura uma hora e quinze minutos. O senhor e seus subordinados estão convidados, claro, seria uma honra ter sua companhia no culto."

Grogan disse, sucinto:

"Obrigado, mas não sou membro da sua Igreja e meus homens cuidam disso nas horas de folga, de acordo com suas crenças. Eu gostaria de ter acesso a todas as partes do castelo novamente."

"Claro. Munter providenciará tudo. Estarei disponível após o almoço, também."

A capela os recebeu com seu silêncio arcaico e multicolorido. Simon foi convencido a sentar ao órgão, e o resto do grupo se acomodou sobriamente no banco alto originalmente destinado a Herbert Gorringe. O órgão era antigo, de fole, e Oldfield estava lá para bombear o ar. Quando o reverendo Hancock entrou, devidamente paramentado, o culto começou.

Ambrose obviamente considerava que seus hóspedes eram dissidentes, ou coisa pior, e precisavam de forte incentivo nas respostas, mas Ivo exibiu durante o serviço um respeito atento e mostrou familiaridade com a liturgia, sugerindo que aquela era sua atividade normal no domingo de manhã. Simon demonstrou competência no órgão, embora Oldfield tenha deixado faltar ar no final do *Te Deum*, produzindo um amém atrasado, ruidoso e dissonante. Roma esqueceu sua decisão de permanecer em silêncio e soltou a voz de contralto potente, mas meio desafinada. O reverendo Hancock usou o Livro de Oração Comum sem omissões ou substituições, e sua congregação declarou sua culpa, sua máxima culpa, confessou ter seguido os ditames e desejos de seus corações, prometendo tomar jeito em coro resoluto e descompassado. Só no final dos pedidos, quando ele inesperadamente incluiu uma prece pelas almas dos que já partiram, Cordelia ouviu o suspiro geral, e o ar na capela por um momento esfriou. O sermão durou quinze minutos, consistindo numa dissertação erudita sobre a teologia da redenção segundo o apóstolo Paulo. Quando todos se levantaram para cantar o hino, Ivo sussurrou para Cordelia:

"É o que se espera de um sermão. Sem nenhuma relevância em relação a nada, a não ser para si próprio."

Antes do almoço, Munter serviu sherry seco gelado, no terraço. O reverendo Hancock bebeu três cálices sem comprometimento aparente. Animado, conversou com sir George sobre observação de pássaros e com Ivo sobre a reforma litúrgica, assunto sobre o qual o crítico de teatro se mostrou surpreendentemente bem informado. Ninguém mencionou Clarissa, e Cordelia teve a impressão de que, pela primeira vez desde o assassinato, seu espírito inquieto e ameaçador aquietou-se. Por alguns momentos preciosos o peso da culpa e da dor deixou seu coração. Era possível acreditar, conversando à vontade sob o sol, que a vida estava bem organizada, correta e austeramente decente como o grande compromisso anglicano do qual haviam tomado parte. E, quando atacaram o rosbife com torta de ruibarbo — um almoço domingueiro convencional e pesado, que ela suspeitava ter sido preparado para agradar ao reverendo Hancock —, foi um alívio contar com a presença do religioso ali, ouvir a voz fina mas agradável discutir temas inofensivos como os hábitos de nidificação do melro, observando o prazer que ele sentia ao desfrutar da comida e do vinho. Só Simon, com o rosto afogueado, bebia um tanto exageradamente, engolindo o Bordeaux como se fosse água, estendendo a mão trêmula para pegar o *decanter*. Mas o reverendo Hancock continuava lépido como sempre, após uma refeição capaz de reduzir muitos homens mais jovens ao estupor. Ele se despediu com o mesmo contentamento sereno que exibira ao cumprimentá-los quatro horas antes, ao chegar.

Enquanto a *Shearwater* se afastava, Roma voltou-se para Cordelia e disse, encabulada:

"Vou dar uma volta, caminhar por meia hora. Não quer vir comigo? Eu gostaria de conversar com você sobre certo assunto."

"Tudo bem. Se Grogan quiser falar conosco, pode mandar nos chamar."

Elas seguiram juntas, em silêncio, até o descampado atrás do jardim das rosas, depois seguiram sob a sombra das faias, agachando-se por causa das folhas caídas brilhantes, ouvindo acima do ruído de seus pés nas folhas secas o pulso forte do mar. Após cinco minutos elas saíram do bosque e chegaram à borda do penhasco. Do lado direito situava-se a casamata de concreto, parte das defesas da ilha erguidas em 1939, cuja entrada baixa fora bloqueada pelo mato. Elas a contornaram e sentaram, encostadas no muro de cimento grosso, olhando para baixo através das folhas douradas e verdes das faias para ver a praia e o mar que refletia nas pedrinhas da beirada.

Cordelia permaneceu quieta. Acompanhara Roma no passeio a seu pedido. Cabia à outra dizer o que se passava em sua cabeça. Mas ela se sentia curiosamente em paz e à vontade na companhia de Roma, como se nenhuma das diferenças entre ambas pudesse contar ante a feminilidade compartilhada. Observou Roma pegar um galho de faia e começar a tirar suas folhas uma a uma. Sem olhar para Cordelia, ela disse:

"Você, ao que consta, é a especialista nesses assuntos. Quando acha que poderemos ir embora? Tenho uma loja para cuidar, meu sócio não pode passar o resto da vida tratando de tudo sozinho. A polícia não pode nos deter aqui, certo? A investigação talvez demore meses para ser concluída."

Cordelia disse:

"Eles não podem nos deter legalmente, a não ser com voz de prisão. Alguns de nós deverão estar presentes ao inquérito. Mas aposto que você poderá ir embora amanhã, se quiser."

"E quanto a George? Ele precisa de ajuda. Vai cuidar das coisas dela, das joias e roupas, da maquiagem, ou espera que eu faça isso?"

"Não seria melhor você perguntar a ele?"

"Não permitem entrar no quarto dela. A polícia o deixou lacrado. E ela andava com muita bagagem. Sempre trazia o suficiente para encher gavetas e mais gavetas, mesmo que fosse passar só o fim de semana. Além disso, há roupas no apartamento de Bayswater e no de Brighton: ternos, vestidos, peles. Ele não pode doar aquilo para a Oxfam."

"Eles levariam um susto, sem dúvida. Mas imagino que consigam dar um bom destino a tudo. Costumam vender as roupas nos bazares da instituição", disse Cordelia. Ela teria considerado essa conversa feminina sobre o guarda-roupa de Clarissa apenas bizarra, se não tivesse percebido que o interesse de Roma pelas coisas da prima mascarava uma preocupação mais profunda: o dinheiro de Clarissa.

Roma disse, bruscamente:

"Você sabia que eu pedi um empréstimo a Clarissa pouco antes de sua morte, e que ela o recusou?"

"Sim, eu estava lá quando ela comentou isso com sir George."

"E você não contou para a polícia?"

"Não."

"Foi decente de sua parte, considerando que eu não fui muito simpática em relação a você."

"O que uma coisa tem a ver com a outra? Se quiserem informações sobre esse assunto, podem obtê-las da pessoa envolvida, que é você."

"Bem, ainda não chegaram lá. Não me orgulho disso, nem sei bem a razão. Pânico, suponho, e uma sensação de que seria mais conveniente para eles atribuir o crime a mim do que a George ou Ambrose. Um é baronete e herói de guerra, e o outro é rico."

"Duvido que eles queiram atribuir o crime a alguém, com exceção do culpado. Não simpatizo com nenhum dos dois, Grogan ou Buckley. Mas acho que são honestos."

"Interessante. Nunca simpatizei com a polícia, não confio nela, mas sempre tive certeza de que cooperaria plenamente no caso de um crime sério como assassinato", disse Roma. "Quero ver o assassino de Clarissa preso, claro. Então, por que estou na defensiva? Por que ajo como se Grogan e Buckley estivessem mancomunados contra mim? É humilhante ter de mentir, sentir medo e vergonha."

"Eu sei. Sinto a mesma coisa."

"Tenho a impressão de que George também não mencionou nossa conversa a eles. Nem Tolly. Clarissa mandou que ela saísse quando conversávamos, mas ela deve ter percebido. O que acha que Tolly tem em mente? Chantagem?"

"Imagino que não. Mas acho que ela sabe. Ficou no banheiro enquanto eu estava lá, provavelmente ouviu tudo. Clarissa falou alto, com veemência."

"Ela foi veemente comigo, veemente e ofensiva. Se eu fosse capaz de matá-la teria feito isso ali, naquela hora."

Passaram um momento em silêncio, depois ela disse:

"O que eu não aguento é o modo como todos evitam cuidadosamente falar sobre quem a matou. Nem mesmo revelamos o que dissemos a Grogan. Desde o assassinato estamos nos comportando como estranhos, não contamos nada, não perguntamos nada. Não acha isso estranho?"

"Na verdade, não. Estamos presos aqui. A vida se tornaria intolerável se começássemos a fazer acusações ou a recriminar os outros, e se nos dividíssemos em panelinhas."

"Acho que tem razão. Mas não aguento mais, nem se pode falar a respeito, todos conversam educadamente, mas estamos pensando na mesma coisa, evitando a todo custo os olhares alheios, ponderando, trancando a porta à noite. Você tranca a sua?"

"Sim. Não sei bem o motivo. Não creio nem por um momento na presença de um maníaco homicida na ilha. Clarissa foi sempre o alvo. Não a mataram por acaso. Mesmo assim, tranquei minha porta."

"Contra quem? Na sua opinião, quem foi?"

Cordelia disse:

"Um de nós, alguém que dormiu no castelo na sexta-feira à noite."

"Sei disso. Mas quem?"

"Não sei. Você sabe?"

O galho que Roma segurava ficou reduzido a uma haste lisa. Ela o jogou fora, apanhou outro e retomou sua tarefa de metódica destruição.

"Eu gostaria que tivesse sido Ambrose, mas não posso acreditar nessa possibilidade. Não foi George Orwell quem escreveu que o homicídio, o crime único, deve surgir de emoções intensas? Ambrose nunca sentiu uma emoção forte na vida. Além disso, não teria nem a coragem nem a crueldade. Não seria capaz de tanto ódio. Gosta de brincar com os instrumentos da violência; um laço de forca, um vestido ensanguentado, algemas vitorianas. Com Ambrose até o horror é de segunda mão, vem desinfetado pelo tempo, pelo charme e pelo exotismo. Não pode ter sido Simon. Ele nem chegou a ver o braço de mármore, e de todo modo a esta altura já teria confessado. É fraco como o pai. Não teria força psíquica para suportar cinco minutos com Grogan, se o tempo esquentasse. E Ivo? Bem, Ivo está morrendo, já cumpriu sua sentença. Talvez se considere fora do alcance da lei. Mas qual seria o motivo? Suponho que o principal suspeito seja George, mas não acredito nisso, tampouco. Ele é militar profissional, assassino profissional, se quiser. Mas não faria daquele jeito, e não mataria uma mulher. Podem ter sido os Munter, um deles ou ambos, ou mesmo Tolly, mas não vejo razão. Com isso, restamos você e eu. Não fui eu. E, se servir de consolo, acho que não foi você."

Cordelia disse:

"Fale a respeito de Clarissa. Você passava sempre as férias com ela quando era criança, não é verdade?"

"Meu Deus, o terrível mês de agosto! Eles tinham casa na beira do rio, em Maidenhead, e passávamos a maior parte do verão lá. A mãe achava que Clarissa precisava de companhia da sua idade, e meus pais adoravam a ideia de alguém me dar casa e comida de graça. Curiosamente, nós nos entendíamos bem, unidas, suponho, pelo medo que sentíamos do pai dela. Quando ele chegava de Londres ela ficava apavorada."

"Eu pensei que ela o amava, que ele era um pai dedicado, que a mimava muito."

"Foi o que ela lhe disse? Típico de Clarissa! Ela não

conseguia ser sincera nem a respeito da infância. Nada disso, ele era cruel. Não quero dizer que ele nos espancava fisicamente. De certo modo, seria mais fácil superar pancadas do que o sarcasmo, a raiva adulta contida, o desprezo. Na época eu não o entendia, claro. Hoje acho que entendo. No fundo ele não gostava das mulheres. Casou-se para ter um filho — em seu egoísmo, não conseguia imaginar um mundo em que não gozasse pelo menos de uma imortalidade vicária — e ganhou uma filha, uma esposa inválida incapaz de parir de novo e um trabalho incompatível com o divórcio. A frieza dele e o medo que ela sentia mataram qualquer espontaneidade, qualquer afeto, qualquer habilidade que ela pudesse mostrar. Não admira que ela tenha passado o resto da vida procurando o amor obsessivamente. Bem, não é isso que todos nós fazemos, no final das contas?"

Cordelia disse:

"Depois fiquei sabendo de um caso em que ela agiu erradamente, concluí que era um monstro. Mas ninguém é, não inteiramente, quando se conhece a verdade a respeito da pessoa."

"Ela era um monstro, sem sombra de dúvida. Mas, quando penso no tio Roderick, entendo o motivo. Não acha melhor voltarmos? Grogan suspeitará de conspiração. Creio que podemos descer por aqui, chegar à praia e voltar pela beira do mar."

Elas desceram até o nível da arrebentação. Roma, com as mãos enterradas no bolso do casaco, caminhava na frente, pisando na água deixada pelas ondas quando recuavam, indiferente à barra da calça molhada que fustigava seu tornozelo e ao sapato ensopado. O caminho de volta foi mais longo e lento que a ida pelo bosque, mas finalmente dobraram a ponta da enseada, e o castelo surgiu à frente, subitamente. Elas pararam para admirá-lo. Um jovem com calção de banho, carregando um caixote de madeira, descia pela escada de incêndio, saindo pela janela do primeiro quarto ocupado por Cordelia. Ele baixava com cuidado, agarrando os degraus com os braços, tomando cuidado para não tocá-los com as mãos. Depois olhou em volta, andou até a beirada do penhasco e com um gesto violento, inesperado, atirou a caixa no mar. Permaneceu parado ali por um momento, de braços levantados, e mergulhou. A cerca de trinta metros do final do terraço um barco balançava, e não era a lancha da polícia. Um mergulhador, esguio e reluzente em sua roupa negra, aguardava sentado na amurada. Assim que a caixa bateu na água, ele girou o corpo e mergulhou, desaparecendo da vista. Roma disse:

"Então é isso que a polícia está pensando?"

"Sim. É isso que eles estão pensando."

"Procuram a caixa de joias. E se conseguirem encontrá-la no fundo do mar?"

Cordelia disse:

"Será uma péssima notícia para alguém que está na ilha. Aposto que a caixa ainda contém as joias de Clarissa."

E o que mais poderia conter? A notícia do desempenho de Clarissa em *Profundo mar azul* continuaria guardada na gaveta secreta? A polícia pouco se interessara pelo recorte, mas Cordelia pensou que talvez tivesse alguma importância. Haveria a possibilidade de relação com a morte de Clarissa? A ideia inicialmente lhe pareceu absurda, mas não saía de sua cabeça. Ela sabia que não se daria por satisfeita até reler a notícia. O primeiro passo óbvio era ir até a redação do jornal em Speymouth e pedir para pesquisar no arquivo. Ela sabia o ano, era o do jubileu da rainha, 1977. Não devia ser muito difícil. Pelo menos estaria tomando alguma iniciativa.

Ela se deu conta de que Roma estava parada, completamente imóvel, com os olhos fixos no nadador solitário e uma expressão impassível.

Depois de um momento ela balançou a cabeça e disse:

"Acho melhor entrar e enfrentar mais uma rodada das torturas do inspetor-chefe Grogan. Se fosse abertamente impertinente ou mesmo brutal eu o consideraria menos ofensivo do que em sua pose de velada insolência masculina."

305

Mas quando passaram pelo salão, o som de vozes as atraiu para a biblioteca, foram informadas por Ambrose de que Grogan e Buckley tinham ido embora da ilha. Precisavam encontrar o dr. Ellis-Jones no necrotério de Speymouth. Não haveria novos interrogatórios até a segunda-feira pela manhã. Poderiam passar o resto do dia como bem entendessem.

2

Buckley pensou que domingo à tarde era um dia terrível para fazer autópsia. Ele não gostava de acompanhar o exame, fosse qual fosse o dia, mas domingo, mesmo se estivesse trabalhando, caracterizava-se por uma calma letárgica pós-prandial que pedia uma poltrona confortável na sala dos sargentos e uma leitura preguiçosa de relatórios, jamais a hora passada em pé ao lado do dr. Ellis-Jones, que fatiava, serrava, cortava, pesava e exibia o material com as mãos enluvadas sujas de sangue. Buckley não tinha frescuras. Não se importava com as indignidades praticadas contra seu corpo após a morte, e não via por que alguém deveria se perturbar com o esquartejamento ritual de um cadáver, assim como não se incomodara na infância, quando, excitado, observava tio Charlie trabalhar no barracão atrás do açougue. A seu modo, o dr. Ellis-Jones e tio Charlie compartilhavam o mesmo conhecimento e agiam da mesma maneira no serviço. Tanto que ele levou um susto quando ao terminar o curso de policial numa escola da região compareceu à primeira necropsia. Esperava algo mais científico, menos brutal e muito menos sujo do que se via na realidade. Ocorreu-lhe que a principal diferença entre o dr. Ellis-Jones e tio Charlie era que este se preocupava menos com infecções, usava instrumentos um pouco mais toscos e tratava a carne com mais respeito. Mas isso não chegava a surpreender, em função do preço que cobrava.

Saiu finalmente para tomar um pouco de ar, aliviado. Não que a sala de autópsias cheirasse mal. Teria se importado menos se fosse assim. Buckley odiava o odor de desinfetante que se somava ao fedor da putrefação em vez de mascará-lo. O cheiro indefinível mas persistente permanecia em seu nariz.

O necrotério era um prédio moderno numa elevação a oeste do centro, e quando seguiam de volta para o Rover viam as luzes acenderem como vaga-lumes nas ruas curvas, e a silhueta escura da ilha Courcy a se erguer como um animal meio submerso, adormecido em alto-mar. Era curioso, Buckley pensou, como a ilha parecia se aproximar ou recuar, dependendo da luz e da hora do dia. Sob o sol amarelo do outono ela se perdia na névoa azulada, e parecia tão próxima que daria para nadar até a praia colorida e tranquila. Naquele momento, porém, ela se afastara canal da Mancha adentro, remota e sinistra, uma ilha de mistério e horror. O castelo, no lado sul, estava escuro. Ele se perguntou o que o pequeno grupo de suspeitos fazia naquele momento, e como enfrentariam a longa noite que tinham pela frente. Seu palpite era que todos, menos um, trancariam a porta do quarto antes de deitar.

Grogan aproximou-se. Apontando para a ilha, disse:

"Agora já sabemos o que um deles sabia, ou seja, como ela morreu. Além da explicação técnica do doutor Ellis-Jones sobre a mecânica dos golpes e a absorção local de energia cinética nos ferimentos na cabeça, sem mencionar o padrão interessante e característico com que o crânio se desintegra sob impacto, o que temos? O que esperávamos. Ela morreu de uma fratura frontal do crânio, que afundou devido ao golpe de nosso velho amigo, o instrumento contundente. É provável que ela estivesse deitada de costas na hora do ataque, na posição em que a senhorita Gray a encontrou. O sangramento foi intenso, mas ocorreu quase todo internamente, e o efeito do golpe foi intensificado pelo fato de os ossos do crânio serem mais finos do que o normal. A perda de consciência ocorreu quase que instantaneamente, mas ela morreu de cinco a quinze minutos depois. Os danos subsequentes foram causados após a morte, infelizmente ele não conseguiu determinar quanto tempo depois. Portanto, temos um assassino que senta, espera a vítima morrer e depois... e depois? Resolve se garantir? Conclui que odeia a dama e decide tornar isso bem claro? Tenta encobrir o modo como ela morreu com novos golpes? Isso quer dizer que ele esperou dez minutos ou mais para entrar em pânico?"

Buckley disse:

"Ele pode ter passado o intervalo procurando algo, e ficou furioso por não encontrar o que queria. Aí resolveu descontar a frustração no cadáver."

"E o que ele procurava? Nós não encontramos nada, talvez ainda esteja no quarto e tenhamos deixado passar seu significado. Contudo, não há sinais de busca. Se o quarto foi vasculhado, alguém agiu com muito cuidado e sabia como proceder. Caso estivesse procurando algo, minha impressão é de que encontrou."

"Ainda falta a conclusão do laboratório, senhor. Eles ainda precisam de uma hora para analisar as vísceras."

"Duvido que encontrem algo. O doutor Ellis-Jones não viu sinais de envenenamento. Ela pode ter sido drogada — não devemos teorizar muito adiante dos fatos —, mas aposto que estava acordada ao ser morta, e que viu o rosto do assassino."

Era extraordinário, Buckley pensou, como o dia esfriara assim que o sol desapareceu. Dava a impressão de que tinham passado do verão para o inverno em poucas horas. Ele tremia ao abrir a porta do carro para o chefe. Eles saíram devagar do estacionamento e seguiram para o centro. De início, Grogan limitou-se a frases curtas:

"Novidades do juiz investigador?"

"Sim, senhor. A audiência do inquérito foi marcada para as duas da tarde, na terça-feira."

"E o pessoal de Londres? Burroughs vai realizar diligências?"

"Começa amanhã cedo. Falei aos mergulhadores que vamos precisar deles durante a semana."

"E quanto à droga da entrevista coletiva?"

"Amanhã à tarde, senhor. Quatro e meia."

Passaram mais algum tempo em silêncio. Trocando a marcha para descer a ladeira íngreme e sinuosa que conduzia a Speymouth, Grogan perguntou, de repente:

"O nome do comandante Adam Dalgliesh significa alguma coisa para você, sargento?"

Não era preciso explicar de qual força. Só a Polícia Metropolitana tinha comandantes. Buckley disse:

"Já ouvi falar nele, senhor."

"E quem não ouviu? A menina dos olhos do chefe de polícia, queridinho do governo. Quando a Met e o Ministério do Interior querem mostrar que o pessoal da polícia sabe pegar no garfo e pedir o vinho certo para harmonizar com *canard à l'orange*, conversar de igual para igual com o ministro, eles chamam Dalgliesh. Se ele não existisse, a força teria que inventá-lo."

As alfinetadas nada tinham de originais, mas a antipatia era de primeira mão. Buckley disse:

"Isso tudo já não saiu de moda, senhor?"

"Não seja ingênuo, sargento. Só saiu de moda falar com afetação, o que não quer dizer que eles mudaram de mentalidade ou de procedimento. Ele poderia comandar sua própria unidade agora — provavelmente chefiaria a Associação de Oficiais Chefes de Polícia —, se não tivesse resolvido continuar detetive, por pura vaidade. O resto de vocês pode chafurdar na lama pelos prêmios. Sou o gato que caminha solitário e todos os lugares são iguais para mim. Kipling."

"Sim, senhor."

Buckley fez uma pausa antes de perguntar:

"O que tem o comandante?"

"Ele conhece a moça, Cordelia Gray. Eles se encontraram num caso anterior. Em Cambridge, acho. Não deram detalhes, nem eu pedi. Mas ele declarou que ela e a agência são honestas. Goste dele ou não, é um bom policial, um dos melhores. Se diz que Gray não é assassina, estou disposto a considerar isso seriamente. Mas ele não disse que ela é incapaz de mentir, e eu não teria acreditado nele se dissesse."

Grogan dirigia quieto, pensativo. Mas sua mente ruminava as entrevistas da véspera. Depois de um período de dez minutos, no qual ninguém falou nada, ele disse:

"Um dado intrigante chamou a minha atenção. Você deve ter notado, também. Todos descreveram a visita à capela e à cripta na manhã de sábado. Todos mencionaram a história do prisioneiro afogado. Mas o fizeram com despreocupação excessiva; mera menção a um detalhe insignificante; pelos relatos, aquilo não passou de um breve passeio antes do almoço. Assim que propus que repassassem o incidente, todos reagiram como um grupo de virgens que tiveram uma experiência interessante nas cavernas de Marabar. Suponho que a alusão nada signifique para você, sargento."

"Certamente, senhor."

"Não se preocupe. Não vou virar um policial literato. Deixo isso para Dalgliesh. Lemos *Passagem para a Índia* na escola. Sempre achei que não merecia tantos elogios. Mas nenhum conhecimento é inútil para a atividade policial, como costumavam dizer no treinamento, e pelo jeito isso incluía E. M. Forster. Aconteceu alguma coisa na Caldeira do Diabo que nenhum deles quer mencionar, e eu gostaria muito de saber o que foi."

"A senhorita Gray encontrou uma das mensagens."

"Foi o que ela disse. Mas eu não estava pensando nisso. Trata-se provavelmente de um palpite, mas acho melhor investigar o tal afogamento de 1940. Suponho que o Comando Sul seja um bom começo."

O pensamento de Buckley voltou ao corpo branco, cientificamente esquartejado, em sua nudez totalmente desprovida de qualquer traço de erotismo. Mais do que isso. Por um momento, ao observar os dedos enluvados a tatear o corpo, ele sentiu que nunca mais um corpo feminino o excitaria. O médico disse:

"Não houve estupro nem relação sexual recente."

"Não é de surpreender. O marido não queria, e Ivo não tinha mais forças. O assassino estava pensando em outra coisa. Vamos dar o dia por encerrado, sargento. O chefe de polícia quer falar comigo amanhã logo cedo. Sem dúvida isso significa que sir Charles Cottringham andou trocando umas palavrinhas com ele. O sujeito é um estorvo. Gostaria que se restringisse ao teatro amador e deixasse os dramas reais para os especialistas. Depois voltaremos à ilha Courcy e veremos se uma noite de sono refrescou a memória deles."

3

As horas intermináveis se arrastaram até chegar finalmente o momento do jantar. Cordelia regressou de seu derradeiro passeio solitário, mal teve tempo de tomar banho e trocar de roupa, e quando desceu Ambrose, sir George e Ivo já estavam no salão de banquetes. Todos se sentaram, e então Simon apareceu. Usava terno escuro. Olhou para os outros, corou e disse: "Desculpem. Não me dei conta de que deveríamos trocar de roupa. Não demoro". Ele se virou na direção da porta.

Ambrose revelou certa impaciência na voz: "Que importa? Você pode jantar de calção de banho, caso se sinta mais confortável assim. Ninguém está ligando para o que você vai vestir".

Cordelia achou que essa não era a maneira mais elegante de abordar a questão. As palavras que não foram ditas pairavam na atmosfera densa. Clarissa se importaria; mas Clarissa não estava mais entre eles. Os olhos de Simon pararam rapidamente na cadeira vazia na mesa, antes que ele se acomodasse ao lado de Cordelia.

Ivo disse:

"Onde está Roma?"

"Ela pediu sopa e sanduíches no quarto. Alegou dor de cabeça."

Cordelia teve a impressão de que todos duvidaram da tal dor de cabeça, enquanto mentalmente tiravam o chapéu para Roma, que com um expediente tão simples conseguira evitar o primeiro jantar formal desde a morte de

Clarissa. Os lugares à mesa haviam sido alterados, talvez numa tentativa de amenizar o trauma da cadeira vazia. Os lugares nas cabeceiras não foram postos. Cordelia e Simon sentaram de frente para Ambrose, Ivo e sir George, praticamente cara a cara, e a prancha de mogno reluzia descoberta nas duas extremidades. Cordelia notou que essa disposição fazia com que os dois parecessem um par de candidatos a ser entrevistado por um grupo de examinadores um tanto intimidantes, impressão essa reforçada pelo terno de Simon, que paradoxalmente parecia menos à vontade e mais exagerado no traje do que os outros três, de smoking e gravata-borboleta.

Nem Munter nem sua mulher apareceram. Havia tigelas com vichyssoise na frente de cada lugar, e o segundo prato aguardava em réchauds no aparador lateral. O leve aroma de peixe indicava uma escolha incomum para o domingo. Era obviamente um jantar para convalescentes, neutro e inofensivo, incapaz de excitar o paladar ou complicar a digestão. Uma bela demonstração de etiqueta culinária, pensou Cordelia, o menu próprio para um grupo de suspeitos de assassinato no jantar do dia seguinte ao crime.

O pensamento de Ivo acompanhava o seu, pois ele disse:

"Eu me pergunto o que a senhora Beeton* consideraria o cardápio mais inadequado para ocasiões desse tipo. Imagino que seja *borshtch* seguido de *steak tartare*. Fico em dúvida quanto à sobremesa. Nada muito agressivo, desde que altamente indigesto."

Cordelia murmurou:

"Nenhum de vocês se importa?"

Ele parou antes de responder, como se a pergunta merecesse consideração cuidadosa:

"Não creio que ela tenha sofrido, ou passado momen-

(*) Isabella Mary Beeton (Inglaterra, 1836-65). Autora de *Mrs. Beeton's Book of Household Management*, um clássico da época vitoriana, que trazia receitas e dicas de como administrar a casa. (N. T.)

tos de terror. Mas, se quer saber se eu me importo com seu falecimento, sinceramente, a resposta é não."

Ambrose terminou de servir o Graves e disse: "Cada um se serve. Dei a noite de folga à senhora Munter, e o senhor Munter sumiu desde a hora do almoço. Se a polícia quiser falar com ele de novo amanhã, será difícil. Isso ocorre a cada quatro meses, invariavelmente depois de uma festa. Não sei bem se é sua reação ao movimento, ou um recado para me desestimular a receber muita gente. Como normalmente ele mostra consideração, esperando até a saída dos hóspedes, não posso reclamar. Suas qualidades compensam essa atitude."

"Será que ele bebe?", perguntou sir George. "Tive a impressão de que costuma se embriagar."

"Receio que sim. Em geral, ele some por três dias. Eu me perguntava se a morte violenta de um convidado alteraria o padrão, mas parece que não. Suponho que sirva para aliviar um tédio interno intolerável. A ilha não combina muito com ele, que sente uma antipatia quase patológica pela água. Nem nadar ele sabe."

Ambrose, Ivo e Cordelia levantaram-se para ir até o aparador. Ambrose ergueu a tampa de prata para mostrar os filés de linguado ao molho branco. Ivo perguntou:

"E por que ele continua aqui?"

"Nunca perguntei, por medo de levantar a questão. Dinheiro, suponho. E gosta de recolhimento, mesmo preferindo que não fosse garantido por três quilômetros de mar. Ele só deve contentar a mim. Um serviço fácil, em geral."

"Mais fácil agora, com a morte de Clarissa. Suponho que não pretenda dar sequência ao festival de teatro."

"Não. Nem mesmo como homenagem a ela, meu caro."

Eles devem ter se dado conta de que o diálogo, mesmo com sir George sentado muito longe para escutar, era de mau gosto. Os dois olharam para Cordelia. Ambrose a irritara. Servindo-se de um pouco de ervilha torta, ela disse, num impulso:

"Eu estava me perguntando se ele não encontrou um jeito de aumentar a renda, talvez fazendo contrabando nas horas vagas. A Caldeira do Diabo daria um ótimo ponto de desova. Notei que a tranca do alçapão estava bem lubrificada, e não há a menor necessidade disso, uma vez que as excursões de verão não chegam até lá. E na sexta-feira à noite vi uma luz piscando no mar. Pensei que poderia ser resposta a um sinal."

Ambrose riu ao levar o prato à mesa, mas quando falou a nota de desprezo foi inconfundível. "Muito bem, Cordelia! Você está desperdiçando seu tempo como amadora. Grogan adoraria incluí-la nas fileiras dos abelhudos profissionais. Munter talvez tenha seus esquemas pessoais, mas ele não me fala nada, e eu certamente não tenho a menor intenção de perguntar. Courcy é um tradicional paraíso de contrabandistas, e a maioria dos marinheiros da região faz um pouco de contrabando amador. Não é grande coisa, alguns barris de brandy e frascos de perfume esporádicos. Nada espetacularmente proibido, como drogas, se foi nisso que você pensou. A maioria das pessoas valoriza uma pequena renda livre de impostos, e certo risco torna a ação divertida. Mas não a aconselho a compartilhar suas suspeitas com Grogan. Deixe que ele trate como quiser da investigação que tem em mãos."

"E quanto às luzes que Cordelia viu?", Ivo perguntou.

"Alerta dos colegas, acho. Ele não ia querer desembarcar mercadoria com a ilha cheia de policiais."

Ivo observou, sem alterar o tom de voz:

"Mas Cordelia viu o sinal na sexta-feira. Como ele saberia que a polícia viria no dia seguinte?"

Ambrose deu de ombros, despreocupado.

"Então talvez não estivesse com medo da polícia. Talvez soubesse ou suspeitasse que tínhamos a companhia de um detetive particular. Não me perguntem como ele descobriu. Clarissa não me contou, e eu não teria dito nada a Munter, mesmo que soubesse. Mas, por experiência, sei que pouca coisa acontece numa casa sem que um bom empregado perceba rapidamente."

Eles se aproximaram de sir George. Ele já havia feito seu prato e saboreava o linguado com fleumática determinação, sem o menor prazer. Cordelia ficou pensando em Munter. Era improvável que houvesse descoberto seu segredo, ou que alterasse seus planos caso soubesse que ela era detetive. O mais provável era que o fato de o castelo estar cheio de hóspedes o tivesse levado a considerar o momento pouco propício para receber a carga; muita gente circulando por ali, trabalho extra, talvez fosse difícil desaparecer sem ser notado. Provavelmente não tinha conseguido mandar o alerta a seus cúmplices, ou a mensagem se extraviara. Ou alguém chegara à ilha, uma pessoa a quem temia, alguém que sabia a respeito da Caldeira do Diabo, que a visitara até. Uma única pessoa reunia todas essas condições: sir George.

O jantar não terminava nunca. Cordelia percebeu que todos ansiavam pelo final, mas ninguém queria demonstrar pressa ou ser o primeiro a sair. Talvez por isso davam a impressão de comer com lentidão deliberada. Ela se perguntou se a ausência dos empregados tornara a ocasião tão significativa; eles poderiam ser os remanescentes de uma guarnição isolada cujos integrantes estoicamente ingeriam a derradeira refeição com ritos tradicionais e ouvidos atentos para os primeiros gritos distantes dos bárbaros que viriam sitiá-la. Comiam e bebiam em silêncio. As seis velas do candelabro entrelaçado aparentemente iluminavam menos o recinto do que na primeira noite, de modo que as fisionomias meio ocultas pelas sombras tornaram-se caricaturas de sua aparência diurna. Mãos pálidas debilitadas eram estendidas até a fruteira em busca da penugem dos pêssegos corados, da curvatura brilhante das bananas, das maçãs lustrosas a ponto de parecer artificiais como a pele de Ambrose à luz das velas.

As portas-balcão haviam sido fechadas por causa do frio da noite outonal, e um fogo pequeno crepitava na imensa lareira. Mas aquelas chamas vistosas não poderiam ser responsabilizadas pelo calor opressivo da sala. Cordelia sentia que o lugar ficava mais quente a cada minuto, que o calor do dia fora aprisionado e concentrado, dificultando a respiração, intensificando o cheiro da comida a ponto de lhe provocar náuseas. Em sua imaginação, o próprio salão se transformava; os Orpens exagerados se estendiam em cores amorfas, dando a impressão de que as paredes estavam cobertas de tapetes rústicos, e que o teto elegante de estuque elevava as vigas enfumaçadas a um infinito negro, aberto a um céu eternamente sem estrelas. Ela tremeu, apesar do calor, e estendeu a mão para pegar a taça de vinho, como se o frescor físico do frio cristal fosse ajudá-la a manter o contato com a realidade. Só naquele momento o horror da morte de Clarissa e a tensão do interrogatório policial cobraram o preço de seu corpo.

Uma vela oscilou como se soprada por um hálito invisível, tremulou e apagou. Simon soltou um gemido curto, seguido de outro, mais longo. As mãos se imobilizaram durante o trajeto até a boca. Num único movimento, todos se voltaram para a porta-balcão. Viram surgir uma silhueta desenhada pelo luar, uma forma imensa de braços negros agitados, que se atirava contra a janela. Sua raiva chegou a eles atenuada, num som entre o lamento e o uivo. Enquanto observavam, atônitos de terror, ela interrompeu as batidas frenéticas de repente e permaneceu imóvel por um momento, olhando em silêncio para o rosto de todos. A boca aberta como uma ferida parecia sugar o vidro. Duas palmas gigantes, com os dedos estendidos, apertavam a janela. As feições comprimidas, distorcidas, dissolviam-se no vidro, um rosto que pouco a pouco perdia a cor. A criatura conseguiu se erguer com esforço. O vidro da porta-balcão cedeu e Munter quase caiu dentro do salão, com os olhos arregalados. O gelado ar da noite penetrou no local, fustigou o rosto de todos, e o rumor distante das ondas deu lugar a uma vaga sonora que parecia ter lançado sobre eles a figura cambaleante com a força de uma violenta tempestade, trazendo consigo o próprio mar.

Ninguém abriu a boca. Ambrose levantou-se e caminhou na direção de Munter. Este o empurrou para o lado e andou pesadamente até onde estava sir George, quase encostando o rosto no dele. Sir George continuou sentado,

318

sem mover um músculo. Munter então gritou, erguendo a cabeça para vociferar as palavras:

"Assassino! Assassino! Assassino!"

Cordelia observava a cena, se perguntando quando sir George reagiria, se esperaria até que os dedos de Munter se fechassem em torno de seu pescoço. Mas Ambrose aproximou-se por trás e segurou os braços erguidos. No início o contato acalmou Munter. Mas logo ele começou a se debater violentamente. Ambrose pediu, quase sem fôlego:

"Alguém poderia me ajudar?"

Ivo começou a descascar um pêssego, aparentando total despreocupação. Ele disse:

"Lamento, mas nesta emergência específica não tenho como ajudar."

Simon levantou-se para segurar o braço livre do mordomo. Ao sentir seu toque, a disposição de lutar de Munter se foi. Os joelhos dobraram, Ambrose e Simon o seguraram com mais força e juntos suportaram seu peso. Ele tentou focalizar o rapaz, pronunciou algumas palavras com voz empastada, ininteligíveis e guturais que não pareciam inglês. Mas a frase final saiu bem articulada:

"Pobre coitado. Meu Deus, aquela lá era uma vaca."

Ninguém se atreveu a falar nada. Juntos, Ambrose e Simon o conduziram até a porta. Ele não criou mais problemas, obedecendo docilmente, como uma criança bem-comportada.

Depois que eles saíram, os dois homens e Cordelia passaram mais um minuto sentados em silêncio. Sir George levantou-se e fechou a porta-balcão. O barulho do mar diminuiu, as chamas bruxuleantes das velas se acalmaram, queimando estáveis. Ao voltar para a mesa ele escolheu uma maçã e comentou:

"Sujeito extraordinário! Eu servi com um homem que bebia desse jeito em Sandhurst. Sóbrio durante vários meses, passava uma semana praticamente paralítico. Foi torpedeado no Mediterrâneo no inverno de 1942. Tempo ruim. Recolheram-no numa jangada, três dias depois. Foi o único da tripulação a sobreviver. Ele disse que sobreviveu por ser conservado em uísque. Será que Gorringe dá a Munter a chave da adega?"

"Duvido muito." Ivo divertiu-se com o comentário.

Sir George disse:

"Que caso extraordinário, um mordomo que não pode ficar com a chave da adega. Bem, imagino que seja útil para outras coisas. Dedicado a Gorringe, obviamente ele é."

Ivo perguntou:

"O que aconteceu a ele? Refiro-me a seu amigo."

"Caiu na piscina da casa dele e morreu afogado. Na parte rasa. Completamente bêbado, claro."

Depois de um intervalo que lhes pareceu longo demais, Ambrose e Simon reapareceram. Cordelia assustou-se com a palidez do rapaz. Afinal, lidar com um sujeito embriagado não era uma experiência tão horrível assim. Ambrose disse:

"Nós o pusemos na cama. Vamos torcer para ele ficar lá. Devo desculpas a vocês pelo escândalo. Nunca tinha visto Munter se comportar assim. Por favor, alguém pode me passar a fruteira?"

Depois do jantar eles se reuniram na sala de estar. A sra. Munter não apareceu, e eles mesmos serviram o café da cafeteira de vidro da bancada. Ambrose abriu as portas-balcão uma a uma, e todos saíram para o terraço, como se o mar os atraísse. A lua cheia brilhava, prateando uma faixa larga do horizonte, e algumas estrelas altas pontilhavam o céu negro azulado noturno. As ondas batiam com força. Ouviam seu ruído contra as pedras do píer e o distante sibilar na praia de cascalho. O outro único som era o ruído abafado de seus pés quando caminhavam. Naquela paz, pensou Cordelia, seria fácil acreditar que nada importava, nem a vida, nem a morte, nem a violência humana, nem a dor. A imagem mental daquele rosto desfigurado pelas pancadas, coberto de sangue coagulado, que um dia fora o rosto de Clarissa, gravado para sempre em sua mente, tornou-se irreal, algo imaginado numa dimensão temporal diferente. A desorientação era tão forte que ela precisou lutar contra o impulso de esquecer, recordando o motivo que a levara até ali e o que precisava fazer. Saiu do transe ao ouvir a voz de Ambrose.

Ele falava com Simon. "Pode tocar, se quiser. Duvido que meia hora de música vá ferir a suscetibilidade de alguém. Deve haver algo apropriado, a meio caminho entre canções de musicais e a marcha fúnebre de Saul."

Sem dizer nada, Simon dirigiu-se ao piano. Cordelia o acompanhou até a sala de estar e o observou enquanto ele sentava de cabeça baixa e contemplava as teclas em silêncio. Então, arqueando subitamente os ombros, ele baixou as mãos e começou a tocar com intensidade contida o movimento lento da "Sonata ao luar", de Beethoven. Ambrose falou, do terraço:

"Batido, mas apropriado."

Ele tocou bem. As notas ecoavam no ar quieto. Cordelia considerou interessante o fato de ele conseguir tocar muito melhor depois da morte de Clarissa do que durante a vida dela.

Quando Simon encerrou o movimento, ela perguntou:

"O que vai acontecer? Quero dizer, com a música, no seu caso?"

"Sir George falou para eu não me preocupar, que posso continuar em Melhurst até terminar o curso, depois ir para o Royal College ou para a Academia, se for admitido."

"Quando ele disse isso?"

"Quando foi até meu quarto, depois que encontraram Clarissa."

Uma decisão espantosamente rápida, pensou Cordelia, dadas as circunstâncias. Esperava que sir George tivesse outras coisas em mente além da carreira de Simon. O rapaz provavelmente adivinhou seus pensamentos.

Ele ergueu os olhos e disse, apressado:

"Eu perguntei o que seria de mim, ele disse para não me preocupar, pois nada mudaria, eu podia voltar para o colégio, depois ir para o Royal College. Eu estava assustado, chocado, creio que ele tentou me tranquilizar."

Mas não tão chocado a ponto de parar de pensar em si próprio em primeiro lugar. Cordelia concluiu que a crítica não era justa e tentou tirar a ideia da cabeça. Afinal de contas, fora uma reação juvenil compreensível em face da tragédia. O que vai ser de mim? Como isso afetará minha vida? Não era isso que todos queriam saber? Ele fora honesto, ao mesmo tempo que formulava a questão em voz alta. Ela disse:

"Fico contente em saber, já que é isso que você quer."

"Eu quero. Mas não sei se ela queria. Não sei se devo fazer uma coisa que ela desaprovaria."

"Você não deve tocar a vida com isso em mente. Precisa tomar suas próprias decisões. Ela não poderia tomá-las em seu lugar, mesmo que estivesse viva. É besteira esperar que ela faça isso agora que morreu."

"Mas é o dinheiro dela."

"Ao que tudo indica, o dinheiro agora é de sir George. Se ele não está preocupado com os custos, não vejo por que você deva se preocupar."

Ao observar os olhos desesperados fixos nos seus, Cordelia sentiu que o desapontava, que ele procurava compaixão e uma garantia de que podia ter o que desejasse na vida sem necessidade de sentir culpa. E não era isso que todos ansiavam? Um lado seu queria satisfazer as próprias necessidades, e o outro sentia vontade de dizer: Você aceitou muita coisa; por que hesitar em aceitar mais, agora?

"Se quiser aplacar sua consciência mais do que deseja ser pianista profissional, então é melhor desistir agora", disse Cordelia.

Subitamente, a humildade tomou conta da voz dele.

"Sabe, não sou tão bom assim. Ela sabia disso. Não conhecia música, mas sabia. Clarissa tinha olho clínico para o fracasso."

"Bem, trata-se de uma questão diferente, se você é bom ou não. Acho que toca muito bem, mas não sei avaliar. Duvido que Clarissa soubesse. Mas os diretores da faculdade de música sabem. Se acreditarem que vale a pena aceitá-lo, você terá ao menos a chance de fazer carreira na música. Afinal de contas, eles conhecem bem os concorrentes."

Ele olhou ao redor rapidamente, sussurrando:

"Importa-se se conversarmos? Gostaria de lhe fazer três perguntas."

"Já estamos conversando."

"Mas não aqui. Em particular."

"Aqui podemos conversar em particular. Dificilmente entrará alguém. Seria uma conversa muito longa?"

"Quero que me diga o que aconteceu com ela, como estava quando a encontrou. Não a vi, e fico acordado imaginando tudo. Se eu soubesse, talvez não fosse tão penoso. Nada é tão terrível quanto as coisas que vejo na minha imaginação."

"A polícia não contou nada? Nem sir George?"

"Ninguém quer falar. Perguntei a Ambrose, mas ele não conta."

A polícia, claro, tinha lá seus motivos para silenciar sobre os detalhes do assassinato. Como já tinham feito o interrogatório de Simon, ela ponderou que não fazia diferença ele saber ou não. E compreendia os horrores produzidos pela imaginação, no meio da noite. Contudo, não havia como fazer com que a verdade brutal soasse agradável. Disse:

"O rosto dela foi desfigurado."

Ele se calou. Não perguntou como nem com o quê. Cordelia prosseguiu:

"Ela estava deitada na cama, pacificamente, como se dormisse. Tenho certeza de que não sofreu. Se foi alguém conhecido, em quem confiava, ela provavelmente não teve tempo nem de sentir medo."

"Era possível reconhecê-la?"

"Não."

"A polícia me perguntou se eu havia apanhado alguma coisa da vitrine, um braço de criança esculpido em mármore. Isso quer dizer que eles acham que a escultura foi a arma do crime?"

"Sim."

Tarde demais para se arrepender de ter falado. Ela disse:

"Foi encontrada ao lado da cama. Estava... dava a impressão de ter sido usada."

Ele murmurou: "Obrigado", tão baixo que ela mal o escutou.

Cordelia esperou um pouco e prosseguiu:

"Você disse que queria me fazer três perguntas."

Ele ergueu os olhos, como se agradecesse pela mudança de assunto. "Sim, é sobre Tolly. Na sexta-feira, quando fui nadar enquanto o resto do grupo fazia a excursão pelo castelo, ela me esperou na praia. Queria me convencer a deixar Clarissa e morar com ela. Disse que eu poderia ir imediatamente, que tinha um quarto em seu apartamento que eu poderia usar até conseguir um emprego. Disse que Clarissa poderia morrer."

"Ela mencionou como, ou por quê?"

"Não. Só disse que Clarissa achava que estava prestes a morrer, e que pessoas geralmente morrem quando pensam desse jeito." Ele a encarou com firmeza. "E no dia seguinte Clarissa morreu. Não sei se devo contar à polícia que ela estava esperando por mim e tudo que aconteceu e foi falado."

"Se Tolly planejasse matar Clarissa, dificilmente o alertaria antes. Talvez estivesse tentando dizer que você não devia confiar em Clarissa, que ela podia mudar de ideia a seu respeito, que não o apoiaria eternamente."

"Acho que ela sabia. Ela antecipou tudo. Preciso procurar o inspetor-chefe? Quero dizer, é uma evidência, não é? E se ele descobrir que estou escondendo isso?"

"Você contou a alguém?"

"Não, só a você."

"Então deve fazer o que achar certo."

"Mas eu não sei o que é certo! O que faria, se estivesse em meu lugar?"

"Eu não o procuraria. Mas eu teria meus motivos. Se achar que é certo contar, então conte. Se servir de consolo para você, duvido que a polícia detenha Tolly apenas com base nisso. E, pelo que sei, eles não têm mais nada contra ela."

"Mas ela saberia que eu contei! O que pensaria de mim? Eu não conseguiria encará-la depois disso."

"Talvez não seja preciso. Duvido que ela continue nesse trabalho, pois Clarissa está morta."

"Então você contaria, se estivesse no meu lugar?"

A paciência de Cordelia se esgotou. O longo dia terminara com a dramática aparição de Munter, seu corpo e sua mente estavam exaustos. Assim era difícil simpatizar com a obsessão de Simon com seus problemas.

"Já falei. Eu não contaria. Mas não sou você. A responsabilidade é sua, não pode atribuí-la a mais ninguém. Com certeza você é capaz de decidir alguma coisa por si mesmo."

Ela se arrependeu da dureza de suas palavras logo que as pronunciou. Desviou a vista do rosto enrubescido do rapaz e dos olhos aflitos como os de um cão vadio e disse:

"Desculpe. Não deveria ter falado assim. Estamos todos muito nervosos. Você queria fazer mais alguma pergunta?"

Ele murmurou, com os lábios trêmulos:

"Não, obrigado. Isso é tudo."

Ele se levantou e fechou a tampa do piano. Acrescentou em voz baixa, tentando incorporar alguma dignidade à voz:

"Se alguém perguntar por mim, fui para a cama."

Inesperadamente, Cordelia percebeu que ela também estava a ponto de chorar. Dividida entre irritação, piedade e desprezo por sua própria fraqueza, ela decidiu seguir o exemplo de Simon. O dia havia sido muito longo. Foi para o terraço despedir-se dos outros. As três figuras de preto, distantes, meras silhuetas contra o mar iridescente, estavam imóveis como estátuas de bronze. Quando se aproximou eles se viraram simultaneamente, e Cordelia sentiu que três pares de olhos se fixavam nela. Ninguém se mexeu ou falou. O momento silencioso ao luar foi para ela demorado, quase macabro, e conforme desejava boa noite percebeu que o pensamento que tentara sufocar nas últimas vinte e quatro horas surgia com toda a sua lógica assustadora e inflexível: Estamos aqui, dez pessoas juntas nesta pequena e solitária ilha, e um de nós é um assassino.

4

Cordelia pegou no sono assim que fechou o livro e apagou a luz de cabeceira. E acordou tão repentinamente quanto dormira. Permaneceu deitada por um momento, atrapalhada, depois estendeu a mão e localizou o interruptor. O relógio de pulso sobre o criado-mudo indicava que passava um pouco das três e meia, cedo demais para ter despertado naturalmente, concluiu. Tinha a impressão de que seu sono fora perturbado por um som, talvez o guincho de uma ave noturna. O luar penetrava pelas cortinas entreabertas, lançando uma faixa de luz sobre o teto e as paredes. O silêncio seria absoluto sem o pulsar abafado do mar, mais audível naquele momento do que na balbúrdia do dia claro. Por sua mente entorpecida pelo sono ainda passavam os instantes finais de um sonho, no qual estava de volta a Kingly Street, onde a srta. Maudsley lhe mostrava orgulhosa o gato mais recente que encontraram. Como ocorre nos sonhos, ela não se surpreendeu pelo fato de o gato dormir numa caminha entalhada, com dossel vermelho e cortinas laterais, uma miniatura da cama de Clarissa, nem que, ao espiar dentro do berço, puxando a colcha, não houvesse gatinho nenhum, e sim um bebê. Era o filho ilegítimo da srta. Maudsley, e Cordelia precisava tomar muito cuidado para não deixar escapar que ela sabia do fato. Sorriu com a lembrança e apagou a luz, tentando relaxar e dormir de novo.

Contudo, o sono não voltou. Desperta, inquieta, sua mente se ocupou outra vez do mistério e do horror da morte de Clarissa. As imagens se sucediam insistentes, sem que as buscasse, anacrônicas mas terrivelmente nítidas: o corpo de Clarissa no robe de cetim, pálido sob o dossel vermelho; Clarissa olhando para as águas revoltas da Caldeira do Diabo; a figura esguia de Clarissa indo e vindo no terraço, pálida como um espectro; Clarissa no píer, abrindo os braços de morcego para dar as boas-vindas; Clarissa a tirar a maquiagem, fixando em Cordelia um olho nu diminuído que parecia conter em seu olhar alucinado, estranho, incoerente, um toque de melancólica censura.

Sua mente se ateve à última cena, como se relutasse em deixar que sumisse. Havia algo de significativo nela, algo de que ela precisava saber ou lembrar. Então ela se deu conta. Viu novamente a penteadeira, as bolas de algodão lambuzadas de creme e os pequenos chumaços sobre o tampo de mogno, escuros por causa do rímel. Clarissa usava uma loção especial para limpar os olhos. Mas os chumaços de algodão próprios para os olhos não estavam sobre a penteadeira quando o corpo fora descoberto. Talvez ela não tivesse se dado ao trabalho de retirar a pintura do olho. Seria possível verificar isso na autópsia, mesmo depois de a carne ter sido esmagada e inchar? Mas por que ela removeria parte da maquiagem, deixando apenas os olhos cheios de sombra e rímel, se pretendia descansar com compressas úmidas na vista? Não haveria outra possibilidade, que ela tivesse mantido a maquiagem por estar esperando uma visita, e que tivesse sido o visitante quem limpara seu rosto antes de reduzi-lo a uma massa informe? Isso apontaria para um homem. O visitante secreto mais provável seria certamente do sexo masculino. Clarissa, obcecada pela aparência, não receberia de cara lavada nem uma mulher, quanto mais um homem. Entretanto, uma mulher provavelmente perceberia que ela usava chumaços especiais para retirar a pintura dos olhos. Tolly sabia disso com certeza. E Roma? Ela não usava rímel, e com a premência e o terror do momento dificilmente observaria com atenção os frascos dispostos sobre a penteadeira. Um homem seria bem capaz de cometer esse engano, exceto Ivo, talvez, por seu conhecimento de maquiagem teatral. O mais estranho de tudo era o silêncio de Tolly. A polícia devia ter feito perguntas sobre a maquiagem, devia ter perguntado se tudo lhe parecia normal em cima da penteadeira. Isso significava que Tolly segurara a língua. Por quê? Para proteger quem?

Voltar a dormir tornou-se impossível. Mas Cordelia deve ter cochilado, mesmo por pouco tempo, pois antes das quatro horas estava desperta de novo. Sentia muito calor. As cobertas da cama pesavam sobre seu corpo, como um pesado fracasso, confirmando que não haveria mais sono naquela noite. O mar rugia mais alto do que nunca, o próprio ar parecia pulsar. Numa visão a maré subia inexoravelmente até o terraço, invadia o salão de banquetes, fazendo com que a pesada mesa e as cadeiras entalhadas flutuassem, cobrindo o Orpens e o teto de estuque, subindo a escadaria até por fim cobrir a ilha inteira, com exceção da torre esbelta que se erguia como um farol acima das ondas. Ela permaneceu deitada, rígida, esperando a primeira luz da manhã. Segunda-feira, dia útil em Speymouth. Poderia sair da ilha, mesmo que por algumas horas apenas, e tentar encontrar o recorte de jornal sobre a apresentação de Clarissa no ano do jubileu de prata da rainha. Precisava fazer algo produtivo, por mais improvável que fosse a utilidade ou a importância da pesquisa. Seria bom sentir-se livre da ironia de Ambrose, de seu sorriso dissimulado e cheio de segredos, da carência de Simon, da firmeza moribunda de Ivo; acima de tudo, livre dos olhos da polícia. Não restava a menor dúvida: eles voltariam. Mas, a não ser que a prendessem, pouco poderiam fazer para impedir que passasse o dia na cidade.

Pelo jeito, a manhã não ia chegar nunca. Ela desistiu de tentar dormir e levantou. Vestiu o jeans e o suéter, foi até a janela e abriu a cortina. Lá embaixo, no jardim das rosas, as últimas flores abertas pendiam dos galhos espinhudos, descoradas ao luar. A água do laguinho parecia sólida como

329

prata batida, ela via claramente as manchas das folhas de lírio, o brilho dos botões da flor. Mas havia algo mais na superfície, uma forma escura, peluda, como uma aranha enorme semissubmersa a estender e mover as inúmeras pernas hirsutas sob a água cintilante. Ela observou a figura, fascinada e ao mesmo tempo sem acreditar no que estava vendo. Quando entendeu o que era, seu sangue gelou nas veias.

Não se deu conta de ter descido correndo para a porta que ligava a galeria ao jardim. Deve ter batido na porta de alguns quartos ao passar apressada, indiscriminadamente, sabendo apenas que precisaria de auxílio, sem esperar pela resposta. Os outros deviam ter sono leve, pois quando chegou à porta do jardim e tentou abrir o ferrolho do alto, esticando os pés, ouviu passos abafados no corredor e um confuso murmúrio de várias vozes. Chegou à beira do laguinho com Simon, sir George e Roma a seu lado, vendo claramente, pela primeira vez, o que já sabia ser a peruca de Munter.

Simon despiu o roupão e entrou no laguinho. A água chegava à altura de seus braços, que remavam. Ele aspirou com força e mergulhou. O resto do grupo ficou à espera, atento. A água mal se acomodara após seu sumiço quando a cabeça surgiu, lisa como a de uma foca. O rapaz gritou: "Ele está aqui. Ficou preso na tela de arame que fixa as raízes dos lírios. Não entrem na água. Acho que consigo soltá-lo".

Simon desapareceu de novo. Em seguida todos viram duas formas escuras subirem à superfície. A cabeça calva de Munter, que estava com o rosto para cima, inchara como se ele tivesse passado semanas dentro d'água. Simon puxou o corpo para a borda, Cordelia e Roma se abaixaram para segurá-lo pelas mangas ensopadas. Cordelia sabia que seria mais fácil suspender o corpo pela mão, mas os dedos inchados, amarelos como úberes, lhe provocaram repulsa. Acabou por se debruçar por cima do rosto e agarrar os ombros. Os olhos estavam abertos e fixos, a pele lisa como látex. Era como tirar um manequim da água, um boneco descartado com corpo cheio de serragem, cheio de água, inerte em seu ridículo traje a rigor. A máscara de palhaço, de queixo caído, parecia fitá-la com uma expressão de incompreensão queixosa. Cordelia imaginou sentir seu hálito, fedendo a bebida. Sentiu uma súbita vergonha de sua própria repugnância, que rejeitava a humanidade dos tristes despojos, e num ataque de compaixão agarrou a mão esquerda. Era como uma bexiga cheia, descarnada e fria. O toque confirmou que ele estava morto.

Eles o puxaram para o gramado. Simon saiu da água. Dobrou o roupão e o colocou debaixo da cabeça de Munter, forçou o pescoço para trás e apalpou a boca aberta para ver se ele usava dentadura. Não usava. Encostou a boca nos lábios intumescidos e começou a respiração boca a boca, enquanto todos o observavam em silêncio. Ninguém falou nada quando Ambrose e Ivo se uniram ao grupo. Não se ouvia som algum, exceto o chape das roupas molhadas de Simon, debruçado no chão, e o aspirar sôfrego a intervalos regulares. Cordelia olhou de relance para sir George, algo intrigada com seu silêncio. Ele olhava fixamente para o rosto inchado, os olhos semicerrados cegos com expressão de imensa surpresa, de reconhecimento quase incrédulo. Naquele momento, o coração de Cordelia disparou. Seus olhos cruzaram com os dele, e ela percebeu um sinal de advertência. Nenhum dos dois disse nada, mas ela se perguntou se ele compartilhava sua revelação. Subitamente lhe veio à mente uma cena incongruente: a sala de música do convento, a irmã Hildegarde abrindo a boca enorme e arregalando os olhos num trejeito de antecipação, erguendo a batuta. "E agora, minhas meninas, Schumann. Alegria, alegria! Abram as boquinhas. *Ein munteres Lied.*"

Ela trouxe o pensamento de volta ao presente. Não havia tempo de pensar em sua descoberta nem de explorar suas implicações. Com esforço olhou de novo para o corpo ensopado que Simon tentava desesperadamente despertar. Estava perto da exaustão quando Ambrose se abaixou para sentir o pulso de Munter. Ele disse:

"Não adianta. Ele morreu. Está frio como gelo. Provavelmente passou horas na água."

Simon não respondeu. Prosseguiu mecanicamente a bombear ar no corpo inerte, como se executasse um ritual indecente e esotérico. Roma disse:

"Será que devemos desistir? Dizem que devemos insistir por várias horas."

"Não quando o pulso é zero e o corpo já esfriou."

Mas Simon ignorou os comentários. O ritmo intenso da respiração e os movimentos frenéticos foram acelerados. Foi então que todos ouviram a voz da sra. Munter, baixa mas ríspida:

"Deixem ele em paz. Está morto. Não percebem que ele já morreu?"

Simon a escutou. Levantou-se e começou a tremer intensamente. Cordelia tirou o roupão que apoiava a cabeça de Munter e o passou pelos ombros do rapaz. Ambrose dirigiu-se à sra. Munter.

"Sinto muito. Quando aconteceu isso, você sabe?"

"Como poderia saber?" Ela fez uma pausa, dizendo a seguir: "Não durmo com ele quando bebe".

"Mas deve ter ouvido quando ele saiu. Não conseguiria caminhar sem cambalear e fazer barulho."

"Ele saiu do quarto pouco antes das três e meia."

Ambrose disse:

"Teria sido melhor se houvesse me avisado."

Cordelia pensou: ele soa contrariado, como se ela pretendesse tirar uma semana de folga sem consultá-lo.

"Pensei que nos pagasse para protegê-lo de problemas e inconveniências. Ele havia causado problemas suficientes para uma noite."

Não havia mais nada a dizer. Sir George aproximou-se e falou com Simon.

"É melhor levá-lo para dentro."

Havia um tom inédito na voz da sra. Munter. Ela retrucou imediatamente:

"Não o leve para a ala dos empregados, senhor."

Ambrose disse, cordato:

"Tudo bem, se prefere assim."

"Prefiro assim."

Ela deu as costas e se afastou. O resto do grupo a acompanhou com o olhar.

Cordelia saiu correndo para alcançá-la.

"Por favor, permita que eu a acompanhe. Não seria bom ficar sozinha."

Cordelia surpreendeu-se quando os olhos da outra a fitaram com profunda antipatia.

"Eu quero ficar sozinha. Não há nada que vocês possam fazer. Não se preocupem, não vou me matar." Ela apontou para Ambrose. "Pode dizer isso a ele."

Cordelia voltou ao grupo, informando:

"Ela não quer companhia. Pediu que eu o avisasse de que vai ficar bem."

Ninguém fez comentário algum. Continuavam numa rodinha, olhando para o cadáver. De robe, como estavam, com os pés protegidos por pantufas, rodeavam o corpo como um grupo de carpideiras estranhamente trajadas: sir George, de lã xadrez gasta, Ivo de seda verde-escura sob a qual seus ombros se sobressaíam como um cabide de arame, Ambrose de cetim azul-escuro, Roma de matelassê de nylon florido, Simon de roupão de banho marrom. Ao ver o círculo de cabeças baixas, Cordelia imaginou que poderiam erguê-las ao mesmo tempo e entoar um canto fúnebre na madrugada fria. Sir George levantou a cabeça e dirigiu-se a Simon:

"Vamos lá?"

Ivo seguiu um pouco adiante, pela margem do laguinho, e contemplava os restos dos lírios aquáticos como se fossem uma rara vegetação marinha que tivesse interesse científico. Ele ergueu os olhos e disse:

"Seria mesmo o caso de levá-lo? Normalmente, não devemos mexer no corpo até a chegada da polícia."

Roma gritou:

"Mas isso só vale em caso de assassinato! Isso foi acidente. Ele estava bêbado, cambaleando, caiu na água. Ambrose havia contado que Munter não sabia nadar."

"É mesmo? Não me lembro disso. Mas é a pura verdade. Ele não sabia nadar."

Ivo disse:

"Você nos contou durante o jantar. Mas Roma não estava lá."

Roma gritou novamente:

"Alguém me contou, deve ter sido a senhora Munter. Que diferença faz? Ele bebeu, caiu no lago e se afogou. É perfeitamente óbvio que foi isso que aconteceu."

Ivo retomou a contemplação dos lírios aquáticos. "Não acho que nada seja perfeitamente óbvio para a polícia. Mas creio que você tem razão. Já temos mistérios suficientes, não precisamos inventar mais um. Há alguma marca de violência no corpo?"

Cordelia disse:

"Não que eu possa ver."

Roma insistiu, obstinada:

"Não podemos deixá-lo aqui. Acho melhor levar o corpo para dentro."

Ela olhou para Cordelia, pedindo apoio. Cordelia disse:

"Não fará diferença, se o levarmos. Não o encontramos aqui, já houve mudança."

Todos olharam para Ambrose, como se aguardassem instruções.

Ele disse:

"Antes de transportar o corpo, por favor, venham todos comigo. Precisamos tomar uma decisão."

5

Todos acompanharam Ambrose até o castelo. Só Simon dirigiu um olhar ao monte de carne fria, ainda de pernas e braços estendidos, que um dia fora Munter. Seu olhar transmitia um arrependimento constrangido, como se pedisse desculpas pelo abandono, por deixá-lo ali em circunstâncias tão desconfortáveis.

Ambrose os conduziu ao escritório e acendeu a luminária da mesa. A atmosfera de conspiração formou-se imediatamente; eles se comportavam como um grupo de crianças de pijama a planejar uma travessura no meio da noite. Ele disse:

"Precisamos tomar uma decisão. Vamos contar a Grogan o que aconteceu no jantar? É melhor decidir isso antes de telefonar para a polícia."

Ivo disse:

"Você quer saber se devemos contar à polícia que Munter acusou Ralston de assassinato? Por que não diz isso com todas as letras?"

O cabelo de Simon, colado na testa, a água pingando em seus olhos, parecia artificialmente preto. Ele tremia, embora estivesse de roupão. Seus olhos espantados fitaram o rosto dos presentes, um a um.

"Mas ele não acusou sir George... de nenhum assassinato específico. E ele estava bêbado! Não sabia o que estava falando. Vocês viram. Ele estava bêbado!" Sua voz descambava perigosamente para a histeria.

Ambrose o interrompeu, meio impaciente:

"Ninguém aqui acha o que aconteceu importante. Mas a polícia pode achar. Qualquer coisa que Munter tenha dito ou feito nas últimas horas de vida obviamente interessará a eles. Entre outras, a vantagem do silêncio é não complicar a investigação. Mas precisamos todos falar a mesma coisa. Se alguns contarem e outros não, quem optar pelo silêncio ficará obviamente numa situação delicada."

Simon disse:

"Está sugerindo fingir que ele não invadiu o salão de banquete pela porta, e que não o vimos?"

"Claro que não. Ele estava embriagado, nós o vimos naquele estado. Vamos dizer a verdade à polícia. A questão é: quanto da verdade?"

Cordelia interveio, cautelosa:

"Não há somente a acusação que ele fez a sir George. Depois que Simon e você o levaram embora, sir George nos contou a respeito de um companheiro do Exército que bebia tão compulsivamente quanto Munter..."

Ivo terminou a frase para ela.

"E se afogou do mesmo modo. A polícia considerará isso uma coincidência muito interessante. Portanto, a não ser que sir George tenha contado a mesma história numa ocasião diferente — e aposto que não o fez —, Cordelia e eu já estamos no que chamaram de situação delicada."

Ambrose analisou a informação em silêncio, dando a impressão de que ela lhe causava certa satisfação. Em seguida, ponderou:

"De todo modo, temos de escolher entre fazer um relato detalhado dos fatos ocorridos à noite e omitir o grito de Munter — 'assassino!' — e a história a respeito do companheiro desafortunado de Ralston."

Cordelia deu sua opinião:

"Sugiro que falemos a verdade. Mentir para a polícia não é tão simples quanto parece."

Roma disse:

"Você diz isso por experiência própria, imagino."

Cordelia ignorou o comentário malicioso e prosseguiu:

"Eles nos interrogarão minuciosamente. O que Munter

disse quando entrou daquele jeito? O que conversamos enquanto Ambrose e Simon o levavam para a cama? Não se trata apenas de omitir fatos embaraçosos. Precisamos combinar as mesmas mentiras. Além disso, há considerações morais envolvidas."

Ambrose disse, despreocupado:

"Não precisamos complicar a decisão com considerações morais. Fazer o mal para fazer o bem é sempre uma opção, não importa o que os teólogos digam a respeito. Ademais, imagino que todos nós tenhamos editado criteriosamente o que dissemos nas conversas com Grogan. Eu fiz isso. Ele deu a impressão de pensar que o fato de eu ter montado a peça para Clarissa precisava de uma explicação, então falei que ela tinha dado a ideia de *Autópsia*. Uma mentira engenhosa, mas desnecessária. Logo, a primeira decisão é fácil. Contamos a verdade ou combinamos uma versão. Proponho uma votação secreta."

Ivo disse, sem se alterar:

"Aqui, ou voltamos à cripta?"

Ambrose o ignorou. Virou-se primeiro para Simon, que tremia de boca aberta, o rosto pálido a emoldurar olhos febris, e mudou de ideia. Dirigiu-se a Cordelia, com cortesia formal:

"Você poderia fazer a gentileza de pegar duas xícaras na cozinha? Provavelmente sabe o caminho."

Para ela, a curta distância e o pedido inesperado pareceram ter um significado importante. Com atitude séria, como se uma plateia invisível observasse a elegância de cada movimento seu, Cordelia percorreu corredores desertos até chegar à cozinha e apanhar duas xícaras de chá no armário. Quando voltou ao escritório, todos permaneciam no mesmo lugar, aparentemente imóveis.

Ambrose agradeceu sem sorrir e colocou as xícaras lado a lado, sobre a escrivaninha. Em seguida abriu a vitrine e voltou com um tabuleiro redondo e bolas de gude coloridas, o jogo de paciência da princesa Vitória. Ele disse: "Cada um pega uma bolinha. Depois fecha os olhos —

deixando de lado a curiosidade, por favor — e deposita sua bola numa das xícaras. Vamos ajudar a memória. A xícara da esquerda para a opção mais sinistra; a da direita, para o que é direito. Verão que até as asas foram alinhadas adequadamente, portanto não há justificativa para nenhuma confusão. Quando ouvirmos o som da quinta bolinha caindo, abriremos os olhos. Convenientemente, Roma não estava no jantar. Assim, não existe a possibilidade de empate."

Sir George se manifestou pela primeira vez:

"Está perdendo tempo, Gorringe. Melhor telefonar logo para a polícia. Obviamente vamos dizer a verdade a Grogan."

Ambrose pegou sua esfera, escolhendo-a cuidadosamente, observando as veias do mármore como se conhecesse profundamente o brinquedo.

"Vote conforme seu desejo."

Ivo disse:

"Pretende realizar uma nova votação para decidir se vamos contar à polícia a respeito da primeira votação?" E pegou sua esfera.

Sir George, Simon e Cordelia o seguiram. Ela fechou os olhos. Depois de um segundo de silêncio, ouviu o primeiro tilintar da bolinha na xícara. O segundo som veio quase que imediatamente, depois o terceiro. Ela estendeu a mão. Dedos gelados esbarraram levemente nos seus. Tateou para localizar as xícaras e colocou uma das mãos sobre cada uma para não cometer nenhum erro. Depois deixou cair sua esfera na xícara da direita. Um segundo depois ouviu o ruído da última bolinha na xícara. O som foi inesperadamente alto; provavelmente a haviam deixado cair do alto. Ela abriu os olhos. Seus companheiros todos piscavam, como se o período de escuridão tivesse durado horas e não segundos. Eles olharam para as duas xícaras. A da direita continha três bolinhas.

Ambrose disse:

"Bem, isso simplifica tudo. Contamos a verdade, exceto a parte desta pequena distração. Chegamos juntos ao escritório e todos esperaram, apropriadamente chocados, enquanto eu ligava para a polícia. Passamos apenas alguns minutos aqui, portanto não haverá um intervalo embaraçoso para justificar."

Ele guardou as bolinhas, examinando uma a uma com cuidado, devolveu as duas xícaras a Cordelia e tirou o fone do gancho. Enquanto levava as xícaras de volta para a cozinha, dois pensamentos ocuparam a mente de Cordelia. Por que sir George havia esperado até a votação se tornar inevitável para anunciar que preferia a verdade, e quem, entre os outros presentes, havia escolhido jogar as bolinhas na xícara da esquerda? Ela se perguntou se alguém poderia ter transferido a bolinha alheia além de jogar a sua, mas concluiu que isso exigiria muita habilidade manual, mesmo se fosse feito com os olhos abertos. Seus ouvidos eram excepcionalmente apurados e haviam registrado apenas quatro choques nítidos, quando as esferas dos outros caíram.

Ambrose, pelo jeito, favorecia uma política de alianças. Esperou que ela voltasse para telefonar para o distrito policial de Speymouth. Então disse:

"Aqui é Ambrose Gorringe, da ilha Courcy. Por favor, informe ao inspetor-chefe Grogan que Munter, meu mordomo, acaba de morrer. Seu corpo foi encontrado no lago, parece que se afogou."

Cordelia notou que a declaração fora notável: sucinta, precisa e cautelosamente neutra. Ambrose não quis se comprometer com a causa da morte de Munter. No resto da conversa ele se restringiu a monossílabos. Ao recolocar o fone no gancho, disse:

"Era o sargento de plantão. Avisará Grogan. Disse para não removermos o corpo. Quanto menos interferência houver até a chegada da polícia, melhor."

No silêncio que se seguiu, Cordelia teve a impressão de que todos reconheceram, ao mesmo tempo que estavam com frio, que pouco passava das seis e meia e que, embora soasse insensível revelar a vontade de voltar para a cama e fosse impossível pegar no sono, caso deitassem, era cedo demais para trocar de roupa e iniciar as atividades do dia.

Ambrose perguntou:

"Alguém quer chá ou café? Não sei como vai ser na hora do café da manhã, acho que só o tomaremos se eu o preparar. Garanto que sou perfeitamente competente. Alguém está com fome?"

Ninguém admitiu que estivesse. Roma tremeu e se encolheu ainda mais dentro do robe de matelassê de nylon. Ela disse:

"Um chá vai bem, e quanto mais forte, melhor. Depois eu vou voltar para a cama."

Seguiu-se um murmúrio geral de aquiescência. Simon foi o próximo a falar:

"Eu me esqueci de uma coisa. Há uma caixa lá no fundo. Esbarrei nela quando soltava o corpo. Acham que é preciso pegá-la?"

"A caixa de joias!" Roma virou-se, animada, esquecendo-se imediatamente do desejo de dormir. "Então, no fim das contas, foi ele!"

Simon retrucou, ansioso:

"Duvido que seja o porta-joias. A caixa era maior, mais lisa. Ele deve ter deixado escapar quando caiu na água."

Ambrose hesitou:

"Sugiro esperar até a chegada da polícia. Mas ao mesmo tempo estou curioso para saber do que se trata, se Simon estiver disposto a dar um segundo mergulho."

Longe de fazer alguma objeção, o rapaz, apesar da tremedeira, parecia ansioso para voltar ao lago. Cordelia se perguntou se ele não teria, por um instante, esquecido do corpo estendido no chão. Nunca o vira tão animado, tão frenético. Talvez fosse consequência do fato de ele estar pela primeira vez no centro da ação.

Ivo disse:

"Acho que consigo refrear minha curiosidade. Vou voltar para a cama. Se alguém preparar um chá mais tarde, ficarei grato se me levarem uma xícara." E se afastou, sozinho.

Roma, pelo jeito, estava curada tanto da dor de cabeça quanto do cansaço. Eles voltaram ao laguinho. A lua se reduzira a uma mancha diáfana, e o céu exibia as primeiras luzes do dia. No ar uma névoa tênue vinda do mar trazia o frio úmido outonal. Despojado do encanto frio do luar e da impressão de irrealidade que ele transmitia, o corpo parecia mais humano e grotesco. A bochecha esquerda, que se apoiara nas pedras, fora empurrada para cima, pressionando o olho, de modo que ele dava a impressão de estar zombando das pessoas, irônico, astuto. Da boca entreaberta escorrera um filete de saliva ensanguentada, que secara na altura do queixo. As roupas molhadas pareciam ter encolhido, e um pouco de água ainda escorria pelas pernas da calça, pingando lentamente no lago. Na luz incerta do início da manhã, Cordelia teve a impressão de que o sangue dele vazava, sem ser percebido ou contido. Ela disse:

"Não poderíamos cobri-lo, pelo menos?"

"Claro." Pelo menos nisso Ambrose foi solícito. "Poderia arranjar alguma coisa da casa, Cordelia? Toalha de mesa ou de banho, lençol, até um casaco grande serve. Tenho certeza de que conseguirá algo adequado."

Roma dirigiu-se a ele com aspereza:

"Por que mandar Cordelia? Por que ela deveria realizar todas as tarefas aqui? Ela não foi contratada para receber ordens suas. Não é sua empregada. Munter era."

Ambrose a fitou como se uma criança estúpida emitisse um comentário surpreendentemente inteligente. E disse, calmo:

"Você tem toda a razão. Eu mesmo vou."

Mas Roma, furiosa, não se contentou com isso.

"Munter era seu empregado, e você não presta nem para dizer que lamenta a morte dele. Não liga a mínima, não é? Não se importava com Clarissa e não se importa com ele. Nada o afeta, enquanto estiver confortável e for poupado pelo tédio. Não disse uma palavra de solidariedade desde que encontraram o corpo. Quem você acha que é, afinal de contas? Seu pai fez fortuna vendendo remédio para o fígado e xarope para cólica infantil. Você não tem nem a desculpa de ser aristocrata para não se comportar como um ser humano."

Por um segundo o corpo de Ambrose se imobilizou e dois círculos vermelhos surgiram na pele lisa do rosto, esmaecendo a seguir. Empalideceu, mas sua voz pouco se alterou. "O único ser humano cujo comportamento conheço sou eu. Prantearei Munter à minha maneira, no momento adequado. Considero a hora inoportuna para um discurso de despedida. Se vocês se sentem ofendidos por isso, posso citar o príncipe Hal: 'Um velho conhecido! Tanta carne não reteve um pouquinho só de vida? Adeus, meu pobre Jack! Melhor fora se eu tivesse poupado melhor homem'. Caso lhes sirva de consolo, eu preferiria ver todos vocês mortos no fundo do laguinho, com uma única possível exceção, a perder Carl Munter. Mas você tem razão no que diz respeito a Cordelia. Sem querer, a gente acaba se aproveitando dos competentes e gentis."

Após sua saída, reinou um silêncio constrangedor. Roma, com o rosto afogueado e o queixo vincado pela raiva insistente, afastou-se dos outros. Exibia o ar truculento, ligeiramente defensivo, de uma criança que sabe ter dito algo indefensável, mas não se sente totalmente frustrada com o resultado.

De repente ela virou-se para dizer:

"Bem, pelo menos consegui provocar uma reação humana em nosso anfitrião. Agora sabemos o que ele sente. Imagino que Cordelia seja a privilegiada entre nós, a pessoa que Ambrose não gostaria de ver morta no fundo do laguinho. Pelo jeito, nem ele é imune a um rostinho bonito."

Sir George não tirava os olhos dos lírios aquáticos. "Ele está perturbado. Isso é normal, nas circunstâncias. E não é hora de haver desentendimentos entre nós."

Cordelia sentiu que deveria fazer algum comentário,

mas foi incapaz de pensar em algo apropriado e permaneceu quieta. Intrigada com a cena de Roma, deduziu que nada tinha a ver com preocupação ou consideração por sua pessoa. Poderia ser um gesto de solidariedade feminina ou uma reação explosiva à arrogância masculina. Mas desconfiava de que havia mais do que a liberação espontânea do terror e do choque acumulados. Qualquer que fosse a causa, contudo, a cena provocara um resultado interessante. Naquele homento, Ambrose se mostrara extraordinariamente capaz de citar *Henrique IV*, parte I. Seria um apreciador natural de Shakespeare, ou recentemente havia passado algum tempo consultando a parte dedicada ao dramaturgo inglês no *Dicionário de citações Penguin*?

Ouviram-se os passos de Ambrose nas pedras, quando voltava. Trazia uma toalha de mesa vermelha xadrez dobrada. Enquanto todos observavam, ele a estendeu com cuidado sobre o corpo. Cordelia achou que a mortalha provisória não era exatamente a melhor que ele poderia ter encontrado para cobrir o cadáver. Ele se ajoelhou e a prendeu embaixo do corpo, como se quisesse deixá-lo mais confortável. Ninguém abriu a boca. Sir George voltou-se para Simon e deu a ordem: "Muito bem, filho. Vamos logo com isso".

Simon já havia avaliado a profundidade do lago e dessa vez mergulhou. Seu corpo em curva penetrou na água, afastando os lírios aquáticos, provocando uma breve comoção. Sua cabeça logo surgiu na superfície e ele ergueu os braços. Segurava entre eles uma caixa pesada de madeira com cerca de trinta por vinte centímetros. Segundos depois entregou a carga às mãos ansiosas de Ambrose e apoiou as mãos na borda para sair do lago. Falou, ofegante: "Estava presa na tela do fundo. O que é?".

Ambrose, como resposta, abriu a tampa. A caixa de música, à prova d'água, estava um pouco arranhada, mas, fora isso, intacta. O cilindro girou lentamente, e o tilintar das notas suaves, desarticuladas, formou uma melodia conhecida, a mesma ouvida por Cordelia no ensaio final, o clássico tema escocês "The bluebells of Scotland".

Eles ouviram atentamente, até o final da canção. Depois de uma pausa a música seguinte começou, e logo a identificaram como "My bonnie lies over the ocean".

Ambrose, fechando a caixa, disse:

"Na última vez em que a vi ela estava com as outras caixas de música, entre os adereços da mesa. Ele devia estar levando a caixa de volta para a sala da torre. O lago fica no caminho entre o teatro e a torre."

"Por quê? Qual a razão da pressa?" Roma franziu a testa, como se a aparição da caixa de música tivesse frustrado suas expectativas.

"Não havia pressa", Ambrose disse. "Mas ele estava embriagado, agindo irracionalmente, suponho. Munter compartilhava minha ligeira obsessão pela ordem e não gostava de ver os objetos do castelo sendo usados nas peças, como adereços. Imagino que sua mente anuviada pensou que era um bom momento para começar a devolver cada coisa a seu devido lugar."

Cordelia observou que sir George permanecera em silêncio absoluto. Ele falou pela primeira vez:

"O que mais foi levado? E quanto à outra caixa?"

"Eu a guardo no armário do escritório. Pelo que me lembro, uma das caixas ficava lá e a segunda na sala da torre, com outros itens."

Sir George ordenou a Simon:

"Vista-se, filho. Está tremendo. Não temos mais nada a fazer aqui."

Era uma dispensa quase brutal de tão peremptória. Simon deu a impressão de perceber só naquele momento que estava com frio. Seus dentes começaram a bater. Ele hesitou, fez que sim com a cabeça e se afastou rapidamente.

Roma disse:

"O rapaz tem mais talento do que eu acreditava. E,

por falar nisso, como ele sabia como era a caixa de joias de Clarissa? Pensei que ela a tivesse ganhado quando chegou aqui, na sexta-feira de manhã."

Cordelia disse:

"Suponho que a tenha visto no quarto, como você e eu a vimos. Clarissa a mostrou a ele."

Roma virou-se para ir embora. "Claro, eu achei que ele tinha ido ao quarto dela. Só queria saber quando, exatamente." E acrescentou: "Como ele sabia que Munter carregava a caixa de música, quando caiu na água? Poderia estar ali no fundo do lago havia meses".

"Foi uma dedução válida, dados a posição do corpo e o fato de que tanto o corpo quanto a caixa ficaram presos na tela do fundo." A voz de Ambrose indicava uma leveza e uma falta de curiosidade tão firme que Cordelia a considerou controlada demais, cuidadosa demais. Ele acrescentou: "É melhor deixar as perguntas para Grogan. Um detetive amador na minha casa já é o suficiente. E as acusações de assassinato cabem à polícia, não concorda?".

Roma deu as costas para ele, afundando os ombros mais ainda no robe. "Bem, vou voltar para a cama. Se for possível, gostaria de tomar o chá no meu quarto, quando você o preparar. E quando for liberada por Grogan, eu o livrarei de minha presença aqui. Ou a maldição de Courcy ainda vale ou, em seu paraíso, a morte está se tornando contagiosa."

Ambrose acompanhou com os olhos a saída de Roma, que pisava duro, até o desaparecimento dela entre as sombras dos arcos. "Essa mulher pode ser perigosa", disse.

Sir George continuou olhando para o local por onde ela saíra. "Não, é apenas infeliz."

"Quando se trata de uma mulher, dá na mesma. E, com aqueles ombros de nadadora, ela não devia usar robe de matelassê com ombreira. Nem aquele tom de azul, ou qualquer outro, a bem da verdade. Acho melhor verificarmos se a segunda caixinha de música está no lugar onde normalmente a guardamos."

De volta ao escritório, ele se abaixou e abriu as portas do *chiffonnier* de nogueira. Cordelia viu que continha várias caixas de arquivo, dois pacotes cuidadosamente embrulhados que poderiam ser de ornamentos ainda por abrir e uma caixa de madeira escura de tamanho similar ao da primeira. Ele a colocou em cima da mesa e levantou a tampa. A caixa tocou a música "Greensleeves". Sir George disse:

"Então ele a devolveu. Curioso. Provavelmente não estava conseguindo dormir antes de devolver tudo a seu devido lugar."

Cordelia disse:

"No entanto, ele trocou as caixas. Esta aqui ficava guardada na sala da torre."

A voz de Ambrose soou inesperadamente brusca:

"Como é que você sabe?"

"Eu a vi lá na sexta-feira à tarde, quando Clarissa estava ensaiando. Subi para explorar a torre e encontrei a sala. Tenho certeza."

"Elas são muito parecidas."

"Mas tocam músicas diferentes. Abri a caixa da torre, esta aqui. E a música era 'Greensleeves'. A caixa usada no ensaio tocava canções escocesas diversas. Você sabe disso muito bem, pois estava lá."

Sir George disse:

"Então ontem à tarde ele pegou esta caixa na torre e não no escritório." Ele se dirigiu a Ambrose. "Sabia disso, Gorringe?"

"Claro que não. Sabia que havia duas caixas, uma guardada aqui e a outra na sala da torre. Não sabia qual ficava onde. Não nutro uma paixão especial por elas. Quando Munter me relatou o que havia contado à polícia, que não saíra do térreo e que apanhara a caixa de música no escritório, não vi razão para duvidar de sua palavra."

Cordelia disse:

"Quando Clarissa ou o produtor pediram uma caixinha de música, ele agiu como esperado. Buscou a mais próxima e menos valiosa. Para que se dar ao trabalho de subir até a sala da torre, quando havia uma caixa fácil, à mão, no escritório? Ele não teria ido à torre se Clarissa não houvesse recusado a primeira caixa."

Ambrose disse:

"A única entrada para a torre é pela galeria. Munter mentiu à polícia. Por volta das duas da tarde de ontem, ele esteve a poucos metros da porta do quarto de Clarissa. Isso significa que pode ter visto alguém entrar ou sair. A polícia pode pensar que ele mesmo entrou, com a porta trancada ou não. Por isso ficou tão obcecado com a devolução das caixas, cada uma ao lugar de onde as havia tirado. Ele não precisava ter feito isso, claro, pois ninguém sabia a verdade. Foi por puro acaso que você, Cordelia, encontrou a segunda caixa no passeio à torre. Se a polícia vai acreditar em você, bem, isso já é outra história."

Cordelia disse:

"Não foi por puro acaso. Se Clarissa não tivesse ordenado que eu saísse do teatro, eu teria visto o ensaio até o fim. Não vejo motivo para a polícia desconfiar de mim. Eles acreditarão com mais facilidade que eu estava curiosa para conhecer a sala da torre do que achar que você, tão fanático por antiguidades vitorianas, não soubesse onde cada uma das caixas era guardada."

Assim que falou, Cordelia se deu conta de que sua franqueza poderia ter sido temerária; dirigida a seu anfitrião, fora certamente deselegante. Mas Ambrose não se ofendeu com o comentário. Ele disse, descontraído:

"Talvez você tenha razão. Duvido que acreditem em qualquer um de nós. Afinal de contas, só têm nossa palavra a respeito da mentira de Munter. E seria muito conveniente para nós, certo? Um suspeito morto incapaz de negar qualquer coisa dita a seu respeito. Nem mesmo num romance, me parece, uma solução do gênero é considerada satisfatória."

Sir George levantou a cabeça.

"Acho que as lanchas da polícia estão chegando."

Uma audição notável para um senhor de meia-idade,

pensou Cordelia, que não havia escutado nada. Mas ela logo sentiu a vibração, mais do que ouviu os motores. Trocaram um olhar. Pela primeira vez Cordelia viu nos olhos do outro o sentimento que ele estava vendo nos seus: o medo. Ambrose disse:

"Vou recebê-los no cais. É melhor que vocês dois voltem ao local onde deixamos o corpo."

Sir George e Cordelia ficaram sozinhos. Se iam falar a respeito, a hora era essa, antes que o interrogatório policial começasse. Mas era difícil pôr as palavras para fora, e, quando Cordelia conseguiu perguntar, soou dura, acusadora.

"Você reconheceu o rosto do afogado, não foi? Acha que ele era filho de Blythe?"

Ele disse, sem demonstrar surpresa:

"Sim. Realmente, isso me passou pela cabeça. Nunca me ocorrera, até então."

"Ainda não tinha visto o rosto dele daquele jeito, virado para cima, o rosto de alguém morto por afogamento. Foi assim que viu o pai dele pela última vez."

"E o que a fez perceber?"

"Sua expressão, quando olhou para o corpo. O memorial da guerra, que ele enfeitava todos os anos, no Dia do Armistício. As palavras ditas por ele: assassino, assassino. Ele falava do pai, não de Clarissa. E até o primeiro nome dele. Ambrose disse que era Carl, certo? A altura. O pai demorou muito para morrer, pois era muito alto. Mas, acima de tudo, o nome. Munter em alemão equivale ao inglês *blithe*. É uma das poucas palavras que conheço do alemão."

Ela já vira aquela expressão de tensa resignação no rosto dele antes. Ele disse apenas:

"Pode ser. Pode ser."

Ela perguntou:

"Vai contar a Grogan?"

"Não. Pouco importa. Não é da conta dele."

"Nem mesmo se o prenderem por assassinato?"

"Não farão isso. Não matei minha mulher." De repente ele perguntou, falando rápido, como se pronunciar as palavras exigisse um enorme esforço: "Eu não deixei deliberadamente que o matassem. Poderia ter feito isso. É difícil compreender os motivos das pessoas. Eu pensava que era tudo muito simples".

Cordelia disse:

"Não precisa explicar nada para mim. Não é da minha conta. Você não passava de um jovem oficial na época. Não poderia estar no comando, aqui."

"Não, mas eu estava trabalhando naquela noite. Deveria ter descoberto que planejavam algo, deveria ter impedido. Mas eu odiava Blythe, tanto que procurava não me aproximar dele, por medo de minha própria reação. Uma coisa a gente não perdoa nunca, a crueldade contra uma criança indefesa. Fechei os olhos e a mente para tudo que dizia respeito a Blythe. Talvez tenha agido deliberadamente. Poderia ser chamado de negligência no cumprimento do dever."

"Ninguém fez isso. Não houve corte marcial, certo? Ninguém o culpou."

"Eu me culpo." Após um momento de silêncio ele disse: "Nunca soube que o sujeito era casado. No inquérito não mencionaram nenhuma esposa. Falaram de uma moça de Speymouth, mas ela nunca foi encontrada. Nenhuma menção a filhos".

"Munter provavelmente ainda não tinha nascido. E talvez fosse filho ilegítimo. Duvido que venhamos a saber com certeza. Mas a mãe dele deve ter guardado muito ressentimento. Ele provavelmente cresceu acreditando que o Exército assassinou o pai dele. Eu me pergunto por que ele veio trabalhar na ilha: curiosidade, dever filial ou expectativa de vingança? Contudo, como ele poderia esperar sua visita?"

"Talvez alimentasse alguma esperança. Ele começou neste emprego no verão de 1978. Casei-me com Clarissa naquele ano, e ela conhecia Ambrose Gorringe desde a infância. Munter provavelmente acompanhava minha vida. Sou bem conhecido."

Cordelia disse:

"A polícia já cometeu muitos enganos. Se prenderem alguém, eu me sentirei no dever de contar tudo. Serei obrigada."

Ele disse, calmamente:

"Não, Cordelia. É problema meu, diz respeito ao meu passado, à minha vida."

Cordelia gritou:

"Mas você precisa entender como a polícia analisará tudo isso! Se eles acreditarem no que eu disser sobre a caixa de música, saberão que Munter esteve na galeria, a poucos passos do quarto de sua esposa, pouco antes da morte dela. Se ele não a matou, pode ter visto a pessoa que fez isso. E não se esqueça de que o grito de 'assassino' é uma acusação, a não ser que saibam quem era Munter."

Ele não respondeu, rígido como uma sentinela, com os olhos fixos no infinito. Ela disse:

"Se detiverem a pessoa errada, será cometida uma dupla injustiça. Significa que o culpado sairá livre. É isso o que você quer?"

"Será mesmo a pessoa errada? Se ela não tivesse casado comigo, ainda estaria viva."

"Você não pode afirmar isso!"

"É o que sinto. Quem falou que devemos uma morte a Deus?"

"Não me lembro bem. Um personagem de Shakespeare, em Henrique IV. Mas o que isso tem a ver com o caso?"

"Nada, suponho. Só me veio à mente."

Ela não ia chegar a lugar nenhum. Debaixo da fachada ilusória aparentemente pouco articulada de sua personalidade ocultava-se um agente secreto, uma mente mais complexa e talvez mais implacável do que ela imaginava. Ele não era nenhum idiota, aquele suposto militar tacanho. Sabia exatamente quanto perigo corria. Isso indicava que ele tinha lá suas suspeitas; queria proteger alguém. E ela não acreditava que fosse Ambrose ou Ivo. Desanimada, Cordelia disse:

"Não sei o que deseja de mim. Devo continuar no caso?"

"De que adiantaria? Nada mais pode assustá-la. É melhor deixar o caso na mão dos profissionais." Ele acrescentou, meio sem jeito: "Claro, pagarei pelos serviços realizados até agora. Não sou ingrato".

Ingrato? Como assim?, ela se perguntou.

Ele se virou para olhar o corpo de Munter. E disse:

"Que atitude extraordinária, colocar uma coroa de flores no memorial da guerra todos os anos. Você acha que Gorringe manterá a tradição?"

"Duvido muito."

"Deveria. Vou falar com ele. Oldfield pode se encarregar."

Eles se voltaram para o lado do jardim de rosas, mas pararam. Atravessando o gramado na direção deles, na pálida luz amarelada, com os passos abafados pela grama mole, vinham Grogan e um grupo de policiais. Cordelia foi apanhada de surpresa. Ao ver os rostos silenciosos avançando inexoráveis, sérios, ela resistiu à tentação de olhar para sir George. Mas se perguntou se ele compartilhava sua repentina e irracional visão de como os dois estavam sendo vistos pela polícia, culpados e constrangidos como um par de caçadores clandestinos surpreendidos pelos guardas de caça com presas mortas a seus pés.

351

LIVRO SEIS

CASO ENCERRADO

1

O corpo de Munter foi removido com uma rapidez e eficiência que, na opinião de Cordelia, beiravam a indelicadeza. O esquife de metal com duas alças laterais compridas passara do píer para a lancha da polícia como se contivesse um cachorro. Mas, afinal, o que ela esperava? Munter havia sido um homem. Agora não passava de carne em putrefação latente, um caso a receber número e pasta, um problema a ser resolvido. Seria irracional esperar que os homens — policiais? agentes funerários? empregados do necrotério? — o carregassem com a solenidade própria de um funeral. Desempenhavam uma tarefa rotineira, sem emoção, sem afetação.

No caso dessa segunda morte, os suspeitos puderam acompanhar o trabalho da polícia. Fizeram isso discretamente, da janela do quarto de Cordelia, observando Grogan e Buckley andarem em volta do corpo como um par de biólogos marinhos intrigados com um espécime trazido pela maré. Viram o fotógrafo registrar imagens, sem dar importância aos policiais ou conversar com eles, concentrado em seu ofício. Dessa vez o dr. Ellis-Jones não apareceu. Cordelia pensou que agora a causa da morte era evidente, ou ele estava ocupado com outro corpo, em outro lugar. Em vez disso, um médico da polícia veio certificar que a vida se extinguira e realizar o exame preliminar. Sujeito grande e jovial, usava botas de borracha e malha de lã com cotoveleiras. Cumprimentou os policiais como quem reencontra velhos companheiros. Sua voz animada chegou claramente a eles pelo ar pacato da manhã. Só quando o médico se ajoelhou para abrir a valise e apanhar o termômetro o grupo de observadores afastou-se da janela silenciosamente para se refugiar na sala de estar, envergonhados com o que lhes pareceu uma demonstração indecente de curiosidade. E foi pela janela da sala de estar que viram, menos de dez minutos depois, o corpo de Munter ser transportado pela galeria até o píer e a lancha. Um dos homens que o carregavam falou algo a seu colega; os dois riram. Provavelmente queixava-se do excesso de peso.

O interrogatório da polícia sobre a segunda morte não demorou tanto. Afinal de contas, não havia muito a contar, e Cordelia achou que o pouco a dizer soava unânime e altamente suspeito. Quando chegou a sua vez, ela entrou no escritório desconsolada com a ideia de que não acreditariam em nada do que contasse. Grogan a encarava, do outro lado da escrivaninha, os olhos claros e hostis marcados por olheiras, como se não tivesse dormido. As duas caixas de música estavam em cima da mesa, cuidadosamente colocadas uma ao lado da oura.

Quando ela terminou o relato da aparição de Munter na porta-balcão do salão de banquetes, da descoberta do corpo e da recuperação da caixa de música, o silêncio foi demorado. Então Grogan disse:

"Por que você foi à sala da torre na sexta-feira à tarde?"

"Mera curiosidade. A senhora Lisle não queria minha presença no ensaio, o senhor Whittingham e eu havíamos terminado nosso passeio. Ele estava muito cansado e foi deitar. Eu não tinha nada para fazer."

"Então foi se divertir, explorando a torre?"

"Sim."

"E mexeu nos brinquedos?"

Ele falava como se ela fosse uma criança mimada, incapaz de manter as mãos longe dos brinquedos alheios. Cordelia se deu conta, com uma mistura de raiva e desânimo, de que seria impossível explicar sua atitude, fazer com que ele entendesse o impulso de fazer com que todos os brinquedos funcionassem, de sufocar o desespero numa cacofonia entorpecedora. Mesmo que lhe confiasse a causa de sua angústia, o relato de Ivo sobre a morte da filha de Tolly, sua história soaria mais plausível? Como explicar a um policial, ou mesmo a um juiz, a um júri, as pequenas compulsões irracionais, os tristes expedientes contra a dor, que pouco sentido faziam até para quem os experimentava? E, se era difícil para ela, extraordinariamente privilegiada, como ignorantes e iletrados lidariam com os mecanismos esotéricos e implacáveis da lei? Ela disse:

"Sim, eu mexi nos brinquedos."

"E tem certeza absoluta de que a caixa de música que encontrou na sala da torre tocava 'Greensleeves'?" Ele espalmou a mão enorme sobre a tampa da caixa de música da esquerda e levantou a tampa. O cilindro girou, e os dentes delicados do pente comprido mais uma vez reproduziram a melodia nostálgica, melancólica.

Ela disse:

"Tenho certeza absoluta."

"Externamente são bem semelhantes. Mesmo tamanho, mesmo formato, mesma madeira, quase o mesmo desenho nas tampas."

"Sei disso. Mas tocam melodias distintas."

Ela compreendia a frustração e a irritação que o inspetor-chefe mantinha sob rígido controle. Se gostasse mais dele, se sentiria solidária. Se ela estava dizendo a verdade, Munter mentira. Ele havia saído do térreo do castelo em algum momento, durante o período crítico de uma hora e quarenta minutos. A única entrada para a torre ficava no piso da galeria. Ele passara a poucos metros da porta de Clarissa. E estava morto. Mesmo que Grogan acreditasse em sua inocência, mesmo que outro suspeito fosse levado a julgamento, a declaração de Cordelia a respeito da caixa de música seria um presente e tanto para a defesa. Ele disse:

"Você não mencionou a visita à torre quando foi interrogada ontem."

"Você não perguntou. Estava mais interessado no que vi e fiz no sábado. Não pensei que fosse importante."

"Mais alguma coisa que não tenha considerado importante?"

"Eu respondi a todas as perguntas da maneira mais honesta que pude."

Ele disse:

"Talvez. Mas não é exatamente a mesma coisa, não concorda, senhorita Gray?"

A voz de sua consciência, em conluio com o policial, a acusava. Teria mesmo respondido?

Ele se debruçou subitamente sobre a mesa, aproximando seu rosto do de Cordelia. Ela sentiu seu hálito ácido de cerveja, e só a muito custo evitou virar a cara.

"O que aconteceu exatamente no sábado de manhã, quando foram à Caldeira do Diabo?"

"Já lhe disse. O senhor Gorringe nos contou a história do rapaz preso que foi amarrado lá e se afogou. E encontrei a citação da peça..."

"E foi só isso que aconteceu?"

"Para mim, já basta."

Ele se recostou na poltrona e ficou matutando. Sem falar nada. Finalmente, Cordelia disse:

"Eu gostaria de ir a Speymouth esta tarde. Quero sair um pouco da ilha."

"E quem não quer, senhorita Gray?"

"Não há impedimento, certo? Ou preciso de sua permissão? Quero dizer, não pode evitar que eu vá aonde queira, a não ser que me detenha, não é?"

Ele disse:

"Sem dúvida você diria isso a seus clientes, se tivesse algum. Tem toda a razão. Não podemos impedi-la. Mas precisa comparecer ao inquérito em Speymouth, amanhã, às duas da tarde. Não vai demorar muito, trata-se apenas de uma formalidade. Vamos pedir adiamento. Mas você encontrou o corpo e foi a última pessoa a ver a senhora Lisle viva. O juiz responsável exigirá sua presença."

Ela sentiu uma ameaça insinuada em seu tom de voz. E disse:

"Estarei lá."

Ele ergueu a vista, gentil, e Cordelia quase acreditou em sua sinceridade:

"Divirta-se em Speymouth, senhorita Gray. Tenha um bom dia."

2

Passava do meio-dia e meia quando a liberaram. Cordelia saiu para se juntar aos outros, que bebiam sherry como aperitivo no terraço, antes do almoço, e soube que Oldfield já havia partido para a costa, onde pegaria a correspondência e faria compras. Ambrose esperava livros da biblioteca de Londres. Cordelia perguntou se poderia sair com a *Shearwater* às duas horas, e ele concordou sem demonstrar curiosidade. Indagou apenas se ela queria que a lancha retornasse ao cais de Speymouth para trazê-la de volta. Cordelia disse que sim, às seis horas.

Não sentia vontade de comer, e pelo jeito isso estava valendo para todos. A sra. Munter providenciara um bufê frio no salão de banquetes com muita comida, boa parte destinada à festa cancelada, servida indiscriminadamente num amontoado nada apetitoso. Cordelia estranhou a atitude, pois não esperava que se incomodasse com isso. Ninguém falara com ela desde a descoberta do corpo do marido. Fora interrogada pela polícia também, depois passara grande parte da manhã trancada em seu apartamento ou transitando discreta e silenciosamente da despensa ao salão de banquetes. Cordelia duvidava que Ambrose se preocupasse muito com ela, e não havia mais ninguém interessado em sua condição. Resolveu verificar se a sra. Munter estava passando bem, perguntar se poderia ajudá-la em alguma coisa, antes de ir a Speymouth. Duvidava que a intrusão fosse bem-vinda. O que qualquer um poderia fazer, afinal? Bem, não custava perguntar.

Sem se dar ao trabalho de sentar, Cordelia cortou algumas fatias de rosbife para fazer um sanduíche. Pegou uma maçã, uma banana, pediu licença a Ambrose e foi fazer um piquenique na praia. Sua mente já se afastava daquela ilha claustrofóbica e se fixava na costa. Sentia-se como uma refugiada, esperando para ser resgatada de uma colônia violenta contaminada pela peste, vigiando o mar com olhar desesperado, esperando o barco que a levaria para longe do cheiro dos corpos putrefatos, dos gritos e do tumulto, dos corpos estendidos na praia, para a segurança e a normalidade de seu lar. A costa que se distanciara apenas três dias antes, em meio a imensas expectativas, agora brilhava em sua imaginação com o esplendor de uma terra prometida. Teve a impressão de que as duas horas da tarde não chegariam nunca.

Pouco antes da uma e meia, Cordelia seguiu pela passagem azulejada, passou pelo escritório e chegou à porta revestida de baeta que conduzia aos aposentos dos empregados. Não havia campainha nem aldrava, e, enquanto ela pensava num meio de chamar a atenção da sra. Munter, esta se aproximou silenciosamente pelas suas costas, carregando uma bacia de roupa apoiada no quadril. Sem dizer nada, ela abriu a porta, e Cordelia passou primeiro pelo corredor curto, entrando na saleta da direita. Como de costume na arquitetura vitoriana, Godwin projetara os apartamentos dos empregados de modo que de nenhum dos cômodos fosse possível ver as atividades dos patrões enquanto a família estivesse se divertindo dentro de casa ou no jardim. A única janela dava para um pátio amplo e para o bloco do estábulo, no qual se destacava uma encantadora torre de relógio e um cata-vento. De lado a lado do pátio havia um varal com o pijama enorme de Munter pendurado, detalhe triste e constrangedor para Cordelia. Ela desviou a vista como se tivesse sido surpreendida num ato de indevida curiosidade.

A sala, embora tivesse poucos móveis, não era desconfortável, mas praticamente desprovida de personalidade, apesar da simplicidade elegante da mobília art nouveau. No canto havia uma televisão, mas nada de quadros, livros, fotografias ou enfeites sobre o aparador. Era como se seus moradores não tivessem passado do qual lembrar nem presente merecedor de comemoração. Ao que tudo indicava, ninguém a usava, fora o casal. Duas poltronas reclináveis ladeavam a lareira de ferro fundido e havia apenas duas cadeiras de encosto reto, frente a frente, na mesa de jantar.

A sra. Munter não a convidou a sentar. Cordelia disse:

"Eu não queria incomodar. Só passei para saber se está bem. Vou a Speymouth daqui a pouco. Precisa que eu faça ou traga alguma coisa?"

A sra. Munter pôs a cesta de roupas sobre a mesa e começou a dobrar as peças.

"Nada. Provavelmente vou com a senhora no barco. Estou indo embora. Deixarei esta ilha."

"Sei como se sente. Se estiver com medo, posso dormir no mesmo quarto esta noite."

"Não tenho medo. Haveria motivo para ter medo? Vou embora e pronto. Não gosto daqui, e agora que ele morreu não preciso mais ficar."

"Claro que não, se prefere assim. Mas estou certa de que o senhor Gorringe não quer que faça nada com pressa. Ele vai conversar com você. Provavelmente haverá... bem, algum acerto."

"Não temos nada para discutir. É um bom patrão, mas o emprego era de Munter. Vim com Munter. Agora estamos separados."

Separados, pensou Cordelia, definitivamente. Não havia como não notar o toque de satisfação, quase de triunfo. Ela fora ao apartamento por compaixão, mesmo constrangida, para levar um pouco de conforto, apesar de sua inexperiência. Pelo jeito, este não era necessário nem desejado. Mas certamente havia salários a ser pagos, ofertas de ajuda a ser feitas, providências do funeral a discutir. Ambrose sem dúvida queria garantir a ela que poderia ficar no castelo enquanto fosse conveniente. E, claro, havia a polícia, Grogan e seus especialistas onipresentes, treinados para suspeitar e desconfiar. Se Munter fora empurrado para a água deliberadamente, ela estaria entre os suspeitos. Como já ocorrera uma morte sem solução na ilha, haveria momento melhor para se livrar de um marido indesejado? Cordelia não duvidava de que Grogan, ao deparar com uma viúva impassível, a colocaria no alto da lista de suspeitos. A polícia poderia desconfiar dessa súbita partida.

Ela se perguntava se devia alertar a sra. Munter a respeito, quando esta falou:

"Já conversei com a polícia. Eles não pretendem me segurar aqui. Sabem onde me encontrar. O senhor Gorringe pode cuidar do enterro. Não me diz respeito."

"Mas você era mulher dele!"

"Nunca fui mulher dele. Munter não ligava para o casamento, nem eu. Vou embora assim que Oldfield estiver pronto."

"E quanto ao dinheiro? Não precisa dele? Estou certa de que o senhor Gorringe..."

"Não preciso da ajuda do senhor Gorringe. Munter tinha dinheiro. Ganhava uns trocados por fora, e eu sei onde ele guardava tudo. Vou levar a minha parte. Não preciso me preocupar. Boas cozinheiras não morrem de fome."

Cordelia sentiu-se totalmente inadequada. E disse:

"Claro. Você tem para onde ir? Passar esta noite, quero dizer?"

"Ela vai ficar comigo."

Tolly entrou na sala, discretamente. Usava um casaco azul-marinho com ombreiras e um chapéu pequeno com pena longa. O traje lembrava os anos 1930 e lhe dava um ar de elegância datada, quase vulgar. Carregava uma mala cheia demais, presa com uma tira de couro. Sem sorrir, posicionou-se ao lado da sra. Munter — era impossível a Cordelia pensar nela com outro nome —, e as duas mulheres a encararam.

Cordelia sentiu que via a sra. Munter com clareza pela

primeira vez. Até o momento mal a notara. A impressão mais forte era de competência reservada. Servira de auxiliar para Munter, e mais nada. Até sua aparência era modesta: cabelo grosso, nem claro nem escuro, com ondas rígidas pronunciadas, postura séria, mãos calejadas de dedos curtos. Agora a boca fina que nada revelava exibia um ricto de triunfo obstinado. Os olhos baixos sempre deferentes encaravam os seus com ar de desafio, confiantes, quase insolentes. Pareciam dizer: "Você nem sabe o meu nome. E agora jamais saberá". A seu lado postava-se Tolly, imperturbável em sua serenidade reservada.

As duas iam embora juntas. Onde morariam?, pensou. Provavelmente, uma vez que oferecera um quarto a Simon, Tolly tinha uma casa ou um apartamento em Londres, onde montara um lar para a filha. Cordelia viu subitamente uma imagem desconcertante das duas; não vivendo mergulhadas em lembranças, e sim instaladas numa casa suburbana ajeitada, a uma distância conveniente do metrô e do comércio, com cortinas rendadas estendidas pela porta-balcão para evitar olhares inquisitivos e com um jardim pequeno na frente, contornado por uma cerca para afastar intrusos indesejados e o passado. Elas tinham se libertado da servidão. Mas a servidão havia sido voluntária, provavelmente; ambas eram mulheres adultas. Teria o medo do desemprego levado as duas a abrir mão da liberdade? Elas poderiam ter largado o trabalho quando quisessem. Por que não o tinham feito? Que misteriosa alquimia mantinha pessoas juntas contra toda razão, inclinação e seus próprios interesses? Bem, a morte as separara, uma de Clarissa, a outra de Munter; de maneira muito conveniente, pensaria a polícia.

Cordelia pensou que pela primeira vez via as duas claramente e que, todavia, nada sabia a respeito delas. As palavras de Henry James lhe vieram à mente: "Nunca acredite que você tem a última palavra sobre um coração humano". No entanto, saberia a primeira palavra, ela, que se considerava detetive? Não era essa uma das vaidades humanas

364

mais comuns, a preocupação com motivos, compulsões e fascinantes incoerências de outra personalidade? Talvez, pensou, todos nós gostemos de bancar o detetive, mesmo com aqueles a quem amamos, acima de tudo com eles. Mas Cordelia assumira essa atividade como profissão, por dinheiro. Nunca negara o fascínio, mas pela primeira vez lhe ocorria que sua atitude poderia ser também presunçosa. Nunca, até esse momento, se sentira inadequada para o trabalho, lamentando a juventude, a inexperiência, o parco acúmulo de conhecimentos em oposição ao imenso mistério do coração humano. Ela se dirigiu à sra. Munter:

"Eu gostaria de conversar um pouco a sós com a senhorita Tolgarth. Poderia nos dar licença?"

A mulher não respondeu, mas consultou a amiga com o olhar, recebendo um pequeno aceno de aprovação. Sem dizer nada, ela saiu.

Tolly esperou, paciente, sem sorrir, com as mãos unidas na frente do corpo. Cordelia quisera fazer uma pergunta, mas isso não era mais necessário. Estava menos arrogante agora do que no início do caso. Convencera-se de que não tinha o direito de fazer certas perguntas nem de saber certos fatos. Nenhuma curiosidade humana, nenhum anseio de juntar perfeitamente todas as peças do quebra-cabeça, como se suas mãos atarefadas pudessem impor ordem à confusão da vida humana, justificaria perguntar aquilo que ela, em seu íntimo, sabia ser verdade: se Ivo era o pai da filha de Tolly. Ivo falara sobre Viccy com amor e conhecimento, sabia que Tolly se recusara a aceitar ajuda do pai da criança; Ivo se dera ao trabalho de entrar em contato com o hospital e descobrir a verdade sobre o telefonema. Como era estranho pensar nos dois juntos, Ivo e Tolly. O que haviam desejado um do outro?, pensou. Ivo teria tentado magoar Clarissa, ou aliviar uma dor própria mais profunda? Tolly seria uma daquelas mulheres desesperadas por um filho, mas que preferem evitar o ônus de ter um marido? O nascimento de Viccy, ou mesmo a gravidez, deviam ter sido propositais. Mas nada disso era da sua conta.

De todas as coisas que os seres humanos fazem juntos, o ato sexual é o mais variado em termos de razões. O desejo pode ser o motivo mais comum, mas não significa que seja o mais simples. Cordelia não pretendia nem mencionar Viccy diretamente. Mas tinha de perguntar uma coisa. Ela disse:

"Você estava com Clarissa quando as primeiras mensagens chegaram, durante a temporada de *Macbeth*. Poderia me dizer como elas eram?"

Os olhos de Tolly a fuzilaram, sombrios, cautelosos, mas sem antipatia ou ressentimento, Cordelia percebeu. Ela prosseguiu:

"Sabe, acho que foi você quem os mandou, e ela pode ter adivinhado e entendido o motivo. Mas ela não podia passar sem você. Era mais fácil fingir. Ela não quis mostrar as mensagens a ninguém. Sabia muito bem o mal que causara a você. Sabia que certas coisas nem mesmo os amigos perdoariam. E o que ela esperava que acontecesse, aconteceu. Talvez uma mudança em sua vida que tenha levado você a sentir que o que estava fazendo era errado. Por isso os recados pararam. Pelo menos até que um dos poucos que conheciam a história assumisse a continuidade do envio dos bilhetes. Mas as mensagens passaram a ser diferentes. Pareciam diferentes. O propósito da pessoa era outro. E a finalidade era terrível."

Nenhuma resposta. Cordelia prosseguiu, delicadamente:

"Sei que não tenho o direito de perguntar. Não responda diretamente, se não quiser. Conte-me apenas como eram as primeiras mensagens e saberei interpretar."

Tolly resolveu falar:

"Eram escritas em letra de forma, em papel pautado. Folhas arrancadas de um caderno escolar."

"E as mensagens propriamente ditas, eram citações?"

"Era sempre a mesma mensagem, um texto da Bíblia."

Cordelia percebeu que tivera sorte ao descobrir tanta coisa. Essa confidência não teria sido feita se Tolly não reconhecesse certa solidariedade, certa empatia entre as duas. E resolveu arriscar mais uma pergunta.

"Senhorita Tolgarth, faz alguma ideia de quem passou a enviar os bilhetes em seu lugar?"

Os olhos que se fixaram nela eram implacáveis. Tolly contara tudo que pretendia contar.

"Não. Eu me preocupo com meus pecados. Que os outros se preocupem com os deles."

Cordelia disse:

"Nunca revelarei o que você me contou."

"Se eu achasse que o faria, não teria falado nada." Ela fez uma pausa e perguntou, no mesmo tom neutro: "O que será do rapaz?".

"Simon? Ele me disse que sir George o manterá em Melhurst até o último ano, e que depois ele vai tentar uma vaga numa faculdade de música."

Tolly disse:

"Ele vai ficar bem, agora que ela morreu. Não fazia bem a ele. E, se me dá licença, senhorita, eu preciso ajudar minha amiga a fazer as malas."

3

Não restava mais nada a ser dito ou feito. Cordelia deixou as duas mulheres e foi a seu quarto preparar as coisas para o passeio da tarde. Seu objetivo era obter a reportagem do jornal, e para isso o kit de cena de crime não seria necessário. Mas ela separou uma lupa, uma lanterna e um caderno, que colocou na mochila, e então vestiu uma malha grossa azul por cima da blusa. Talvez sentisse frio no barco, na volta. Por fim, pôs o cinto de couro em torno da cintura, deu duas voltas e o afivelou com firmeza. Como sempre, era uma peça que lhe servia de talismã, reforçava sua resolução. Ao cruzar o terraço, na parte oeste do castelo, viu que a sra. Munter e Tolly já estavam a caminho da lancha, cada uma levando consigo duas malas. Oldfield devia ter atracado pouco antes. Ainda descarregava caixas de vinho e mantimentos no píer, surpreendentemente ajudado por Simon. Cordelia achou que o rapaz estava contente por arranjar alguma coisa de útil para fazer.

Roma surgiu de repente na porta do salão de banquete e correu pelo terraço, passando na frente dela. Aproximou-se de Oldfield e lhe disse algo. O malote do correio estava em cima do carrinho, ele o abriu e pegou o maço de cartas. Seguindo na direção deles, Cordelia percebeu a impaciência de Roma. Ela dava a impressão de que ia arrancar a pilha dos dedos nodosos de Oldfield. Assim que ele encontrou o que ela desejava, Roma pegou a carta e saiu praticamente correndo. Reduziu o passo e, sem notar a presença de Cordelia, rasgou o envelope e leu a carta.

Por um momento ficou totalmente imóvel. Então soluçou alto, uma reação que mais parecia um lamento, percorreu o terraço cambaleante, passou por ela e desapareceu nos degraus que conduziam à praia.

Cordelia parou por um momento, sem saber se deveria segui-la ou não. Pediu a Oldfield que esperasse um pouco, que não demoraria, e saiu correndo. A notícia, fosse qual fosse, a deixara arrasada. Talvez Cordelia pudesse ajudar de alguma forma. Mesmo que não pudesse, seria impossível para ela simplesmente embarcar na lancha e se afastar como se jamais tivesse visto o que acontecera. Tentou silenciar o impulso íntimo de contrariedade e irritação pelo fato de a cena ter ocorrido no momento mais inconveniente. Será que nunca mais conseguiria sair daquela ilha? Por que precisava sempre bancar a assistente social universal? De todo modo, era impossível ignorar o sofrimento alheio.

Roma cambaleava pela praia, de mãos levantadas, como se lhe faltasse ar. Cordelia teve a impressão de que ouvia um uivo baixo e contínuo de dor. Mas podia ser o grasnido das gaivotas. Estava prestes a se aproximar dela quando Roma tropeçou, caiu de bruços no cascalho e ficou deitada, o corpo inteiro a tremer, sacudido pelos soluços. Cordelia abaixou-se a seu lado. Ver a orgulhosa e reservada Roma nessa condição de abandono ao sofrimento era fisicamente violento como um soco no estômago. Cordelia sentiu uma torrente de medo impotente e desamparo. Só o que conseguiu fazer, ajoelhada na areia, foi passar os braços em torno do ombro dela, torcendo para que o contato humano ao menos a acalmasse um pouco. Disse palavras gentis em voz baixa, como faria com uma criança ou com um animal ferido. Após alguns minutos a tremedeira passou. Roma ficou tão rígida que, por um segundo, Cordelia temeu que tivesse parado de respirar. Mas ela se levantou desajeitadamente e afastou o braço de Cordelia. Avançou cambaleante até a beira do mar, abaixou-se e lavou o rosto. Levantando-se, passou um momento fitando o mar, antes de se voltar para Cordelia.

No rosto grotesco, inchado como o de um afogado após dias no mar, os olhos eram meras fendas e o nariz, uma massa bulbosa. Quando falou, a voz saiu dura, gutural, como se os sons se esforçassem para sair pelas cordas vocais afetadas.

"Me desculpe, foi um espetáculo deprimente. Ainda bem que era você, caso isso sirva de consolo."

"Eu gostaria de poder ajudar."

"Você não tem como me ajudar. Ninguém tem. Como você provavelmente deduziu, é a tragédia cotidiana sórdida de sempre. Fui chutada. Ele escreveu na sexta-feira à noite. Estivemos juntos na quinta. Ele já devia ter tudo planejado."

Ela tirou a carta do bolso e a estendeu.

"Vamos lá, leia! Leia! Imagino quantos rascunhos exigiu esta demonstração elegante de hipocrisia para ele livrar a cara."

Cordelia não pegou a carta. "Se ele não teve a coragem e a decência de dizer isso na sua frente, não vale suas lágrimas, não é digno do seu amor", disse.

"O que a dignidade tem a ver com o amor? Meu Deus, ele não poderia ter esperado um pouco?"

Esperado o quê? O dinheiro da Clarissa?, pensou Cordelia.

"Mas, se tivesse esperado, você teria certeza?", perguntou.

"Do motivo, quer dizer? Por que eu me importaria com o motivo? Eu não tenho esse tipo de orgulho. Agora é tarde demais. Eu falei que no fim de semana pediria um empréstimo, e ele escreveu na sexta-feira! Meu Deus, ele não poderia ter esperado? Eu lhe disse que conseguiria o dinheiro, eu avisei!"

Uma onda mais forte do que as anteriores quebrou aos pés de Cordelia, levando uma sandália prateada para o meio das pedras reluzentes lavadas pelo mar. Ela a olhou com intensidade artificial, perguntando-se que tipo de mulher a teria usado e como tinha ido parar no mar, em que iate houvera uma festa de arrasar e quem a atirara pela amurada. Ou sua dona estaria por ali, um corpo semidespido girando nas ondas? Qualquer pensamento, mesmo esse, ajudava a calar a voz dura convulsiva que a qualquer momento poderia pronunciar as palavras fatais que não poderiam ser retiradas e que nenhuma das duas jamais esqueceria.

"Quando eu era criança, fui para uma escola mista. Todos os alunos tinham namoradinhas. Quando o relacionamento esfriava, os garotos mandavam bilhetinhos, encerrando o caso. Nunca recebi um sequer, pois nunca arranjava namorado. Eu achava que valia a pena correr o risco de ser dispensada por um bilhetinho, se tivesse um namorado, mesmo por um semestre que fosse. Eu queria me sentir assim agora. Ele foi o único homem que me desejou até hoje. Acho que eu sempre soube o motivo. A gente só consegue se iludir até certo ponto. A mulher dele não gosta de sexo, e eu proporcionava sexo de graça. Não precisa me olhar desse jeito! Não espero que você entenda. Você pode arranjar homem quando quiser."

Cordelia protestou:

"Isso não é verdade! Nem a meu respeito, nem a respeito de ninguém."

"Não mesmo? Era verdade no caso de Clarissa. Para ela, bastava olhar. Um olhar, e pronto. Passei a vida a observá-la usando aqueles olhos. Mas ela não vai mais fazer isso. Nunca mais. Nunca, nunca, nunca mais."

Sua angústia era como uma infecção, forte, febril, cheirando a suor. Cordelia sentia a contaminação em seu sangue. Parada ali na praia, relutava em se aproximar de Roma, pois sabia que o contato físico seria rechaçado, mas ao mesmo tempo não queria deixá-la ali, embora soubesse que Oldfield já devia estar impaciente. Roma disse, bruscamente:

"Acho melhor correr, se quiser pegar a lancha."

"E quanto a você?"

"Não se preocupe. Pode ir com a consciência tran-

371

quila, não farei nenhuma besteira. Não é esse o eufemismo? Não é isso que sempre dizem? Não faça nenhuma besteira. Aprendi a lição. Chega de fazer besteira, Roma! Vou lhe dizer o que acontecerá comigo, caso lhe interesse saber. Pegarei o dinheiro de Clarissa, comprarei um apartamento em Londres. Venderei a loja, arranjarei um emprego de meio período. De tempos em tempos, viajarei para o exterior de férias, com uma amiga. Não vamos adorar a companhia uma da outra, mas será melhor do que viajar sozinha. Descobriremos maneiras de nos divertir, como frequentar teatro, exposições, jantar em restaurantes onde não tratam mulheres desacompanhadas como párias. E no outono eu me matricularei em cursos noturnos, fingindo interesse por cerâmica, arquitetura georgiana de Londres ou estudo comparado das religiões. A cada ano me tornarei um pouco mais rígida em relação a minhas manias, um pouco mais rígida em relação aos jovens, um pouco mais rígida em relação a minha amiga, um pouco mais direitista, um pouco mais amargurada, um pouco mais solitária, um pouco mais morta."

Cordelia sentiu vontade de dizer: Mas você tem comida. Um teto sobre sua cabeça. Não morrerá de frio. Tem energia e inteligência de sobra. Não é mais do que a grande maioria das pessoas deste mundo? Você não é uma vitoriana colecionadora de conchas, à espera de um homem que lhe dê status e faça sua vida adquirir sentido. Nem precisaria haver amor. Mas sabia que suas palavras seriam fúteis e a insultariam, equivalendo a dizer a um cego que o pôr do sol sempre existiria.

Cordelia afastou-se, deixando Roma a fitar o mar. Sentia-se uma traidora. Pareceu-lhe descortês sair correndo, por isso caminhou até chegar ao terraço, e só depois apertou o passo.

4

Ninguém falou durante o trajeto até a costa. Cordelia, sentada na proa da lancha, manteve os olhos fixos na terra firme que se aproximava aos poucos. A sra. Munter e Tolly se instalaram na popa, juntas, com as malas a seus pés. Quando a *Shearwater* finalmente atracou, Cordelia esperou o desembarque das duas antes de se levantar. Observou-as lado a lado, silenciosas, subirem a ladeira até a estação.

A cidade, menos lotada e agitada do que na manhã de sexta-feira, mantinha seu aspecto ligeiramente arcaico de animado provincianismo ensolarado. Chamou a atenção de Cordelia seu extraordinário anonimato. Esperava que as pessoas a fitassem com intensidade, murmurando a palavra *Courcy* à sua passagem, pelas costas, como se ela exibisse a marca de Caim à vista de todos. Era maravilhoso se ver livre de Grogan e de sua polícia, por algumas horas abençoadas que fosse; deixar de ser mais uma na lista de suspeitos preocupados, apreensivos, para se tornar apenas uma moça comum a andar por uma rua comum, anônima no meio dos passantes que iam às compras, dos derradeiros turistas daquela temporada e dos funcionários que corriam de volta para a escrivaninha do escritório após um almoço tardio. Gastou alguns minutos na farmácia de encantadora fachada em estilo Regency para comprar um batom do qual não precisava, dedicando mais tempo do que o normal à escolha da cor. Era um pequeno gesto de esperança e confiança, um cumprimento da normalidade. A única menção que viu ou ouviu a respeito da morte de

Clarissa foram alguns cartazes com as manchetes dos jornais de circulação nacional com as palavras ATRIZ ASSASSINADA NA ILHA COURCY escritas à mão, e não impressas, debaixo do logotipo do jornal. Comprou um exemplar na banca e encontrou o breve relato do caso na terceira página. A polícia fornecera informações mínimas, e a recusa de Ambrose em conceder entrevistas à imprensa obviamente frustrara a realização da reportagem. Cordelia se perguntou se a atitude seria sábia.

Soube pelo jornaleiro que no momento havia apenas um jornal local, o *Speymouth Chronicle*, que saía duas vezes por semana, às terças e sextas. A redação situava-se na parte norte da esplanada. Cordelia não teve dificuldade para encontrá-la. Era uma casa branca adaptada, com duas janelas grandes, uma delas pintada com as palavras SPEYMOUTH CHRONICLE, e a outra com um display de fotografias do jornal. O jardim da frente fora pavimentado para criar vagas de estacionamento para meia dúzia de carros e uma van de entregas. Ao entrar, Cordelia encontrou uma moça loira de sua idade na recepção, operando uma mesa telefônica. Ao lado dela um senhor idoso examinava fotografias.

Deu sorte. Ela temia que o arquivo dos exemplares antigos ficasse em outro local, ou que não estivesse disponível para consulta imediata. Mas, assim que explicou à moça que buscava informações sobre o teatro provinciano, e que precisava consultar a crítica do desempenho de Clarissa em *Profundo mar azul*, não fizeram perguntas nem criaram dificuldades. A moça pediu ao colega que tomasse conta da recepção, ignorou uma luz acesa na mesa telefônica e levou Cordelia pela porta de vaivém até a escada mal iluminada que conduzia ao porão. Lá ela destrancou uma saleta na qual o intenso cheiro de bolor dos jornais antigos invadia as narinas, sufocante. Cordelia reparou que os arquivos estavam encadernados, ocupando as estantes de aço em ordem cronológica. No meio da sala havia uma mesa comprida sobre cavaletes. A moça acendeu a luz, e dois tubos fluorescentes quebraram a penumbra. Ela disse:

"Estão todos aqui, até 1860. Não se pode levar nada, e não se pode escrever nos jornais. Não vá embora sem me avisar. Preciso trancar a sala depois que você a usar. Até mais."

Cordelia dedicou-se metodicamente a sua tarefa. Speymouth, uma cidade pequena, dificilmente contaria com uma companhia de teatro permanente. Portanto, era praticamente certo que Clarissa tivesse se apresentado com uma companhia de repertório em excursão durante o verão, entre maio e setembro. Começaria a busca por esses cinco meses. Não encontrou menção à peça de Rattigan em maio, mas notou que a companhia de repertório de verão, instalada no antigo teatro, estreava as peças às segundas-feiras e as mantinha em cartaz por duas semanas. As primeiras críticas saíam na página dedicada às artes da edição de terça-feira, uma demonstração formidável de agilidade para um pequeno jornal provinciano. Provavelmente o crítico mandava a matéria do teatro, por telefone. A primeira menção a *Profundo mar azul* constava de um anúncio do início de junho, o qual informava que Clarissa Lisle seria a atriz convidada para a temporada de duas semanas que começaria no dia 18 de julho. Cordelia achou que a notícia sairia na página de artes, sempre a de número 9, no dia 19 de julho. Transportou o pesado volume que continha as edições de julho a setembro para a mesa e localizou o jornal do dia calculado. Era mais grosso do que a edição normal, com dezoito páginas em vez das costumeiras dezesseis. O motivo ficava evidente logo na primeira página. A rainha e o duque de Edimburgo tinham visitado a cidade no sábado anterior, como parte das comemorações do ano do jubileu, e aquela era a primeira edição após a visita. Um dia importante para Speymouth, a primeira vez que os moradores recebiam a família real desde 1843, e o *Chronicle* aproveitara a oportunidade ao máximo. A reportagem da primeira página terminava com chamada para mais fotos na página 10. As palavras reavivaram um detalhe na memória de Cordelia. Tinha quase certeza de que o outro lado da notícia que vira não trazia texto, e sim uma imagem.

Agora que o sucesso estava tão perto, porém, ela sentiu uma súbita perda de confiança. Só podia descobrir ali uma notícia do repórter local sobre uma reencenação da qual dificilmente alguém de Speymouth se recordaria. Clarissa havia dito que fora importante para ela, importante o suficiente para que a guardasse na gaveta secreta do porta-joias. Mas isso poderia significar qualquer coisa, em se tratando de Clarissa. Talvez gostasse da notícia, conhecesse o crítico por causa de um rápido mas satisfatório caso amoroso. Poderia ter apenas uma importância sentimental restrita. Que possível relevância para sua morte haveria ali?

Ela notou então que a página desejada não estava mais lá. Conferiu duas vezes. Virou cuidadosamente as folhas do jornal, mas as páginas 9 e 10 não estavam ali. Ela virou o jornal para examinar o ponto em que as páginas encadernadas estavam presas. Na margem da página 11 Cordelia notou um traço suave no papel, como se tivesse sido marcado de leve por uma faca ou um estilete. Tirando a lupa, aproximou-a dali. Dava para ver claramente a marca, em alguns pontos chegara a cortar o papel, e isso provava que a folha fora removida. Também notou fragmentos de papel no ponto em que a página 9 estava presa. Alguém estivera ali antes dela.

A recepcionista estava ocupada com uma cliente interessada na publicação de uma nota de falecimento, embora não exibisse sinais visíveis de consternação e perguntasse quanto a mais custaria incluir alguns versos apropriados. Ela mostrou um caderno escolar, apontando para as letras redondas, caprichadas. Cordelia, sempre curiosa a respeito das idiossincrasias de seus semelhantes, esqueceu por um momento de suas preocupações e aproximou-se para ler, de esguelha:

As muralhas de pérola brilham,
São Pedro disse em voz calma;
O portão dourado se abriu,
E de Joe entrou a alma.

A estrofe de ortodoxia duvidosa foi recebida pela moça com uma falta de interesse que sugeria conhecimento prévio do texto. Ela passou três minutos explicando qual seria o custo, incluindo os extras, se a nota fosse destacada numa moldura e incluísse uma cruz com coroa no alto. A conversa, pontuada por longos intervalos silenciosos para avaliação, enquanto as duas estudavam os motivos gráficos disponíveis, encerrou-se após dez minutos com uma decisão satisfatória. Ela voltou a atenção para Cordelia, que disse:

"Encontrei a edição, mas a página que desejo consultar não está mais lá. Alguém a arrancou."

"Não pode ser. É proibido. Aquele é o nosso arquivo."

"Mas arrancaram. Existe outro exemplar?"

"Serei obrigada a informar o senhor Hasking. As pessoas não podem recortar o arquivo desse jeito. O senhor Hasking vai dar pulos de raiva quando souber."

"Com certeza. Mas eu preciso consultar a reportagem com urgência. É a página 9 da edição de 19 de julho de 1977. Não existe outro arquivo que eu possa consultar?"

"Aqui, não. O diretor talvez tenha uma coleção em Londres. Cortar o arquivo! O senhor Hasking dá muita importância às edições antigas. Parte da nossa história, como costuma dizer."

Cordelia perguntou:

"Sabe quem foi o último a solicitar uma consulta?"

"Uma senhora loira de Londres, no mês passado. Estava escrevendo um livro sobre os atracadouros da região, pelo que disse. Eles explodiram o píer aqui em 1939, para impedir os alemães de desembarcarem, e a prefeitura não tinha dinheiro para reconstruí-lo. Por isso é tão precário. Ela disse que havia um salão no final, quando ela era menina, e que os artistas vinham de Londres para se apresentar durante a temporada. Sabia muita coisa sobre o cais."

Cordelia pensou que um detetive mais equipado ou eficiente teria levado consigo fotografias da vítima e dos suspeitos, para uma eventual identificação. Seria útil saber se a loira conhecedora de atracadouros era parecida com Clarissa ou com Roma. Tolly, a não ser que se disfarçasse, obviamente estava descartada. E o disfarce seria uma atitude teatral desnecessária. Ela se perguntou se Bernie teria pensado em fotografar todos os convidados sem que percebessem, por via das dúvidas. Ela não havia considerado necessário ou possível um procedimento tão furtivo. Mas ainda contava com a Polaroid no kit de cena de crime que ficara na ilha. Talvez valesse a pena tentar. Poderia voltar no dia seguinte. Ela disse:

"E foi a senhora interessada em atracadouros a única a vir aqui recentemente, pedindo para ver os arquivos?"

"Enquanto eu estava aqui, sim. Mas só estou cuidando da recepção há poucos meses. Sally poderia falar a respeito do período anterior, mas tirou licença para se casar. E nem todos os dias eu trabalho na recepção. Quero dizer, alguém poderia ter vindo quando eu estava no escritório e Albert na recepção."

"Ele está?"

A moça a olhou como se a ignorância de Cordelia a espantasse.

"Albert? Claro que não. Albert não trabalha às segundas-feiras."

Ela olhou para Cordelia, subitamente desconfiada. "Por que quer saber quem veio aqui? Pensei que estivesse interessada apenas nas reportagens."

"E estou. Mas fiquei curiosa em saber quem retirou a folha. Como você mesma disse, o arquivo é importante. Eu não gostaria que pensassem que fui eu. Tem certeza de que não existe outra coleção na cidade?"

Sem olhar para ela, o senhor idoso que continuava a incluir fotos novas num display com muito cuidado e bom olho para o impacto visual, indicando que a tarefa poderia ocupá-lo pelo resto do dia, deu uma sugestão.

"Você disse 19 de julho de 77? Três dias depois da visita da rainha? Tente Lucy Costello. Ela guarda recortes sobre a família real faz cinquenta anos. Duvido que tenha perdido a visita da rainha."

"Mas Lucy Costello já morreu, senhor Lambert! Saiu um artigo a respeito dela e dos recortes no dia seguinte ao enterro. Faz uns três meses."

O sr. Lambert virou-se de costas e ergueu os braços, em sinal de paciente resignação.

"Sei que Lucy Costello morreu! Todo mundo sabe que ela morreu! Eu não disse que ela estava viva. Mas ela tem uma irmã, certo? A senhorita Emmeline continua viva, ao que me consta. Aposto que guardou os álbuns de recortes. Ela não ia jogar tudo fora. Podem ter enterrado Lucy Costello, mas, que eu saiba, não enterraram os álbuns com ela. Sugeri tentar a casa dela. Não mandei conversar com ela."

Cordelia perguntou onde poderia encontrar a srta. Emmeline. O sr. Lambert concentrou-se em suas fotos e falou com aspereza, como se estivesse arrependido da loquacidade anterior.

"Windsor Cottage, Benison Row. Suba a High Street, segunda à esquerda. Não tem como errar."

"É muito longe? Acha melhor eu pegar o ônibus?"

"Você ia precisar de muita sorte. É bem capaz de morrer esperando o número 11. Melhor andar, dez minutos no máximo. Perto, para os jovens."

Ele escolheu a foto de um senhor corpulento com a insígnia de prefeito, cujo olhar oblíquo de satisfação lasciva sugeria que o banquete superara as expectativas, e a posicionou minuciosamente ao lado da imagem de uma beldade bem-dotada e indubitavelmente pouco vestida, em trajes de banho, de modo que os olhos dele pareciam fitar o decote dela. Cordelia percebeu que o sujeito adorava aquele serviço. Agradeceu aos dois pela ajuda e saiu em busca de Emmeline Costello.

5

O sr. Lambert tinha razão a respeito da distância. Foram dez minutos quase exatos de caminhada a passo apertado até Benison Row. Cordelia chegou a uma rua estreita com casas vitorianas em curva, na parte alta da cidade. Embora houvesse uma integração agradável de idade, arquitetura e porte dos sobrados, eles eram encantadoramente individualizados. Alguns tinham porta-balcão; outros, jardineiras das quais brotavam plantas diversas, como hera, gerânio e aubrieta, a contrastar com a pintura das paredes rebocadas; enquanto dois deles, no final da série, exibiam pés de louro em vasos pintados a ladear a porta de entrada envernizada. Cada uma das casas possuía um pequeno jardim na frente, atrás da grade de ferro fundido que, talvez por causa da delicada ornamentação, escapara à coleta do metal para o esforço da última guerra. Cordelia se deu conta de que nunca vira um conjunto de casas com as grades completas, e que elas davam à rua, sem dúvida tão inglesa em sua elegância discreta, um toque de excentricidade meio estrangeira. Os jardins minúsculos esbanjavam cores, os vermelhos intensos do outono se destacavam, pareciam querer transbordar pelas grades. Embora fosse final de estação, havia no ar o perfume misturado de lavanda e alecrim. Não havia automóveis estacionados na rua, e, portanto, nada do cheiro de escapamento dos motores a gasolina. Depois da agitação e dos odores fortes da rua principal, caminhar por Benison Row era como recuar até a simplicidade aconchegante de outra era lendária.

Windsor Cottage era a quarta casa do lado esquerdo. O jardim, mais simples do que os demais, não passava de um quadrado de gramado imaculado cercado por roseiras. A aldrava de latão em forma de peixe brilhava em cada escama. Cordelia bateu e esperou. Não ouviu o som de passos apressados. Bateu de novo, com mais força, e mesmo assim tudo continuou silencioso. Pensou, meio desapontada, que a dona podia ter saído. Fora estupidez otimista achar que a srta. Costello a estaria esperando em casa, simplesmente porque ela, Cordelia, queria sua ajuda. A decepção calou fundo em sua mente e a deixou alterada, de tanta impaciência ansiosa. Estava convencida agora de que o recorte de jornal desaparecido era vital, e que só nessa pequena casa teria uma chance de encontrá-lo. A perspectiva de regressar à ilha sem explorar a pista, sem satisfazer sua curiosidade, a revoltava. Andando de um lado para o outro da grade, ela se perguntava se valeria a pena esperar, se a srta. Costello voltaria logo, talvez tivesse ido às compras, ou quem sabe fechara a casa e saíra de férias. Ao notar que duas janelas de cima estavam abertas, porém, ela se animou. No mesmo instante, uma senhora de meia-idade saiu da casa vizinha, olhou para a rua como se esperasse a chegada de alguém e já ia fechando a porta quando Cordelia correu em sua direção:

"Com licença, estou procurando a senhorita Costello. Sabe se ela vai demorar?"

A mulher respondeu, solícita:

"Deve estar na lavanderia. Ela sempre lava a roupa lá às segundas-feiras, na parte da tarde. Não demorará, a não ser que resolva tomar um chá no centro."

Cordelia agradeceu. A porta se fechou. Encostada na grade, resolveu cultivar a paciência e esperar.

Não demorou muito. Cerca de dez minutos depois ela viu uma figura extraordinária dobrar a esquina de Benison Row e deduziu que era a senhorita Emmeline Costello. Idosa, puxava com dificuldade um carrinho de feira com revestimento de lona no qual havia um pacote embrulhado num plástico. Vinha lentamente, mas firme, a figura magra coberta por um capote militar cáqui tão comprido que quase arrastava no chão. Seu rosto pequeno exibia marcas pequenas, como uma maçã velha, e parecia ainda menor com o cachecol listrado de vermelho e branco enrolado na cabeça e em volta do pescoço e preso no queixo. Por cima dele usava um gorro vermelho de tricô com pompom. Se o exagero de roupa era considerado necessário num dia quente de setembro, Cordelia se pôs a imaginar como ela se vestiria no inverno. A srta. Costello aproximou-se do portão, e Cordelia o abriu, apresentando-se. Ela disse:

"O senhor Lambert, do *Speymouth Chronicle*, sugeriu procurá-la, pois talvez pudesse me ajudar. Preciso consultar uma página de uma edição antiga do jornal, de 19 de julho de 1977. Seria muito incômodo se eu pesquisasse na coleção de recortes de sua irmã? Eu não a incomodaria se não fosse realmente importante. Tentei o arquivo do jornal, mas faltava essa página."

A srta. Costello apresentava ao mundo uma fachada de excentricidade que chegava a intimidar, mas os olhos que fitaram Cordelia eram firmes, brilhavam como contas e pareciam acostumados a julgar as pessoas. Quando falou, sua voz clara indicava autoridade e educação requintada, e imediatamente a situaram num ponto preciso e inconfundível da complicada hierarquia do sistema de classes inglês.

"Quando você tiver oitenta e cinco anos, minha filha, não more no alto da ladeira. Entre, vamos tomar um chá."

Foi com o mesmo tom de voz que a madre superiora a tinha recebido quando chegara ao convento do Menino Jesus, cansada e assustada.

Ela acompanhou a srta. Costello e entrou na casa. Evidentemente nada seria feito com pressa, e como estava pedindo um favor, Cordelia não podia insistir. Sentou na sala de estar enquanto a senhora saiu para remover algumas camadas de roupa e preparar o chá. A sala era encantadora. Mobília antiga, provavelmente trazida de uma casa maior da família, selecionada de acordo com as proporções da sala. As paredes estavam praticamente cobertas com retratos de parentes, aquarelas e miniaturas, mas isso criava uma atmosfera doméstica, e não desordenada. Uma cristaleira de mogno com entalhes de pau-rosa exibia algumas peças de porcelana de coleção, e na cornija da lareira um relógio antigo tiquetaqueava suave. Quando a srta. Costello reapareceu, empurrando o carrinho de chá, Cordelia viu que o conjunto era de Worcester verde, e o bule, de prata. Uma ocasião em que a srta. Maudsley se sentiria perfeitamente à vontade, pensou.

O chá era Earl Grey. Ao beber na elegante xícara rasa, Cordelia sentiu um impulso súbito e irresistível de fazer confidências. Não poderia contar à srta. Costello quem era e o que realmente buscava, claro. Mas a paz daquela sala a envolveu com uma segurança aconchegante, um intervalo de consolo no horror da morte de Clarissa, de seus próprios medos, e até da solidão. Queria contar à srta. Costello que viera da ilha, ouvir uma voz humana compreensiva falar que devia ter sido horrível, uma voz experiente e reconfortante assegurar, com o tom usado pela madre superiora, que tudo acabaria bem. Ela disse:

"Houve um assassinato na ilha Courcy. A atriz Clarissa Lisle foi morta. Suponho que já saiba. E depois o mordomo do senhor Gorringe morreu afogado."

"Ouvi falar na senhora Lisle. A ilha tem uma história violenta. Imagino que não serão as últimas mortes. Mas não li a notícia do jornal, e, como pode ver, não possuo televisão. Minha irmã costumava dizer que há muita coisa ruim atualmente, muito ódio no mundo, e que não precisamos trazer tudo isso para dentro de casa. Aos oitenta e cinco anos, minha cara, temos o direito de rejeitar o que consideramos desagradável."

Não, não haveria aconchego para ela naquela calma sedutora mas enganosa. Cordelia sentiu vergonha da fraqueza momentânea que a iludira. Como Ambrose, a srta. Costello havia construído cuidadosamente sua fortaleza particular, menos extravagante e indulgente, mas igualmente fechada, inviolável.

Nem a excitação nem a impaciência abalaram o apetite de Cordelia. Ela teria aceitado mais do que as duas fatias de pão com manteiga oferecidas, particularmente porque a frugalidade do chá entediante não tinha relação com a sua duração. Era surpreendente o tempo que a srta. Costello levava para mordiscar o pão e tomar duas xícaras de chá. Quando finalmente acabaram, a anciã disse:

"Os recortes de jornal de minha falecida irmã encontram-se no quarto dela, no andar de cima. Ela era monarquista dedicada." Cordelia sentiu no comentário uma nota de desprezo indulgente. "E não deixou escapar um evento real sequer nos últimos cinquenta anos. Seu principal interesse era, claro, a casa de Saxe-Coburg-Gotha. Deixarei a pesquisa por sua conta, se não se importar. E eu não poderia ajudá-la em nada. Contudo, não hesite em me chamar, se precisar de alguma coisa."

Era interessante, embora não chegasse a surpreender, que a srta. Costello não tivesse se dado ao trabalho de perguntar o que ela estava procurando. Talvez considerasse a pergunta uma demonstração vulgar de curiosidade, ou, mais provável, temesse que isso causasse mais uma invasão do desagradável em sua vida tão ordeira.

Ela mostrou o quarto da frente para Cordelia. Ali a obsessão da srta. Lucy ficava evidente de imediato. Fotos da família real cobriam todas as paredes, algumas autografadas. Numa prateleira comprida, acima da cama, espalhavam-se canecas comemorativas da coroação, e uma vitrine com porta de vidro exibia outros itens, como bules de chá enfeitados, xícaras, pratinhos e peças de vidro decoradas. Na parede que dava para a janela, estantes abrigavam a coleção de recortes. A famosa coleção.

Cada um dos livros tinha a data na lombada, e Cordelia conseguiu, sem dificuldade, localizar julho de 1977. A imprensa local fizera jus ao grande dia de Speymouth, em termos de imagens. Praticamente todos os momentos da visita da família real foram registrados. Havia fotos da chegada da família, do prefeito paramentado, da mulher dele fazendo uma mesura, dos filhos agitando bandeirinhas, da rainha com o duque ao seu lado, sorrindo no carro real e acenando com o típico gesto da realeza. Mas nenhum recorte se encaixava exatamente na lembrança de Cordelia quanto a forma e tamanho. Ela sentou no chão, com o livro aberto na sua frente, e por um momento sentiu mal-estar de desapontamento. Os pontinhos que formavam os rostos sorridentes, ansiosos e alegres zombavam de seu fracasso. As chances de sucesso eram mínimas, e ela ficou arrasada ao perceber quanta esperança colocara naquela oportunidade. No entanto, percebeu que a esperança ainda não fora totalmente perdida. Na prateleira de baixo, viu uma pilha de envelopes pardos, grossos, com o ano anotado na caligrafia reta da srta. Lucy. Ao abrir o primeiro ela constatou que também trazia recortes de reportagens, talvez duplicatas enviadas à srta. Lucy por amigas que desejavam ajudá-la a aumentar a coleção, ou recortes considerados indignos de ser incluídos, mas que não mereciam ir para o lixo. O envelope de 1977 estava mais cheio do que os demais, pois continha o material referente ao ano do jubileu de prata da rainha. Ela puxou a pilha de recortes, muitos já desbotados, e os espalhou na sua frente.

Cordelia encontrou a notícia imediatamente, lembrou-se da forma retangular, do título "Clarissa Lisle triunfa na remontagem de Rattigan", da terceira coluna cortada a meia altura. Olhou atrás do recorte. Não sabia o que esperar, mas sua primeira reação foi de decepção. O outro lado inteiro continha uma fotografia perfeitamente comum de imprensa. Fora tirada na esplanada, mostrando a calçada lotada de crianças paradas junto ao meio-fio, agitando bandeirinhas, e os adultos mais corajosos empoleirados em janelas ou em cima dos postes. No segundo plano, duas senhoras corpulentas com a bandeira da Inglaterra no chapéu empunhavam uma faixa frouxa com os dizeres: "Bem-vindos a Speymouth". A família real ainda não havia chegado, mas a foto transmitia a sensação de alegre expectativa. O primeiro pensamento de Cordelia foi irrelevante: por que a srta. Costello rejeitara a notícia? Bem, não faltavam opções de imagens, em muitas delas a própria rainha aparecia. Mas que possível interesse aquela fotografia que não se distinguia como excepcional, aquele registro do patriotismo local, poderia ter para Clarissa Lisle? Ela a estudou cuidadosamente, de perto. E seu coração disparou. Do lado direito da foto havia uma figura masculina ligeiramente desfocada. O homem estava atravessando a rua, obviamente interessado apenas em seus afazeres, alheio à agitação e ao movimento em torno dele. Seu rosto preocupado fitava um ponto distante, para além da câmera. Não havia a menor dúvida a respeito: o sujeito era Ambrose Gorringe.

Ambrose estava em Speymouth em julho de 1977. Mas aquele fora o período de seu exílio fiscal, quando passara um ano no exterior para evitar o pagamento de impostos. Sem dúvida precisava permanecer fora do país até o final do ano; Cordelia havia lido em algum lugar que bastaria a pessoa pôr os pés em solo inglês para perder a condição de não residente. Supondo que ele tivesse regressado clandestinamente — e a fotografia provava que tinha feito isso —, não estaria sujeito ao pagamento de todos os impostos que evitara, sobre o dinheiro gasto na restauração do castelo, sobre as aquisições de quadros e porcelanas e todos os melhoramentos de sua magnífica ilha? Ela precisava procurar um especialista, descobrir qual era a situação legal dele. Verificar isso com algum escritório de advocacia de Speymouth. Podia consultar um advogado, fazer perguntas genéricas sobre a legislação tributária, sem ser muito específica. Precisava dessas informações, mas não lhe restava muito tempo. Consultou o relógio, faltavam cinco minutos para as cinco horas. A lancha a esperaria até as seis. Era essencial obter algum tipo de confirmação antes de voltar à ilha.

Enquanto recolhia os recortes descartados e os guardava novamente no envelope antes de descer para procurar a srta. Costello, sua mente fervilhava com a recente descoberta. Se Clarissa compreendera o significado da foto publicada pela imprensa, por que ninguém mais o havia feito? Bem, por que alguém deveria notar? Ambrose não residia na ilha naquela época. Provavelmente pouco aparecia por lá em 1977; quase ninguém devia conhecê-lo na cidade. Quem o conhecia morava em Londres, não tinha acesso ao *Speymouth Chronicle*. E ele havia escrito seu best-seller com pseudônimo. Mesmo que algum residente local o reconhecesse na foto, dificilmente saberia que ele era A. K. Ambrose, autor de *Autópsia*, que para todos os efeitos estava passando um ano no exterior para fugir dos impostos. Ninguém ficava divulgando essas coisas. Na verdade, fora muito azar Clarissa estar em Speymouth bem naquela semana e ler a notícia. Ela cobrara um preço por seu silêncio. Claro, conduzira a questão com muita sutileza; jamais recorreria a algo rude e grosseiro como chantagem direta. Clarissa exporia suas condições com charme, incluindo até um toque humorístico de arrependimento. Mas o preço havia sido exigido e pago. Estava tudo claro para Cordelia agora: o porquê de Ambrose ter tolerado o abalo de sua vida pela encenação da peça e de Clarissa usar o castelo como se fosse sua proprietária. Cordelia ponderou que nada disso o tornava um assassino; mostrava apenas que ele tinha um motivo. E a prova desse motivo encontrava-se agora em suas mãos.

No futuro ela consideraria estranho que nem por um momento houvesse cogitado levar o recorte imediatamente para a polícia. Primeiro, precisava de confirmação; depois, confrontaria Ambrose. Era como se a investigação do assassinato não tivesse nada a ver com a polícia. Como se fosse uma questão entre ela e sir George, que a contratara, ou, quem sabe, entre ela e a mulher que deixara de proteger. A voz masculina arrogante do inspetor-chefe Grogan ecoava em seus ouvidos: "Talvez seja esperta demais para seu próprio bem, senhorita Gray. Não está aqui para resolver esse crime. Isso é serviço meu".

Ela encontrou a srta. Costello na cozinha, nos fundos da casa, dobrando a roupa de cama que precisava ser passada. Permitiu que Cordelia levasse consigo o recorte, de bom grado, sem se dar ao trabalho de desviar os olhos das fronhas. Cordelia perguntou se ela poderia recomendar um escritório de advocacia local. O pedido provocou um olhar de relance, arguto; mesmo assim ela não fez perguntas. Acompanhou a visita até a porta e disse apenas:

"Meus advogados ficam em Londres, mas ouvi dizer que Blake, Franton & Fairbrother são consideravelmente confiáveis. Seu escritório fica na esplanada, a cinquenta metros do memorial da rainha Vitória. Mas precisa se apressar. Pouca coisa acontece em Speymouth depois das cinco da tarde, seja profissional ou não."

6

A srta. Costello estava certa. Quando Cordelia chegou ofegante à porta envernizada estilo georgiano do escritório Blake, Franton & Fairbrother, encontrou-a firmemente trancada para evitar a entrada de clientes naquele dia. As salas do andar de baixo estavam com as luzes apagadas e, segundo a indicação sob a campainha na lateral da porta, a luz do primeiro andar era de um apartamento residencial. Mesmo que não fosse, ela não poderia incomodar um advogado desconhecido em sua casa por causa de um assunto que não era urgente. Talvez houvesse outro escritório, aberto até as seis horas. Mas como localizá-lo? Poderia consultar as páginas amarelas, se os correios publicassem essa lista telefônica nas províncias. Sentiu vergonha por não saber disso, londrina como era. E, mesmo que encontrasse na lista o nome de outros advogados locais, teria dificuldade em chegar ao escritório sem um mapa da cidade. Pelo jeito, viera singularmente mal equipada para a investigação. Enquanto estava ali parada, indecisa, um rapaz se aproximou, carregando um caixote com legumes, e tocou a campainha do apartamento. Ele disse:

"Já fechou?"

"Ao que parece, sim. Eu precisava falar com um advogado, com urgência. Estou com muita pressa."

"Sempre assim, no caso dos advogados. Quando precisamos deles, é com urgência. Tente o Beswick. Ele tem escritório em Gentleman's Walk. Siga esta rua por uns trinta metros, depois vire à esquerda. Fica do lado direito, um pouco adiante."

Cordelia agradeceu e seguiu apressada. Foi fácil encontrar a Gentleman's Walk, uma ruazinha estreita calçada com pedras, com casas elegantes do início do século XVIII. Uma placa de latão polido a ponto de torná-la quase indecifrável identificava o local de trabalho de James Beswick, advogado. Cordelia viu aliviada a luz ainda acesa atrás da porta de vidro translúcido, que se abriu assim que ela a tocou.

Sentada na frente da escrivaninha, uma mulher meio desleixada e gorda, de óculos de moldura vermelha enorme, que usava um terno bem apertado na cintura, em cretone estampado com rosas abertas e folhas, dando-lhe a aparência de sofá recentemente reformado, disse:

"Sinto muito, já fechamos. Passe amanhã, ou telefone a partir das dez."

"Mas a porta estava aberta."

"Literal, mas não operacionalmente. Eu devia ter trancado há cinco minutos."

"Bem, como já estou aqui... é muito urgente. Não levará mais do que alguns minutos, prometo."

Uma voz indagou, da sala interna:

"Quem é, senhorita Magnus?"

"Uma cliente. Uma moça. Disse que é muito urgente."

"Ela é bonita?"

A srta. Magnus empurrou os óculos até a ponta do nariz e espiou Cordelia por cima do aro. Depois gritou, para a escada:

"O que isso tem a ver? Ela é limpa, está aqui, sóbria, e disse que é urgente."

"Pode mandar subir."

Os passos soaram novamente, e Cordelia perguntou, subitamente assaltada por dúvidas:

"Ele é advogado, certo? Competente?"

"Claro, ele é competente, sim. Ninguém nunca disse que ele não é um bom advogado."

A ênfase na última palavra pareceu de mau agouro. A srta. Magnus apontou para a escada:

"Você ouviu. Primeira porta à esquerda. Ele está dando comida para os peixes tropicais do aquário."

O sujeito que estava de frente para a janela virou-se para recebê-la. Era alto e desajeitado, de rosto magro, vincado e alegre, com óculos pendurados na ponta do nariz comprido. Jogava ração de um pacotinho para o imenso aquário, mas não a despejava direto da embalagem. Ele pegava uma pitada entre os dedos e deixava cair uma pequena quantidade na superfície da água, seguindo um padrão. Os peixes, num tumulto em azul e vermelho forte, subiam juntos para disputar a comida. Ele apontou para o espécime que subiu à superfície, num relâmpago de vermelho intenso.

"Olhe para ele! Não é uma beleza? É um tetra da Guiana, caríssimo. Mas talvez você prefira o tetra glowlight. Lá está ele, escondido debaixo das conchas."

Cordelia disse:

"Muito bonito. Mas não gosto tanto de peixes tropicais em aquários."

"Sua objeção é ao peixe, ao aquário ou ao conjunto? Eles vivem na mais perfeita felicidade, posso garantir. Ou, pelo menos, é o que aparentam. Este mundinho foi artística e cientificamente planejado para o conforto deles, e não lhes falta alimento. Eles não semeiam nem colhem. Ei, olhe que lindo! Veja os reflexos verdes e dourados!"

Cordelia disse:

"Preciso urgentemente de informações. Não é nada específico, apenas esclarecimentos genéricos. O senhor poderia me ajudar?"

"Bem, não é o procedimento normal. Não sei se recomendo. Advogados são como médicos. Não devem generalizar ou trabalhar com hipóteses; cada caso é único. Preciso saber todas as circunstâncias, para poder dar um parecer. Analogia interessante, se pensarmos bem. Vale ir adiante. Se o médico lhe diz para viajar ao exterior, você pode optar alternativamente por Torquay, uma praia inglesa ensolarada. Se o advogado sugere que viaje para o exterior, melhor correr para o aeroporto de Heathrow. Espero que não se encontre numa situação tão precária."

"Não, mas diz respeito ao exterior. Eu preciso de informações sobre isenção de impostos."

"Quer dizer elisão fiscal, que é lícita, ou evasão fiscal, que é um crime?"

"O primeiro caso. Suponha que eu receba uma grande soma de dinheiro, tudo no mesmo ano. Poderia evitar o pagamento do imposto se eu passasse doze meses em um país estrangeiro?"

"Depende do que seja uma grande soma para você. Fala de herança, presente, loteria, venda de propriedade ou ações? Não está pensando em assaltar um banco, não é?"

"Refiro-me a rendimentos. Dinheiro recebido por uma peça de teatro ou romance de sucesso, por um quadro ou participação em um filme."

"Bem, se for sensata, você dará um jeito de receber o valor num período superior a um ano. Mas isso é problema para um contador resolver, não para mim."

"Vamos supor que eu não esperava fazer tanto sucesso."

"Então pode evitar o pagamento de imposto de renda, caso se torne não residente no ano fiscal seguinte. Valores ganhos dessa maneira são taxados retroativamente, como você deve saber."

"Eu poderia voltar para passar férias, ou um feriado?"

"Não. Nem mesmo por um dia."

"Suponha que eu precise voltar. Que sinta saudades."

"Eu a aconselharia a não fazer isso. Quem passa o ano no exterior para fugir dos impostos não pode se dar ao luxo de sentir saudades."

"E se eu voltasse, mesmo assim?"

Ele suspirou.

"Se realmente deseja uma resposta profissional eu preciso pesquisar, verificar se existe alguma brecha na lei. Mas, como já disse, um contador pode ajudar mais do que eu. Minha visão no momento, a partir dos dados disponíveis, é que, se voltassse, você teria de pagar impostos sobre a renda auferida durante o ano anterior inteiro."

"E seu eu ocultasse minha volta das autoridades?"

"Então poderia ser processada por tentativa de fraude. Provavelmente não fariam nada, se o valor fosse pequeno, mas exigiriam o imposto. Quero dizer, o governo exige o rigoroso pagamento dos impostos devidos."

"E quanto seria isso?"

"Pela tabela de imposto de renda vigente, cerca de sessenta por cento."

"E em 1977?"

"Naqueles dias malucos era bem mais. Oitenta por cento ou mais, para valores tributáveis acima de vinte e quatro mil libras. Algo assim."

"Então eu poderia ir à falência?"

"Isso mesmo. Principalmente se fosse irresponsável o bastante para gastar a renda toda do ano anterior, confiando na ilusão de que não precisaria pagar impostos. A morte e os impostos não poupam ninguém."

"Muito obrigada. O senhor foi muito gentil. Posso pagar agora? Se for mais de duas libras, terei de pagar em cheque. Tenho o cartão do banco."

"Bem, não demorou muito tempo, não é? Creio que a senhorita Magnus já fechou o caixa pequeno e trancou o cofre. Vamos deixar por isso mesmo."

"Não acho que seja correto. Prefiro pagar seus honorários."

"Então ponha uma libra na caixinha do cachorro e pronto. Quando tiver escrito seu best-seller, pode voltar que cobrarei uma fortuna pelos meus conselhos."

A caixinha do cachorro ficava sobre a mesa dele, tinha um cocker-spaniel triste com uma lata entre as patas e o nome de uma conhecida instituição de proteção aos animais. Cordelia pegou duas notas de uma libra e, mentalmente, prometeu cobrar apenas uma de sir George.

Então ela se lembrou. Provavelmente não haveria conta alguma. Talvez voltasse ao escritório mais pobre do que era quando partira. Sir George garantira seu pagamento, mas como ela poderia cobrar por um fracasso tão retum-

393

bante? Seria um dinheiro sujo de sangue. E como justificaria as despesas? Era estranho como uma complicação enorme, feito um assassinato, gerava diversas complicações pequenas. Mesmo em meio à morte estamos vivendo, e as preocupações da vida cotidiana não desaparecem, pensou.

Ela chegou ao píer dois minutos adiantada. Ficou surpresa e meio desconcertada ao ver que a lancha não a esperava, mas disse a si mesma que Oldfield se atrasara por causa de alguma atividade extra na ilha; de todo modo, pensou, tinha chegado um pouco antes. Sentou-se no poste de amarração para esperar, contente pela chance de descansar um pouco, embora sua mente, estimulada pelas emoções do dia, logo a incentivasse a agir. Cordelia se levantou e começou a andar pelo muro do cais, inquieta. Abaixo dela a maré lentamente lambia as pedras esverdeadas, e uma grinalda de algas estendia suas mãos retorcidas e mergulhadas sob a superfície. O dia acabava, o calor ia embora com a luz. Uma a uma as luzes das casas formavam retângulos iluminados nas janelas, por trás das cortinas fechadas, e as ruas sinuosas ganhavam festivos colares de luz. Turistas e moradores haviam ido embora, e ela só ouvia o eco solitário de uma bola de futebol ao bater no muro. A cidadezinha, como se estivesse arrependida das horas de frivolidade indevida, mergulhava na calma outonal. Os aromas do verão deram vez a um cheiro rançoso e enjoativo que emanava do píer.

Cordelia consultou o relógio, que marcava seis e meia. A hora foi imediatamente confirmada pelo toque do relógio de uma igreja distante. Ela seguiu até a entrada do porto e olhou para a ilha. Não viu sinal da lancha, o mar estava praticamente vazio, apenas dois ou três barcos retardatários deslizavam com velas frouxas na direção do píer.

Ela esperou, andando de um lado para o outro. Sete horas. Sete e quinze. O céu noturno, em camadas de roxo e lilás, foi escurecendo até que a lua, branca como um guardanapo, lançou uma faixa de luz trêmula sobre o mar. Ao longe, a ilha Courcy parecia um animal agachado contra o céu mais claro. A noite fazia com que parecesse mais distante. Era difícil acreditar que apenas três quilômetros de água separavam aquela ilha escura e agourenta das luzes e do aconchego doméstico da cidade. Olhando para lá, sentiu arrepios. A história de Ambrose voltou à sua mente com a força atávica primitiva de um pesadelo infantil. Ela entendia agora por que os pescadores locais consideravam há muito tempo aquela ilha amaldiçoada. Ela quase conseguia ver o marujo desesperado, lutando contra o mal-estar da peste e a fúria do mar, de olhos arregalados, exultante, a caminho de sua terrível vingança.

Já passava das sete e meia. Por equívoco ou determinação, Oldfield não ia aparecer mais. Ela já podia se afastar do cais e telefonar para a ilha em busca de informações, sem medo de desencontro. Lembrava-se de ter visto cabines telefônicas perto da estátua da rainha Vitória. Chegando lá, viu que as duas estavam desocupadas, e quando fechou a porta da primeira ficou contente em ver que não havia sido vandalizada. Irritada por não ter anotado o número do castelo, temeu por um momento que a obsessão de Ambrose com a privacidade tivesse provocado sua exclusão da lista telefônica. Mas o número constava no catálogo como ilha Courcy, e não com o nome dele. Ela discou e ouviu que estava chamando. Alguém tirou o fone do gancho, mas não respondeu quando Cordelia falou. Acreditou ter ouvido o som de uma respiração, mas talvez apenas tivesse imaginado.

Ela disse novamente: "Aqui é Cordelia Gray. Estou ligando de Speymouth. A lancha não chegou às seis horas". Mesmo assim, não houve resposta. Ela repetiu a fala, mais alto, e não ouviu nada, restando apenas o silêncio e a impressão, agora inconfundível, de que alguém atendera o telefone sem intenção de responder. Cordelia desligou e ligou de novo, mas só dava sinal de ocupado. Haviam deixado o fone fora do gancho.

Ela regressou ao cais, mas não nutria grandes esperanças de avistar a lancha. Percebeu, porém, luzes e sinais de atividade num dos barcos ancorados. Parada na beira do cais, ela olhou para a embarcação de madeira, rústica mas sólida, dotada de cabine a meia nau, velas marrons e motor de popa. As luzes de bombordo e boreste estavam acesas, e havia uma rede empilhada na popa. Dava a impressão de estar preparada para uma pescaria noturna. E devia ter um bote pequeno. O aroma de bacon frito, apetitoso, salgado, que vinha da cabine, superou os cheiros de peixe e alcatrão, onipresentes. Ela olhou para baixo e viu um rapaz barbudo e forte passar pela porta da cabine e olhar primeiro para o céu e depois para ela. Usava pulôver com cotoveleiras e bota de borracha. Tinha nas mãos um enorme sanduíche. Seu rosto rústico e alegre, em conjunto com o cabelo preto curto, dava a ele o ar de um pirata amigável. Ela o chamou, num impulso: "Você vai zarpar agora? Poderia me deixar na ilha Courcy? Estou hospedada lá, mas a lancha não veio me pegar. E preciso voltar ainda hoje, de qualquer jeito, é muito importante!".

Ele percorreu o barco sem parar de mordiscar o pão engordurado, ergueu os olhos argutos mas nada hostis para observá-la e disse: "Falaram que alguém foi assassinado lá. Uma mulher, certo?".

"Sim, a atriz Clarissa Lisle. Eu estava lá quando o crime aconteceu. Preciso voltar esta noite, e deveriam ter mandado a lancha para me buscar às seis."

"Uma mulher assassinada. Nenhuma novidade, no caso da ilha Courcy. Vou pescar ao largo da ponta sul. Se quiser mesmo ir para lá, eu posso levá-la."

Nem a voz nem a fisionomia dele indicavam curiosidade. Ela disse, rapidamente: "Quero, sim. Pagarei o combustível, claro. É o mínimo que posso fazer".

"Não precisa. O vento é grátis. Não faltará vento na baía. Pode ajudar como tripulante, se quiser."

"Não sei se saberia. Mas posso puxar uma corda quando você mandar."

Ele passou o sanduíche para a mão esquerda, limpou a direita na malha de lã e a estendeu para ajudá-la a subir a bordo.

Cordelia disse: "Quanto tempo acha que levaremos até lá?".

"A maré está subindo. Uns quarenta minutos, calculo. Talvez um pouco mais."

Ele desapareceu na cabine, e Cordelia esperou sentada na proa, tentando ser paciente. Um minuto depois o rapaz reapareceu e lhe ofereceu um sanduíche, duas fatias de bacon engorduradas e aromáticas, entre duas fatias de pão com casca grossa. Até dar a primeira mordida, quase deslocando o maxilar no processo, ela não percebera o tamanho da fome que sentia. Agradeceu, e ele disse, com um traço de satisfação infantil pelo evidente sucesso de sua aventura culinária: "Quando estivermos no mar teremos chocolate quente".

Ele passou pela parte externa da cabine e seguiu para a popa. Um minuto depois, o motor tremeu, e o barco começou a se afastar do cais.

7

Era quase impossível acreditar que vira o castelo de Courcy pela primeira vez apenas três dias antes. Nesse curto período Cordelia teve a impressão de ter vivido por vários anos agitados e se tornado uma pessoa diferente. Sem dúvida fora o queixo de uma criança cheia de expectativas a cair deslumbrado à primeira visão das muralhas ensolaradas, dos parapeitos bem desenhados, da torre alta e luminosa. Mas agora, à medida que o pequeno barco se aproximava da ilha, seu queixo quase caíra outra vez. O castelo estava todo iluminado. Todas as janelas brilhavam, e na torre enfeitada com filetes de luz, a janela mais alta lançava um facho potente sobre o mar, como um farol. O castelo parecia envolto nas luzes, flutuando acima das rochas em imóvel serenidade, sob o céu índigo, obliterando as estrelas próximas com seu brilho. Só a lua se mantinha em seu lugar, como se fosse um círculo de papel de arroz, atrás de um tênue véu de nuvens.

Ela ficou no cais até o barco se afastar. Por um momento, sentiu-se tentada a chamar o rapaz, convidá-lo para ficar ao alcance de um chamado. Mas, disse a si mesma, faria papel de ridícula e mimada. Ela não tinha como ficar sozinha com Ambrose. Mesmo que Ivo estivesse doente demais para ajudar, Roma, Simon e sir George estariam lá. E, se não estivessem, por que precisaria temer? Estaria encarando alguém que tinha um motivo. Mas um motivo, sozinho, não torna alguém assassino. No fundo ela concordava com Roma: Ambrose não teria coragem, ímpeto e capacidade de odiar, fatores que levam um homem ao maior de todos os crimes.

A luz se estendia pelo terraço como uma camada de prata. Ela seguiu como se andasse no ar, como se também flutuasse silenciosamente na direção das portas-balcão da sala de estar. Ambrose apareceu, observou a aproximação de Cordelia, sua silhueta escura contra a luz acesa. Usava smoking e segurava uma taça de vinho tinto na mão esquerda. A imagem possuía a clareza e a nitidez de um quadro. Ela admirou a qualidade técnica do artista; o cuidadoso posicionamento do modelo, a feliz mancha vermelha do vinho no copo, pintada com maestria para enfatizar as linhas verticais da figura, o toque de branco no peito da camisa, os olhos dominadores que davam foco e sentido à composição. Ali era seu reino, seu castelo. Ele comandava tudo, e o iluminara como se celebrasse seu domínio, exultante. Quando ela se aproximou, porém, sua voz saiu leve e descontraída. Ele agia como se a recebesse em casa após uma tarde de compras na costa. E ela não havia saído exatamente para isso?

"Boa noite, Cordelia. Já comeu? Eu não a esperei para o jantar. Preparei uma sopa e um omelete com ervas para mim. Quer que eu faça um para você também?"

Cordelia entrou na sala, onde apenas as lâmpadas da parede e um abajur sobre a mesa estavam acesos, formando um círculo e um ambiente acolhedor em volta da lareira. Os cantos da sala estavam escuros, e longas sombras se moviam sobre o tapete e pelas paredes como se fossem dedos. O fogo da lareira devia estar aceso havia um bom tempo. Um único tronco queimava, intenso. Ela baixou a bolsa que levava ao ombro e perguntou:

"Onde estão todos?"

"Ivo foi para a cama, infelizmente passou mal. Voltará para casa amanhã, se estiver em condições de fazer a travessia. Roma foi embora. Estava ansiosa para regressar a Londres. Convocaram sir George para um daqueles encontros misteriosos em Southampton, e ela pegou carona na

lancha com ele. Não voltarão, embora devam ir a Speymouth amanhã, para o inquérito. Simon disse que estava
sem fome. Foi para a cama."

Então, a não ser pela presença de Ivo, muito doente,
e de um rapaz, estavam praticamente sozinhos. Ela perguntou, torcendo para que sua voz não traísse sua preocupação:

"Por que a lancha não foi me buscar em Speymouth?
Oldfield deveria estar lá às seis."

"Ele ou eu devemos ter entendido mal. Ele vai voltar
com a *Shearwater*, mas só amanhã cedo. Foi visitar a filha
em Bournemouth, e passará a noite por lá."

"Telefonei, mas quem atendeu desligou na minha cara."

"Sinto muito, essa tem sido minha atitude geral ao telefone hoje. Muitas ligações, muitos repórteres."

Os dois estavam parados na frente da lareira. Ela tirou
a foto do jornal da bolsa e a mostrou a ele.

"Fui a Speymouth atrás disso."

Ele não tocou na folha, nem mesmo olhou para ela.

"Foi o que imaginei. Parabéns. Não acreditava que pudesse conseguir."

"Por você já ter cortado a folha do arquivo do jornal?"

Ele disse, calmamente:

"Sim, eu a destruí faz um ano, mais ou menos. Pare-
ceu-me uma preocupação sensata."

"Encontrei outro exemplar."

"Estou vendo." De repente ele disse, gentil: "Você parece cansada, Cordelia. Não quer sentar, tomar um cálice
de vinho, ou de brandy?".

"Aceito um cálice de vinho, obrigada."

Ela precisava manter a mente alerta, mas a ideia do vinho era irresistível. A boca, de tão seca, quase a impedia
de formular as palavras. Ambrose pegou uma taça na sala
de jantar, serviu vinho para Cordelia e encheu novamente
a dele antes de sentar, com o *decanter* ao alcance da mão.
Cada um se acomodou de um lado da lareira. Cordelia teve
a impressão de que nenhuma cadeira poderia ser mais

encantadora ou confortável, e que nenhum vinho tivera um sabor tão bom. Ele começou a falar calmamente, sem demonstrar emoção, como se estivessem sentados após o jantar, discutindo os eventos comuns de um dia sem nada de especial.

"Voltei para visitar meu tio. Eu era seu herdeiro, ele queria me ver. Não entendia que eu não podia retornar naquele ano sem perder a isenção dos impostos. Sua mente funcionava de outro jeito. Jamais lhe ocorreria que alguém pudesse passar um ano de sua vida fazendo coisas que não queria fazer, morando em lugares onde não queria morar, só por causa de dinheiro. Uma pena que não o tenha conhecido. Vocês iriam se dar bem. Não foi difícil eu vir para cá sem ser notado. Peguei um avião de Paris para Dublin, depois um voo da Aer Lingus para Heathrow. Vim de trem para Speymouth e telefonei para o castelo. Um empregado de meu tio, William Mogg, foi me buscar de lancha, depois que escureceu. Eles moraram aqui por mais de quarenta anos. Pedi a Mogg que não comentasse minha visita com ninguém, mas nem teria sido necessário. Ele nunca falava a respeito da vida do patrão. Três meses depois da morte do meu tio ele também faleceu. Portanto, como vê, não havia riscos reais. Ele me pediu que viesse, eu obedeci."

"E, se não tivesse vindo, ele era bem capaz de mudar o testamento."

"Que rude, Cordelia. Você provavelmente não acreditará em mim, mas não fui influenciado por essa possibilidade desagradável. Eu gostava dele. Pouco o via — ele não gostava de visitas, nem mesmo de seu herdeiro —, mas quando vinha, uma vez por ano, havia algo entre nós que ambos valorizávamos. Não era amor. Creio que ele só amava William Mogg, e eu não conheço direito o significado da palavra amor. Mas, fosse o que fosse, eu considerava importante. E dava muito valor a ele. Tinha coragem, obstinação, determinação. Um sujeito independente. Deitado naquele quarto enorme, como um antigo chefe, olhava para o mar e não temia nada, nada mesmo. Ele me pediu algo que apreciava, uma derradeira fatia de Blue Stilton. Não devia ter saboreado esse queijo nos trinta anos anteriores, ele e William Mogg praticamente viviam da ilha, produziam seu próprio queijo e manteiga. Só Deus sabe o que o fez desejar aquele queijo. Poderia ter pedido a Mogg que o comprasse, mas resolveu pedir a mim."

"Por isso teve de ir a Speymouth?"

"Exato. Se eu não tivesse realizado aquele ato simples de gentileza familiar, Clarissa não teria visto a fotografia, não teria me forçado a produzir *A duquesa de Amalfi* e estaria viva até hoje. Curioso, não? Transforma em absurdo qualquer teoria a respeito da ordenação divina benevolente da existência humana. Mas essa lição eu aprendi aos oito anos, quando minha mãe morreu por ter chegado um minuto atrasada para pegar o voo de volta para casa, e o avião seguinte no qual conseguiu embarcar caiu. Uma mera questão de os sinais de trânsito de Paris estarem verdes ou vermelhos. Vivemos no acaso, morremos pelo acaso. No que se refere a Clarissa, se recuarmos o bastante, foi uma questão de um pedaço de queijo Blue Stilton. O mal vindo do bem, se é que essas duas palavras fazem algum sentido para você."

Ivo fizera uma pergunta quase igual. Mas dessa vez sua resposta não era esperada.

Ele prosseguiu:

"Um homem deve ter coragem de viver segundo suas crenças. Se aceitar, como eu faço com rigor, que esta vida é tudo que temos, e que morremos feito animais, que tudo referente a nós se perde irremediavelmente, que mergulhamos na noite eterna sem esperanças, então verá que essa crença determina o modo como levamos a nossa vida."

"Milhões de pessoas convivem com essa noção, e levam uma vida gentil, boa e útil."

"A bondade, a gentileza e a utilidade são propícias. Eu faço a minha parte. Mas é preciso, para se ter conforto, ser ao menos um pouco querido. E talvez alguns dos descrentes virtuosos ainda guardem vestígios de esperança ou medo de que haja uma outra vida, uma recompensa ou punição, ou reencarnação. Nada disso existe, Cordelia. Não existe. Não há nada além da escuridão, e para ela seguimos, sem esperanças."

Ao se lembrar de como ele havia enviado Clarissa para a escuridão, Cordelia encarou apavorada aquele rosto gentil sorridente, com seu ar de compaixão fingida, como se a plena noção do que ele havia feito só nesse instante tivesse se manifestado plenamente para ela.

"Você esmagou o rosto dela! Não uma, mas muitas vezes! Você foi capaz de um ato terrível!"

"Não foi agradável. E, caso lhe sirva de consolo, eu fechei os olhos. Parecia que aquilo não ia acabar nunca. A sensação foi horrivelmente específica, o esmagamento dos ossos duros com suavidade. Muitos ossos. Eu os sentia estilhaçar, como ao esmagar balas duras quando era criança. Nossa antiga cozinheira deixava que eu fizesse isso. Quebrar a bala quando esfriava era a melhor parte da diversão. E quando abri os olhos e me forcei a ver, Clarissa não estava mais lá. Claro, ela não estava lá antes, mas depois que seu rosto foi desfigurado eu não conseguia nem lembrar como ela era. Mais do que qualquer outra pessoa, Clarissa era seu rosto. Quando foi destruído, eu soube o que já sabia, a presunção ridícula de supor que ela tivesse uma alma."

Cordelia disse a si mesma: Não vou vomitar. Não vou. E preciso manter a calma. Não posso entrar em pânico.

Ele falou baixo, mas claramente:

"Quando eu tinha dezesseis anos e vim para esta ilha pela primeira vez, nos tempos de estudante, descobri o que queria da vida. Não era poder, nem sucesso, nem sexo com homens ou mulheres. Isso sempre me pareceu a punição do espírito com o desperdício do recato. Não era o dinheiro, tampouco, embora ele contribuísse para eu realizar minha paixão. Eu queria um lugar. Este lugar. Uma casa. Esta casa. Queria a vista, o mar, a ilha. Meu tio queria morrer aqui. Eu queria viver aqui. Foi a única verdadeira paixão que conheci. E eu não ia deixar que uma atriz ninfomaníaca de segunda categoria a tirasse de mim."

"E por isso a matou?"

Ele encheu a taça e a encarou. Cordelia percebeu que ele avaliava algo: sua provável resposta, a necessidade de fazer confidências, talvez até quanto tempo lhes restava. Ambrose sorriu, foi um sorriso de genuíno deleite, quase uma risada.

"Minha cara Cordelia! Acredita realmente que está aqui sentada, bebericando Château Margaux, com um assassino? Minhas congratulações pelo sangue-frio. Não, eu não a matei. Pensei que já tivesse entendido isso. Não tenho coragem ou crueldade suficientes. Não, ela já estava morta quando desfigurei seu rosto. Alguém esteve lá antes de mim. Ela não podia sentir mais nada, compreende? Nada interessa, nada existe se não puder ser sentido. Não havia carne viva quando esmaguei tudo. Não era mais Clarissa."

Claro que não. O que a cegara tanto? Cordelia havia refletido muito a respeito, antes. Clarissa já estava morta quando ele ergueu o braço de mármore e o usou para golpeá-la, por acaso o braço de mármore de uma princesa morta que, por acaso, nascera com o nome de outra criança que, mais de um século depois, morreria sem o carinho da mãe num leito hospitalar de Londres.

Ele disse:

"O sangue não esguichou para cima. Como poderia? Ela já estava morta. Não é tão difícil assim bater quando o assassinato já foi cometido. Sem sangue, sem dor, sem culpa. O que fiz foi apenas acobertar o assassino. Admito que agi basicamente por interesse próprio. Precisava encontrar e destruir o recorte de jornal comprometedor. Sabia que estava em algum lugar naquele quarto. Era um dos truques dela, manter tudo perto de si, de vez em quando o tirava da bolsa e fingia ler a reportagem. Mas pode acreditar que senti uma certa preocupação desinteressada pelo assassino. Fiquei contente por poder preparar um jeito de ele escapar, se tiver coragem. Afinal de contas, eu lhe devia algo."

"Ela podia ter tirado cópias da foto."

"Talvez, mas isso era improvável. E o que importaria, se tivesse feito isso? Eles a encontrariam entre suas coisas, em sua casa, itens irrelevantes a ser jogados fora com os detritos de sua vida essencialmente trivial, junto aos potes de maquiagem pela metade, cartas de amor, programas das peças que representou. Mesmo que George Ralston encontrasse o recorte e entendesse seu significado — uma hipótese improvável —, ele não faria nada. George não consideraria obrigação sua desempenhar a tarefa dos fiscais do imposto de renda. Eu voltei para cá por um dia e uma noite, para ficar com um moribundo. Você, ou qualquer pessoa que conhece, usaria esse fato para me delatar?"

"Não."

"E pretende fazer isso agora?"

"Sim. Agora é diferente. Preciso contar, mas não aos fiscais de renda, e sim à polícia. Sou obrigada."

"Não, Cordelia, você não precisa contar. Não precisa! Não tente se iludir, dizendo que não tem mais a responsabilidade da escolha!"

Ela não respondeu.

Ele se debruçou para encher a taça novamente. "Não era a possibilidade de haver outras cópias que me preocupava. Eu não podia correr o risco de que a polícia encontrasse aquele recorte que estava no quarto dela. E eu sabia que eles o encontrariam, caso estivessem procurando. Se buscassem um motivo, tudo no quarto seria recolhido, classificado, escrutinizado, examinado. Havia uma chance, claro, de interpretarem o recorte como mera lembrança, uma reportagem favorável guardada por razões sentimentais. Mas por que aquela matéria em particular, sobre uma peça não muito importante, encenada num teatro provinciano? Não acho seguro confiar demais na estupidez da polícia."

Ela disse, com imensa tristeza: "Então foi Simon. Pobre coitado. Onde ele está agora?".

"No quarto dele. Em perfeita segurança, garanto. Não quer saber o que aconteceu?"

"Mas ele não poderia ter planejado. Simon não conseguiria. Ele não teve a intenção!"

"Não planejou, realmente. Mas a intenção? Quem pode saber qual foi a intenção dele? Ela morreu assim mesmo, qualquer que tenha sido a intenção dele. Ele me disse que Clarissa o convidou para ir a seu quarto. Ele ia dizer que planejava nadar, vestiu o calção por baixo da calça, pôs a camisa e esperou meia hora, quando ela foi descansar, então bateu três vezes na porta. Ela abriu. Disse que precisava conversar com ele sobre um assunto. Claro, o de sempre. Ela. Do que mais Clarissa falaria, a não ser de si mesma? O pobre coitado, iludido, pensou que Clarissa ia dizer que ele poderia ir para o Royal College, que ela bancaria sua formação."

"E por que chamou Simon? Por que ele?"

"Ah, essa dúvida jamais esclareceremos. Mas posso tentar adivinhar. Clarissa gostava de fazer amor antes de subir ao palco. Isso talvez lhe desse confiança, talvez fosse uma forma de aliviar a tensão, talvez fosse o único modo que conhecia de parar de falar."

"Com Simon? Quase um menino? Ela não poderia desejá-lo!"

"Provavelmente não. Provavelmente, dessa vez, quisesse apenas conversar, precisasse de companhia. E, com todo o respeito que lhe devo, cara Cordelia, ela nunca procurava uma mulher para isso. Talvez imaginasse que estava prestando um favor a Simon, em mais de um aspecto. Clarissa era totalmente incapaz de acreditar que pudesse existir um homem — normal, pelo menos — capaz de rejeitá-la se ela se oferecesse. E, justiça seja feita, os homens não contribuíram em nada para levá-la a mudar de ideia. E que melhor momento para Simon iniciar sua educação privilegiada do que numa tarde quente, depois do almoço excelente do qual me orgulho, quando ela necessitava de uma nova sensação, um divertimento capaz de afastar sua mente da atuação na peça? Quem mais ela poderia convocar? George, o tolo cavalheiresco, mentiria até a morte para proteger a reputação dela, mas aposto que nunca mais a tocou depois de descobrir que era um marido traído. Eu não servia. E Whittingham? Bem, Ivo teve sua chance. Pode imaginá-la desejando Ivo, mesmo que ele ainda tivesse forças para algo? Seria como tocar a pele seca de um cadáver, infectar a língua com o gosto da morte, deixar que a podridão penetrasse pelas narinas. Considerando as necessidade peculiares de Clarissa, quem mais restava além de Simon?"

"Mas isso é horrível!"

"Só porque você é jovem, bonita e intolerante. Não teria feito mal a um rapaz diferente num outro momento. Ele era bem capaz de agradecer. Mas Simon Lessing procurava outro tipo de educação. Além do mais, é um romântico. O que ela viu no rosto dele não foi desejo, mas repulsa. Claro, posso estar errado. Ela talvez não tenha pensado no caso com tanta clareza. Não era o forte de Clarissa. Mas ela o chamou para ir ao seu quarto. E, como aconteceu no meu caso e com meu tio, ele foi."

"O que aconteceu? Como você descobriu?"

"Menti a Grogan a respeito da hora em que saí do meu quarto. Troquei de roupa depressa, portanto às vinte para as duas eu estava passando pela porta de Clarissa. Naquele momento, Simon pôs a cabeça para fora. O encontro aconteceu totalmente por acaso. Trocamos olhares. Ele parecia um fantasma — rosto branco, olhos arregalados. Pensei que o rapaz fosse desmaiar. Eu o empurrei de volta para dentro do quarto, entrei e tranquei a porta. Simon estava apenas com calção de banho, vi a calça jeans e a camisa caídos no chão. E Clarissa, deitada na cama. Morta."

"Como podia ter certeza? Por que não pediu ajuda?"

"Cara Cordelia, mesmo tendo levado uma vida discreta, sei reconhecer a morte quando a vejo. E fui conferir.

Ela não tinha pulso. Passei a ponta do lenço pelo globo ocular, um procedimento desagradável. Nenhuma reação. Ele golpeou a cabeça de Clarissa com a caixa de joias, fraturando o crânio. O porta-joias ainda estava lá, sobre a testa. Curiosamente, o sangramento foi mínimo, uma pequena mancha no antebraço dele, quando o sangue esguichou para cima, e um filete a escorrer da narina esquerda dela. Estava quase seco quando a vi, embora ela estivesse morta havia apenas dez minutos. Parecia um talho torto, uma deformação acima da boca aberta. Dessa derradeira humilhação nenhum de nós escapa, parecer ridículo na morte. Como ela teria odiado sua aparência! Bem, isso você sabe. Você viu o corpo."

Cordelia disse: "Você se esquece de que só a vi depois. Eu a encontrei desfigurada, deformada por seus golpes. Ela não parecia ridícula naquele momento".

"Pobre Cordelia! Lamento muito. Eu a teria poupado, se pudesse. Mas achei que despertaria suspeitas se eu subisse um pouco antes, para chamá-la. Isso pelo menos aprendi nos romances policiais. Nunca seja a pessoa que encontrou o corpo."

"Mas, por quê? Ele revelou o motivo?"

"Não foi muito coerente. Eu estava mais preocupado em tirá-lo de lá do que em discutir as complicações psicológicas do encontro. Mas nenhum dos dois tinha o que o outro queria. Ela deve ter visto a vergonha e a repulsa nos olhos dele. E Simon viu a perda de suas esperanças em relação a ela. Clarissa o atormentou por causa do fracasso sexual. Disse que ele era tão inútil quanto o pai. Creio que no momento em que ela estava seminua na cama, rindo dele, zombando simultaneamente dele e do pai morto, destruindo todos os sonhos do rapaz, ele perdeu a capacidade de se controlar. Pegou a caixa de joias, a única coisa à mão, e a atingiu."

"E depois?"

"Não adivinhou? Eu lhe disse exatamente como proceder. Ensaiamos a versão da história para a polícia. Ele devia declarar que havia saído para nadar depois do almoço, como disse a todos nós que faria. Simon caminhou pela praia até que se tivesse passado uma hora após o final da refeição, então entrou na água. Voltou para o castelo por volta das quinze para as três, para se arrumar e ver a peça. Fiz questão de que ele decorasse a versão combinada. Eu o levei ao banheiro de Clarissa e lavei a manchinha de sangue. Depois enxuguei a pia com papel higiênico e joguei o papel na privada, dando a descarga. Não demorei muito para encontrrar o recorte de jornal. A bolsa e o porta-joias eram os lugares óbvios. Em seguida eu o levei ao quarto ao lado e o instruí a descer pela escada de incêndio do banheiro, tomando cuidado para não tocar os degraus com a mão. É um rapaz obediente e estava extraordinariamente calmo. Eu o observei enquanto passava pela escada de incêndio, com a caixa debaixo do braço, e depois quando seguiu até a borda do penhasco e a jogou no mar, conforme minhas instruções. Se a polícia conseguisse recuperá-la, veriam que as joias valiosas haviam sumido. Eu as peguei e joguei no mar, mas em outro lugar. Perdoe-me se não demonstro minha confiança revelando exatamente onde. Chamaria a atenção se a polícia soubesse que faltava apenas um recorte de jornal no porta-joias. Simon mergulhou e o vimos nadar com energia, no rumo da enseada oeste."

"Mas outra pessoa também estava o observando. Munter, da janela da torre, a única janela que dá para a saída de incêndio."

"Sei disso. Ele deixou isso claro para nós, na noite em que se embebedou, e Simon e eu o ajudamos a ir para o quarto. Não faria diferença. Munter era de confiança absoluta. Eu disse ao rapaz para não se preocupar com ele. Munter levaria qualquer segredo meu para o túmulo."

"Ele levou o segredo para o túmulo, rápida e convenientemente. Daria para confiar tanto numa pessoa que bebe?"

"Eu podia confiar em Munter, sóbrio ou embriagado.

E não o matei. Nem Simon, pelo que sei. Essa morte, ao menos, foi acidental."

"E o que fez em seguida?"

"Eu precisava agir depressa. A pressa e o risco foram incrivelmente estimulantes. Minha trama para esse mistério da vida real foi quase tão engenhosa quando a de *Autópsia*. Limpei a maquiagem do rosto de Clarissa para a polícia não suspeitar de que ela havia convidado alguém para ir até seu quarto. Tive o cuidado de destruir os indícios do modo exato como ela foi morta e de substituir a arma por outra que Simon não poderia ter levado com ele, pois não sabia de sua existência, uma arma capaz de enganar a polícia e indicar que o crime estava relacionado com as mensagens das citações ameaçadoras. Não contei a Simon o que havia feito e não toquei no corpo antes de sua saída. A ignorância seria sua maior garantia. Ele não chegou a ver o rosto de Clarissa destruído."

"E você estava com o braço de mármore, suponho, no bolso interno de seu manto."

"Eu tinha ambos prontos, a escultura e o bilhete. Pretendia colocá-los na caixa de música que Clarissa abriria na segunda cena do terceiro ato. Eu teria de agir encoberto pelo manto, no último minuto, o que exigiria certa destreza manual. Mas acho que teria conseguido. E lhe garanto que o resultado teria sido espetacular. Duvido muito que ela conseguisse chegar ao final da cena."

"E por isso assumiu a função de assistente de cenografia, para se ocupar com os adereços?"

"Isso mesmo. Seria natural. As pessoas deduziram que eu queria ficar de olho nas antiguidades."

"E, depois de esmagar o rosto de Clarissa, imagino que tenha levado as roupas de Simon para a enseada, também escondidas sob o manto."

"Você compreende bem a duplicidade, Cordelia. Eu preferiria ter jogado as roupas no fundo, mas não havia tempo. A pequena enseada atrás do terraço era o máximo a que eu poderia aspirar. Depois entrei no teatro pela galeria e conferi os adereços com Munter. Devo mencionar que não precisei me preocupar com impressões digitais comprometedoras quando estive no quarto de Clarissa. Esta é a minha casa. A mobília e os objetos, inclusive o braço de mármore, pertencem a mim. É perfeitamente razoável que contenham minhas digitais. Mas me preocupei com a impressão da palma na porta de comunicação entre os quartos. Poderia revelar que fui a última pessoa a tocá-la. Por isso, fiz questão de abrir a porta depois que encontramos o corpo."

"E as mensagens com ameaças, também as enviou? Assumiu a tarefa, quando Tolly deixou de mandá-las?"

"Então você sabe a respeito de Tolly? Creio que a subestimei, Cordelia. Sim, não foi difícil. Tolly, coitada, encontrou na religião o ópio para sua dor, e eu dei sequência a seu bom trabalho, em um formato mais artístico. Só então Clarissa chamou a polícia. Eu não gostei do desdobramento, por isso sugeri a ela uma pequena trama, de modo a desestimular a investigação. Clarissa era de fato uma mulher extraordinariamente burra. Esbanjava instinto, mas sua inteligência era zero. Meu sucesso dependia de duas características de Clarissa, sua estupidez e seu pavor da morte. Quando os recados de Tolly, com mensagens bíblicas adequadas como pedras de moinho no pescoço, pararam de ser enviados, iniciei minha própria série de referências desagradáveis, com auxílio ocasional de Munter. Meu objetivo, claro, era acabar com sua carreira de atriz e recuperar minha privacidade, minha ilha pacífica. Só como atriz Clarissa tinha poder sobre mim. Ela nunca voltaria à ilha Courcy se o teatro fosse o cenário de sua humilhação final. Somente quando a confiança e a carreira dela fossem eficazes e totalmente destruídas eu estaria livre. Vale dizer que ela não era uma chantagista qualquer. Nem precisava ser. Clarissa viu o recorte pela primeira vez em 1977. Ela gostava de alimentar o ego com segredos vergonhosos sobre seus amigos. O meu ela guardou por três anos antes de resolver usá-lo. Por azar, a restauração do teatro e a crise em sua carreira coincidiram. De uma hora para outra, ela queria algo de mim e dispunha dos meios para atingir seu objetivo. Garanto que a chantagem foi exercida com o máximo de delicadeza e discrição."

Ele se debruçou subitamente na direção de Cordelia, dizendo:

"Bem, Cordelia, não será possível protegê-lo por muito tempo. Ele anda bebendo, você deve ter reparado. E vem cometendo erros. A gafe notada por Roma, por exemplo. Como ele podia saber como era a caixa de joias, se não a vira nem a pegara? Haverá outros. Gosto do rapaz, ele tem algum talento. Fiz o que pude para salvá-lo. Clarissa destruiu o pai dele, e eu não via razão para ela acrescentar o filho à sua lista de vítimas. Mas eu me enganei a respeito do rapaz. Ele não tem coragem suficiente para ir até o fim. E Grogan não é nenhum idiota."

"Onde ele está, agora?"

"Eu já disse. No quarto dele, pelo que sei."

Ela fitou o rosto de Ambrose, viu a pele lisa, feminina, afogueada pela luz da lareira, os olhos negros como carvão, a boca perpetuamente sorridente. Sentiu a força persuasiva que a prendia ao conforto da poltrona. E, como se o vinho houvesse misteriosamente clareado sua mente, ela compreendeu exatamente o que ele estava fazendo. As explicações cuidadosas, o vinho, a conversa quase amigável, o conforto sedutor a envolvê-la como uma manta não passavam de um ardil para ganhar tempo, para mantê-la a seu lado. Até o lugar conspirava com ele, contra ela: a atmosfera doméstica aconchegante da lareira acesa, a sensação de irrealidade induzida pelas longas sombras bruxuleantes, as janelas abertas para a escuridão desorientadora da noite, o sussurro do mar a estimular seu sono.

Ela pegou a bolsa e saiu correndo da sala, percorreu o corredor ouvindo o eco dos próprios passos e subiu a escadaria larga. Abriu a porta do quarto de Simon e acendeu a luz. A cama estava arrumada; o quarto, vazio. Ela correu como um animal selvagem de quarto em quarto, encontrando todos vazios. Apenas num deles avistou um rosto humano. Na luz suave do abajur de cabeceira, Ivo estava deitado de costas, olhando para o teto. Conforme ela se aproximou, ele devia ter percebido seu desespero. Mas ele sorriu, melancólico, e com pesar balançou a cabeça. Ela não conseguiria ajuda ali.

Ainda restavam a torre e o teatro. Mas talvez não adiantasse mais procurar, talvez Simon não estivesse mais no castelo. A ilha inteira estava à sua disposição, com seus rochedos e elevações, prados e bosques, uma ilha negra inescrutável, guardando como uma concha em suas escuras entranhas o murmúrio interminável do mar. E também havia o escritório e a área da cozinha, por mais improvável que fosse o fato de Simon procurar refúgio lá. Ela correu pela passagem azulejada e abriu a porta do escritório. E parou, perplexa. A segunda vitrine, onde eram guardadas as pequenas lembranças de horrorosos crimes vitorianos, fora arrombada. O vidro estava quebrado. Quando olhou para o que havia lá dentro, percebeu que faltava um objeto: as algemas. Então ela soube onde encontrar Simon.

8

Depois de jogar a bolsa sobre a mesa do escritório, Cordelia saiu levando apenas a lanterna. Desejava ter só mais uma coisa consigo, o cinto de couro. Mas ele não estava mais na cintura. Em algum lugar, durante as atividades do dia, fora perdido, sem que ela soubesse como. Lembrava-se vagamente de tê-lo pendurado no toalete feminino de uma loja de departamentos na qual entrara rapidamente, quando se dirigia a Benison Row. Ansiosa para falar com a srta. Costello, talvez não o tivesse afivelado direito. Correndo através do gramado, no rumo da escuridão do bosque, sentia falta do poder tranquilizador do seu talismã em torno da cintura.

A capela se erguia à sua frente, etérea e cheia de segredos, banhada pelo luar. Não havia luzes visíveis pela porta aberta, mas o brilho fraco da janela a leste foi o bastante para guiá-la até a cripta, nem precisaria da lanterna. A porta da cripta também estava aberta, com a chave na fechadura. Ambrose devia ter informado a ele onde encontrá-la. Logo Cordelia sentiu o cheiro forte de pó na cripta. Não parou para procurar o interruptor; seguiu o círculo de luz da lanterna, passou pelas fileiras de crânios e bocas abertas até iluminar a porta pesada com reforços em ferro que conduzia à passagem secreta. Também estava aberta.

Ela não teve coragem de correr; a passagem era muito sinuosa, o terreno, muito irregular. Ela se lembrou de que as luzes da passagem tinham um temporizador e acionou os interruptores ao passar, sabendo que em poucos instantes a luz se apagaria atrás dela, sabendo que estava se movendo da luz para as trevas. O caminho parecia interminável. Poderia o pequeno grupo que estivera ali apenas dois dias antes ter percorrido todo aquele trajeto? Sentiu pânico por um momento, temendo ter encontrado e seguido por uma bifurcação desconhecida, onde se perderia num labirinto de túneis. Mas logo avistou o segundo lance de degraus e a caverna de teto baixo sobre a Caldeira do Diabo, logo adiante. A única lâmpada, dentro da tela protetora, brilhava firme. O alçapão levantado fora apoiado na parede da caverna. Cordelia ajoelhou-se e viu o rosto de Simon. Estava esticado em sua direção, com os olhos arregalados, fixos, com o branco à mostra, como os olhos de um cão aterrorizado. Seu braço esquerdo estendido acima da cabeça estava preso na altura do pulso ao último degrau da escada. A mão não era forte como parecia ao piano, mas fraca e pálida como a de uma criança. A água subia continuamente, como um óleo escuro, batendo contra as paredes da caldeira, brilhando ao refletir a luz da caverna no alto, e já chegava na altura dos ombros dele.

Ela desceu até ficar do lado de Simon. O frio cortava sua perna como uma faca. "Onde está a chave?", ela perguntou.

"Deixei cair."

"Deixou cair ou jogou? Simon, preciso saber onde foi."

"Deixei cair e pronto."

Claro. Ele não precisava jogá-la muito longe. Algemado e incapacitado como estava, não poderia recuperá-la agora, por mais perto, por mais desesperado e arrependido que estivesse. Cordelia torceu para que o chão da caldeira fosse de pedra e não de areia. Precisava localizar a chave. Não havia outra saída. Ela calculou rapidamente as possibilidades. Cinco minutos para ir até o castelo. Outros cinco para voltar. E onde encontraria uma caixa de ferramentas com uma lima suficientemente forte para vencer o metal? Mesmo que houvesse alguém no castelo disposto a ajudá-la, não daria tempo. Se o deixasse naquele momento, ele morreria afogado.

Simon murmurou:

"Ambrose me disse que eu passaria o resto da vida na prisão. Ou no hospício de Broadmoor."

"Ele mentiu."

"Eu não ia aguentar, Cordelia! Não ia aguentar!"

"Não seria preciso. Você não queria matá-la. Foi um acidente. E você não está louco."

Mas as palavras de Ambrose ecoaram em sua mente, claras. "Quem pode saber qual foi a intenção dele? Ela morreu assim mesmo, qualquer que fosse a intenção dele."

Ela precisava de mais luz. Acendeu a lanterna e a prendeu no degrau mais alto. Depois tomou fôlego e mergulhou devagar na água que balançava de leve. Era importante agitar o fundo o mínimo possível. A água escura, fria como gelo, impedia sua visão. Ela tateou, as mãos arranharam o fundo, sentindo a textura da areia grossa, as pontas de pedra agudas por baixo. Um pedaço de alga se enrolou em seu braço como uma mão que quisesse prendê-la suavemente. Mas os dedos lentos não tocaram nada que se parecesse com uma chave.

Ela subiu para respirar, sôfrega.

"Mostre exatamente onde a deixou cair."

Ele murmurou por entre os lábios lívidos:

"Ali. Estendi a mão direita, assim. Então larguei a chave."

Cordelia maldisse sua estupidez. Deveria ter insistido até descobrir o local exato, antes de remexer a areia. Talvez a chave tivesse se perdido para sempre. Ela precisava se mover lenta e cautelosamente. Manter-se calma e agir devagar. Infelizmente, não tinha muito tempo. A água já batia em seu pescoço.

Ela se abaixou de novo e tentou vasculhar metodicamente o ponto indicado por Simon, movendo os dedos pela superfície da areia como se fossem patas de caranguejo. Precisou subir duas vezes para tomar fôlego, e por um instante viu o terror e o desespero nos olhos fixos nela. Na terceira tentativa a mão tocou uma peça de metal, e ela voltou com a chave.

Sentia os dedos entorpecidos de frio. Mal conseguia segurar a chave, apavorada com a possibilidade de deixá-la cair, ou de não conseguir introduzi-la na fechadura.

Observando suas mãos trêmulas, Simon disse:

"Eu não valho o esforço. Sou responsável pela morte de Munter, também. Eu não conseguia dormir, estava lá perto, no jardim das rosas. Vi quando caiu no tanque e corri em vez de salvá-lo, para não ver nada. Fingi que não sabia de nada, que não havia passado por ali."

"Não pense nisso agora. Precisamos tirar você daí e aquecê-lo."

A chave finalmente entrou no buraco. Ela temia que não funcionasse, que não fosse a chave certa. Mas virou sem dificuldade. A algema se abriu. Ele estava livre.

Então, aconteceu. A tampa do alçapão caiu com uma explosão sonora fisicamente dolorosa, como se fosse um golpe no crânio. O barulho parecia de um trovão sobre a ilha, e fez tremer a escada de ferro sob suas mãos rígidas, levando a água até o pescoço dos dois, agitando-a contra as paredes da caldeira com fúria concentrada. Dava a impressão de que o lugar ia arrebentar, abrir uma fenda para a entrada do mar revolto. A lanterna acesa, deslocada do último degrau da escada, lançou um arco de luz ante os olhos horrorizados de Cordelia, brilhou por um instante sob a água agitada e apagou. A escuridão era absoluta. Então, antes mesmo que o eco da batida do alçapão desse lugar ao silêncio, os ouvidos de Cordelia captaram um som diferente, um ruído tão apavorante em suas implicações que ela ergueu a cabeça ensopada de água do mar e gritou em protesto, para a escuridão.

"Ah, não! Meu Deus, por favor, não!"

Alguém — ela sabia muito bem quem era — havia empurrado o alçapão. E a mão que fizera isso fechara os dois trincos. O local de sua morte estava fechado. Acima deles, apenas a porta de madeira impenetrável; em torno deles, apenas a pedra nua e, na garganta deles, o mar.

Ela se ergueu e pressionou o alçapão com toda a for-

417

ça. Abaixou a cabeça e forçou a porta com os ombros. Esta não se mexeu. Ela sabia que não conseguiria nada. Percebeu a presença de Simon a seu lado, sentiu a palma da mão a empurrar inutilmente. Não conseguia vê-lo. A escuridão era densa e grossa como um cobertor, um peso quase palpável em seu peito. Ela só tinha noção dos gemidos penosos, longos e trêmulos como o mar em volta, e sentiu o cheiro rançoso do medo de Simon, ouviu a respiração ofegante e o coração disparado, que podia ser dele ou dela. Estendeu a mão para tocá-lo. Elas percorreram o rosto molhado, para acalmá-lo, distinguindo apenas pela temperatura as lágrimas das gotas de água salgada. Cordelia sentiu as mãos trêmulas de Simon em seu rosto, olhos e boca. Ele disse:

"É a morte?"

"Talvez. Mas ainda existe uma chance. Podemos mergulhar."

"Eu prefiro ficar aqui, com você ao meu lado. Não quero morrer sozinho."

"É melhor morrer tentando. E eu não vou sem você."

Ele sussurrou:

"Então eu vou. Quando?"

"Logo. Enquanto ainda resta ar suficiente. Você vai primeiro. Irei em seguida."

Era melhor para ele, assim. O primeiro teria o caminho livre, sem o obstáculo dos pés do outro à frente. E, caso Simon desistisse, ela poderia empurrá-lo. Por um segundo Cordelia se perguntou como faria se a passagem estreitasse, e o corpo dele, inerte, bloqueasse o caminho. Mas ela afastou esse pensamento. Agora, ele estava mais fraco do que ela, por causa do frio e do terror. Devia ir primeiro. A água subira tanto que só uma estreita faixa de luz indicava a saída para o mar, no fundo. Era apenas um facho leitoso na superfície negra. Com a onda seguinte a faixa desapareceria, e eles ficariam presos na escuridão absoluta, sem a luz que apontava o caminho para fora. Ela tirou o pulôver molhado. Os dois desceram a escada, de mãos dadas, e nadaram para o meio da caldeira, onde o teto era mais alto, depois respiraram com força, de costas, aproveitando a chance derradeira. A pedra quase arranhava a testa de Cordelia. A água, fria e doce, tinha em sua boca o sabor da vida. Ela murmurou: "Agora", ele largou sua mão sem hesitar e mergulhou. Ela tomou fôlego, virou o corpo e mergulhou também.

Sabia que estava nadando para salvar a vida, era praticamente tudo o que sabia. O momento exigia ação, não reflexão. Mas ela não estava preparada para a escuridão, para o terror gelado e para a força da maré. Não ouvia nada além do coração batendo forte, não sentia nada além da dor no peito e da força do mar, que ela enfrentava como um animal encurralado e desesperado. O mar significava morte, e ela lutou contra ele com todas as forças de que dispunha graças à juventude e à fé. O tempo não possuía realidade. Aquela passagem infernal poderia ter durado minutos, horas, quando na verdade durou apenas segundos. Não tinha noção do corpo se movimentando à sua frente. Em sua luta pela vida, esquecera-se de Simon, de Ambrose, até do medo de morrer. Então, quando a dor se tornou insuportável e o pulmão parecia prestes a explodir, ela viu que a água acima de sua cabeça clareava, tornava-se mais translúcida, calma, quente como o sangue. Cordelia nadou para cima, para o mar aberto e para as estrelas.

Então nascer era assim: a pressão, a força para a frente, a escuridão molhada, o terror e a onda quente de sangue. Depois, a luz. Ela não entendia como a lua podia emitir uma luz tão quente, agradável e suave como um dia de verão. O mar também parecia quente. Ela se virou de costas e flutuou de braços abertos, deixando que a água a sustentasse. As estrelas a acompanhavam. Ficou contente por estarem ali. Riu alto, para elas, e não foi nenhuma surpresa ver irmã Perpétua se abaixar com a touca branca. Ela disse:

"Estou aqui, irmã. Estou aqui."

Como era estranho que a irmã balançasse a cabeça,

com delicadeza, mas firmemente, que a brancura da touca desse lugar apenas às estrelas, à lua e ao mar imenso. Então ela entendeu quem era e onde estava. A luta ainda não havia terminado. Ela precisava reunir forças para enfrentar a lassidão, a paz e a felicidade irresistíveis. A morte, tendo fracassado em levá-la pela força, recorria à sutileza.

Então ela viu o barco navegando em sua direção, iluminado pelo luar. Primeiro pensou que fosse um fantasma marinho nascido de sua exaustão, tão tangível quanto o rosto branco de irmã Perpétua. Mas ele cresceu, sólido, e ela se virou em sua direção, reconhecendo a forma e o cabelo desgrenhado do dono. Era o barco que a trouxera de volta à ilha. Ouvia o ruído das ondas no casco, os estalidos leves da madeira, o vento soprando as velas. A figura forte se destacava contra o céu, prendendo a vela, e ela ouviu o ruído do motor. Ele manobrava para se aproximar. Precisou puxá-la para bordo. O barco balançou, depois se equilibrou. Ela sentiu uma dor forte nos braços. Em seguida estava deitada no convés, e ele ajoelhado a seu lado. Não fez perguntas, apenas tirou a malha de lã e a envolveu com ela. Quando conseguiu falar, Cordelia disse, soluçando:

"Que sorte a minha você ainda estar por perto."

Ele apontou para o mastro, e ela viu, presa em torno dele como uma flâmula, a estreita faixa de couro.

"Eu queria devolver aquilo."

"Você estava trazendo meu cinto!"

Ela não entendeu por que lhe pareceu tão engraçado, por que teve de lutar contra o impulso de soltar uma gargalhada histérica.

Ele disse, despreocupadamente:

"Bem, eu queria desembarcar na ilha ao luar, e Ambrose Gorringe é rigoroso com invasores. Eu pretendia deixar o cinto no píer. Achei que você o encontraria pela manhã."

O momento de histeria incipiente passou. Ela levantou a cabeça com esforço e olhou para a ilha, para a forma escura do castelo, inexpugnável como uma rocha, com todas as luzes apagadas. E quando a lua saiu de trás de uma

420

nuvem ele brilhou subitamente, como num passe de mágica, cada tijolo visível separadamente, mas irreal, como se a torre fosse uma fantasia prateada. Ela admirou sua beleza, encantada. Então seu cérebro confuso se lembrou. Estaria ele observando, lá de sua cidadela, com o binóculo apontado, olhos fixos no mar em busca de uma cabeça? Ela imaginava como teria sido; o corpo exausto a se arrastar até a praia, vencendo o cascalho instável e a força da maré, os olhos ardendo a cruzar com os dele, implacáveis, a força dele contra sua fraqueza. Ela se perguntou se ele teria tido coragem de cometer assassinato a sangue-frio. Concluiu que seria difícil, talvez impossível. Fora muito mais fácil fechar o alçapão, passar a tranca, deixar que o mar fizesse o serviço em seu lugar. Ela se lembrou das palavras de Roma, "até o horror é de segunda mão". Mas como ele poderia permitir que sobrevivesse, sabendo tudo que sabia? Cordelia disse:

"Você salvou minha vida."

"Salvei-a de nadar um pouco, só isso. Você ia conseguir. Estava bem perto da praia."

Ele não perguntou por que ela estava nadando quase nua naquela hora tardia. Nada parecia surpreendê-lo ou desconcertá-lo. Aí ela se lembrou de Simon, e disse, aflita:

"Éramos dois. Havia um rapaz comigo. Precisamos encontrá-lo. Deve estar por aqui, em algum lugar. Ele nada muito bem."

Mas o mar estava calmo, vazio, ao luar. Ela fez com que esperassem mais uma hora, indo e vindo devagar com as velas ferradas, ao longo da costa, com o motor em rotação lenta. Debruçada sobre a amurada, perscrutava o oceano, desesperada, atrás de qualquer agitação na superfície calma. Finalmente ela aceitou o que sabia desde o começo. Simon nadava muito bem, mas, debilitado pelo frio e pelo terror, sufocado por um desespero que ia além de tudo aquilo, não tivera força suficiente. No momento, Cordelia estava cansada demais para lamentar sua morte. Quando viu que se aproximavam lentamente do cais, ela disse, rápido:

"Não vá para a ilha. Siga para Speymouth."

"Quer ir ao médico?"

"Ao médico, não. Quero procurar a polícia."

Ele não fez mais perguntas, manobrou o barco e seguiu para a costa. Após alguns minutos, sentindo o calor e a energia voltarem a seus membros, ela tentou se levantar e ajudá-lo com os cabos. Mas seus braços não tinham força. Ele disse:

"É melhor você ir para a cabine e descansar um pouco."

"Prefiro continuar no convés, se não se importa."

"Tudo bem, não atrapalha em nada."

Ele pegou um travesseiro e um capote grosso na cabine e a instalou ao lado do mastro. Olhando o desenho das estrelas no céu, ouvindo o sussurro das ondas sob o casco que deslizava suave, Cordelia desejou que a jornada durasse para sempre, que a pausa plena de paz e beleza entre o horror e o trauma jamais terminasse.

Eles navegaram juntos, em um silêncio cúmplice, até o porto, sentindo a paz da noite a fluir entre os dois. Cordelia dormiu sem perceber. Mal notou o barco tocar o píer, as mãos que a carregaram para terra firme, o cheiro forte de mar do pulôver dele ou o coração que batia forte como o dela.

9

As doze horas seguintes ficariam guardadas na memória de Cordelia como uma impressão confusa e desorientada da passagem do tempo, como um limbo no qual as imagens e pessoas específicas se projetavam com clareza artificial e espantosa, como se uma câmera automática as registrasse intermitentemente, fixando de maneira instantânea e permanente sua caprichosa banalidade.

Um ursinho de pelúcia grande na mesa do distrito policial, encostado na parede, no final do balcão, olhando de soslaio, com uma etiqueta no pescoço. Uma xícara de chá forte e doce derramando no pires. Dois biscoitos moles desintegrando-se até virarem papa. Por que formavam uma imagem tão nítida? O inspetor-chefe Grogan de pulôver azul com mangas puídas limpando o ovo no cantinho da boca, para depois examinar o lenço, como se compartilhasse o espanto de Cordelia por comer tão tarde. Cordelia encolhida no banco traseiro de uma viatura policial, sentindo a aspereza do cobertor grosseiro no rosto e nos braços. O vestíbulo de um hotel pequeno, cheirando a lustra-móveis com aroma de lavanda, com um quadro macabro da morte de Nelson na recepção. Uma mulher de rosto alegre, pelo jeito conhecida da polícia, que a ajudou a subir a escada. Um quarto pequeno, a cama com cabeceira de latão e uma imagem do Mickey Mouse no abajur do criado-mudo. Acordar de manhã e encontrar o jeans e a blusa cuidadosamente dobrados na cadeira, ao lado da cama, e pegá-los nas mãos, como se pertencessem a outra pessoa; pensar que a polícia devia ter voltado para a ilha na noite anterior, e que curiosamente não a tinham levado com eles. Um senhor idoso a compartilhar o café da manhã com ela e com duas policiais no salão do hotel, usando guardanapo de papel preso no colarinho, com uma marca de nascença vermelha forte que cobria metade de seu rosto. A lancha da polícia navegando pela baía contra o vento frio levando a ela, como se fosse uma prisioneira escoltada, entre o sargento Buckley e uma policial fardada. Uma gaivota a planar sobre eles, com seu bico torto e forte, para depois mergulhar e pousar na proa, como uma figura decorativa. Depois, uma imagem que colocou todas as irrealidades em foco trouxe de volta o horror do dia anterior e pressionou seu coração como uma trepadeira; a figura solitária de Ambrose a esperá-los no cais. E, no meio das imagens desconjuntadas, a lembrança das perguntas, interminavelmente repetidas, uma série de rostos atentos, bocas que se abriam e fechavam como se fossem autômatos. Depois ela conseguiu recordar cada palavra do diálogo, embora o lugar lhe tivesse fugido para sempre da mente, podia ser o distrito policial, a lancha, o hotel, a ilha. Talvez fossem todos esses locais, e as perguntas tivessem sido feitas por mais de uma voz. Ela teve a impressão de descrever eventos que haviam ocorrido com outra pessoa, alguém que ela conhecia muito bem, no entanto. Estava tudo claro na mente daquela outra moça, embora tudo tivesse acontecido havia muito tempo, anos quem sabe, no tempo em que Simon ainda vivia.

"Tem certeza de que o alçapão estava levantado quando você entrou?"

"Sim."

"E que o alçapão estava apoiado na parede da passagem?"

"Sim, ele tinha que estar, se estava aberto."

"Se? Mas você disse que estava aberto. Tem certeza de que não foi você que o abriu?"

"Certeza absoluta."

"Quanto tempo ficou com Simon Lessing na caverna, antes de ouvir o barulho da queda do alçapão?"

"Não me lembro. O suficiente para perguntar a respeito da chave das algemas, mergulhar e encontrá-las para poder soltá-lo. Menos de oito minutos, calculo."

"Tem certeza de que o alçapão foi trancado? Vocês dois tentaram levantá-lo?"

"Eu tentei primeiro, depois ele me ajudou. Mas eu sabia que não ia adiantar. Tinha ouvido o ruído da tranca sendo empurrada."

"E por isso não tentou com muita força? Por saber que não adiantava?"

"Eu tentei com toda a força. Empurrei com os ombros. Imagino que tentar seja uma reação natural. Mas eu sabia que não ia adiantar nada. Tinha ouvido o barulho da tranca."

"E ouviu esse som, apesar do barulho da maré que enchia?"

"Não havia muito barulho na caldeira. A maré enchia silenciosamente, como água numa chaleira. Por isso apavorava tanto."

"Você estava apavorada e com frio. Tem certeza de que teria força suficiente para abrir a porta, se ela tivesse caído acidentalmente?"

"Ela não caiu acidentalmente. Como poderia? Ouvi o barulho das trancas."

"Uma ou duas?"

"Duas. Ruído de metal raspando em metal. Duas vezes."

"Tem ideia do que isso significa? Compreende a importância do que você está dizendo?"

"Claro que sim."

Fizeram com que voltasse com eles até a Caldeira do Diabo. Isso não foi gentil nem compassivo. Mas a atividade deles não era gentil nem compassiva. Havia luzes fortes focalizadas no alçapão, um homem de joelhos espalhava com pincel o pó para identificar impressões digitais com a delicadeza de um pintor. Depois eles ergueram o alçapão, não o encostaram na parede rochosa, mas o equilibraram nas dobradiças. Recuaram e em poucos segundos o alçapão caiu com estrondo. Ela tremia feito um cachorrinho assustado com as lembranças da queda anterior. Pediram-lhe que erguesse o alçapão. Era mais pesado do que imaginava. Sob ele estava a escada de ferro que conduzia à morte, a faixa de luz a brilhar, marcando a saída, o bater da água escura contra a pedra, seu cheiro forte. Fizeram até com que descesse no buraco, depois fecharam a porta devagar acima dela. Seguindo as instruções deles, ela a empurrou com os ombros e conseguiu levantá-la, fazendo um pouco de força. Um dos policiais desceu para a caverna e eles fecharam de novo o alçapão, depois passaram as trancas com suavidade. Estavam testando o quanto ela poderia ter ouvido. Em seguida pediram que forçasse o alçapão para cima, e ela tentou, mas em vão. Pediram que tentasse novamente, e quando falhou de novo não disseram nada. Ela pensou que talvez achassem que não havia tentado para valer. O tempo inteiro ela via, com os olhos da mente, o corpo de Simon, afogado, a boca aberta e os olhos arregalados, virando e rolando, indo e vindo nas ondas como um peixe morto trazido pela maré cheia.

Então ela estava sentada num canto do terraço, sozinha a não ser pela policial silenciosa e séria, esperando pela lancha da polícia que a levaria para longe da ilha para sempre. Ainda ventava, mas o sol aparecera. Ela sentia seu calor reconfortante nas costas e gostava dessa sensação. Pensara, na véspera, que jamais sentiria calor outra vez.

Uma sombra passou pelas pedras. Ambrose aproximava-se silenciosamente e parou a seu lado. A policial não podia ouvir a conversa, e ele falou como se não estivesse ali, como se apenas os dois existissem:

"Senti sua falta, ontem à noite. Fiquei preocupado com você. A polícia me disse que a levou para um hotel. Espero que tenha sido confortável."

"Muito confortável. Mas eu não me lembro de muita coisa."

"Você contou tudo a eles, claro. Bem, é óbvio, pela mistura de frieza, especulação e algum constrangimento com que me trataram desde a visita inconveniente, embora não inesperada, de ontem, tarde da noite."

"Sim, contei a eles."

"Quase deu para sentir o cheiro da excitação deles. É compreensível. Se você não estiver mentindo, equivocada ou maluca, a coisa ficou muito boa para o lado deles. A promoção reluz como o cálice sagrado. Eles não me prenderam, como pode ver. Minha situação é inusitada, exige muita cautela, muito tato. Precisam de algum tempo. No momento, imagino que estejam testando o alçapão, tentando verificar se poderia ter caído acidentalmente, e se dava para você ouvir o ruído da tranca. Afinal de contas, quando retornaram na noite passada, num estado que eu descreveria como de grande excitação, encontraram o alçapão fechado, mas não trancado. E duvido que haja impressões digitais identificáveis na tranca, não é?"

De repente ela sentiu uma raiva intensa e avassaladora, quase cósmica em sua intensidade, como se um frágil corpo feminino pudesse abrigar toda a revolta concentrada das miseráveis vítimas do mundo, cujas vidas preciosas haviam sido roubadas. Ela gritou:

"Você o matou, e tentou me matar. A mim! E não foi em legítima defesa. Nem mesmo por ódio. Minha vida contava menos que seu conforto, suas posses, seu mundinho particular. Minha vida!"

Ele disse, com perfeita calma:

"Se é nisso que acredita, um certo ressentimento é razoável. Mas veja, Cordelia, o que eu disse à polícia, e digo a você, é que isso não aconteceu. Não é verdade. Ninguém tentou matá-la. Ninguém fechou aquelas trancas. Quando chegou ao alçapão, ele estava fechado. Você o ergueu apenas o suficiente para entrar e desceu para ajudar Simon, mas não o abriu completamente. Você mesma fechou o alçapão após sua passagem, ou o abriu parcialmente e ele caiu. Estava apavorada, sentia frio e exaustão. Não teve força suficiente para erguê-lo."

"E quanto ao motivo, a fotografia no *Chronicle*?"

"Que fotografia? Foi imprudente de sua parte deixar a bolsa na mesa do escritório. Um esquecimento natural causado pela ansiedade em relação a Simon, mas extremamente conveniente para mim. Não me diga que ainda não sabe que o recorte desapareceu."

"A polícia está verificando com a mulher que o entregou para mim. Eles descobrirão que o recorte estava comigo. Depois passarão a procurar outro exemplar do jornal."

"Terão muita sorte se o encontrarem. Mesmo que o encontrem, e que o recorte esteja nítido depois de quatro anos, ainda assim terei uma defesa razoável. Obviamente existe um sósia meu na Inglaterra. Talvez seja um turista estrangeiro. Digamos que eu tenho um sósia em algum lugar do mundo. Seria tão estranho assim? Encontrar uma prova real de que eu estive na Inglaterra em 1977 torna-se mais difícil a cada dia que passa. Dentro de um ano eu me sentiria seguro, mesmo com Clarissa. Caso consigam provar que estive aqui, isso não faz de mim um assassino nem cúmplice de assassinato. A morte de Simon Lessing foi suicídio, e ele matou Clarissa, não eu. Confessou a verdade para mim antes de desaparecer. Fraturou o crânio dela, esmagou seu rosto por ódio e revolta, e depois fugiu pela janela do banheiro. Na noite passada, incapaz de conviver com seus atos e as consequências que poderiam advir, ele tentou se matar, e, apesar de seu esforço heroico para salvá-lo, ele conseguiu. Felizmente não a levou consigo. Eu não tive nada a ver com isso. Cordelia, essa é a minha versão, e nada que você venha a inventar será capaz de invalidá-la."

"Por que eu inventaria tudo isso? Por que mentiria?"

"Foi o que a polícia me perguntou. Tive de responder que a imaginação das mulheres jovens é notoriamente fértil, e que você, afinal de contas, passou por uma experiência traumática. Acrescentei que é proprietária de uma agência de detetives — perdoe-me, mas julgo pelas aparências — que não é exatamente próspera. Só gastando uma fortuna conseguiria a publicidade que esse caso trará para você, se chegar aos tribunais."

"O tipo de publicidade que ninguém quer. A do fracasso."

"Não, eu não seria tão pessimista a respeito. Você demonstrou inteligência e coragem admiráveis. Foi além do cumprimento do dever, como diria George Ralston, o pobre coitado. Creio que George considera seu dinheiro bem gasto." E acrescentou: "Se insistir em sua versão, será a minha palavra contra a sua. Simon morreu. Nada mais pode afetá-lo. Não seria confortável para nenhum de nós dois".

Será que ele achava que Cordelia não havia pensado em tudo, nos longos meses de espera, nos interrogatórios, no trauma do julgamento, nos olhares desconfiados, no veredicto que poderia considerá-la mentirosa — ou, pior, uma histérica atrás de publicidade? Ela disse: "Sei de tudo isso. Mas estou acostumada à falta de conforto".

Então ele pretendia lutar. Enquanto observava o salvamento de Cordelia na noite anterior, Ambrose já estava planejando, articulando, aperfeiçoando suas mentiras. Usaria todo o peso de sua habilidade, de sua reputação, de seus conhecimentos, de sua inteligência. Defenderia seu reino particular até o último alento. Ela ergueu os olhos e viu seu sorriso discreto, sentiu a confiança calma, quase exultante. Ele já se divertia com a libertação do tédio, animado com a euforia do sucesso. Contrataria os melhores advogados de prestígio. Mas, essencialmente, seria uma luta sua, e ele não pretendia ceder um único centímetro, nem agora nem nunca.

Se fosse bem-sucedido, como poderia viver com a recordação do que havia feito? Nada mais fácil. Tão fácil quanto fora para Clarissa viver com a lembrança da morte de Viccy ou para sir George, com a culpa por Carl Blythe. Não é preciso acreditar no arrependimento para encontrar expedientes capazes de lidar com a culpa. Ela mesma tinha os seus; Ambrose arranjaria os dele. E seria assim tão impressionante o que acontecera com ele? Em algum lugar, a cada minuto, um homem ou uma mulher se deparava com uma tentação irresistível. Ambrose Gorringe não resistira. Mas o que poderia buscar em seu âmago que lhe desse forças para resistir? Quando a pessoa se distancia muito das questões humanas, da vida humana com suas inevitáveis confusões, afasta-se também da compaixão pelos seres humanos.

Ela disse:

"Por favor, vá embora. Não o quero aqui."

Mas ele não se mexeu. Após um momento ela ouviu sua voz, baixa e calma:

"Desculpe, Cordelia. Sinto muito." E depois, como se percebesse pela primeira vez a presença da policial em silêncio, acrescentou: "Sua primeira visita à ilha Courcy não foi feliz como eu gostaria. Preferiria que tivesse sido de outro modo. Por favor, perdoe-me".

Ela percebeu que isso seria o máximo admitido por ele. Não valia nada, legalmente. Jamais seria levado em conta pelo tribunal. Ela acreditou, contra seu próprio discernimento, que ele fora sincero.

Cordelia o observou enquanto ele regressava para o castelo com passos rápidos. Na porta, o inspetor-chefe Grogan surgiu para recebê-lo. Sem dizer nada, os dois entraram.

Ela continuou sentada, esperando. Um policial fardado, muito jovem, com o rosto de um anjo de Donatello, aproximou-se. Ele corou e disse: "Telefone para a senhorita Gray. Na biblioteca".

A srta. Maudsley tentou não soar demasiadamente excitada, mas sua voz traía o pânico.

"Ah, senhorita Gray, espero que esteja tudo bem por aí. O rapaz que atendeu disse que não havia problema. Foi muito solícito. Mas eu queria saber quando vai voltar para casa. Temos um novo caso. É terrivelmente urgente, o desaparecimento de um gatinho siamês, um *seal point*. Pertence

430

a uma menina que acabou de sair do hospital, após tratamento de leucemia, e ela ficou só uma semana com ele. Era seu presente de volta ao lar. Agora, está terrivelmente perturbada. Bevis foi a mais um teste para uma peça de teatro. Se eu sair, não haverá ninguém para tomar conta do escritório. E a senhora Sutcliffe acaba de telefonar. O pequinês dela, Nanki-Poo, fugiu de novo. Quer que alguém vá vê-la imediatamente."

Cordelia disse:

"Por favor, coloque um aviso na porta dizendo que abriremos amanhã às nove horas. Depois feche o escritório e comece a procurar o gatinho. Telefone para a senhora Sutcliffe e diga que entrarei em contato hoje à tarde para tratar do Nanki-Poo. Estou a caminho da cidade para o inquérito, mas o inspetor-chefe Grogan pedirá adiamento. Isso não deve demorar muito. Tomarei o trem do início da tarde."

Ao desligar o telefone ela pensou: e por que não? A polícia sabia onde encontrá-la. Ainda não se livrara da ilha Courcy. Talvez não se livrasse nunca. Mas tinha suas tarefas. Precisava trabalhar, e era competente. Sabia que isso não a satisfaria para sempre, mas não desprezava sua simplicidade, pelo contrário, até a apreciava. Os animais não se atormentavam com o medo da morte, nem atormentavam os outros com o pavor de que morressem. Eles não os sufocavam com seus problemas psicológicos. Não se cercavam de objetos nem viviam no passado. Não uivavam de dor pela perda de um amor. Não esperavam que ninguém morresse por eles. E não tentavam assassinar a gente.

Ela passou pela sala, a caminho do terraço. Grogan e Buckley a esperavam, imóveis. Grogan estava na proa da lancha da polícia, e Buckley na popa. Em sua intensidade muda, eles pareciam cavaleiros desarmados montando guarda num navio lendário, esperando para conduzir seu rei a Avalon. Ela parou e os contemplou, sentindo seu olhar implacável, consciente de que o momento tinha um significado profundo que os três reconheciam, mas que nenhum deles jamais poria em palavras. Cada um lutava com seu próprio dilema. Até que ponto podiam confiar na sanidade, na honestidade, na memória e nos nervos de Cordelia? No frigir dos ovos, até que ponto ousariam arriscar suas reputações por causa da retidão de Cordelia? Como ela se comportaria se o caso um dia fosse a julgamento e ela se visse no mais solitário dos lugares, o banco das testemunhas de uma corte criminal? Mas ela se sentia distante das preocupações dos policiais, como se nada que pudessem fazer ou pensar tivesse relevância para ela. Tudo passaria, como ela e eles passariam. O tempo guardaria sua história junto com as lendas meio esquecidas da ilha: a morte solitária de Carl Blythe, Lillie Langtry descendo a escadaria, os crânios em decomposição de Courcy.

Subitamente ela se sentiu inviolável. A polícia que tomasse suas próprias decisões. Cordelia já tomara as dela, sem hesitar, sem conflito. Contaria a verdade, e sobreviveria. Nada poderia afetá-la. Segurou a bolsa com mais firmeza, no ombro, e caminhou resoluta na direção da lancha. Por um momento, ao sol, era como se a ilha Courcy e todos os eventos daquele terrível final de semana estivessem tão distantes de sua vida, de seu futuro, do batimento firme de seu coração, quanto o insensível mar azul.

SÉRIE POLICIAL

Réquiem caribenho
Brigitte Aubert

Bellini e a esfinge
Bellini e o demônio
Bellini e os espíritos
Tony Bellotto

Os pecados dos pais
O ladrão que estudava Espinosa
Punhalada no escuro
O ladrão que pintava como Mondrian
Uma longa fila de homens mortos
Bilhete para o cemitério
O ladrão que achava que era Bogart
Quando nosso boteco fecha as portas
O ladrão no armário
Lawrence Block

O destino bate à sua porta
Indenização em dobro
Serenata
James M. Cain

Post-mortem
Corpo de delito
Restos mortais
Desumano e degradante
Lavoura de corpos
Cemitério de indigentes
Causa mortis
Contágio criminoso
Foco inicial
Alerta negro
A última delegacia
Mosca-varejeira
Vestígio
Predador
Livro dos mortos
Patricia Cornwell

Edições perigosas
Impressões e provas
A promessa do livreiro
Assinaturas e assassinatos
O último caso da colecionadora de livros
John Dunning

Máscaras
Passado perfeito
Ventos de Quaresma
Leonardo Padura Fuentes

Tão pura, tão boa
Correntezas
Frances Fyfield

O silêncio da chuva
Achados e perdidos
Vento sudoeste
Uma janela em Copacabana
Perseguido
Berenice procura
Espinosa sem saída
Na multidão
Céu de origamis
Luiz Alfredo Garcia-Roza

Neutralidade suspeita
A noite do professor
Transferência mortal
Um lugar entre os vivos
O manipulador
Jean-Pierre Gattégno

Continental Op
Maldição em família
Dashiell Hammett

O talentoso Ripley
Ripley subterrâneo
O jogo de Ripley
Ripley debaixo d'água
O garoto que seguiu Ripley
A chave de vidro
Patricia Highsmith

Sala dos Homicídios
Morte no seminário
Uma certa justiça
Pecado original
A torre negra
Morte de um perito
O enigma de Sally
O farol
Mente assassina
Paciente particular
Crânio sob a pele
P. D. James

Música fúnebre
Morag Joss

*Sexta-feira o rabino acordou
tarde
Sábado o rabino passou fome
Domingo o rabino ficou em
casa
Segunda-feira o rabino viajou
O dia em que o rabino foi
embora*
Harry Kemelman

*Um drink antes da guerra
Apelo às trevas
Sagrado
Gone, baby, gone
Sobre meninos e lobos
Paciente 67
Dança da chuva
Coronado*
Dennis Lehane

*Morte em terra estrangeira
Morte no Teatro La Fenice
Vestido para morrer
Morte e julgamento
Acqua alta*
Donna Leon

A tragédia Blackwell
Ross Macdonald

É sempre noite
Léo Malet

*Assassinos sem rosto
Os cães de Riga
A leoa branca
O homem que sorria*
Henning Mankell

*Os mares do Sul
O labirinto grego
O quinteto de Buenos Aires
O homem da minha vida
A Rosa de Alexandria
Milênio
O balneário*
Manuel Vázquez Montalbán

O diabo vestia azul
Walter Mosley

*Informações sobre a vítima
Vida pregressa*
Joaquim Nogueira

*Revolução difícil
Preto no branco
No inferno*
George Pelecanos

Morte nos búzios
Reginaldo Prandi

*Questão de sangue
Os ressuscitados
O enigmista*
Ian Rankin

*A morte também frequenta o
Paraíso
Colóquio mortal*
Lev Raphael

*O clube filosófico dominical
Amigos, amantes, chocolate*
Alexander McCall Smith

*Serpente
A confraria do medo
A caixa vermelha
Cozinheiros demais
Milionários demais
Mulheres demais
Ser canalha
Aranhas de ouro
Clientes demais
A voz do morto*
Rex Stout

*Fuja logo e demore para voltar
O homem do avesso
O homem dos círculos azuis
Relíquias sagradas*
Fred Vargas

*A noiva estava de preto
Casei-me com um morto
A dama fantasma
Janela indiscreta*
Cornell Woolrich

ESTA OBRA FOI COMPOSTA PELO GRUPO DE CRIAÇÃO EM GARAMOND E
IMPRESSA PELA GEOGRÁFICA EM OFSETE SOBRE PAPEL PAPERFECT
DA SUZANO PAPEL E CELULOSE PARA A EDITORA SCHWARCZ
EM MARÇO DE 2010.